在她二十六岁的这一年，
终于为她的青春等来了一个圆满的结局。
陈岁亲手谱写的，没有遗憾的结局
但是她知道，也坚信着
他们的幸福故事才刚刚开始

给

沈惊春

大鱼

有爱的青春陪伴者

沈惊春 著

酸橙

Suan Cheng

花山文艺出版社
河北·石家庄

图书在版编目(CIP)数据

酸橙 / 沈惊春著. -- 石家庄 : 花山文艺出版社,
2022.9
ISBN 978-7-5511-6173-2

Ⅰ. ①酸… Ⅱ. ①沈… Ⅲ. ①长篇小说—中国—当代
Ⅳ. ①I247.5

中国版本图书馆CIP数据核字(2022)第083129号

书　　名：酸橙
Suan cheng
著　　者：沈惊春

责任编辑：于怀新　张凤奇
特约编辑：娄　薇
责任校对：郝卫国
封面设计：Insect
内文设计：孙欣瑞
图片绘制：画画的兔巴妹　暖阳64
美术编辑：胡彤亮
出版发行：花山文艺出版社（邮政编码：050061）
（河北省石家庄市友谊北大街330号）
销售热线：0311-88643221
传　　真：0311-88643225
印　　刷：长沙鸿发印务实业有限公司
经　　销：新华书店
开　　本：880mm×1230mm　1/32
印　　张：11.5
字　　数：397千字
版　　次：2022年9月第1版
2022年9月第1次印刷
书　　号：ISBN 978-7-5511-6173-2
定　　价：42.80元

目录 /contents

目录

/contents

Chapter 01

/ 阿拉丁神灯 /

“左边全抄完了吗？抄完就擦了。”

语文课上，黑板上写满了密密麻麻的粉笔字，中年男教师站在窗边，抬手敲了敲黑板左侧。

他把窗户开了条小缝，右手拿着黑板擦伸出窗外，用力拍掉上面的粉笔灰。

风一来，粉尘一下被吹散。

刘老师是他们的班主任，因此同学们都表现得非常积极。

“抄完了！”

“老师，你擦吧，没事儿。”

“早就抄完了。”

……

一片同意之声将夏耳蚊蚋般的声音淹没。

夏耳坐在第三排，鼓足勇气举起小手，哪知还没开口，耳根就先红了。

“老师，我……”

“都抄完了吧？那我擦了啊。”

班主任老刘自然没听见夏耳的声音，手臂挥舞了几下。

夏耳的勇气就跟那些粉笔字一样，被黑板擦一同擦去，只剩下没抄完笔记的慌张。

夏耳总是很认真，写字也习惯一笔一画，平时还好，一到这种全班抄写的时候，速度就有点跟不上了。

“给。”斜后桌的男生明显不耐烦地拍了拍夏耳的椅子，把一张字条丢给她，“程可鱼的。”

程可鱼是夏耳的好朋友，个子要比她高一些，在班级位置有点靠后。

夏耳回过头去看程可鱼。

程可鱼微微猫腰，长长的马尾辫垂在桌上，双手合十，在胸前拜了拜，求夏耳帮忙。

字条是程可鱼传给第一排一个男同学的。

这节课，夏耳已经不知道帮她传了多少次。

正因为帮程可鱼传字条，夏耳的注意力总被打断，才导致抄笔记没跟上进度。

夏耳倒没有怪朋友的意思，只是已经麻烦前面的同学太多次，她实在不大好意思了。

她稍微犹豫一下，再抬头，见班主任又写了两行字，她不禁有些急。

反正，老师短时间应该不会回头的吧?

夏耳屏住呼吸，手里紧握字条，朝着那个男生用力一扔——

字条呈完美的抛物线，划破空气，擦过那个男生的头顶。

只听“啪”的一声，字条砸在了黑板下方。

再然后，回弹到了班主任的脚边。

教室里一直很安静，正因为安静，这细微的声音可不算小。

不知底下哪个男生直接“嚯”了一声。

班主任手上动作一停，弯腰捡起地上的字条，当着全班同学的面直接拆了。

夏耳见了，心顿时悬起来。

“谁传的?”班主任读完字条上的内容，“啪”地把教材扔到讲台上，扫视下面的同学，“自己站起来，不要耽误大家的时间。”

没人说话。

比起传字条，敢做不敢认更让老师生气。

“没人传? 那真是奇了怪了，还能是天上掉下来的?”

夏耳如坐针毡，不自在地攥紧校服，连呼吸都不敢太大声。

班主任背着手在讲台上走来走去，说：“行，你们都不承认，我这就找校长去查监控。”

一听说要查监控，夏耳再也坚持不住，猛地站起来，说出的话也磕磕绊绊：“老师……是、是我传的……”

“夏耳?”班主任看到站起来的是夏耳，一瞬间还以为自己看错了，“你确定这字条是你写的?”

传字条和写字条，这两者的差别可大了。

夏耳下意识回头去看程可鱼，程可鱼在后排拼命摆手，求她不要出卖自己，看起来比她还急。

想到程可鱼爸妈的可怕程度，夏耳默了默。她很少撒谎，所以这会儿心跳很快。

但最终她还是硬着头皮承认了：“是我……”

班主任看起来更生气了：“夏耳，你以为你现在逞英雄，是在讲朋友义气吗？你是在害她！我再问你一遍，这字条到底是谁传的？”

面对班主任狂风暴雨般的怒火，夏耳忍着突突的心跳，下意识摸了一下耳朵。

她右耳垂上有一颗深红色的小痣，每当她心里装着事的时候，就会去碰一下。

“是我写的，老师。”

班主任气得连连点头：“好啊，你不说实话是吧？行，那我现在就给你家长打电话！”

放学后，程可鱼跟夏耳一道回家。

程可鱼还有些后怕地说：“今天真是吓死我了，幸好有你，我的好耳朵！要是被我爸妈知道，他们肯定得打死我。”

夏耳握着书包带，声音闷闷的：“再有下次的话，我可救不了你了。”

“知道啦！不会有下次了！”

两人说了一会儿别的，没多久，就走到了夏耳家附近。

“哎？你看。”在拐弯的路口处，程可鱼抬手指着夏家前院的那幢两层的大房子，“陈家是不是回来了？”

夏耳心里一轻。

紧接着，她抬眼去瞧。

白色的砖瓦房平地起了两层，墙壁被雨雪冲刷多年，久未清理，留下了斑驳的污水印。

而那已经闭合了七年的玻璃窗被重新推开，跟记忆中的画面重合，就像陈家还未搬走时，她常常在家里看到的那样。

夏耳移开视线，摸了摸耳垂上的小痣，轻声说：“应该不会回来吧。”

“也是。”程可鱼点头，“人家都搬去安城赚大钱了，怎么可能再回咱们这小镇上过苦日子。”

夏耳回到家，一进门就听到妈妈徐凤琴爽朗的笑声。

她以为妈妈在看电视，没多想，站在门口换鞋，喊道：“妈妈，我回来了。”

徐凤琴在里屋应了一声：“耳朵，快过来，看看谁来了？”

夏耳放鞋的动作一顿，要是往常她并不会多想，可今天……

她下意识向外看了一眼，前院的窗还开着。

难道……

夏耳跑向里屋，推门的那一霎，她呼吸都紧了。

她屏住呼吸，尽量让自己看起来平静一些。视野随着门开的角度而增大，她抬眸，向里面看。

沙发上坐着两个中年女人，其中一个看着要更年轻些，皮肤苍白，有些瘦弱。

四月已经不那么冷了，她还穿着一件米白色的针织衫，神色十分温柔。

虽然已经时隔多年，但夏耳还是一眼认出了她。

“曲阿姨？”

“夏耳回来了呀。”曲燕朝夏耳招手，“快让阿姨瞧瞧，哎哟，真是大姑娘了，都变了样了。我走的时候，你才长这么高。”

曲燕亲自替夏耳摘了书包，拉着她的手，左瞧右瞧，越看越喜欢。

徐凤琴笑着摆摆手，说：“什么大姑娘，我看她还是个孩子样。”

“你就是成天看着她，不觉得变化大。我看我们家陈岁也是，天天瞧着，也没什么变化，这一回来，谁见了都说陈岁长很高了。我仔细一看，才发现他比他爸都高了半个头。”

曲燕说着，看了眼手表，站起来告辞：“时间不早了，我得回去了。这刚回来，屋里屋外都要收拾，可得弄个几天。”

徐凤琴赶紧起来送客，夏耳也去送。

曲燕走到大门口，又回头说：“等阿姨家收拾好了，你们有空过来玩。”

夏耳规规矩矩地站在妈妈身边，甜甜地笑道：“知道啦，阿姨。”

“小耳朵真乖。”

等曲燕走远，夏耳跟妈妈一齐向屋里走。

夏耳问：“曲阿姨怎么来了？”

“她家不是好几年没人住了嘛，过来借扫除工具。”

夏耳“唔”了一声，没有说话。

“对了，白天你班主任给我打电话说你早恋，咋回事？真早恋了？”

夏耳挠挠头，小声解释：“没，是程可鱼传字条被老师抓了，我替她承认了。妈，你不要告诉她家里，不然她就惨了。”

徐凤琴松了口气，又教育她：“妈妈也觉得你不像会早恋的孩子，妈妈不反对你谈恋爱，但是你现在的年纪，学习才是首要任务，知道了吗？”

“记得了，妈妈。”

夏耳一向乖顺，从不让家里操心。

徐凤琴见女儿如此听话，心里很欣慰。

她正要说点什么，余光瞥见夏耳的鞋，笑了：“你看你，鞋子也不好好穿，一脚拖鞋一脚运动鞋的。”

夏耳低头，方才情急，也没顾上自己鞋没换好，直接就跑进了屋。

她红了耳根，跟妈妈解释：“我听见你喊我，以为有急事。”

“你曲阿姨还说你长大了，分明还是个孩子。去，把鞋换好，回屋写作业去吧。”

夏耳应了一声，赶紧回去了。

她换好拖鞋，先到大屋拿回自己的书包，而后回到自己的小屋，一一拿出需要写的作业，整齐摆放在书桌左侧，又从笔袋里掏出一支笔，展开一本练习册，坐在书桌前准备做题。

可笔尖虚虚悬在印刷铅字上方，久久未能下笔。

她的心思早已飘到九霄云外。

只有她自己知道，没来得及换好鞋子，并不是因为着急回应妈妈，而是因为她以为来家里的客人，会有陈岁。

陈家人回来了，这对在附近生活了几十年的人们来说，是个不小的轰动。

不止大人，就连他们这些一同长起来的小孩子，也都知道了这个消息。

接下来的整整一周，夏耳都生活在陈岁回来了的消息里。

“我听小乐他们说，这几天他们经常跟陈岁一起打球。”

刚下课，夏耳还在抄课上没写完的笔记，程可鱼就过来跟夏耳说话。

夏耳没抬头，“哦”了一声，抄笔记的速度却悄然慢了下来。

程可鱼有点激动地说：“我那天看了一眼，陈岁现在长得可高可帅了，跟以前一点儿都不一样。你见到他了没？咱俩放学去看他们打球吧！”

她连珠炮一样说出一段话，可是夏耳只注意到了一件事——

原来大家都见过陈岁了吗？

笔尖在本子上一顿，她轻轻画掉，重新写好那个字，然后淡淡地说：“我就不去了，耽误写作业。”

程可鱼十分遗憾地说道：“那好吧，你不去，我也不去了，就我一个女生，去了有什么意思。”

有时候，夏耳放学在家，会听到马路上传来清晰的拍球声。

每当这个时候，她都会向屋外看一眼。

男孩子成群结队地走在一起，嘻嘻哈哈地聊天。她在家里，只能看到好几个脑袋从家门口路过。

走在中间的那个男孩子个子明显要更高些。因为看别人只看得到头发，看他却可以看到整个额头。

远远地，也能感觉到他很白。

一般这个时候，夏耳就会停下手头上的一切事情，试图在那些男孩子的声音中，分辨出陈岁的声音。

但直到男孩子们的声音随风飘远，她也没听出个结果。

周末。

夏耳在家里洗头。

她刚洗干净头上的泡沫，就听见院子的大门响。

她拧出头发的水，拿起架子上的杏黄色毛巾，一边用双手搓头发，一边向门口走。

她用手臂推门，刚要发力，门却自己开了。

她推了个空，身体惯性向外，撞进了一个怀里。

夏耳觉得不好意思，手忙脚乱地道歉："对不起，我没看到……"

她慌忙抬头，看到来人，后面的话一下子说不出来了。

陈岁在门口站着，个子高高的，她得仰头看他。

他穿着宽大的黑色运动服，胸口有个三叶草的标志。

拉链一直拉到最高处，将修长的脖颈藏起来，抵住精致的下颌。

再向上，五官张扬帅气，双眸漆黑，是内双，乍看上去眼皮有点薄，不笑时显得他整个人有点冷。

但他此刻，却是笑着的。

陈岁单手揉着胸口，吸了口气，垂眼对夏耳笑，说道："还挺疼。"

夏耳的个子不是很高，在女生里算中等，以她的角度抬眼，恰好能看到他右眼皮褶皱处那颗小小的痣。

小时候，陈岁奶声奶气地跟夏耳说："我妈说，我要是走丢了，她用眼皮这颗痣就能认出来我。"

现在来看，曲阿姨说的话是对的。

陈岁变了很多，小时候奶包子似的脸长开了，变得又帅又冷，乍一看，叫人有点不敢认。

起码夏耳是不敢认的。

但还好，那颗小痣没变。

总有些东西是不会变的。

夏耳低下头，摸了摸耳朵上的小痣，轻声问：“你有什么事吗？”

“篮球快没气儿了。”

她不接他的话茬儿，他也不觉得尴尬。

他随手在地上拍了两下篮球，声音听起来果然闷闷的，是气不足的表现。

陈岁用手接住球，托在胸前，手指又白又细，与那脏橘色的球形成鲜明对比。

他的视线重新落回她的脸上。

“我想借下打气筒。”

夏耳不是一个特别敢于承受别人注视的人，会有些不自在。

尤其注视她的这个人已经变得很不一样了，比小时候多了些成熟，气质又介于小男孩与男人之间，身上有些说不清道不明的东西。

夏耳局促地转身，用毛巾擦了擦发梢的水，说：“你等一下。”

她回到房间，飞快地擦了擦头发，找到仓库的钥匙，去给他开锁。

陈岁就站在院里等，有一下没一下地拍球，样子也不急。

自从到了冬天，夏耳不骑车上学之后，仓库收拾了一次，她也不知道打气筒放在哪儿。

她找了半天，也没找到。

过了会儿，拍球声停了，脚步声逐渐近了。

“找着没？”

夏耳站在全是杂物的仓库里回过头，看到陈岁站在仓库门口，因为背着光，她只能看到他清瘦的身形。

“不知道放哪儿了，抱歉。”她声音很小，在仓库里听着，显得有点空，“要是很急的话，你去别人家借吧。”

陈岁“啊”了一声，说：“也没那么急。”

夏耳站在那儿，也不知道怎么办了。

陈岁说：“你出来。”

夏耳站着没动。

陈岁解释：“我来找吧，都是灰，别蹭你身上。”

夏耳犹犹豫豫地出来。

到仓库门口，他让了一步，她侧身出来，也没敢跟他对视。面对不熟的人，她总是有些胆怯。

陈岁把篮球递给她，说：“你帮我拿一下。”

她大脑空白了一瞬，下意识伸手接了，看到他挽上去的袖子，以及一截瘦白的手臂。

这回轮到夏耳在外面等。

她没堵在门口，而是站在两步外的地方，双手替他抓着篮球。

他刚才拿了那么久，篮球上已经染了他手上的温度，她手指触到了，却好像触到了他的手一般。

温度宜人，却显得过分烫手了。

阳光热情地投进来，灰尘在炽烈光线中飞舞，陈岁在仓库里大剌剌地翻，一点没把自己当外人。

“你现在读高一？”

夏耳听见陈岁问。

“嗯。”

“几班？”

“四班。”

“噢，跟小乐他们不是一个班。”

“不是的。”

陈岁拉开一个破旧柜子的柜门，弯腰向里面看，像是随口一提似的：“你现在话挺少的。”

“嗯？”

夏耳被他说得有点摸不着头脑。

陈岁直起腰，回过头。

那抹热情的阳光刚好照在他脸上。

她仿佛又看到了那颗小痣，清清冷冷的。

“我怎么听我妈说你早恋了？”

“……”

班主任老刘给徐凤琴打电话的那天，陈岁的妈妈也在。

想来应该是曲阿姨听去了，回家顺口跟陈岁说了那么一嘴。

这本来没什么，可是夏耳不想被陈岁误解，赶忙红着脸解释：“不是，没有的，是别人……”

“没事儿。”

陈岁浑不在意，截断了她的话，继续找打气筒：“是到了早恋的年纪，正常。”

“我真没……”

“啊，找着了。”

陈岁从一堆编织袋下面翻到了打气筒，他一只手握着，另一只手把翻乱的东西都放回原位，然后从仓库里迈了出来。

夏耳还想解释几句，可见陈岁完全没有想听的意思，就闭嘴了。

也是，为什么要跟他解释呢？他也许只是没话找话，随便问问。毕竟他们隔了这么多年没见，也没有联系，他们也没有什么别的话题好聊。

如此想着，夏耳不再多说，默默转过身去看陈岁。

他们这一辈出生的时候，时兴把小孩儿的头睡扁。

夏耳妈妈不注意这个，所以她算是同龄人中头不怎么扁的那种，平时没少被同学羡慕。

可这会儿跟陈岁比起来，就有点不够看了。

被羡慕的人浑然不知，把打气筒随手一扔，蹲在原地，将连接进气口的嘴塞入篮球，再拿起一旁的打气筒，站起来，一下一下往里边打气。

几下就打好了，他把打气筒扔到一边，蹲下堵好篮球的进气孔。

陈岁站直，在原地拍了几下球。听到响亮的“嘭嘭”声之后，陈岁把篮球挎在腰间，垂眼看她，问：“放哪儿？”

说着，他指了指打气筒。

“放那儿就行。”夏耳理了下耳边的湿发，随手指了个地方。

“成。”

陈岁把打气筒放过去，拍着球朝她摆手，说：“走了。”

“嗯。”

夏耳没动，视线一直落在他清瘦的背上。

陈岁没回头，很快消失在门外。

小镇生活就像一汪平静的湖水，而陈家人突然回来，就像在平静的湖面投了一粒石子，带起了不少涟漪。

那天过后，夏耳又好一阵没见过陈岁。

她平时都在上学，待在家的时候，陈岁也不一定就在家里。

有时候，她会在自己家里朝前院张望，试图从在他家来回走动的人影里，捕捉到陈岁的身影。

大部分时间看到的都是曲燕，有时候是来串门的客人，少数时候是陈岁。

夏耳喜欢猜测陈岁的动向，是去厨房倒水喝，还是去另一个房间里找东西，或是去楼上的书房拿书。

猜对了会让她有种小小的满足。

每当这个时候，夏耳都忍不住捂紧胸口，在心里暗想：糟糕，我不会是变态吧？

夏耳家在小镇热闹的地界儿租了个铺子，开了家烧烤店。

快五月了，天气暖和，烧烤店也恢复了营业。

夏耳平时不会去，只是在作业少或者有空的时候，她才会过去帮工，充当一下服务员。

今天是周五，夏耳放了学没回家，直接背着书包去了店里。

这会儿刚开门不久，客人就几桌。

雇来的服务员大姐跟她打招呼："夏耳来啦。"

夏耳乖乖地应了一声，问："妈妈呢？"

"后边儿穿串儿呢。"

烧烤店的烤串都需要提前穿好。

夏耳把书包放到收银台后面，撩帘儿进了后厨。

徐凤琴正在用竹签子穿韭菜，一根根整整齐齐的，菜根儿洗得一点泥巴都没有。

"妈妈，我穿吧。"

"别沾手，会弄你一手韭菜味儿。"徐凤琴伸臂一挡，把夏耳挡在一边，嘴上嗔怪，"现在又不忙，不用你过来，回家写作业去吧。"

"作业周末写。"

"那回家看电视去，暂时还用不上你。"

夏耳实在没找着活儿干，蹲在一旁，手抚着徐凤琴的膝盖，犹豫了一下，说："妈妈，我想要五十块钱。"

徐凤琴没抬头，继续穿韭菜，问道："怎么了，想买什么？"

"程可鱼周末过生日，我想给她买个生日礼物。"

徐凤琴把穿好的韭菜整齐地码好，说："五十哪儿够，上柜台自己拿一百元。下回要钱直接拿，不用跟妈妈说。"

夏耳说："谢谢妈妈。"

她起身到收银台去，想到妈妈的话，从钱匣里拿了一张五十元的纸币。

夏家是穷过来的，夏耳小时候生活并不富裕，这几年赚钱了，夏耳也没乱花钱的习惯。

她重新把钱匣放好，又听妈妈在后厨问："对了，耳朵，你们班还收学生吗？"

"嗯？"

夏耳把钱放进书包里，应了一声，本想说不知道，可话到嘴边，她又咽下去了。

撩开后厨的帘儿，她不自在地撒了个谎："应该收，我们班学生不算多的。有人要转学吗？"

徐凤琴把韭菜收起来，改穿菜卷儿，说："就那谁，陈岁。你曲阿姨跟我说呀，陈岁被安城那边的学校开除了，他们这才回来。"

开除？

夏耳不动声色地到水池边洗干净手，蹲在徐凤琴身边帮忙干活儿。

她像是随口一问："他怎么还被开除了呀？"

"不知道因为啥，你曲阿姨也没说，只听说陈岁还受了点儿刺激。"

夏耳默默回忆着之前见到他那次，情绪一直都很正常，不像受过什么刺激。

"你曲阿姨准备回来就不走了。陈岁的成绩一直都挺好，也不能不上学，干脆降一级，跟你一届，也给他一年时间缓缓。"

陈岁比夏耳大一岁，小的时候，两家都让两人互相喊"哥哥""妹妹"。

等他们长大一点，因为实在太熟了，没法再"哥哥妹妹"地叫，就互相叫名字。

不是妈妈提起，夏耳都快忘了这一茬。

实在是陈家走得太久了，掐指一算，也有六七年了。

这六七年不是普通的六七年，足以让一个孩子模糊了童年，重新注入鲜活的记忆将其覆盖。

夏耳说："周一我问问班主任吧。"

程可鱼的生日在周末。

夏耳买了个巨大的熊娃娃给她。

程可鱼就喜欢这些大玩偶，越大越兴奋，看到夏耳送她这个，高兴得快疯了，在大马路上抱住夏耳尖叫，惹得路人频频注目。

两人抱着娃娃逛街，程可鱼带着夏耳七逛八逛的，最后把她带到一条不那么热闹的街。

程可鱼突然问她："夏耳，你进过网吧吗？"

夏耳一听就明白程可鱼想干什么，赶紧摆手阻止："这不行的，老师不让去网吧，而且万一被爸妈知道了，会挨骂的。"

程可鱼觉得夏耳胆子太小，说："你怕什么！你不说，我不说，谁会知道？咱班那些男生，哪个没去过网吧？"

"可是……"

"你听咱班同学说过《炫舞》吧？那个游戏可好玩儿了！大家都在玩儿，真的，没事儿的，你看谁上网被逮过？"

《炫舞》在学生中正风靡，好多同学天天惦记着升级，买翅膀，夏耳很难不听说。

可是她除了上微机课，平时很少接触到电脑。她承认，是有那么一点点心动。

"但、但是我们未成年呀……"夏耳吞吞吐吐，憋出这么一句话来。

程可鱼见她肯松口，不由得笑了："放心！这儿有家网吧，不查身份证！就是贵了一点儿，两块钱一小时。”

正常网吧价格是一块五一小时。

“走啦……天黑了就出来，好耳朵，走吧走吧！”

程可鱼半推着夏耳，把她带到一家隐蔽的黑网吧里。

门脸儿看着不大，但进去别有洞天，二楼一层都是电脑，窗子被黑窗帘遮住，里面噼里啪啦都是敲键盘声，不少人在里面抽烟、吃泡面，味道混杂，扑鼻而来，十分难闻。

夏耳没来过这么乱的地方，进去之后眼睛根本不敢乱看，总感觉所有人都在注视自己，看她这个未成年小姑娘来上网，腰板僵直得不行。

她只能跟在程可鱼身后，被紧紧牵着，才感觉到一丝依靠和安全感。

程可鱼也有点紧张，但比夏耳强多了。

她们穿过站满人的过道，找到对应的机器号坐下，摸索着开了机。

夏耳浑身不自在，又忍不住被电脑吸引。

在程可鱼的指导之下，她一步步注册了游戏账号，过了新手指南，跟程可鱼一起在上下左右以及空格键的世界中跳舞、升级。

不知不觉外面天黑了，夏耳浑然未觉，全身心地投入游戏世界中。

突然，有人扯走了她的耳机。

“您好，身份证出示一下。”

夏耳蒙蒙地抬起头，在昏暗光线中，先是看到了闪闪发亮的警徽。

再然后，一点点向上，看到了警察叔叔严肃的脸。

黑网吧被民警突袭，在网吧里逮住一群未成年的学生，“收获颇丰”。

此时，这群学生全都待在派出所里，一个民警走进来，严肃认真地把他们教育了一顿，告诉他们网络世界很危险，禁止未成年人上网。

说到这儿，民警还专程看了夏耳跟程可鱼一眼。

“小姑娘家家的也不学好。”

最后，民警指着桌上的座机，说：“给你们家长打电话，必须让家长领你们回家，一个一个地打，别急。”

这话就像一滴水掉进油锅里，这群未成年简直快炸开了。

程可鱼也慌得不行：“怎么办啊！我妈妈肯定得把我吊起来打。呜呜呜，我错了，我不应该上网吧的，呜呜，我不要给家里打电话……”

夏耳的大脑也嗡的一声。

学校和家长千叮咛万嘱咐不许学生去网吧，这要是被他们知道了……

而且这会儿是店里正忙的时候，爸妈他们哪有空过来？

夏耳变成了热锅上的蚂蚁，急得团团转。

打电话的顺序是按离桌子的远近排，夏耳和程可鱼是这些人里仅有的两个女孩，本来是为了待在角落里，没想到这么快就轮到了她们。

程可鱼怕父母怕得要死，根本不敢碰电话，能多拖一会儿是一会儿，于是就把夏耳推到了前面，说："你先打吧，我不想那么快就死……"

夏耳没办法，她的情况毕竟比程可鱼要好些。她深吸了一口气，拿起了电话。

她也不敢跟父母坦白，所以她壮起胆子，拨了曲阿姨家的电话。

曲阿姨也是看着夏耳长大的，对她很好，而且不是亲生父母，肯定不会对她那么责怪，肯定会少挨骂。

她再求曲阿姨保密，这件事说不定就压过去了。

怀着这样的想法，电话拨通了，提示音响了一声又一声，每响一下，她的心都跟着紧一分。

半天没人接。

夏耳心凉了半截，电话没人接，看来只能给妈妈打电话了。

她把听筒拿开，心灰意冷地准备放回去。

这时，却听到手中的听筒里传来一个令人意外的声音，熟悉又陌生。

"喂？"

是陈岁。

怎么会是他？

夏耳手一抖，差点没拿住话筒，赶紧放到耳边握紧。

是陈岁，总好过其他人。

她张了张嘴，想直接开口唤他的名字，又怕被人听出破绽，发现他不是她的家长。

她放平舌尖，像抓住什么救命稻草那样，恳切地开口。

"哥哥……我现在在派出所，你方不方便过来一趟……"

二十分钟后。

陈岁出现在派出所门口。

穿着黑色帽衫的少年拉开派出所的大门，隔着里间这道玻璃门，整个屋子的人都望了过去，见来的是个同龄人，大部分人失望地移开目光。

除了两个坐在角落里的女孩。

程可鱼轻晃夏耳的手，激动地说："是陈岁耶！他真的来接你了！"

夏耳的视线从陈岁进来的那一刻起，就像磁铁的一端终于寻到了另一端。

她知道这个要求很非分。

但陈岁还是来了。

外间，值班的民警抬起头，问他："你有什么事儿吗？"

陈岁说："来接妹妹。"

带回来的这些上黑网吧的小孩儿里，一共就两个女生，他一说民警就懂了。

民警从座位上站起来，带陈岁往里走，边走边问："哪个是？"

陈岁下巴一抬，朝夏耳的位置示意："丸子头那个。"

民警看了看夏耳，又回头看了眼陈岁，狐疑地说："长得不像呢。"

陈岁"嗯"了声："都这么说。"

一副习以为常的模样。

民警推开门，站在门口喊道："走吧，你哥领你回家了。"

所有人都扭头去看夏耳。

一下子承受这么多人的注视，夏耳有点不太自在。

程可鱼在她耳边小声叮嘱："出去别忘了救我！"

夏耳轻轻"嗯"了一声，扯了扯裙子，脊背僵直地站起来，向门口挪动。

随着走近，陈岁那被民警挡住的身影，也一点一点出现在她视线中。

他人瞧着懒懒的，也不好好站着，靠在走廊的墙壁上，漫不经心地垂眼。

顶上的灯光投下来，落了他半身，为他镀上一层柔光。

露出来的半张侧脸棱角精致分明，周身的少年意气，全都敛在那漆黑的双眸中。

夏耳从门里出来，手揪着裙角，内心诸多犹豫。当着民警的面，她还是生疏地唤了一声："哥……"

陈岁听见了，抬头，视线飘落在她身上。

夏耳本就不习惯被人注视，尤其这个人还是陈岁。她与他对视一瞬，眼睫轻轻一颤，很快垂下眼。

陈岁没说什么，站直身子，说道："走吧。"

从派出所出来，夏耳与陈岁一前一后地往回走。

自然是他在前，她在后。

她还记得程可鱼的嘱托，暗暗鼓起勇气喊他："陈岁。"

陈岁双手插兜，慢悠悠地转过身："嗯？"

夏耳不太敢看他的眼神，可低头又不礼貌，视线虚虚地落在空中，落在少年凸起的喉结上。

"那个，程可鱼……不知道你还记得她吗？她也在里面。她不太敢给她爸妈打电话，所以……可不可以麻烦你……”

她的声音越说越小，到最后，似乎也意识到了这个要求有多过分，没再敢说下去。

她偷偷觑了眼陈岁，他头微仰，打量着路边那棵抽了新枝的柳树，也看不出他究竟有没有在认真听。

在没等到陈岁回答的时间里，夏的心一点点悬起，吸进去的每口气吐得都不太轻松。

料想他应当是没有帮忙的意思，她垂下眼，艰涩地开口：“总之，谢谢你能过来，给你添麻烦了。”

“所以……”陈岁的视线从柳树上收回来，重新落在夏身上，懒懒散散地说，“还是团伙作案。”

夏耳平时接触的都是老实人，一时没转过弯儿。

陈岁见她懵懵懂懂的，于是双手插兜，慢悠悠地走过来，到她身前站定，垂眼睨她。

“早恋。”

夏耳一愣。

他微微俯身，气息也随之扑过来：“还进了局子。”

夏耳默不作声。

“行。”陈岁直起腰身，意味不明地笑了声，“我都没进过。”

夏耳本就觉得自己的处境像被绑在绞刑架上，而陈岁每冒出一句话，都如同在绞刑架下添了一把柴，烧得她无地自容，脸颊冒火。

诸多解释一股脑涌到嘴边，她连忙摆手，说：“不是早恋，也不是进局子，不是那样的。”

“哦？那是哪样？”陈岁挑眉。

夏耳笨拙地解释：“我……我不是坏学生。”

她一本正经地说出这话，也不知怎么戳中了陈岁的笑点，这更让她觉得丢脸。

她的小脸憋得通红，别扭地揪着衣角，不知道该说什么才能让他相信自己。

陈岁一边笑，一边从兜里掏出一部手机。

夏耳不经意扫了一眼，是诺基亚新出的一款全屏的智能机。

对他们这些学生来说，别说智能机，普通手机都很少见。

陈岁修长的手指在发光的屏幕上划了划，似乎拨通了一个号码，把手机放到耳边，说话时笑意未退：“到派出所这边来一趟，嗯，自己来就行。”

说完，他挂了电话，见夏耳在看他，跟她解释：“小乐。”

夏耳一听，明白陈岁是找人来接程可鱼的意思，她的心就如解开死结的气球，一点点缩小、放松。

陈岁把手机揣回兜里，找了个靠边儿的位置，在那儿等人过来。

夏耳跟过去等。

没十分钟，小乐来了，把程可鱼接了出来。

程可鱼感动得快哭了，抱住夏耳一通胡言乱语。

夏耳好容易才把程可鱼从身上扯下来，说："你应该谢陈岁。"

程可鱼转过身，开口要道谢，陈岁随口截了她的话："不用。"

小乐上来搂过陈岁的肩，问道："勋哥他们张罗要撸串去，一起啊？"

"行啊。"陈岁拿掉肩上那只手，又接了一句，"我请。"

小乐在陈岁肩上捶了一下，说："好啊。"

他回过头，问夏耳："晚上吃饭没？"

夏耳似乎猜到了陈岁的意思，又不太敢确定。

她压抑着心思，与程可鱼手挽手，细声回道："还没。"

"那正好，跟你朋友一起来吧。"陈岁向夏耳示意，"离这儿不远。"

程可鱼听了这话，心中一万个高兴，暗中捏了捏夏耳的手，劝她赶快答应。

夏耳料中了陈岁的意思，心里也有点雀跃。

可她又觉得别扭，不想让他觉得她对这件事是很期待的。

她柔声拒绝："你们跟程可鱼去吧。"

"啊？我一个人去有什么意思啊！"程可鱼哀号一声，"你也一起去嘛。你家又没人，回去了还不是要自己做饭。"

"走吧，陈岁都请你了，你不给陈岁面子，也得给你乐哥一个面子吧。"

两个人在夏耳左右两边一起劝，一个说她回家也没饭吃，另一个说她不给面子，把她的退路全堵死了。

夏耳摇摇头，说："还是算啦。"

陈岁不知什么时候走过来了，他微微垂眼看她，问道："怎么了？"

本来没怎么，偏偏就是他这一问。

她不是不想去，可他已经对她有"看法"了，觉得她"早恋"又"上网"，是个坏女孩。

要是再随便答应他，他会不会觉得她很"随便"？

她不想让他这样觉得，可是又没有办法表达。

"没怎么。"夏耳的声音闷闷的，"就是想回家了。"

"这还没怎么。"

陈岁伸手，在她头上揉了一把。

不是那种亲昵的动作，只是同龄人之间再自然不过的玩闹举动。

“我跟你道个歉，不论是我哪里做得不好，都别生我气。”

从陈岁回来到现在，她还是第一次听他用这么正经的语气跟她说话。

夏耳微微抬头，鼻子轻轻吸气，情绪止住了一点。

“而且……”陈岁又哄她，“饭总是要按时吃的。”

程可鱼见状，马上也帮着说话：“是啊，夏耳，有什么不高兴的就说出来嘛。我早饿了，就一起去吧。”

小乐也在劝夏耳。

夏耳也不是一个特别爱使小性子的人。

本就是一时的小情绪，现在搞得这么多人都来哄她，反而显得她不懂事了。

她抿了抿嘴角，轻轻点头，说：“好的，一起去。”

陈岁这才笑了，对大家说：“快走吧。别把我们小耳朵饿坏了。”

后面这句话飘散在夜空里，也不知落进了谁的耳中。

到了地儿，是别人家的烧烤店。

这样也好，夏耳也不想当着父母的面跟一群男生一起吃饭，太别扭了。

一起吃饭的都是常和陈岁他们玩的朋友。

夏耳对这些人，有些只知道名字，大部分完全不认识，她也不常跟附近的同龄人来往。

这会儿一大桌子这么多男生，夏耳已经不自在极了，好在左边是陈岁，右边是程可鱼，两侧都是熟人，勉强让她心安一点。

他们坐包间，老板娘进来把有塑封的菜单放在桌子上，拿着便笺本和圆珠笔等着记录。

其他人也不看菜单，七嘴八舌的：

“来三十串羊肉串。”

“二十串鸡胗。”

“来份烤韭菜吧。”

“这玩意可不兴吃啊！”

“你少管！”

夏耳动了动，她没有接触过这样的人。

陈岁本来在把玩玻璃杯，闻言，用杯底敲了敲玻璃桌面。

“讲话干净点。”

其他人愣了下，随后看到桌上的两个女生，赶紧收敛态度。

“有女同志在呢，注意素质。”

“就你一天天瞎说话，能不能注意点儿？”

“夏耳你别生气啊，我们平时闹习惯了，见笑了。”

夏耳笑了笑，说：“没事，你们说你们的，不用管我。”

陈岁把菜单推到夏耳面前，对她说：“看看想吃什么，自己点。”又跟程可鱼说，“你也一起看看。”

“啊，好、好，谢谢。”

程可鱼完全没想到陈岁还会跟自己说话，惊喜万分。

她借着跟夏耳一起看菜单的机会，挨到一起，小声说：“我觉得陈岁人好好哦。”

夏耳听了这话，比听到别人夸自己还开心，不由得弯了嘴角，小声回答：“他一直都很好。”

两人点了些烤串，又要了一碗麻辣烫，两人分吃一碗。

一群大小伙子点了不少乱七八糟的，又要了一箱啤酒，大有不醉不归的架势。

有几个成年的男生喝了酒，天南海北一顿神侃，酒量不好的，没两杯就开始上头。

有一个人提着酒瓶子就要给两个女生倒酒。

“不喝酒，撸串有啥意思？”男生走到近前来，非要劝酒，“喝一杯，就一杯，这点儿面子都不给吗？”

他劝了半天，程可鱼拗不过他，实在没办法，拿起杯子说：“那我就用饮料代替吧。”

这人又看向夏耳。

夏耳马上说：“我不喝酒，拿可乐代酒行不行？”

“咋回事，酒跟可乐能一样吗？”

他说着，把啤酒瓶子伸过去，准备向她的杯子里倒酒。

玻璃瓶口悬在玻璃杯上方，液体刚要倾洒出，就见一只修长的手覆住了杯口。

男生侧头，顺着那只手望过去，看见陈岁的右臂随意地伸了过来，那架势明明是在阻挡人向杯里倒酒，却更像是把手臂后面的人护在身后的姿势。

“都说了她不喝。”

陈岁掀起眼皮，淡淡睨着那人，褶皱深处的小痣微微露出。

他明明是笑着的，可漆黑的双眸莫名带了些冷戾。

“你耳聋？”

饭桌上的气氛，因为陈岁突如其来的两句话，搞得有些僵。

陈岁的气质惯常就冷，虽说平时总是笑呵呵的，看着很随和，但他们也说不上来为什么，都有点怵他。

桌上的竹签子扔得乱七八糟，有一根没放稳，顺着桌角滚下来，“啪”一声掉在地上，声音有些清脆。

像是奇幻世界里，终结静止世界的那一声响指。

有人赶紧打圆场：“傻子，你喝蒙了吧，让人家小姑娘喝什么酒。”

“把他酒瓶子抢下来！你咋回事啊，喝点酒就找不着北了啊？”

还有人替他道歉：“山夕哥，他喝多了，你别跟这傻子一般见识。”

陈岁敛眸不语，伸手把夏耳面前的空杯子拿过来，给她倒了一杯可乐。

“喝这个。”

说着，他把杯子重新放到夏耳面前。

那倒酒的人被朋友拽回去。

见陈岁不说话，这些人也摸不准他的意思，讪讪的都不怎么自在。

连拿个烤串都小心翼翼的。

夏耳看出气氛不对劲，她也不想大家因为她而搅乱了吃饭的好心情。

想了想，她拿起刚被放下的可乐瓶，先拧紧盖子，双手抱住瓶身，用力摇了摇，又拿过陈岁的杯子。

打开瓶盖，细密的气泡瞬间上涌，夏耳赶紧往杯里倒。

刚倒进去一点儿，那气泡冒得厉害，汩汩往上涌。

陈岁赶紧收住瓶口，用盖子盖住，停止她倒可乐的动作。

“气泡太多了。”他说。

“没关系，消了就好了。”

随着她话音落下，杯子里的姜黄色气泡逐渐消失，最后只剩下一寸高的液体。

夏耳重新把杯子填满，最后，把满满一杯可乐推到陈岁面前，双手握着杯身，抬眼瞧他，说：“可乐已经消气儿了，山夕哥也消消气儿。你别生气了，好不好？”

她今天也梳了一个整齐的丸子头，一双眼睛大大的，尤其她此刻看他的这种角度，他刚好可以把她眼角的弧度瞧得分明，像艺术家漂亮的顿笔。

小时候，他们一起坐在院子里吃雪糕，她吃着吃着就会侧过头来，对他说：“我想尝一口你的，然后给你吃我的，好不好？”

好不好?

每次夏耳有求于陈岁，就用这种带点儿商量的语气，想不到长大了，还这样儿。

陈岁接过她递来的可乐，弯起一边嘴角。

“好。不生气了。”

这乖顺的态度，好像刚才那些冷戾，全都是另一个人的情绪。

夏耳开心了，坐正身子，捧起玻璃杯，小口小口地品尝可乐。

桌上终于恢复了先前的热闹。

其他人再看夏耳时，目光中都带了点儿感激。

夏耳并没有注意到这些。

她看着杯子里的可乐，心里想的却是毫不相干的事。

原来，别人叫陈岁山夕哥。

她一向不大喜欢那些男生之间称呼什么哥，觉得流里流气的。

可是放到陈岁身上，就是不一样的感觉。

山夕山夕，读着读着，像是真的有山风拂过，把夕阳的温度吹进少女的心田。

从烧烤店出来，已经九点多钟。

一行人在马路边道了别，各自结伴回家去。

陈岁结完账，撩开门帘出来，就见到两个小女生在外面手拉手站着。

陈岁看着程可鱼，问：“你不回家？”

程可鱼没想到陈岁会跟她说话，有点受宠若惊，毕竟他们不是很熟。

她不好意思地理了下鬓角，说：“我跟夏耳顺路啦。”

陈岁点点头，说：“走吧。”

他一个人走在前方，夏耳跟程可鱼在后面。

程可鱼话多，拉着夏耳一个劲儿地说什么“游戏好玩儿吧”“听说九星的水仙比十星还变态”“打算攒钱买个翅膀”等。

夏耳陪着她聊，一路上半点都不寂寞。

时间过得很快，没多久就走到了夏耳与陈岁两家中间的那个路口。

程可鱼松开夏耳的手，说：“你们好像到家了，我先走了。”

夏耳下意识地看了陈岁一眼。

其实回来这一路，她想多跟陈岁说说话的，可是他一言不发地走在前面，似乎并不想跟她们说话。

眼下就这样回去，不知道下次再见到陈岁，又是什么机会，什么情景了。

尽管他们就住前后院，但是毕竟长大了，已经没法再像小时候那样亲密。

没想到的是，陈岁恰好也在看夏耳。

小镇上安装的路灯老旧，灯光昏暗，有些像西方神话里怎么擦也擦不亮的阿拉丁神灯。

两人在幽暗的光线中对视，实在有些猝不及防。

夏耳率先移开目光，抚了抚手臂，说：“那我就先回去了。”

程可鱼说：“啊，好，耳朵拜拜。”

夏耳刚转过身，就听身后传来陈岁的声音。

“等一下。”

她止住脚步，转回身去：“嗯？”

“这么晚了，你一个人回家恐怕不安全。”陈岁看向程可鱼，“我们两个送送你吧。”

夏耳心想：“我们两个”是指我跟他吗？

“哇！”程可鱼开心得快要蹦起来，“真的吗？陈岁，你也太好了吧！”

“嗯。”

“那走吧！”程可鱼不给夏耳反应的机会，直接挽住她的手臂，继续跟她叽叽喳喳了起来。

夏耳被程可鱼拖着，在心底偷偷盘算去程可鱼家的距离。

送她回家，似乎也挺不错的。

夏耳有点感谢这路灯昏暗，这样就不会被人发现她微扬的嘴角。

又往前走了几条街，拐了一条路，才走到程可鱼家。

程可鱼非常感动，进家门之前对夏耳说：“小耳朵，这是我过得最开心的生日了，谢谢你们专程送我回来。”

夏耳说：“你快进去吧，叔叔阿姨该等急了。”

一提到爸妈，程可鱼整个人紧张了一下，也不废话了，迅速跟他们挥手作别：“你们两个回家注意安全啊！”

话音落下时，她直接进了大门，往家里跑去。

夏耳望着程可鱼的背影，笑得有些无奈。

她转回身，刚好看到站在身后的陈岁。

夏耳不好意思再笑，避开他的视线，小声说：“我们回去吧。”

“行。”

回去的路上，陈岁没再一个人走前面，而是慢下脚步，跟夏耳并排，中间礼貌性地隔了一人距离。

一路上，谁都没有说话。

路上是细沙石，柏油路还没铺到这些连通家家户户的小道儿里，鞋子踩上去，有咯吱咯吱的声音。

月色无瑕，踏月也似踏雪。

夏耳静静地听，听自己的脚步声，也听陈岁的。

一个人在心底酝酿了太多想说的话。

她想问。

你在安城过得怎么样？吃得还习惯吗？地理书上说，安城处于亚热带，四季都很热，伏天屋子返潮，还有会飞的蟑螂，你会怕吗？还是直接踩死了它？

这几年总听妈妈讲，你到了那边学习也很好，拿过很多奖状，那你为什么会被开除？

从安城回来，你是开心还是难过？

可这些，她一句话都问不出。七年岁月生生在他们中间划开一道天堑，分开的每一天，都让他们的生疏多一分，如今早已不比从前。

她一直压着这些想法，跟他往回走。

但，即使是什么都不说，只是跟他走在一起，她也是开心的。

很快，走到了她家门口。

夏耳转过身，想要打破这沉默的气氛。

她双手背到身后，换了个熟稔的语气："今天真的谢谢你啦，不然我都不知道怎么办。"

"没事儿。"

陈岁仍旧是满不在乎的口吻，好像什么都不值得他放在心上。

夏耳觉得自己自讨没趣儿。

"那我回去了。"

"等等。"

陈岁走上前，伸出一直插在口袋里的手，在她头上亲昵地揉了揉。

夏耳抬头看他，他个子高高的，嘴角是懒散的笑。

"别多心，就一顺手的事儿。我人都回来了，总不能看你在我眼皮子底下被人欺负。"

风把他的话吹进耳朵，像蜜蜂采回了蜜，润在她心头。

陈岁收回手，重新放回口袋里，扬了扬下巴，说："回去吧。"

"好。"

夏耳乖顺地点点头，走到大门口。

她用钥匙打开门锁，开门走进院子里，转身把锁头反锁在门上。

然后隔着大门的缝隙，顺势看了陈岁一眼。

他身形清瘦，站在路口处，双手揣进兜里，在夜风里瞧她。

一切都是静静的，显得有些不真切，像神灯为了满足她的愿望，凭空幻化了他的身影。

Chapter 02

/ 少女与恶龙 /

回到家里，夏耳打开灯，给自己倒了一杯温水，一边倒水，一边留意前院的情况。

一直等到陈家的二楼也亮起了灯，她的心才终于落下来。

她喝了半杯水，把另外半杯放到床头，然后打开衣柜换睡衣。

又到后屋打了盆水，开始洗脸刷牙。

等她全部忙完，爬上床时，闹钟显示刚过十点。

她从书包里拿出英语书，靠在床头，打算再背一背单词。

夏耳捧着书本，看着书后的单词表，渐渐就走起了神。

她努力投入了几次，可每次都坚持不了两分钟，耗费了很长时间，进度还停留在第一个单词上。

夏耳从来没有这样的时候，最后，她“啪”一声合上书本，重新放回书包里。

她仰倒在床上，愣愣地看着天花板。

星期一上学之后，夏耳并没有忘记答应妈妈的事，她在语文课结束后，去问班主任学校还收不收转校生。

班主任老刘让夏耳把他的手机号告诉学生家长，他会带他们办理入学手续之类。

夏耳回家后，跟妈妈转达了班主任的话，其他的就交给大人去沟通。

她在心里偷偷好奇陈岁被开除的原因，却又不想让陈岁知道，她知晓他被开除这件事。

这天课间，四班的同学正在教室里自由活动，突然，一个女生猛地推门进来，激动地拍靠门口的书桌，大声说："天啊！九班居然转来一个帅哥！我刚看完回来，我跟你们说，老帅了！"

一句话激起了女生们七嘴八舌的讨论。

"什么？真的假的？！你在哪儿看到的？让我看看，让我看看！"

"什么时候转来的，我怎么没听说？"

"为什么帅哥都在理科班，我们文科班就不能争气一点儿吗？"

后排男生听到明显就不乐意了："田佳欣，你什么意思？咱们班男生不帅吗？女人，你没眼光！"

女生们一哄而起，跟着来报信的女生，一起跑到九班去了。

还有人喊夏耳："走啊，去九班看看帅哥！"

夏耳摆摆手，说："我就不去啦，我要把课后题写完。"

"课后题什么时候不能写，帅哥是想看就能看的吗！？夏耳，你行不行啊！"

最开始接话的男生又说："人家夏耳是觉得咱们班的男生更帅，根本没必要去看别人了。"

夏耳被逗得抿嘴笑："是啦，你们最帅。"

文科班女生占了全班人数的四分之三，几乎都去看转校生了，就连男生也好奇地去看这新来的男生到底有多帅。

只有夏耳没去。

其实她隐隐猜得到，这个新来的转校生就是陈岁。

她不想在这样的情景下，跟随那么多女生一起过去，挤来挤去就为了看他一眼。

那么多人一起去看他，那么对他来说，她跟别人又有什么分别。

她现在的心情微微有一些复杂。

就好像独属她一个人的珍宝，被其他人挖掘了去。

开心它被所有人欣赏的同时，还有一些再也没法一个人拥有它的酸楚。

转校生很快在年级里引起轰动。

一到课间，就能看到教室前后门三两结伴的女生，你拉我我推你地往九班的方向去。

班级里的女生激动地聊着关于转校生的八卦。

"我去办公室取作业，听老师说他是从安城过来的。"

"城里来的啊？怪不得这么帅呢，看气质就不一样。"

"我还看到他打手机，他家好有钱。"

"他长得痞痞的，但真的好帅。"

…………

一直偷听的夏耳摸了下右耳垂。

午休过后，夏耳跟程可鱼回到教室，两个人坐在一起聊天。

班上关于转校生的话题仍然没停，那些女生正在热情地讨论她们在哪里看到了陈岁，是什么情景。

程可鱼在跟夏耳描述昨晚看的言情小说，忽然听到前门有人敲门。

“夏耳在吗？”

教室里的聊天声停了一下，有人看向门口，见到来人，赶紧推身边的人一起看。

夏耳听到有人找自己，茫然地抬起头。

刚刚还被讨论的陈岁此刻就站在前门处，他脸颊瘦削，姿态略微懒散，又有令人难以接近的冷淡。

一时间，大家齐刷刷回头去看夏耳。

惊讶、意外、探究……什么样的眼神都有。

夏耳被看得浑身不自在，从座位上站起来，脸上热辣辣的，下意识地向外走。

陈岁倚在门上，好整以暇地等。

一共才几米的路，夏耳却觉得格外难走。

她走到陈岁面前，看向他，小声问：“你怎么过来了？”

陈岁的视线越过她的肩头，向她身后的教室扫了眼，说：“你班上这么静。”

本来不静的，这不是看见你来了。

这话夏耳没办法跟陈岁说，胡乱地应了一声，问：“你找我有事儿吗？”

陈岁变魔术似的，左手臂从背后绕到身前，臂上搭了一件薄卫衣，卫衣半遮半掩的，露出一瓶果粒橙。

“不知道你爱不爱喝这个。”陈岁把饮料递给夏耳，“看到就买了。”

夏耳接过。瓶身倾斜间，里面漂浮晃动的橙子果粒像在指尖穿梭。她蓦地就想起小时候，陈岁第一次到她家吃饭的情景。

那会儿家里刚好缺酱油，徐凤琴领着夏耳去小卖部买，一进门就看到陈岁一个人站在玻璃柜台前，他那会儿也不大，还没柜台高。

小卖部的大姨手臂拄在柜台上，探着身子问他：“陈岁呀，你怎么天天晚上来买方便面啊？你妈妈不给你做饭吃吗？”

陈岁垂下头，小声说：“做饭，但是妈妈要很晚才回来。”

大姨继续问，才知道陈岁的父母出去做生意，每天要很晚才能回来，他一个人在家，就只能自己找东西吃。

夏耳听到了，仰起小脸，晃晃妈妈的手，问道："妈妈，我们让哥哥到家里吃饭好不好？"

谁都没有想到，她们母女出去买酱油，还顺带领了个孩子回来。

也是那一天，陈岁买的橙汁饮料，被夏耳厚着脸皮喝掉了大半瓶。

再之后，陈岁没事就会到夏耳家吃饭。

每次来的时候，都会顺便带一瓶橙汁。

夏耳回过神，很努力地控制自己的嘴角，不让它上扬得太明显。

她问："你来，就是为了给我送饮料啊？"

"是。"

她没来得及高兴，听见陈岁又说："顺便请你帮个忙。"

"嗯？"

陈岁把手臂上的卫衣放到她怀里，说："我晚上要去打球，穿着不方便，你帮我带回去，顺便告诉我妈一声，晚上我不回去吃饭了。"

"啊……"夏耳迟钝地回应，"好的，我会告诉阿姨的。"

"行，辛苦小耳朵了。"

陈岁说完这句话就走了。

夏耳抱着卫衣，还有他送来的"辛苦费"，一个人站在教室前门，有点呆呆的。

半晌，她回过神，抱着卫衣回到座位上。

教室里仍然静悄悄的。

她把果粒橙放到桌子右上角，然后把卫衣在桌子上展开，整齐叠好，放进书桌里。

这时，田佳欣八卦地凑过来，倒坐到夏耳前面的座位上，伸长脖子问："夏耳，你跟九班那个帅哥认识啊？"

夏耳不知道该怎么说，她悄悄握住大拇指，点头道："认识的。"

其他女生听见了，纷纷表示震惊。

她们赶紧凑过来，把夏耳围了个水泄不通。

"你们居然认识？"

"你俩是啥关系啊？他为啥给你送饮料？"

"对啊，他还把衣服都脱给你了，你俩是不是关系不寻常呢？"

……

夏耳被说得脸一热，赶忙辩解："不是的！他是我家邻居，住得比较近，你们不要乱讲。"

"为什么我没有这么帅的邻居？想暴打邻居了。"

"怪不得喊你看帅哥你不去呢，原来你们都这么熟了。真是的，你也不说一声，还瞒着我们。”

“对啊，你咋不说呢？”

…………

夏耳不善言辞，被问得半天说不出话来。

夏耳那天胡乱应付过去，满足了她们的好奇心后，班上这群女生消停了很多。

但是关于陈岁的讨论，却从未停止。

每次讨论到最后，都要添上一句“就是看上去像个玩弄感情的渣男”。

夏耳每每听到这里，就会产生一种很强烈的罪恶感。

她就是用这句话来应付那些女生的。

之后，她又在心底为自己开脱。

毕竟，她只是客观地描述了一下他的长相而已。

夏耳觉得自己好奇怪，只要是跟陈岁沾上边，她就变得很奇怪。

她从没这样背后诋毁过别人，可是只有这样，才能减少她们对他的兴趣。

她变得有点讨厌，有点不像自己。

她不知道这个变化是从什么时候开始的。

她把这归结为，对朋友的占有欲。

天气渐渐热起来，骑自行车上学的学生也开始变多。

夏耳也是其中一员。

这天放学，夏耳跟程可鱼并排在柏油路上骑车。

这条大路上学生很多，经常有学生用超快的速度飞驰而过。

她俩骑得慢，已经被不少人超过了。

身后传来男生笑笑闹闹的声音，她们并没有在意，很快，那些男生追赶上来。

有个男生在后面说：“哎？前面那人不是夏耳吗？”

程可鱼听见声音，扭过半个身子回头看了眼后，对夏耳小声说：“是小乐他们。”

话音刚落，这群男生就从她们后方赶超到了她们前面。

七八个男生前后错落，背着书包，骑车时还不忘打嘴仗，相互之间骂来骂去，却也都笑呵呵的。

路边细长的柳丝有时会拂过他们头顶，男生们在一片片树影间穿梭，身上忽明忽暗。

陈岁跨坐在一个男生的自行车后座上，手扶着车座边沿，笑着跟左边骑车的男生说话。

他校服半敞，袖口堆在手肘处，气质是干净的，莫名又沾了点儿痞。

陈岁突然回头看了夏耳一眼，紧接着，在前方男生的腰上拍了一下，就这么从车上跳了下来。

夏耳以为陈岁要让别的男生载他，就没多想。

她骑车从他身旁路过，风吹动她的发丝，不想陈岁竟一把抓住她的车子后座，直接跳了上来。

她吓得惊叫出声，车把迅速晃动了一下，被她用力抓住，才没连人带车一起栽倒。

“稳点儿，我怕摔。”

少年人低缓的嗓音从背后传来。

夏耳感觉腰上一紧，低头一看，身侧各多了一截瘦白的手臂，正揪着她两侧的衣服。

夏耳的脸红到爆炸，又羞又气的，说出的话，因为她声音太软，也缺了几分气势。

“你干吗跳上来啦！”

陈岁不为所动，语气优哉游哉的：“我听说，我好像有对象了。”

夏耳没接话。

“好像还不止一个。”

她继续保持沉默。

“你知道这事儿吗？”

夏耳觉得自己就像烧开的水壶，又像是被看光屁股的孔雀。

她僵硬得不能再僵硬，恨不得钻进地缝。

但她不能露出破绽，也不能被动地处于下风。

她身子绷紧，一本正经地给出解释：“咱们学校抓早恋很严的，你刚来，千万不能违反校规。”

“哦……”

陈岁意味深长地应了声，尽管夏耳看不见，还是点了点头。

夏耳见他相信，身子悄悄放松，无声地吐了口气。

这时，陈岁慢悠悠的声音又从身后飘了过来。

“原来小耳朵是怕我跟别人谈恋爱啊。”

陈岁的语气悠悠的，漫不经心，像是随口一说，又像是早已洞悉了她的心事，所以才会用这种逗弄的语气来试探她的反应。

就当是说者无心，可她这个听者确确实实有那个意。

夏耳撒谎经验不足，这会儿心里慌慌的，像揣了只兔子。她实在没想到，年级里那么多人，明明大家都在传，为什么陈岁一下子就猜到了她的头上。

原本陈岁抓着她两侧的衣服，还让她觉得害羞，可现在她只觉得他是在防止她逃跑。

夏耳握紧车把，勉强镇定，尽量用自然的语气大大方方地承认："我确实怕你会跟别人谈恋爱。"

"为什么要怕？"

夏耳义正词严地说："因为镇上只有我们这一所重点高中，要是你被开除了的话，就没学上了。我还是希望你能好好学习。"

"原来是这样。"

"是。"

"行，那谢谢小耳朵。"

夏耳感觉自己的后座一轻，从车上跳下来的少年倒退着小跑，弯唇朝她笑道："不欺负你了，走了。"

说完，他转回身，三两步追上前面那群男生，随便找了辆自行车跳了上去。

男生们见陈岁回来，不知说起什么，突然纷纷站起来猛骑，在绿柳荫荫的柏油路上竞速。

很快赶超前面的队伍，与其他蓝白校服混杂在一起，再一会儿，连他们骑到哪儿也分辨不出了。

程可鱼一直在旁边跟夏耳一起骑，陈岁过来之后，她默默退到后边，慢速地跟着。

这会儿陈岁走了，她两下蹬上来，车把向右，拉近她俩的距离，一脸八卦地说："陈岁居然上了你的车，好那个啊！"

"哪个？"

程可鱼有些无语地看着夏耳："就是很那个啊！一个男生坐女生的自行车后座，跟女生坐男生的自行车后座有什么分别？"

"哪有你说的那样啦。"夏耳回想刚才的情景，耳朵热热的，她脸皮薄，不想再被好朋友开玩笑，"我们关系比较好，陈岁才会这样，你又不是不知道。"

这样的说法显然没能打消程可鱼的八卦之心。

"可你不觉得他对你有点不一样吗？"

夏耳的心一跳，转头看程可鱼，不敢置信地问："会吗？"

"会啊！要说你俩是发小，可他对你那个劲儿吧，就有点那个……"程可鱼略做沉吟，"不对，应该说很那个。"

夏耳脸颊发烫，阻止了好友的想法："他从小就到我家来吃饭的，我们两个一起长大，跟亲兄妹差不多，所以相处起来，可能容易让人误会。"

"喊，你还不信。"程可鱼把距离拉远，"反正你俩不对劲。"

夏耳不知道该说什么，最终送上诚恳的建议："程可鱼，你没事少看点儿小说。"

关于陈岁女朋友很多这件事，已经成了尽人皆知的八卦，尤其是当事人并没有出来澄清。

于是大家都把这当成"当事人已经默认"了的事实，就这么给陈岁冠上了花心男的名头。

每次听到这些，夏耳心里都非常愧疚，她觉得自己不应该误导别人，而且还给别人带来了困扰。

她觉得有些对不起陈岁，干脆就躲着他。

天气一天天变热，织女镇入了夏，学校的篮球比赛也随之而来。

除了高三，每个班级的学生都可以自由报名。

体育委员在讲台上宣布这个消息的时候，夏耳一下子就想到了陈岁。

他那么爱打篮球，一定会报名的。

学校根据报上去的名单很快分好队，高一与高一对打，高二与高二对打，最后再由高一和高二对打。

在两组决胜队伍比出来之前，篮球比赛都是抽时间进行，结果如何，只有报名参赛的成员才知道。

夏耳所在的班级也有人报名，那人比完赛回来，同学们都问他结果怎么样。

男生捞起运动服擦了擦额头上的汗珠，说："输了，对手也太猛了，尤其九班那个新来的，太能截球。"

"啊？这么快就输了啊。"

夏耳的同桌也是个女生，听见这个消息，似乎有些不满。

她转回身，余光瞥见夏耳嘴角带着笑意，于是拍了夏耳一下，问："咱班同学都输了，你怎么还笑呢？"

"嗯？我在笑吗？"夏耳茫然地摸了下自己的嘴角，好像是有点上扬。

她意识到自己这时确实是不该笑的，不得不撒一个小谎混过去。

"我是在想昨晚看的电视剧，跟比赛没关系。"夏耳摸了一下右耳，"我对这些比赛不感兴趣的，你是不是忘啦？"

同桌一想，说得也是，就没再深究，自己一个人郁闷去了。

之后的日子，班上一有篮球比赛的消息，夏耳都会悄悄竖起耳朵。

听说陈岁所在的队伍一路神挡杀神，而陈岁的名字也因为疯狂而精准的球技，开始在年级中传开。

高一与高二篮球决赛那天，正好赶上高一高二每周一节课的自由活动时间。

大家都到操场上去看比赛。

程可鱼去小卖部买了一支雪糕，问夏耳吃不吃。夏耳从不贪凉，去冷藏柜里拿了一瓶果粒橙。

等两人从小卖部走到操场时，比赛已经开始了。

篮球场被围得水泄不通，神奇的是，程可鱼拉着夏耳左挤右挤，居然挤到了第一排。

她们刚站好，就见一个穿黑红相间篮球服的高个男生跳起来，远远把篮球投进了篮筐里。

“咣当”两声，一声是篮球砸在篮板上，另一声是篮球反弹进篮筐里碰撞出来的声响。

围观群众顿时爆发欢呼。

“哇哦！”

“牛啊！陈岁牛啊！这么远也能投进！”

“这哥们儿确实有点牛。”

夏耳定睛一看，见刚才投篮的男生球衣背后印着“CS”两个字母，往上看，男生后脑勺圆润，身形高瘦，确实是陈岁无疑。

这是夏耳第一次看陈岁打篮球，以往只知道他爱打球，但是从来不知道他有这么厉害。

球场上这么多挥汗的少年，夏耳一眼就认出了陈岁，他实在太好认了——皮肤白得出众，脸又那么优越，是人群中最耀眼的存在。

他浑身都在发光。

陈岁每次都能精准截住对方的球，然后迅速运球，趁对方不备传给队友，从不贪功、抢着投篮，而是在合适的时候把球传给最有机会投球的人，球品很好。

球场周围的女生嗓子都要喊破了，凡是陈岁进了球，自发组成的“啦啦队”都会高喊：“陈岁！陈岁！”

夏耳并不生气，觉得陈岁配得上这些。

她甚至羡慕那些女生可以那么热情、奔放、勇敢，她却连为他尖叫的勇气都没有，这会令她窘迫、难为情。

哨声吹响，上半场比赛结束。

两组队伍各自下场，陈岁一边向外走，一边随手撩起篮球服擦额头上的汗，腰身劲瘦，看得周围女生一阵捂嘴低呼。

那些“啦啦队员”拥上去围住陈岁，有的递毛巾，有的递水，什么水都有。

程可鱼看到了，忍不住说：“这几个女生也太大胆了吧，认都不认识就敢给人送水，长得帅真好。”

夏耳见其他打篮球的男生都在喝水，再看陈岁面前那么多女生，她握紧手中的果粒橙，突然也想勇敢一次。

就像那些“啦啦队员”一样。

她屏住呼吸，在脑中想象自己穿过人群，顶着所有人的目光，挤进那些女生中，把果粒橙递给陈岁的场景。

先不说那么多人同时注视，肯定还会有人议论她，会不会说她不知羞耻，说她在追陈岁?

还有那些“啦啦队员”，看到突然参与进来的她，又会怎么看她?

夏耳光是想到这些，就已经快要无地自容，想快点跑开，躲到没人的地方平息自己的心绪。

可是……

夏耳抬起头。

陈岁就站在那里，站在阳光下，站在人群中央，是那样闪亮、耀眼。

她多想站在他面前。

她的手握了又松，松了又握，最后，她怅然地垂下手臂，也放下了那些放肆的想法。

远处，陈岁放下篮球服，不知对那些女生说了什么，他转头，在球场周围扫了一圈。

他的视线原本从夏耳所在的位置迅速掠过，似是注意到了什么，他的视线又折返回来，落定在她身上。

夏耳呼吸一滞。

虽然没有什么证据，但是直觉告诉她，陈岁在看她。

下一秒，陈岁回过头，又对那些女生说了什么，紧接着抬起手臂，往夏耳所站的方向指了指。

“啦啦队员”们齐齐扭过头，顺着他指的方向看。

夏耳蒙蒙的，就这么跟一群女生在操场隔空对视。

再然后，那些女生全都散了，一边退场，一边对陈岁做出加油打气的手势，陈岁也跟她们挥手。

女生们彻底离场之后，陈岁这才转过身，直奔夏耳而来。

夏耳的心倏地提了起来：陈岁怎么会过来？他过来干什么？他怎么会知道我来看比赛？

晃神的工夫，陈岁已经走到她面前，高高的个子，将她笼进他的影子里。

他抬手，在她头上轻轻拍了一下，垂眼看她："你怎么回事啊，偷看我打球？"

"我……没有偷看。"

陈岁离夏耳太近，身上满是运动过后的热气，她不由得后退一点，也说不上来什么原因，脸颊有些红。

夏耳微微仰头，因为后退这一小步，就离开了他的影子，被太阳晒着。

她抬手，在额头上搭了个"凉棚"，试探地问："你刚才是在指我吗？"

"除了你，我还能指谁？"陈岁忍不住弹夏耳的额头，"你也看到了，一群小女孩儿非要给我送水，我多厚的脸皮，收人家的水。"

夏耳软声软气地说："那人家觉得你打球厉害，给你送水是崇拜你啦，收下也没什么的。"

"不好意思要人家女孩儿的东西。"

"那为什么你指我一下，她们就不送了。"夏耳仍旧不解。

"啊，我这不是有挺多对象吗？"

陈岁弯起一边嘴角，身子微微前倾，重新把夏耳笼罩在自己的影子里面。

她重新得到阴凉，也放下了自己的手。

她大大方方地抬头跟他对视，静候他的答案。

陈岁语气懒懒散散的。

"我跟她们说，我有个朋友在那边。如果喝了你们的水，她会不高兴的。"

夏耳握紧了手中的瓶子，故作淡定地问："你真的这么说啊？"

陈岁垂眼笑道："你说呢？"

"我……"

"逗你的。"陈岁站直身体，继续道，"我跟她们说我自己买了水，让你帮我拿着。"

"啊……"

夏耳没有办法再装若无其事了，她低下头，不想让陈岁看见自己的眼神，说："那还好，你千万不要再乱说了，会让人……会让人误会的。"

幸好方才她并没有流露出什么不该有的情绪，不然她现在一定会非常尴尬。

陈岁又问："那你的饮料能借我喝一口吗？"

夏耳"啊"了一声，看了眼手里的果粒橙，又抬头看他，有些迟疑地说道："我都喝过了……"

"谎都撒出去了，总得圆一下吧。"陈岁说，"人家都看着呢。"

闻言，夏耳视线越过他，往其他地方看。

不得不说，陈岁太过瞩目，确实有很多人都在往这个方向看，尤其女生们，还在小声地跟身边的伙伴一起讨论着什么。

夏耳又看了看其他打球的男生，他们都已经喝过水了，随便坐在地上休息着。

陈岁还在她面前站着，皮肤因为运动而泛红，额头有一层细密的汗，想来一定很累了。

夏耳心里有些犹豫。

可是，陈岁却是一脸坦荡，并没什么不对劲，好像他跟她借水喝，也是理所当然的事情。

好吧。

她缓缓地伸出手，把那瓶喝了一口的果粒橙递了出去。

在递过去的瞬间，夏耳反复在心里告诉自己：我们都这么熟了，小时候常常分吃东西，这并没有什么，不要再多想了。

陈岁白而修长的手伸过来，手掌因为刚刚打了球，微微有点脏。

夏耳看在眼里，并没有嫌弃，倒让她联想到一些别的东西——

拎着扳手的修车工。

打铁的铁匠。

进山打猎的猎人。

这些具有男性原始力量的联想，都是因为他手上的灰尘，又因为他的手白皙细长，与她那些奇怪的联想产生碰撞，令她心头猛地跳了下。

陈岁接过她的果粒橙，拧开瓶盖，仰头灌了下去。

他脖颈修长，凸起的喉结每隔几秒就会滚动一下，握着瓶身的指尖泛着润泽的颜色。

陈岁喝了半瓶果粒橙时，哨声猝不及防吹响。陈岁放下饮料，盖上盖子，随意拧了几下，塞到夏耳怀里。

"我先上场了，记着给我加油。"

陈岁一边跑，一边跟夏耳挥手，很快跑回场中。

夏耳站在原地，手里拿着那瓶果粒橙，终于得以放肆地释放自己的脸红。

上半场，双方比分因为陈岁的表现拉开不少。下半场，高二那队换了一个人上来，蓝色球服，个子跟陈岁差不多，眼神有点凶。

夏耳听见不远处有高二的女生低呼：

“郑世博居然上来了。”

“他肯定得上来啊，高二的要是让高一的给比下去，那得多丢脸。”

“也不知道他跟陈岁谁比较厉害？”

……

夏耳并不认识郑世博，只是在学校的通报大会上听过这个名字，印象里他不是个好学生。

事实证明突然换人果然不是好事。这个郑世博跟陈岁水平不相上下，然而，他能进球，陈岁当然也能进，甚至好几次在郑世博要进球的时候，陈岁突然起跳阻止他进球。

高二的一直在追平比分，陈岁却始终把比分差拉开 3 分以上。

等到了后期，郑世博突然改变策略，他不再执着于投球，而是执着于犯规。

第一次，郑世博在抢球时故意撞陈岁，把陈岁手里的球撞掉，裁判迅速吹哨。

陈岁看了郑世博一眼，没说什么，接受了裁判的罚球。

第二次，陈岁险些被他撞倒，球也从手里滑了出去。

裁判在一旁吹哨，正要上前，只见陈岁站稳身体后，抓起地上的篮球，对准郑世博的脑袋狠狠砸了过去！

围观的人齐齐惊呼。

陈岁的准头跟力道一直都有，他这一球下去，直接砸在郑世博头上。

郑世博猛地向后仰了一下，捂住额头，狠狠骂了一句。

陈岁大步上前，揪住郑世博的球衣领子，三两步把他按在篮球架子上，硬生生地把他提了起来。

陈岁眸光冷戾，问道：“怎么，看我给你脸了？”

二人的队友们，一拨不想看队友被比他们小的学弟欺负，另一拨不想队友吃亏，两拨人齐齐围上去，眼看就要打起来。

裁判身为老师，拼命吹着哨，赶紧上去将所有人分开，吐出口哨骂他们：“干什么呢？啊？让你们打比赛，是让你们打架来了吗？都给我散开！”

有老师拉架，肯定是打不起来的。

两拨人顺势分开，陈岁把郑世博放下。

郑世博揉着额头，往地上吐了口唾沫，恶狠狠地道：“行，小子。你给我等着。”

这场比赛最终还是以高一的胜利结束，有成员参与决赛的班级都非常高兴，像四班这种没有成员参赛的，也觉得脸上有光。

夏耳却忧心忡忡，满脑子都是郑世博那句“你给我等着”。

放学后，她特意在教室磨蹭了一会儿，假装有作业没写完，等同学走得差不多了，她才跟程可鱼去取自行车。

一般来说，学生打架都发生在放学后，人少的时候。

好在学校里风平浪静的，并没有夏耳想的那样。

她悄悄松了口气。

第二天中午，在夏耳跟程可鱼去食堂吃饭的路上，突然蹿出来一个男生。

夏耳吓了一跳，定睛一看，才发现是小乐。

“你跟我来！”

小乐不由分说地拉住夏耳的手腕，带着她在甬路上狂奔。

夏耳莫名其妙地问：“你要带我去哪儿啊？”

“楼后！陈岁在楼后跟郑世博打架了，我们谁都拦不住他，只能来找你了，再打下去就出人命了！”

夏耳心里骤然一紧，没再多说，加快脚步跟小乐跑。

到了教学楼后才发现，这里已经围了不少人，里三层外三层，什么都看不见。

小乐一路拨开人群，拉着夏耳跑到最前面。

地上倒着好几个人，要么捂着手臂，要么捂住小腿，要么身体蜷缩，看着都痛。

而陈岁把郑世博按在墙上，拳头一下又一下砸在郑世博的鼻梁上。

周围都是平时跟陈岁玩的那些人，在一边拉着陈岁，让他停手。他却像没听到一样，不断发泄自己的戾气。

夏耳从没见过这样的场面，吓得脸都白了。

她想喊他，却没有足够的力气，就连声音也带着颤意。

“陈岁……”

场面不算安静。

可这娇弱的一声呼喊，就像是破碎的风筝，终于被人抓住了线。

陈岁要落下的手突然就停了。

他这一停，周围他那些朋友也都停下来，纷纷回过头去看到底是谁叫停了陈岁。

他们意外，却又不是很意外地看到了夏耳。

女孩儿就站在人群中央，娇弱地、恳求地望着陈岁。

陈岁手一松，郑世博浑身脱力，一点点从他手中滑落，脸上有不少血。

陈岁意识到什么，把手背到身后去，喉结不自觉地滚了一下。

他想开口，却什么都说不出。

夏耳见陈岁停手，暗暗松了口气。

她看着他，走上前，对他伸出手，软声开口："陈岁。"

"嗯。"

"不要打架好不好。"夏耳想起刚才那一幕，心都揪了起来，"我害怕。"

陈岁看着眼前的女孩儿个子娇小，比他矮了快一个头，一双眼睛像小鹿一样，丸子头梳得整齐。

她从小生活在安稳美好的生活中，从没见过这些暴力的场面，肯定吓坏了吧。

陈岁喉结上下滚动，用另一只干净的手，搭上她的小手。

就像小时候那样。

"好。"

他答应她。

"不打架了。"

也许恶龙凶狠可怕、残忍无情，但它总会在某一天，被一个少女驯服。

Chapter 03

/ 卖火柴的小女孩 /

陈岁打架的事情，最后还是被学校知道了。

虽然是郑世博挑衅在先，但陈岁出手太重，对方要求陈岁赔偿医药费，学校对陈岁进行了停学一周的惩罚。

陈岁家里认了这个惩罚。

夏耳是从同学那里听来的这件事，听到这个消息时，她愣了一会儿，没有说话。

田佳欣跟几个女生过来问她：“夏耳，我听说打架那天是你把陈岁拦住的啊？”

“嗯？对。”夏耳回过神，回答道。

其中一个女生问：“那么多人都没拦住陈岁，你居然一过去就拦住了，你们的关系是不是不同寻常？”

夏耳忙说：“没有。”

“那他为啥这么听你的？”

眼前好几双眼睛都在盯着夏耳，看架势是非要从她嘴里问个答案不可。

夏耳挠了挠脸，强作解释：“大概是因为他妈妈叮嘱过我吧，说让我在学校多管着点儿陈岁。所以，他不是听我的话，而是听他妈妈的话。”

夏耳是陈岁的邻居，班上所有人都知道。

陈岁被开除过，而今刚转学来没两个月就出了这事儿，很明显不是个“善茬”，他妈妈的叮嘱还是有可能的。

这个回答很好地说服了这些女生，她们又跟夏耳聊了几句，上课铃就响了。

夏耳却在思量她们刚才说的话。

陈岁是不是喜欢她?

这种话，夏耳不是第一次听，也不是只从一个人的嘴里听到。

她隐隐能感觉到陈岁对她的不同，可她不能确定。

不能确定他对她的不同是缘于两家的关系，缘于他们青梅竹马的感情，还是真的缘于他也喜欢她这件事。

然而，当又一次从同学口中听到这种话，夏耳很难不去想会不会真有这种可能。

他会不会也喜欢自己?

夏耳趴在桌子上，伸手碰了碰自己的右耳。

她有了一个不为人知的心事。

可是为什么，这个心事会让她如此折磨。

时而苦恼，时而甜蜜。

放学后，夏耳回到家。

她的父母都在店里忙生意，家里只有她一个人。

她倒了杯水，放下水壶时，抬头看了眼前院。

站在开了窗子的白色二层平房里，她看到了陈岁在房间走动的身影。当然不只有他一个。

夏耳想到他停学一周的事儿。

她突然有些想见他。

不为别的，就只是单纯地看看陈岁。

她放下水杯，立刻就想到前院去找他。

手刚触到房门把手时，她慢下脚步，犹豫一瞬，折返回自己的小屋，从书包里拿出两个笔记本，这才重新出了门。

陈岁家的门很大，在镇上也是数一数二的气派。织女镇这么多人，陈岁家是第一户盖得起二层楼的人家。

陈家人回来后，夏耳一直还没去过他们家，偶尔听爸妈提起，说他们家一直在搞装修，家里整个翻新。

毕竟六七年没有住过人，这六七年小镇发展飞速，旧房子确实不大方便了。

饶是有了心理准备，可是在进门之后，夏耳还是被惊到了。

那种只在电视里看过的大宅子居然就在眼前，家具无一不新，屋内收拾得干净整洁，让人一时间有点不敢进。

她正四处打量，被房间里一道严厉的训斥声给喝住了。

“你什么时候才能不让你妈跟我操心？是不是非要气死我，你就开心了，啊？”

这是陈岁父亲陈广的声音。

夏耳被吓一跳，这么尴尬的时刻，她一时也不好进去。

房间里又传来曲燕温柔的声音：“陈岁，你爸说你，你要听着，他教育你也是为了你好。”

“我不用他为我好。”

陈岁冷淡的声音像夏日的凉风。

但是他说的话，轻易就能点燃一个人的怒火。

“兔崽子，你说的是人话吗？我拼了老命把你带到安城去，让你在那边上学，读最好的学校，你是怎么报答我的？你跟人打架，被学校开除，我起早贪黑地赚钱，被你一拳头砸出去。赔钱？行，你是我儿子，我欠你的。现在让你转回来，花钱送你进重点高中，我为了什么？我赚钱是为了什么，为了让你跟人打架的？”

“哦。”陈岁的语气轻飘飘的，“有什么要紧？你不给我花，不也是给别人花？”

“你——”

“陈岁！”曲燕的声音有些急，劝道，“你怎么能这么跟你爸说话？你爸那是为了跟人应酬，也是为了这个家。”

“行。”陈岁说，“我就当他是为了这个家。”

门内的脚步声渐近，夏耳意识到有人要出来了，她突然有些局促，一时不知道是该出去避一避，还是应该若无其事地跟里面出来的人打招呼。

夏耳来不及做出选择，房门就已经被拉开，穿着白色短袖的少年抬头，猝不及防就跟她的视线撞上。

少年顿了下。

夏耳慌里慌张，不知道该做何反应，只得握紧了手里的笔记本。

陈岁的爸妈也看到了门口的夏耳，方才的沉闷被迫打破。

曲燕笑着迎出来，招呼道：“夏耳来了呀？快进来，快进来，别在门口站着。”

陈广也笑眯眯地招呼夏耳：“这么多年没见，小耳朵都长这么大啦？”

陈广今年四十多岁，但是保养得宜，人到中年，看起来仍旧十分英俊，跟夏耳印象中的陈爸爸毫无区别，甚至还要更帅一点。

陈岁的长相有七分是像了爸爸的。

夏耳乖乖地叫人：“叔叔好，阿姨好，我来找陈岁。”

曲燕说："听见没有，陈岁，夏耳都来找你玩儿了，快带她进屋去。"

夏耳摆手解释："不是的……我怕陈岁停学七天跟不上进度，想把笔记给他抄一下。"

"哎哟，看看我们小耳朵乖的！阿姨先替陈岁谢谢你。"曲燕轻轻拍了下陈岁的后背，低声催促，"你愣着干什么，不去看书，想惹你爸生气？"

"知道了。"

陈岁应了一声，就要带夏耳上楼。

"不用了。"夏耳温声拒绝，把笔记递给陈岁，"我就是……就是怕你跟不上进度，才想把笔记借你，你看完记得还我，周一上学还要用。"

"那你周末看什么？"

"我上课的时候把知识点都记住了，就用不到了，而且我们班的作业都是练习册上的。"

陈岁垂眼看着夏耳递过来的笔记，上面还写着她的名字，一笔一画，字圆圆的，很可爱。

他把笔记推回去，淡淡地说："这些内容我高一时已经学过了，不会跟不上。"

"啊……"夏耳缓缓收回手，喃喃道，"这样。"

"上课的记忆不牢靠，回家还是要多复习，这笔记对我来说用不上，你自己用吧。"陈岁伸手，摸了下她的脑袋，"还是谢谢小耳朵。"

夏耳的脸一下子火辣辣的，陷入尴尬之中。

她怕被看出来，仰头对陈岁笑道："没事，我也没帮到你什么，那我就先回去啦。"

曲燕要留夏耳吃饭，她摆手拒绝，说妈妈已经给她做好了，然后直接离开了陈家。

回家的路上，她抱着笔记本，头低垂着，尽量不让自己回想刚才的事。

可是，她觉得自己好丢脸。

好丢脸好丢脸。

夏耳加快脚步，起先是快步走，然后改成小跑，好像她跑得快一点，就能彻底甩掉刚才的尴尬。

等陈岁复学，这学期已经快要进入尾声。

夏耳忙着学习，加上她平时也不怎么出去玩儿，就减少了跟陈岁见面的机会。

两家明明是前后院，却好像隔了老远。

期末结束，夏耳拿了班级第五名的好名次回家，夏耳的父母开心，奖励她五百块钱。

夏耳不喜欢乱花钱，就把钱存了起来。

到了暑假，也是店里很忙的时候，她暂时不用学习，所以没事就会去自家店帮忙。

每天过得十分充实。

这天晚上，她忙过高峰期，一个人骑车先回家休息。

从车上下来时，她掏出钥匙，正准备开门，突然发现大门边站着一个黑影。

夏耳吓了一跳，刚要后退，那人影从暗处出来，走入光影里，轮廓清瘦，高而帅气，正是陈岁。

她松了口气，随后软声说道："你怎么躲在那儿啊？"

语气带着不自觉的轻嗔。

"我站得累了，想靠一会儿行不行？"

陈岁一边笑，一边走近。

夏耳听见他这么说，心轻了一下，问："你……等了很久吗？"

"是啊。"陈岁懒洋洋地说，"不知道你每天什么时候回来，只好早点等。"

"对不起，我家店太忙了，我不知道你在等我，如果知道，我一定早点回……"

她揪着身上的包，慌里慌张地道歉。

陈岁阻止了她："行了，你心里有愧就好，我等你，不是为了听你道歉的。"

"那……"夏耳站在原地，问他，"你等我是……"

"过两天我生日，有几个以前的同学从安城过来找我，我想问你有没有时间，陪我过个生日？"

世界好像静了一瞬。

夏耳还以为自己听错了。

"你怎么不理人？"陈岁似乎不满极了，用手指弹她脑门儿，说，"等你回话呢。"

夏耳吃痛，抬手去揉，说："我没有不理你。"

陈岁见她这样，笑着说："小傻子，不知道躲。"

夏耳没接这句，而是问："人很多吗？"

"不多。"陈岁思索了下，回道，"就几个。"

"好的。"夏耳点头，"我陪你。"

“行，到时我接你。”

“嗯。”

陈岁摆摆手，走了。

夏耳看着他的背影，想到他方才站在她家门口，为了等她回来，一个人站了那么久。

她忽然在想，会不会在他等待的某个时刻，他们有过瞬间的重合。

当我思念你时，你也恰好在想我。

陈岁的生日在八月五号，距离五号还有好几天。

到家后，夏耳拿起桌上的台历，特意把五号圈起来，用来提醒自己。

她又走到衣柜前，拉开柜门仔细翻，思考五号那天应该穿什么。

短裤，连衣裙，长裤，背心……那些平常穿的衣服，好像都不够好看，也都是去年的旧衣服了。

夏耳不死心，又翻了翻，最后把柜子都翻遍了，也没找到一件满意的。

为什么衣服总是不够穿呢？

夏耳把衣服重新叠好，收到柜子里，想了又想，她打开自己的存钱罐，把里面所有的纸币都掏了出来。

她数了数，一共有六百多块钱。

她把钱装进常背的小包里，打算这几天找时间跟程可鱼一起上街买新衣服。

以及给陈岁买生日礼物。

“生日礼物啊？是有点不好送。”奶茶店里，程可鱼双手捧着奶茶，深沉地思索，“而且我听说给男孩子买礼物，你千万不要送他们喜欢的东西。”

“为什么？”

“因为你送的东西，绝对没有他们自己买的贵。”

好像也是。

陈岁家还蛮有钱的，他喜欢的东西，轮不到她来送。

可是送其他的，万一他不喜欢怎么办？

夏耳身子前倾，问：“那你有什么建议吗？”

“我想想。”

程可鱼大口吸着奶茶，想了半天，说出自己的看法：“我觉得吧，无非是皮带、钱包、领带、打火机这些……不对，打火机不行，不能随便送。”

夏耳有些不理解："为什么？"

程可鱼用那种"你不是吧"的眼神看她："你不知道吗？女生送男生打火机，是有特殊含义的。"

夏耳平时都乖乖看书、认真学习，连少女杂志都不看，唯一获取"知识"的渠道，就是程可鱼了。

她茫然地摇了摇头。

程可鱼毫不意外地叹了口气，认真地给夏耳解释。

"一般来说，大家都会送 Zippo 这个牌子的。这里面的含义呢，有很多种，有的是'你是我的初恋'的意思，还有的是'认定你就是唯一'的意思，也有的说是'表达喜欢''暗恋'，不管哪一种，它的含义都比较暧昧，不适合你这种情况。"

"啊。"夏耳喃喃地应了一声，"一个打火机居然还有这么多说法。"

"其实给男生织围巾也不错啦，不过现在是夏天，而且他生日马上就到了，肯定来不及了。"

程可鱼继续冥思苦想，眼睛突然一亮，提议："要不这样，你送陈岁球衣吧！他不是爱打篮球吗？他每次打球都穿你送的球衣，这也不错啊！"

夏耳弱弱地问："这样会不会很奇怪？"

"不会啊！我觉得很别出心裁耶，而且女生送礼物，就是要展示你的贴心、细心和照顾，才是最合适的啊。"

夏耳见程可鱼这么激动，不忍泼冷水，假装赞同点了点头，说道："你说得有道理，谢谢你的建议，我回去考虑一下。"

夏耳逛了一天，最终买了一件衬衫式的 T 恤，又买了一条格子裙。

她拎着袋子，跟程可鱼一起坐电梯下楼。

下到二楼，夏耳突然有些慌张，转头对程可鱼说："我的钱包忘在刚才的店了，你在这里等我，我马上回来。"

"我陪你一起去吧？"

夏耳软声拒绝："不用，好麻烦，我一个人上去就可以的。"

程可鱼想了下，说："那你快去吧，我等你。"

夏耳把东西交给她，一个人乘电梯上去。

到了三楼，夏耳没有再上，而是拐到楼梯旁的一个柜台前。

在上楼买衣服之前，她就已经看到了，程可鱼说的 Zippo 打火机就在眼前。

她买衣服时一直在盘算，该怎么样才能悄悄把打火机买回去。

这才逼不得已撒的谎。

卖打火机的是个年轻大姐，她隔着柜台问："小姑娘，要买打火机啊？"

"嗯。"夏耳不太适应一个人买东西，不自在地应道。

大姐上下打量她一眼，猜她不会买，就坐下了，说："那你自己先看看吧。"

"好，谢谢。"

夏耳弯腰看了半天，各种颜色、材质的打火机琳琅满目，居然有这么多不同的外观，令她大开眼界。

半晌，她直起腰，指着一款银色外壳，有翅膀的打火机，问："请问这个多少钱？"

大姐随便看了下，回道："六百三十元。"

夏耳蒙了，手指局促地收了起来，突然开始担心口袋里的钱不够。

她又指了几款，价格都在五百元以上。

她的底气被这些价格磋磨得一干二净，连抬头看人的勇气都没了，小声问："那个……有没有便宜一点的，三百块左右。"

"看看这边的吧。"大姐见小姑娘长得可爱，有意缓解她的尴尬，"小丫头眼光这么好啊，一眼相中的全都是好材料的，其实这些打火机芯子都一样儿，贵就贵在壳子上。你看像这种镀铬的，才一两百块钱，就没那么贵。"

夏耳听她这么说，紧绷的身子逐渐放松。

她在大姐指的方向挑了一个通体漆黑的亚光款。

大姐看了眼，说："这个三百六十块。"

"啊……"

夏耳盘算了一下钱包里的余额。

要是买下这款打火机的话，她就没钱再买新鞋了。

当然，她可以退而求其次，买个便宜一点儿的。

可是她觉得，如果非要选一款打火机送给陈岁，那么绝对没有哪一款比这一款更合适。

质感磨砂，手指抚上去，触感粗粝，低调而高级。

跟他这个人的气质很像。

夏耳摸着钱包，内心天人交战。

许久，夏耳对那大姐说："帮我把这款包起来吧。"

回家后，夏耳对着镜子试了新衣服，搭配自己常穿的帆布鞋。

她在心里对自己说：也很不错。

试完以后，她把鞋子泡进盆里，用牙膏刷了两遍，又拿手纸把帆布鞋认真包好，放在屋外的窗台上。

指望这个夜晚的风，以及清早的太阳，能够把它晾干。

五号那天，夏耳跟妈妈说了要去给陈岁过生日，就一直在等陈岁来找她。

陈岁下午才过来。

见到夏耳，陈岁挑了挑眉，说："穿这么漂亮。"

她以为自己的小心思被看出来了，忙说："没有，随便穿的。"

"噢，那就是一直都这么漂亮。"

夏耳笨嘴拙舌，接不上话。

陈岁笑说："不逗你了，走吧。"

要去的地方似乎有一段距离，陈岁专门叫了个出租车来接他们。

夏耳想到什么，问道："你的同学都到了吗？"

"昨晚他们就到了，已经住了一晚上了。"

夏耳意外地看他："这么早啊。"

"没办法，太远了。"陈岁懒懒地靠在车座上，解释着，"坐飞机过来，要先从机场到市区，再从市区坐两个小时大巴，到这边天都黑了。"

陈岁说的内容对夏耳而言，陌生而遥远。

她静静听着，尽可能动用她的想象力去想象，关于飞机，关于机场的面貌，关于安城的距离。

这些都是她窄小的圈子不曾接触过的东西，甚至她可能一辈子都接触不到。

她能做到的，就只有乘坐两个小时的大巴，到最近的市区读大学，这是她关于未来的想象。

坐飞机，她又能去哪儿呢？任何城市对她来说都是陌生的，因为未知，所以代表了恐惧，她缺乏那个胆量。

她羡慕陈岁说起这些话来侃侃而谈。他在大城市生活过，拥有那么多广阔的见闻，相比之下，她太狭隘了，像井底之蛙。

她应和着他的话："这样看来，是该早一天过来。他们能专门跑一趟见你，一定跟你关系很好。"

"是不错。"陈岁点头，"我们初中就在一起玩儿了，待会儿介绍给你认识。"

他们在一家 KTV 前下了车。

陈岁拨通一个电话，问："我到了，你们人呢？哦，好，等我。"

他挂断电话，拍了下夏耳的手臂，说："走吧，他们已经在里面了。"

夏耳局促地握紧包带，有些紧张。

她没有进过KTV，印象中，这是学校禁止出入的三厅一社的一种。

陈岁在前面走，夏耳在后面跟着。推门进去时，她一直低头不敢乱看，余光中见到浮夸的装修风格，是小城镇独有的低级欧式宫廷风格。

陈岁到前台问了包房位置，然后直接把单买了，说其余消费出来再算。

包房在三楼，306，上去的这一路，夏耳都在做心理准备。

她担心自己性格木讷、内向、不善言辞，陈岁的朋友会不喜欢她。

可是，这样好的陈岁，他的朋友应该也跟他一样，全都很好吧。

到了306，陈岁转回身，拍拍她的头，说："别紧张。"

奇怪，他要她不紧张，她就真的没那么紧张了。

陈岁推开门，里面的音乐声当即顺着门缝溜了出来，钻进夏耳的耳朵。

没人唱歌，放的是原唱。

包间里的人正在说笑，听见开门声，里面的人齐齐扭头，随即高兴地站起来，大声说："可算过来了，等你半天了。"

陈岁一脚踹过去，回道："让你们晚点出来，非要出来这么早，怨我？"

夏耳站在陈岁身后，打量着包间里的人。一共有两男一女，男生个子比陈岁要矮一些，而那个站起来的女生，个子却比她高了半个头。

女生穿着黑色的马丁靴，牛仔短裤，黑色的修身吊带，外面罩了个外搭。吊带略短，露了一截小腹，腰很细。

夏耳第一次看到女生这么穿，她只看了一眼，很快就挪开了目光，甚至不敢看第二眼。

这身穿法，如果放在他们小镇上，绝对会一直被人注视，还会被人在背后指指点点。

夏耳不敢看，却又忍不住一直看。

陈岁也看到了这个女生，语气有些意外："杜雨薇？你怎么也来了？"

"你不是过生日嘛。"杜雨薇笑了笑，五官明艳大方，继续道，"我一直觉得挺对不起你的，只好亲自过来给你过个生日，表达一下心意了。"

夏耳听见这句话，不知为何，觉得有些刺耳。

她握住陈岁的手臂，捏了捏。

陈岁回过头，倾身附耳，问："怎么了？"

也许是音乐声太大，他怕听不清她的声音。

她也确实不想说那么大声，不想被人听到她说了什么内容。

夏耳小声问：“这个女孩儿是谁呀，她也是你的好朋友吗？”

杜雨薇看见陈岁的动作，这才注意到他身后还有个夏耳。

她愣了一下，绕过沙发前面放果盘的桌子，走过来，惊喜地说：“你就是夏耳吗？你长得好可爱啊。我刚才听他们俩说，你跟陈岁是发小，好羡慕你，能跟陈岁当发小。”

夏耳不习惯别人这么自来熟，下意识退后一点，还握着陈岁的手臂，一时想不到该回什么，只好对她笑。

杜雨薇又说：“我叫杜雨薇，是陈岁的高中同桌。”

“你好，我是夏耳。”

互相打过招呼后，大家就坐下来聊天了。

夏耳跟谁都不认识，挨着陈岁坐在最边上，听他们互相打听近况。

她听了会儿，觉得自己也说不上什么话，拍拍陈岁的手臂，说自己要去一趟洗手间。

也不是真的想去洗手间，只是周围都是陌生人，她需要透透气。

凉水冲在手腕上，夏耳一边洗手，一边想刚才的女生。

如果是同桌的话，两人的关系肯定很好吧。

陈岁那么好，肯定会招女生喜欢，况且还是同桌。

他走了那么久，认识别人也很正常。

夏耳甩掉手上的水，站直身体。

她对镜子里的女孩儿说：“不要再继续想了。”

从洗手间回来，包房里的人已经聊开了。大概点的歌都放完了，里面只有说话声。

夏耳站在门口，犹豫着，不敢去推那道门，或者说是没有跟陌生人相处的勇气。

包房的门开了条小缝，里面是五颜六色的转灯。

透过门缝，她听见陈岁的声音：“其实你不用来的，太折腾。”

隔着门，夏耳听见一个男生开口：“我们都劝过了，可她一定要来。她说你都为她打架被开除了，她不来给你过生日，心里过意不去。”

夏耳想要推门的手突然一顿。

虽然对话中使用的人称代词并不能明确地指出那个人的性别，但是直觉告诉夏耳，陈岁为她打架的那个“她”，说的就是杜雨薇。

夏耳进门的时候，话题已经从杜雨薇转到别的地方了。

没有人发现她刚刚站在门口偷听。

她也不是有意偷听，就是不小心撞上了而已。

更何况，她宁愿自己没有听到他们的对话。

进门后，夏耳坐回到刚才的位置上，看起来并没有什么异样。

陈岁本来在跟朋友说话，见夏耳回来，转过身子问她：“怎么去了这么久，不舒服？”

夏耳摇摇头，说：“没来过这边，就多转了会儿。”

陈岁没多说，指着那边的两个男生，一一做介绍：“右边那个是周继，左边这个是谭扬，我们认识好多年了。”

周继看着文质彬彬，但是嘴毒；谭扬油嘴滑舌，满嘴跑火车，都挺能侃。

谭扬很夸张，专程绕过桌子，非要跟夏耳握手。

“久仰久仰，总听陈岁说他有个发小，小时候他总去你家蹭饭。这样吧，身为好兄弟，我必须得替他把人情还了。你看什么时候有空，请你吃个饭？”

夏耳是蒙的，不懂谭扬为什么就要请她吃饭，她可以拒绝吗？拒绝的话，他会不会不高兴？

不等她做出回答，陈岁反手在谭扬的掌心拍了一巴掌，打掉他的手，半开玩笑地睨他，没好气地说：“请你来是给我过生日，你还想单独请我妹妹吃饭？”

“怎么了，不让啊？”

陈岁淡声回道：“不让。”

周继接过话，说：“谭扬，你别想了，还是我们两个凑合过吧。”

谭扬呕了一声，说：“我宁愿去死。”

周继笑呵呵地道：“你也不想想，山夕哥跟人家夏耳是青梅竹马，青梅竹马什么意思，你还不明白吗？”

杜雨薇说：“你们两个能不能不要乱开玩笑，明明就没有的事儿，非要拿人家寻开心。”

夏耳轻抿嘴角，微微抬起头，说话的声音软软的：“我和陈岁只是邻居啦，我只是把他当……哥哥。”

陈岁闻言，转头看她。

夏耳坐在沙发最边缘，表情真挚纯良，见陈岁看过来，还对他笑了笑。

“听见没有？你们不要乱起哄，人家女孩子会不开心的。”杜雨薇指责谭扬和周继。

夏耳跟两个男生说了话，就这么算认识了。

他们看出夏耳怯生，为了照顾夏耳，在说什么话时，都会特意把夏耳带上，让她参与到他们的聊天中来。

杜雨薇到点歌台，点了好几首歌，又问其他人唱什么歌，大家都报了两首。

问到夏耳，夏耳说不会唱歌，杜雨薇也没勉强。

她拿起一个话筒，到墙边调整室内的灯光效果。

伴随着轻快的音乐，杜雨薇拿起麦克风讲话，声音大方，丝毫不见怯场："下面这首歌要送给我过去的老同桌，陈岁，祝他十七岁生日快乐，千万不要忘了你的老同桌哟。"

说到最后，她用手比了把手枪，对准陈岁，射了一下。

做完这些，刚好赶上鼓点节奏，杜雨薇抬起右手，一边唱一边给自己打节奏。

> 刚下的地铁还不算拥挤，
> 你那边飞机碰巧也落地。
> 东京下雨淋湿巴黎，
> 收音机你听几点几。
> 当半个地球外还有个你，
> 当相遇还没到对的时机……

杜雨薇腰细腿长，人又漂亮，唱歌也十分动听。

夏耳静静地看了她半晌，她拥有的优点，全都是自己所欠缺的地方。

杜雨薇唱了好几首，其他人也都唱了，陈岁的朋友都很会调动气氛，如果除开夏耳的话，这其实是一个不错的生日。

也不知过了多久，谭扬正在唱郑智化的《水手》，包房门突然被人敲响。

杜雨薇过去开门。

服务生推着卖酒的小车走进来，但是上面放的不是酒，而是一个很大的双层蛋糕。

"哇哦，蛋糕来了！还蛮快的嘛。"

陈岁有些意外，问道："怎么还订了蛋糕？"

杜雨薇回过头，朝他笑着说："过生日嘛，哪有不吃蛋糕的。"

她翻出刀叉和蜡烛，把蜡烛插在蛋糕上，发现没有打火机，于是抬头问屋子里的人："你们有打火机吗？"

周继说："你看我们三个谁会抽烟？"

"啊？"杜雨薇直起腰，遗憾地道，"这怎么办，许不了愿了。"

夏耳一下子摸到了口袋里的 Zippo。

全新的打火机能解燃眉之急，可是她不想这时候拿出来。

她想送的是生日礼物，不是帮别人点燃烛火的工具。

她轻轻握住拇指，没有开口。

最后，陈岁跑到隔壁的包房，跟里面的人借了打火机，蜡烛才算点上。

杜雨薇竖起大拇指，说：“不愧是山夕哥，这办法都想得出来。”

陈岁简单许了愿，吹灭蜡烛，算是过了这个生日。

拔掉蜡烛，他用刀叉切蛋糕，切之前扭头问夏耳：“喜欢吃奶油多的，还是蛋糕多的？”

“奶油。”

蛋糕上有很多奶油装饰，陈岁把那一块都切了下来，递给夏耳，然后又给其他人分切。

谭扬跟周继吃完自己那块，又过来切，切完之后，突然用盘里的蛋糕砸陈岁，又砸杜雨薇。

陈岁蛋糕也不吃了，伸手抓了一把就砸回去。

几人互相砸来砸去，夏耳坐在角落，怕被误伤，端起自己的小盘子，看着他们几个嬉闹。

她起先在笑，随后，突然感觉到了很大的孤独。

她突然有些后悔了，她不该答应陈岁的。他们是陈岁的朋友，不是她的，她跟他们没有什么话题可聊，她又这么闷，这么无趣，什么话题抛过来也接不了两句，估计他们照顾她也很勉强，她不该给别人添麻烦的。

她捧着盘子，垂头看着蛋糕，越想越沮丧。

突然，她感觉鼻尖一凉。

夏耳猝不及防，猛地向后躲。可已经来不及了，明显有什么东西粘在脸上的感觉。

她抬头，看到陈岁的右手满是稀碎的蛋糕。

他正弯唇看她，问道：“想什么呢？”

“没……”夏耳摇摇头，不自在地动了动，“你去跟朋友玩吧，不用管我啦。”

“那你一个人在这里闷着，我怎么玩得好。”

说着，陈岁把手上的蛋糕轻轻抹在她脸颊上。

夏耳“哎呀”叫出声，向后躲着：“不要闹啦。”

他不理会她的求饶，把她脸颊两侧都蹭上了蛋糕。

她被逼得缩在角落里，脸红得不行，他坐在一边，笑得肩膀轻颤。

“陈岁，这是送你的生日礼物。”

杜雨薇捧着一个盒子，走到陈岁面前，递给他，说：“不知道你喜不喜欢，不喜欢也要喜欢，我千挑万选买的。”

夏耳看了一眼她手中的礼物，发现自己看不懂上面的标志，很快移开视线。

她的视线不自觉飘落到杜雨薇的鞋子上，高帮的马丁靴，显得腿很长，比自己脚上这双发旧的帆布鞋不知道好看多少倍。

自己脚上这双，即使刷了两遍，也刷不掉鞋子两边的折痕。那是旧鞋子的痕迹。

“我手脏，先放一边吧。”

陈岁谢过杜雨薇，但没接。

周继看到礼物，震惊道：“PS3？杜雨薇，你这礼物让空手来的我们两个很尴尬。”

谭扬听见他的话，赶紧凑过来，把盒子捧在手里，说：“我决定过两天再走了。山夕哥，你这礼物能先借我玩两天吗？”

夏耳不懂 PS3 代表什么，听他们两个这么说，想来也不便宜。

她下意识想到自己口袋里的 Zippo，在这一刻，开始感觉有些拿不出手。

两个男生歌也不想唱了，现在就要回住的宾馆去试玩 PS3。

杜雨薇说：“好啊！顺便打包点饭菜回去吃吧，唱了这么久我都饿了。”

虽说是陈岁过生日，但他们远道过来，他也依着他们，就同意了。

夏耳听了，又打起了退堂鼓。

她已经够扫兴的了，不想再继续扫他们的兴，她不懂 PS3 是什么，也融入不了他们。

一行人离开 KTV，从里面出来，外面天都黑了。

过来时就已经是下午了，唱了那么久的歌，切蛋糕，吃蛋糕，又玩闹一阵，也该是这个时候了。

他们住的地方离这里不算远，才两条街，就这样他们也懒得走回去，纷纷到路边拦车。

夏耳碰了碰陈岁的手臂，说：“你们去玩吧，我就不去啦。”

“怎么了？”陈岁看着她，“不高兴？”

“没有。”

夏耳不想在陈岁生日的时候，让他不开心。

她扬起笑脸，用轻快的声音对他说：“今天是你过生日嘛，你还带我见你朋友，我很开心啦。只是今天好晚了，我可能……可能得回家了，抱歉。”

陈岁说：“我送你回去。”

“不用，不用。”夏耳温声拒绝，“你陪他们吧，我一个人回去就好，没关系的。”

见陈岁执意要送，她拦住了他，说：“他们特意坐飞机过来给你庆祝生日，你现在送我回家，把人家扔下了，这算怎么回事啊。

“我都在这儿生活这么多年了，没有什么好担心的啦。你难得跟他们见一次，还是好好陪陪他们吧。我们不是天天都能见吗？”

夏耳歪着头，句句都为他考虑，说出的话又乖又软。

陈岁看她这样，不禁揉了揉她的头，笑道：“你怎么这么乖啊。”

夏耳听见这句话，喉咙一哽，眼眶突然有点发酸。

她低下头，怕被看出来，说：“好啦，我要回去了。”

“我送你上车吧。”陈岁说。

夏耳想了想，没有拒绝。

陈岁跟那些同学打了招呼，就跑回来送夏耳。

夏耳侧过头，说：“那条路要好打车一点，我们往那边走走吧。”

陈岁说：“好。”

到了这个时间，小镇变得十分静谧，他们并肩走在街上，只剩下虫鸣。

夏耳喜欢这样的感觉，只有在这种时刻，她才好像找回了自己。不需要跟人打交道，不需要时时刻刻担心自己表现不好而紧张，不需要为自己不够大方外向而感到难受。

她可以不会社交，不会穿得很新潮很漂亮，不会在 KTV 唱歌，不会张罗生日，不会活跃气氛，不会坐飞机到陌生城市，不会出手就买很贵重的礼物。

她可以什么都不会，就只是做一个普普通通的小女孩，一个普普通通的夏耳。

是啦，她只是一个再普通不过的女生，怎么可以幻想一个被所有女生爱慕的男孩子喜欢。

她笨拙、迟钝、胆小、羞怯，没有广阔的见识，只有狭窄的人生和一眼望到头的未来。

而陈岁帅气、聪明、博闻多识，收获那么多人的喜欢。她有什么？有的只是乏味的乖巧，还有老天怜悯的近水楼台。

因为不知情的同学和朋友的几句猜想，因为陈岁对她流露的好，就妄想伸手摘星辰吗？

你是什么人啊？

夏耳的心酸酸的，胀胀的，吃下去的奶油蛋糕不像蛋糕，像是吃到了难吃的莲子。

她伸手摸自己的包，从里面翻出那个被她精挑细选的 Zippo 来——也许在千挑万选的 PS3 面前，它根本就不起眼。

如此的普通，不值一提。

她用拇指抚着打火机的外壳，突然停下脚步，把 Zippo 递到陈岁面前。

陈岁一愣，接在手里，漆黑色的打火机躺在上面，十分小巧。他反复瞧了瞧，问：“给我的？”

夏耳垂下头，轻轻“嗯”了一声。

陈岁有些意外，问道：“你怎么想起送打火机了？我不抽烟。”

夏耳忍着嗓子里的涩意，仍旧没有抬头，怕被他看到眼眶里的泪。

“你随便收着就好，我也是随便买的。如果你不喜欢的话，扔掉也行。”

“干吗扔掉，这不挺好看的。”陈岁合上盖子，“啪嗒”一声，声音清脆。

他把 Zippo 揣进口袋里，说：“不管是不是随便买的，我都当生日礼物收了。”

“好。”夏耳垂着眼睛，手揪着背包的肩带，“我没给你准备什么像样的礼物，希望你不要介意。”

“介意什么。”陈岁笑了笑道，“你能陪我过生日，我就已经很开心了。”

刚好路边来了一辆车，陈岁招手拦下，为夏耳打开车门。

他走到司机那边的车窗处，俯身跟司机报了地址，接着从口袋里摸出一张百元钞票递出去，叮嘱道：“把她送到就好，不用找了。”

车子发动，夏耳转头，透过车窗看着走回路边的陈岁。

他站在路灯下，在小镇两旁矮矮的小楼前，双手揣进口袋，身材修长好看，被迷蒙的月色笼罩在光影里。

她恍然意识到，原来陈岁不是阿拉丁神灯为了满足她幻化出来的身影。

他是《安徒生童话》里，卖火柴的小女孩燃尽所有火柴，所产生出来的美好幻象。

因为太过美好，以至于无法相信那只是幻象。

Chapter 04

/ 夏天的感觉 /

陈岁的朋友到底有没有多留，夏耳并不清楚。

她没再关注过他。

那天之后，她每天的生活还是跟平时一样，做家务，写作业，等天黑了，再骑车去店里给爸妈帮忙。

爸妈不愿让夏耳来，想让她在家休息。

但在她看来，如果她休息，那么爸妈就会更辛苦一点。她希望能为他们分担些什么。

这个暑假的后半段，夏耳都在日复一日的忙碌中度过。

其实这样也很好，时间得到充分利用，就不会闲下来多想。

不去想他，就不会想他有多么出众、想有那么多人跟他成为朋友，而她只是她们之中普通的一个。

她以为她不跟同学一起到他的班级看他，就会跟她们有所不同。

也是这段时日她才想通，其实那些所谓的不同，在他看来并没有什么差别，对他来说她就是认识的诸多朋友之一，并没有多么特殊。

还好，她没有因为朋友和同学的话就得意忘形，以为自己在他心里就是多么重要的朋友了。

原来内向也不全都是不好，她庆幸地想。

九月开学，夏耳升入高二。

去往学校的这条马路已经很久没有这么热闹过了。清早的太阳很暖，倾洒在每一个人身上，林荫小路上的学生穿着校服，或走路，或骑车，追逐笑闹，热闹极了。

夏耳跟程可鱼骑得慢，程可鱼正在跟夏耳分享暑假去姐姐家，给游戏账号疯狂升级的细节，还说她终于买了想买的翅膀。

夏耳擅长倾听，不管别人说什么，她都会认真听，所以程可鱼很喜欢和她分享。

程可鱼说完，问夏耳：“咦，你就没什么想说的吗？”

夏耳想了想，摇头。

“怎么会这样呢？你就没有什么快乐的事情想要分享吗？”

“那还是有的。”

“说来听听！”程可鱼大感兴趣。

夏耳弱弱地回答：“我暑假作业做完了。”

程可鱼一阵无语：这有什么好快乐的！简直无药可救。

身后传来自行车的车铃声，夏耳直接减慢速度，并骑到程可鱼的车子后面，给后面的人让路。

身边陆续骑过一群男生，夏耳对这些人眼熟，印象中陈岁经常跟他们一起结伴上学。

她的心倏地提起来，她会看到陈岁吗？事实上，她还没做好见他的准备……

正胡思乱想着，只听“当啷”一声，车筐里突然扔进来一盒饮料。

夏耳顺着饮料扔过来的方向看，意外又不意外地看到了陈岁。

他又坐在别人的车子后座上，书包也没有背，校服敞开来，里面是一件黑色短袖，衬得他皮肤很白，领口处还能看见他的锁骨，纤细好看。

晨光明媚，暖洋洋地照在他身上，他悠闲地抛着手里那盒饮料，也不怕掉下去。

夏耳收回视线，看向车筐里的饮料，是一盒椰奶。

莫名地，她不想收他的东西。

如果他对她并不特殊的话，他对她的好，只会让她更加难过。

夏耳俯身，从车筐里把饮料拿出来，伸手递给陈岁，声音柔柔的：“谢谢，我不要啦。”

陈岁意外地接稳饮料，没再抛来抛去的，挑眉问：“你不爱喝？”

“不是。”

“不是就收着。”陈岁把饮料重新扔回到她车筐里，“我爸在海南买的，味道还不错。”

夏耳抿了抿唇，还是把椰奶递了回去，说道：“谢谢，叔叔特意买给你的，给我不太好，我还是不要啦。”

“怎么就不好了？”陈岁没接，语气凉凉的，似是在克制脾气，“给你就是给你，什么好不好的？”

夏耳不想生出矛盾来，听他这样说，她收回手，把饮料重新放回车筐里，低声说：“谢谢。”

陈岁的表情阴转晴，没说什么，拍了拍前面骑车的男生的腰，一阵风似的骑远了。

夏耳骑回程可鱼身边。

程可鱼看了看前面骑远的人，侧头问她：“夏耳，你今天是不是不高兴啊？”

“嗯？”夏耳有些茫然，回道，“没有。”

“总感觉你今天不对劲。”程可鱼注视着夏耳，“而且，你对陈岁有点冷淡。”

夏耳表情不变，看起来仍旧很茫然的样子，问道：“会吗？”

“会啊，平时你看到他，你眼睛里是透着开心的。但是今天吧，就……比较回避。”

夏耳没想到这么轻易就被程可鱼看穿，但她还是不想袒露自己的心事。

毕竟，在这桩心事里，她看起来自恋又丢脸。

她说：“哪有你说的那样啦。是陈岁家一直给我们家送东西，我爸妈不想一直欠人情。”

“那你爸妈好客气。”程可鱼点评，“邻里邻外互相走动不是很正常，太客气就见外了。”

夏耳没再说什么，只是看着车筐里的椰奶。

今年的中考考生要比往年多，因此，高一也比上一届多了两个班级。

为了给高一腾出教室来，学校特意调整了部分班级的位置。

其中，四班就在被调整的班级里面。

听说要把桌椅从二楼搬到三楼，四班的同学不由得一阵哀号。

然而，留给大家搬教室的时间并不多，大家号完之后，不得不动起手来，把桌子搬上去。

大家大多是自己搬自己的，有的女生比较幸福，会有热心的男同学帮忙，自己只要站在一边就行了。

有的女生也比较有力气，一个人也能把桌椅抬上去。

夏耳就没那么幸运了。

她个子瘦小，搬一把椅子都费劲，更别提桌子。

她艰难地抬着书桌，在走廊里走个几米，就要停下来歇一歇，喘一口气。

看着这庞然大物，还有远在“天边”的楼梯，她心中涌起无尽的绝望。

老师明令禁止搬桌椅在地上拖拉，一来会吵到其他班级同学，二来会对桌椅造成磨损。

这对夏耳来说更是雪上加霜。

班级里其他人都已经搬得差不多了，走廊上只有夏耳一个人，她歇一会儿搬一会儿，好不容易搬到楼梯口，看到一层又一层的楼梯，她感觉自己脑袋嗡嗡作响。

夏耳心里清楚，别人也没义务帮忙搬东西，这没什么不公平。

她酝酿好久，挽起袖子，决定一口气搬上五个台阶。

手刚碰到桌子边缘，还没开始用力，身旁突然有一个身影靠近，跟她挨在一起。

她抬起头，猝不及防地对上陈岁那双神情寡淡的眼睛。

夏耳怔住，问道：“你怎么……过来了？”

陈岁随意地回了句：“路过。”

“啊……”她不知道还能说什么，就只好这么应了声。

陈岁屈起食指，敲了敲桌面，懒散地抬眼，问道：“搬得动？”

夏耳抿了抿嘴角，说：“应该可以。”

陈岁后退几步，轻倚着楼梯扶手，淡淡地说道：“行，你搬吧，我看着你搬。”

夏耳不想在陈岁面前出丑，想把他打发走：“搬桌子有什么好看的……你不去上课吗？”

“搬桌子是不好看。”陈岁双手向后撑着楼梯扶手，身子微微后仰，挑眉，“但是搬不动桌子，就挺好看的。”

夏耳被他气得胸口一阵阵发闷，又因为嘴笨，一时找不到什么话来回，就只能红着小脸站在楼梯处，对陈岁生闷气。

陈岁闷笑一声，反推栏杆直起腰身，走上前来，看着她，问道：“搬不动，怎么不知道找我？”

找你？

我又能以什么身份、什么样的颜面去找你帮我这样一个麻烦的忙呢？

你会不会觉得我很麻烦，觉得我连这样的小事也要大老远跑去麻烦你？

会不会显得我特别讨厌？

夏耳心里面千思万绪，而后抬头看陈岁，与他对视。

所有复杂的心绪全都包含在这一眼中。

陈岁垂眸，眼皮褶皱深处的小痣半隐半现，与她相距不过半掌，那双漆黑的眸子像无尽的夜空，里面有浩瀚星辰。

他温热的呼吸拂到她脸上，令她感觉到一阵痒。

虽然痒，却不能抓，那痒就顺着脸颊向深处蔓延，有如蚂蚁搬家，从脸上搬到了心底。

夏耳从未与人贴得这般近过，尤其这人还是陈岁。他身上有少年人蓬勃张扬的血气，毫无保留地扑到你身上，叫你都不能呼吸。

她不知道这一刻的心跳过速，究竟是因为与陈岁贴得太近，还是因为一直屏息导致心脏超负荷，她分辨不清。

她轻轻掩住心口，逃避似的别过头去，回答他的话："我以为……我自己搬得动。"

"下次直接找我，别自己搬，不管搬不搬得动。"

夏耳不知道回什么，愣愣地点头，"哦"了一声。

陈岁无奈道："跟个小傻子似的。"

他搬起桌子，问她教室在哪间。

夏耳报给他门牌号，就在他身边跟着。

男女力量有多悬殊，在这一刻夏耳总算领教了。陈岁搬着桌子，走起路来跟什么都没搬似的，夏耳还要小跑才能跟上他。

她跑着跑着，渐渐慢下脚步，望着陈岁的背影，嘴角不知不觉地浅浅上扬。

她小心翼翼的，生怕被人看到，赶忙低下头，努力掩藏嘴角的弧度。

教室里的同学几乎都搬好了，大家都在自己的座位上整理桌面，只有夏耳的位置还空着。

陈岁搬着桌子进来时，教室里很明显静了一下，夏耳不习惯这种安静，这代表大家都在注意进来的人。

事实上也确实如此。

陈岁太惹人注目了，大家很难不看他，包括他的一举一动。

大家一边注视，一边又跟其他人交换眼神，让他们注意陈岁跟夏耳的关系。

陈岁并不在意，把桌子放到空位上，回头问夏耳："是这儿吗？"

夏耳局促地点了点头。

陈岁说好，又问："椅子呢？"

"在……下面。"

"行。"陈岁点头，说，"你在这儿等我。"

说完，他就出了教室。

夏耳一个人站在桌子前，其他人都坐着，只有她站着，承受了全班人的注视。

教室静下来。

有一个女生拖着长长的音调，“哇哦——”了一声。

紧接着，教室里响起一片“啧啧”之声，从四面八方涌来，把夏耳淹没。

夏耳赶忙蹲下，整理书桌里因为搬桌子而散乱下来的书本，用来逃避大家的视线。

同时感谢桌子的遮挡，得以掩饰她通红的耳根。

怎么办?

她捂着心口。

即使知道了，他对自己并不特殊。

即使已经决定了逃避、远离。

可是看到他站在自己面前，看到他恣意张扬、优秀出众，她还是会控制不住心跳加速。

曾听人说，当你认识一个人之后，就会频繁地遇见这个人。

对夏耳来说就是这样。

很多时候，她陪程可鱼下楼，站在楼梯上就能顺着教室侧边的窗子看到陈岁的身影。

他身边总是围绕很多人，他则懒懒地靠在椅子上，淡笑着听别人说话；也有时候，会有女生过去，找陈岁说些什么。

陈岁教养很好，对待不熟悉的女生，也不会冷淡和傲慢。

夏耳一面不希望他对别的女生也那样好，一面又矛盾地觉得，就应该是这样。

也有时候，她到办公室里交英语作业，会看到陈岁站在里面。窗台上的花盆养着花，办公室气氛沉闷，却因为他的存在，连挨着他的绿植都焕发了生机。

夏耳心头一颤，故作不经意地移开视线，目不斜视地路过陈岁，从容地放下作业，然后离开。

包括做课间操的时候，她跟程可鱼一起往班级走，有时也会看到陈岁跟他的同学，成帮结队的。

陈岁总是走在中间，微笑地看着其他人打打闹闹，很少参与。

不管他走到哪里，总会有很多女生偷偷看他。夏耳就算再明目张胆，她的行为也不会被人注意。

大家都习惯了对陈岁的瞩目。

夏耳讨厌课间操，因为要走很远且麻烦。但也不知道从哪一天开始，她开始期待起课间操的转体动作，那是她最能光明正大偷看陈岁的时刻。

即使四班与九班隔了四个班级，隔着那么多同样穿校服的人，夏耳还是一眼就能找到陈岁的位置。

哪怕看不见他的脸，也觉得这是幸福的事情。

也有时候，午休回来在路上看到陈岁，她会假装目不斜视。这时陈岁就会从他那堆朋友中过来，从后面揪她的丸子头。

夏耳扶住脑袋上的小鬏鬏，“呀”地叫出声。

陈岁则双手环抱，不满意地质问她：“怎么回事，见到我不打招呼？”

她会觉得他很烦。

但是更多的是，会因为这些微不足道的小事感到开心。

九月下旬，学校组织学生到市区的动物博物馆参观，得知这个消息，大家都兴奋极了，毕竟可以少上一天课。

夏耳第一次知道动物也可以有博物馆，心中满是对新鲜事物的期待。

第二天一早，按照学校要求，所有人七点钟到学校，在七点四十分等待校车来接。

夏耳不是凡事喜欢掐尖的性子，她跟程可鱼到排队地点时，班级中不少人已经在那里排队了。

程可鱼小声说：“我看到咱班有人带手机了。”

夏耳不解道：“为什么？”

“拍照哇，难得去一次博物馆，当然要留个影纪念一下了。可惜我没有，不然我也想带。”

夏耳说：“长大后会有的。”

说话间，校车成队开过来，依次停好。

夏耳他们班是四号车，在老师的组织下排队上车。

夏耳上车较晚，上来以后，几乎每个双人位都坐了人，少有的空位也是为了留给自己的好朋友。

她跟程可鱼到处找双人位，就这么一会儿工夫，所有人都坐下了，只剩她们两个还站在过道中间。

班主任老刘这时上了车，他站在车前头，问道：“夏耳，程可鱼，你们两个怎么还不坐下？”

夏耳离老师更近一些，转回身回答：“老师，座位不够了……”

“怎么座位还不够了？”老刘一边往前走，一边指着一个位置，“这不就有个现成的。”

程可鱼看了一眼，说："这只能坐一个人。"

"一个人怎么了？先坐下再说！"老刘走过来，先把夏耳按下，又给程可鱼找位置。

他搭着程可鱼的肩膀，向后眺了一眼，发现坐得满满的，确实没有多余的位置。

有个男生嘴欠，说："那就让程可鱼去前面开车吧。"

程可鱼气不过，顺着过道走过去，狠狠地揍那男生两下，还嘴道："你咋不坐到车顶去，把位置让给我？"

老刘笑呵呵地看着学生打闹，说："这样吧，这个车没位置，你上别的班的车吧。"

"啊？"程可鱼一脸不情愿，"老师，我能不能不去啊？"

"那你总不能站一路吧？连个安全带都没有，多危险。"

"没事老师，我扶得稳，你就让我站着去吧！"

"胡闹！"

夏耳听见他们的对话，想了想，拍了拍程可鱼的手。

程可鱼低下头，问："怎么了，夏耳？"

夏耳认真地看着她，说："给你坐吧。"

"啊？"程可鱼没反应过来，问，"那你呢？"

夏耳说："我去坐别的车呀。"

"全都是不认识的，你去了多尴尬呀！哎呀，没事儿，你坐下吧，我去就行了。"程可鱼摆手推拒。

"没关系，不能跟你坐一起的话，坐谁身边都一样的。"

夏耳强行把程可鱼按下，一个人下了车，去找班主任了。

班主任正在跟其他老师沟通这个事儿，夏耳乖乖地站到老刘身边等。

老刘看到她，问："你怎么下来了？程可鱼呢？"

夏耳握着双肩包垂下来的带子，说："我跟她换一下。"

其他老师看到夏耳，说："怎么把夏耳落下了？刘老师你怎么不给夏耳安排座位呢？"

老刘摊手，无奈地说："学生自己选的座位，我也没看见哪。"

最后，英语老师招手说："那不行，谁没有座，也不能让我的课代表没座啊。快来，到我班级的车上来。"

英语老师是九班的班主任，正是陈岁所在的班级。

夏耳心脏狂跳，看着英语老师，有点蒙蒙的。

英语老师揽着她的肩，说："过来吧，待会儿发车了。"

英语老师把夏耳带到九班的校车前，率先上去观察一番后，下来揽着夏耳，把她从身后带到前面。

夏耳一露面，车上的学生顿时看了过来。

九班是理科班，一眼望过去，几乎全都是黑色“仙人球”。

唯独陈岁不同。他戴着白色耳机，靠在座位上闭目休息，校服反盖在身上，头发较其他人略长一些。

在学校要求男生全都要把头发剪短的校规下，他这发型因为够“叛逆”，就更显得特别。

晨光透过玻璃窗照在他脸上，像是他在发光。

夏耳的双眸似被那光灼到，眼睫一颤，轻轻移开视线。

一群人同时盯着夏耳，她连手都不知道往哪里放，耳朵红红的，垂下眼来，不敢跟任何一道视线碰撞。

英语老师在后面说：“我看看哪边还有空余位置。”

老师一开口，这些男生全都沸腾了，纷纷举着手，说：“老师，我这儿有位置！”

“老师，我把我的位置让给她！”

“我们后边一排都留给她，让人家小姑娘躺着睡！”

……

一车人哄笑，夏耳听这些人打趣，闹了个红脸。

英语老师是女老师，她翻了个白眼，没好气道：“去，你们就是看人家长得好看，我还不知道你们？人家小姑娘一上来，有些男生啊，眼睛都看直了。”

英语老师拍了拍夏耳的肩膀，说：“你去坐那个戴眼镜的男生旁边，他人老实点，不像班上其他男生，烦得够呛。”

夏耳看过去，那男生瘦瘦的，是他们班一直排名前二的学霸，脑子里只有读书，确实要比其他人好一点。

她顺着过道走过去，这一路也不敢乱看，只顾低头看着脚下的路，偶尔也会瞥见那些男生大大的鞋子。

眼看就要到目的地，突然，一只白皙的手握住了她的手臂。

夏耳的心头猛地跳了下，低头去看。

那人的掌心温热，跟女孩子的手不同，骨节分明，十分有力。

被这手握着，她没法再向前。

夏耳似乎意识到了什么，顺着手臂向右看，那手臂越过一个陌生的男生，从校服下伸出来。

因为这动作，他盖在身上的校服还滑落了一截，露出里面黑色的圆领衫。

陈岁睁开眼睛，清清冷冷的视线落在夏耳身上，跟她隔空对视。

白色耳机线弯弯曲曲地垂在下颌两侧，修饰了他本就线条分明的侧颜，耳机线在胸口处汇成一条，与黑色的底衫相映，有完美的视觉反差，就如他的皮肤。

陈岁看着夏耳，淡淡地吐出一句话："你，去后边。"

夏耳闻言，脸颊发热，轻轻甩开他的手臂，说："那你倒是放开我呀……"

"没说你。"陈岁转过头，又看着他旁边的男生，"你去。"

男生听见陈岁的话，看了看两人紧握的手臂，非常懂事地站起身，把座位让给夏耳，坐到后面去。

面对他空出来的位置，有那么一瞬间，夏耳的心快要从嗓子眼里跳出来。

真的可以坐到离他这么近的位置吗?

近到坐在他身边?

因为陈岁这一举动，周围已经很多人在起哄了。

每一个声音都像炙烤她脸颊的柴，她压着心跳，摘掉书包，在陈岁身旁坐下。

她的手臂紧挨着他的手臂。

是温热的，令人想要贴近更多的温度。

夏耳把书包放在腿上，双臂紧紧抱着。她不敢向左看，怕被陈岁发现她在看他，于是低垂着眼，看着书包上并在一起的双拉链。

虽然主视线不是陈岁，可她的余光中全都是他。

陈岁的双腿大剌剌地向前伸着，校服裤子很宽松，也因此显得他的腿很细长。阳光洒在他身上，晒出很干净的味道，她形容不出，只知道令人很舒服。

她不禁想起自己看过的《余光中写给妻子的信》里，有一句很出名的情话——

"不要问我的心里有没有你，我余光中都是你。"

这样想着，夏耳不知不觉地笑了起来。

然而笑着笑着，她因为这句话，心里面突然冒出来另外一句话——

"你出现以后，我眼中再也看不到旁人。"

夏耳的心倏地轻快起来。

她也说不清为什么。

"你笑什么呢？这么高兴。"

陈岁在一边冷不防出声。

夏耳回过神来，赶忙敛起笑容，转头细声解释："没，就是……

可以去博物馆，觉得很开心。”

“行。”

陈岁随口应了一声，没再说话了。

英语老师上来确认人数，下去跟其他同去的领导确认好，到了八点整，校车准时发动。

校内的风景不断倒退，车子转弯，驶上宽阔的柏油路。

夏耳抱着书包向外看，街边有四五层高的青灰色的小楼，临街的店面都已开门，早餐店门口放着大蒸笼，上面水汽蒸腾，门口排着长队，卖包子的大姐应接不暇。

夏耳没怎么进过城，大城市在她眼里是模糊的词汇，心里隐约有这个概念，却又想象不出具体的样子。

这是她生活了十六年的小镇，一草一木都是她熟悉的，可现在，她要被校车载到城市，载到未知的远方。

奇怪的是，她发现自己并不害怕。

和陈岁坐在一起，就像是他在陪着她。

大约两个多小时后，校车开到博物馆。

一群学生站在博物馆宽阔的停车场里，远处是高楼大厦，蓝天壮阔，绿植修剪出整齐的形状，日头在玻璃建筑上折射出耀眼的光。

博物馆就在百米外，宏伟端庄地矗立在那里，行楷的毛笔题字，透着一种学术性的严谨，不容侵犯。

大家兴奋地四处看，有手机的同学这时掏出手机来拍个不停。

夏耳安安静静地站在人群中，没动，也没有发出声音，就只是用心去看，去感受。

这里干净、亮丽、整洁，又带着一股不易亲近的生疏，让人望而生怯。

那是一种即使你明知道这里多么繁华美好，但同时你又清楚地知道，这里不属于你的陌生。

老师组织学生排好队伍，随后有序地进入博物馆内。

馆内很大，顶部像有天高，脚踩的地砖光滑明亮，还能映出人影。

工作人员用麦克风介绍各个展厅的内容，介绍完之后便让各位同学自由参观。

学生们就如出笼的鸟儿，自由地解散开来。

人潮推挤着，把背着书包的夏耳撞来撞去。

她站不太稳，为了平衡身体，不得已在周围随便抓了一把。

就那么抓住了一个人的手。

夏耳无法形容那一瞬间的感觉，像绝望的人抓住一根稻草，溺水的人抱紧一根浮木，她借着那个人的力道站稳身体。平衡之后的那一瞬，她在电光石火间意识到了什么。

她下意识地转过头，视线从交握的双手缓缓上移，从校服到修长的脖颈，到流畅的下颌，再到他噙着笑意的眼。

她的心头猛地跳了下。

怎么会是陈岁？

夏耳窘迫地缩回手，赶紧背到身后去，红着脸道歉："对不起，我不是故意的……"

陈岁弯起嘴角注视着她，伸出那只被她握过的手，放在眼皮底下，左右看了看。

再然后，他慵懒地抬眼睨她。

"怎么回事，还学会趁机占便宜了？"

"我没……"

陈岁语气懒洋洋的："早恋。"

夏耳不知怎么反驳。

"进局子。"

她无言以对。

"还趁机占人便宜。"

她沉默不语。

陈岁挑了挑眉，问道："还有什么事情是你干不出来的？"

夏耳又羞又恼，偏偏自己嘴笨，什么都不会说。

在陈岁的注视下，她抓住自己的书包，红着脸放下狠话："我不理你啦！"

随后嗒嗒嗒跑远。

今天是周一，博物馆里没有其他游客。

夏耳在人群中左找右找，终于在展馆入口处找到了程可鱼。

夏耳说："我还以为你已经进去了。"

"我当然要跟你一起看啦！自己看有什么意思！"

夏耳会心一笑，与程可鱼手拉着手，一起向里面走。

女孩子的手软软的，触感很嫩，夏耳拉着她的手，心里却一直在回想牵住陈岁的手那一瞬间的触觉。

陈岁的手掌比程可鱼的手要大，握起来可以明显感觉到属于异性的蓬勃力量感。

也因此，平白生出了可以给她依靠的想象。

博物馆有好多展馆，有昆虫厅、鸟类鱼类与濒危动物厅等，基本上都是逼真的模型。

夏耳在参观兽类厅的时候，听到不远处有人在组织合照。

程可鱼也听见了，回头看了一眼，说："好像是陈岁带了相机，他们都找陈岁给他们拍照呢。"

夏耳有些意外，相机那么贵重的物品，他居然随便就带来了。

陈岁站在人群中，端起胸前的相机，给对面的两排学生和老师一起拍了照。

等这些人拍完，又有一批学生过来，拜托陈岁帮忙拍一下。

陈岁一一答应了，他的样子虽看着不好接近，却并没流露出什么傲慢的表情。

程可鱼摇了下夏耳的手臂，问道："你也想拍？"

"嗯？"夏耳回过神来，连忙否认，"没有。"

"那你看这么久。"

有吗？

夏耳又看了陈岁一眼，很快收回视线。

她是想拍照。

不过，她想拍的，是她跟陈岁两个人的合照。

下午三点，学生们参观完展馆，吃光背包里的东西，一齐到出口处排好队伍，在老师的组织下，有序地回到大巴上。

夏耳还是要坐九班的校车回去。

上车时，陈岁已经坐下了，正在摆弄相机。

她仍旧坐在外侧，陈岁靠坐在里面。

看见夏耳上来，他的目光从相机上移开，看了她一眼，饶有兴致地说："等车时没看见你，还以为你不好意思过来了。"

夏耳见他又提早上的事，那一瞬间的窘意又涌了上来。

她抱着书包坐下，红着脸，却还有些被人诬陷的气。

她小声反驳："我没、没占你便宜。"

陈岁一边划照片，一边漫不经心地应，眼皮都没抬："你说没占就没占？我这手都被你摸了，要是放在古代，完全可以逼你对我负责。"

夏耳想不通，陈岁怎么会有这么无赖的时候，明明小时候那么可爱，怎么长大了，变得这么……

这么坏。

又这么爱揪别人小辫子。

都过去一天了，他居然还没忘，而且，她都说过不是故意的啦！

怎么又提?

夏耳悄悄握紧拳头，觉得自己不能再被他这么欺负下去了，不然他以后没完没了地提，她要怎么办?

她暗暗给自己打气，自以为很有道理，试图跟陈岁辩理，奈何声音太软，又失了很多气势。

“现在已经是 21 世纪了，不是古代了。而且，我看过电视，上面演的占便宜，都不是这样的。”

陈岁似乎来了兴趣，从相机屏幕上移开眼，抬眸看向夏耳。

“哦，那是哪样？我不爱看电视，不懂这个。”

“就……”

夏耳急了，怎么就非要她解释得那么明白?

她拳头捏紧，猛地朝陈岁扭过头，刚要开口，却险些撞上陈岁那放大无数倍的脸。

他不知什么时候凑了过来，也许是保持刚才那个坐姿太久了，也许是为了虚心跟她请教，但是在如今这个结果面前，原因已经不那么重要了。

他身上还带有阳光的味道，干净好闻，一双深色的眼睛因为是内双，显得薄而寡，细碎的刘海垂下来，遮住他微扬的眉。

他高挺的鼻梁几乎就要跟她撞上，在她看来，有冰山与冰山，行星与行星险些相撞的危险，与这会儿是一样的惊心动魄。

近距离看，他红唇润泽，薄而丰满，皮肤也好得不成样子，是会让班上那些想要护肤的女同学嫉妒的程度。

夏耳像是被灼到了，迅速移开目光，不敢再看第二眼。

她不知道该往哪儿看，只好抬起头，再次跟陈岁对视。

不过一尺的距离，却好像被什么工具抽干了周围的空气，她的眼里只看得到他。

这时，大巴启动，整个车子微微颤动起来。

夏耳整个人也跟着一颤，待反应过来刚才发生了什么，她赶忙靠回到座椅上去，微微垂下双眸。

脸红得像熟透的螃蟹。

怎么会这样?

怎么就……

夏耳的掌心握得发麻，浑身上下紧绷得不成样子，却怎么都忘不掉刚才那一瞬间自己看到了什么样的画面。

夏耳不想在陈岁面前失态，她强压住心里涌动的情绪，故作淡定地继续说下去：“总之，就是比刚才还要危险。所以早上是意外，是可控的，但是危险，就比较不可控。并不是你想的那样。”

“哦。”

陈岁缓缓坐下去，继续拿起一旁的相机，翻看里面的照片。

过了会儿，他像是一个受教的学生那样，认真做出总结。

“你说得对，确实不太一样。”

巴士排成一队，摇摇晃晃地行驶在通畅的林荫大路上。

陈岁摆弄完相机，收回到包里，又从里面掏出白色耳机来，接在手机插孔处。

然后一手握着手机，修长手指在屏幕上点触什么。

夏耳瞄到了，心里想看，又不好意思。

她看过别人的手机，要么滑盖，要么翻盖，直板的手机也是上屏下键。

还是第一次看到这种全触摸屏的。

她是有点好奇的，又怕看得太直接，要被陈岁嘲笑。

他那么爱揪人小辫子，肯定不会放过她。

她收回视线，转向前方，阅读前面座套上的广告内容。

她无聊得把电话号码都看了几遍，发现这些广告的电话都比较顺口好记，也不知道是怎么注册到的号码。

正看着，突然有人拍了拍她。

夏耳转过头，发现旁边递过来一只耳机。

“听吗？”

夏耳看了看陈岁的脸，又看了下面前的耳机，想了想，指尖擦着他的指尖接过，放进左边的耳朵里。

小小的物体塞住耳朵，里面流淌着动听的电子音乐。

她仔细分辨了下前奏，发现是周杰伦的《夜曲》。

夏耳伸手按着耳机，想要听得更清楚一些。她的头微微侧着，向窗子外边看。

车子已经开出市区，朝小镇的方向驶去，高速路两边都是田野，是一望无际的金色。

大家在博物馆走了一天，都已经很累了，此时不少同学靠在座位上睡觉。

长途汽车成了学生们的摇篮，他们在摇篮上尽情地睡眠。

夏耳看着看着，也有些乏，轻轻靠回到椅背上，闭着眼睛休息。

耳机里歌曲切换，是周杰伦的《七里香》。

窗外的麻雀在电线杆上多嘴，
你说这一句很有夏天的感觉，
手中的铅笔在纸上来来回回，
我用几行字形容你是我的谁……

夏耳在音乐中，不知不觉睡熟了。

她的小脑袋没了力量支撑，一下一下地向前栽，好似小鸡啄米。

好几次，她的脑袋险些砸到前面的座椅上去，却又及时地收住，有惊无险。

她像中了武侠小说中描写过的软骨散，可惜，她没能等到有人为她解毒，只有一只手悄悄地“乘虚而入”。

陈岁轻轻托住她的额头，再然后，悄悄地把她的小脑袋拢到自己身边。

外面的稻田一浪又一浪。

她的小脑袋，在他的肩上，一颠又一颠。

陈岁侧头看她，浓密睫毛盖住下眼睑，鼻尖挺翘，嘴巴小巧。

她睡着了也这么乖乖的。

陈岁掏出手机，摄像头对准夏耳熟睡的小脸，拇指轻触屏幕。

“咔”一声，画面在她脸上定格。

很多时候，当下的某个画面，往往是整个青春的定格。

而那时人们一无所觉，只当那是普通的瞬间。

夏耳醒来时，车上的其他人都已经醒了。

大巴回到熟悉的校园，对刚从大城市回来的夏耳来说，陡然对这里生出了一股亲切感。

或者该说，这里令她感到安全。

正这样想着，夏耳突然“咝”了一声，脖子好痛，好像要断掉了！

夏耳抚着自己的脖子，缓缓坐直。

坐直？

夏耳下意识向左一看，陈岁靠在另一边睡着，右眼那颗小痣明显地暴露在视线中。

而他的肩膀上，还有一根她的头发……

她居然靠着他的肩膀！睡了一路！

夏耳脸红得要爆炸，连脖子的痛感都顾不上，她的手从脖颈上离开，伸向他的肩膀，准备销毁证据。

她的指尖触碰到那根细软的头发，正准备捏走。

好巧不巧，陈岁在这个时候睁开了眼睛。

两个人都愣了愣。

夏耳在那短短一瞬，从他眼神中读到了许多情绪变换。

从茫然到恍然，再到了然。

夏耳不知道他想到了什么，但是事情绝对不是他想的那个样子。

她刚要开口，陈岁已经先她一步截住了她的话。

“这么爱占我便宜啊？”

夏耳把手收回来，因为确实有点心虚，所以不大敢看他，结结巴巴地说：“不是……我看到你肩膀上有东西，帮你拿一下……”

“哦，这样啊。”

陈岁翘着嘴角，缓缓坐正身子，没有再说什么。

他一副心情很好的样子。

夏耳松了口气，把耳机从耳朵上摘下来，还给陈岁。

“谢谢。”

陈岁收起来，没说什么。

学生们陆续下车。

夏耳从车上下来后，回到自己班的队伍中去。

一个人摸着热热的脸颊。

她讨厌陈岁的坏，讨厌他恶劣不正经。

可想起他那些不正经的行径，她又会控制不住地脸红。

Chapter 05

/ 夏日的橙 /

月末，学校举行了本学期入学以来的第一次考试。

教务组按照上学期期末考试的名次分配考场，夏耳名列前茅，分配到了第一考场。

夏耳根据教室号去找考场，到了门口，看到门牌上的高二（九）班字样，心口忽然一顿。

是陈岁的班级。

教室内的桌椅都已排列整齐，她根据黑板贴的座位号，找到自己的位置。

桌子右上角贴着她的考号。

考生到了大部分，夏耳坐在偏后排的位置上，等待考试开始。

第一门是语文，她最擅长的科目。

不知是不是得益于性格的原因，她在语文这个科目上，或者说对于文字，有着超凡的领悟力和感受力。

她也很喜欢语文。

考试时间一分一秒过去，其他考场陆续有人交卷出来，第一考场的考生始终岿然不动。

直到老师提醒还有最后五分钟，才开始有人交卷。

夏耳听到其他人哗哗交卷的声音，心里慌得不行。她写字本来就不够快，作文还有一个收尾没写完。

她不敢抬头分神，用力加速写字，握笔的手指隐隐有些疼。

“丁零——”

一连串刺耳的铃声乍然响起，监考老师竖起收上来的考卷，在讲桌上抖了抖，说：“考试时间到，没答完的同学请停笔，不要再答卷了。”

夏耳还差最后一段，她拼命地写，尽力争取在监考老师收走试卷之前，多写一个字是一个字。

前排没交卷的同学都被监考老师无情地夺走试卷，眼看老师就要走过来，夏耳的心倏地提起来。

答不完了，怎么办？

她的余光已经看见了老师的身影，而且老师的手已经准备伸过来。

她真的写不完了！

“老师——”

突然，后方传来一个冷冽的男声，像一汪泉水浇熄了夏耳心头的焦躁。

陈岁走进教室，语气亲昵地跟老师打招呼：“假前最后一节物理课您会上吗？”

“怎么，愿意上我的课呀？”

没有老师不喜欢长得好看又会哄老师的学生，在这个监考的物理老师眼中，陈岁就是这一种。

陈岁对老师礼貌地笑了笑，说：“我们都愿意上物理课，您的课讲得特别好，比安城的老师讲得都好。”

监考老师被这样夸，笑得见牙不见眼：“放假前的那节物理课可能要上自习了，老师得抓紧批改试卷呢。”

“行，知道了，谢谢老师。”

他们两个聊完，夏耳也已抓住时机，写完作文最后一句，把答题卡递给老师。

老师收了她的答题卡，随便在一张桌子上抖了抖，很快离开考场。

夏耳把笔帽盖好，抬起头，认真地对陈岁说：“谢谢。”

陈岁没应声，走到她身边，一手撑着桌面，同时弯下腰身，到她所在的桌肚朝前的桌子里，大手翻找东西。

他跟她挨得近，她又闻到了他身上好闻的味道。

看到他刘海就这么垂下来，侧颜棱角起伏。

夏耳左右环顾，随后伸出食指戳他胳膊，小声提醒：“喂，你翻别人书桌，不太好吧？”

陈岁倏地直起腰身，手里拿着一瓶从书桌里掏出来的饮料。

他懒懒地靠在她前面的桌子上，一边垂眼睨她，一边拧开瓶盖，喝了一大口。

喝完，他随手把饮料瓶子扔进桌肚里，大手按在她头顶，轻轻抓了抓。

“不是别人书桌。”

陈岁收回手。

“你坐的，是我的位置。”

“啊……”夏耳喃喃应了一声，心仿佛瞬间被什么东西击中，“我不知道……”

陈岁十分恶劣地挑眉，问道：“你知道了，就不打算考试了？”

夏耳一噎，赶忙摆手解释：“我没有这个意思……”

她像只惊慌失措的兔子，坐在那儿可怜巴巴地看他，乞求得到他的相信。

真是个小傻子，骗她什么都信。

陈岁不逗她了，又揉了一下她的丸子头，出了教室。

夏耳脸颊红红地趴在桌子上。

自己居然坐了他的位置。

是不是老天知道了她的秘密，所以连老天也在帮她。

夏耳拿起水性笔，拔掉笔帽，默默地在乱七八糟的草稿纸上写字。

她问自己：这算缘分吧？

笔尖另起一行，想写陈岁的名字，刚准备落笔，很快又停下了。

万一被别人看到，发现她的秘密怎么办？

那样岂不是很丢脸。

夏耳不想尽人皆知，被那么多人议论，笑话她，不然她会想要找个地方躲起来。

她承受不了。

想了想，夏耳最后在草稿纸上写下了一句诗。

是陶渊明的《饮酒》中的一句——

“山气日夕佳，飞鸟相与还。”

写完，夏耳把手挪到一边，静静欣赏了一会儿。

就算被人看到了，也发现不了她的秘密吧？

夏耳暗自偷笑，随后又想：他的名字可真好听。

两天半的考试很快就要结束，最后还剩半天，大家都在上自习。

英语老师把夏耳叫到办公室去，让她帮忙核算分数。

夏耳进了办公室，见高二组的老师们都在里面判分，还有一些其他班级的学生在帮老师的忙。

班主任老刘看见夏耳，笑呵呵地跟她打招呼：“夏耳，这次作文写得很不错。”

夏耳对语文成绩是很期待的，被老师夸奖，她不禁弯起嘴角，双手在身前交握，期盼地问：“老师，真的吗？”

“真的，是我目前看到的，最高分的作文成绩了。”老刘对夏耳和颜悦色的，“你从高一起，作文水平一直就很高，继续加油吧。说不定高考时，你还能拿个满分作文回来。”

夏耳十分开心，但被老师这么直白地夸，她还是会害羞。

“谢谢老师，我没有那么厉害，不过我会继续努力的！”

老刘没耽误她帮英语老师核分，又鼓励了她两句，很快放她离开。

夏耳带着这股喜悦，一下午心情都特别好。

一起跟她算分的是一个陌生的女孩，两人核了很长时间。

等把老师放过来的卷子都核得差不多的时候，这女孩突然拿起一沓卷子，就这么翻了起来。

夏耳以为她在找什么东西，想着帮帮她，就问：“怎么了，你要找什么东西吗？”

女孩问道：“在找我的卷子，看看分数。”

被她这么一说，夏耳的心也有点痒痒的。

左右看了看那些过来判分的学生，也都在卷子堆里翻翻找找，夏耳也鼓起勇气，拿起分好的四班的英语卷子来。

她看好自己的分，放了回去，突然想到陈岁，又拿起九班的那一沓。

她记得陈岁学习很好的，所以每翻到一个高分，都会停下来看一眼名字。

然而她看完所有高分，都没找到陈岁的试卷。

她不死心，从头到尾又认真翻了一遍。

最后在低分那堆里，看到了他的名字。

分数 30。

夏耳不相信这是陈岁的分数，把他写的答案前前后后看了一遍。

她一开始还很疑惑，为什么有些答案很明显的题他还能选错，答案稍微绕弯的，他却能选对。

看了十几道题之后，她发现他的答案是按照 ABCDDCBA 这样的顺序乱填的。

夏耳从座位上起来，到别的科目老师那边去，连自己的分数都顾不上看，把陈岁的卷子挨个找出来看了。

除了物理和生物，分数都在 90 分以上，其他科目的分数都不超过 40 分。

他看起来像一个偏科很严重，吊车尾的学渣。

不对。

不应该是这样的。

陈岁从小成绩就好，他到底为什么要这样？

夏耳有些许难过，为陈岁难过。他该是万众瞩目，卓越优秀，怎么可以这样放弃自己？

夏耳已经没心思再去想别的，满脑子都是陈岁的事。

一面告诉自己，他一定是有自己的理由，她不用去管；一面又觉得，不管怎么样，人都要对自己负责。

她在纠结中放学回家，吃饭时也心神不宁的，总是不自觉往前院看，想透过窗子看穿陈岁到底在想什么。

国庆假期，夏耳没做别的，在纠结中度过了两天，到底还是忍不住，决定去找陈岁，聊一下这件事。

她做了充足的心理准备，走到前院去。

她打开陈岁家的大门，能看到他家中卧室的窗帘还拉着。她并没有多想，谁都有午睡的习惯。

夏耳穿过院子，拉开房门，一进去，就小声地对着走廊问："陈岁，你在家吗？"

卧室里传来一声惊叫。

夏耳吓了一跳，隔着一道卧室门，她听见里面传来窸窸窣窣的声音，不知道在干什么。

没一会儿，拖鞋声渐近，衣衫不整的陈广把门打开一条小缝，从里面探出身子来，脸上带着汗，表情有些急切与亲和，问道："小耳朵来啦，找陈岁吗？他不在家，出去玩儿了。"

夏耳瞥见陈广颈间的红痕，蓦地明白了刚才那些窸窸窣窣的声音代表了什么。

她的脸瞬间红透，忙点头道："知道了，那我明天再来找他，叔叔再见！"

她拔腿就跑，一路狂奔回家里，确定把门关上了，才终于喘匀这口气。

她已经十六岁了，该懂得的事情多多少少也明白一些。

只是没想到这么尴尬。

她没有撞破过自己父母的，却撞破了别人父母的。

等她从尴尬中缓过神来，刚好向外面看了一眼，这一眼，就看到了墙外的陈岁。

她跑去推开门，对墙外的少年大喊了一声："陈岁！"

外面的少年顿住，侧过头。

他个子高，即使隔着墙也能看到她。

夏耳顺着大门跑出去。

陈岁向前几步，过来迎她，见到她就问："你找我？"

夏耳点头，随后自然地拉住陈岁，说："你先来我家一趟吧。"

"为什么？"陈岁恶趣味地看她，"你又想占我便宜了？"

"什么啦！"夏耳气得不行，"反正就是，你先别回家。"

"为什么不能回家？"陈岁挑眉。

"因为……就是……你爸妈，呃……他们都在家里，你回去会不方便。"

夏耳不好意思直说，支支吾吾的，很努力地暗示陈岁。

陈岁听了她的话，脸色骤然一变。

"我爸妈？"

"对呀。"夏耳点点头。

回答完他的话，她抬头发现陈岁的表情不对劲，心头立即有些忐忑，问："怎么了吗？"

陈岁拔腿就要往家里跑。

夏耳担心陈岁会遭受跟她一样的尴尬，赶忙追上去，抓住他的手臂，说："喂！陈岁，你停下，你现在回去很不好啦！"

陈岁表情阴沉地回过头，问道："你到我家找我，有事？"

夏耳看见他的表情，突然不太敢动了，手轻轻拉着他的手臂，没再发力，怯怯地小声说："我之前……去判分时……看到了你的成绩……"

"所以呢？"

夏耳小心地抬眼看他，声如蚊蚋："我觉得……你的成绩……不应该这样，我想知道为什么，希望你能够好好学习。"

路旁绿树的叶尖儿有些发黄，秋风萧瑟，吹得人有些冷。

"你说完了？"

"嗯。"

陈岁转过身，轻轻掰掉手腕上她的手指。

他居高临下地垂眸注视她，声音很淡，也很沉："谢谢小耳朵。"

"啊，不客气啦，我……"

她话没说完，就被陈岁那冷冽的，甚至有些冷漠的声音打断。

"但我的事，不需要你管。"

他的声音像是凛冽寒冬里吹落树枝上最后一片枯叶的风。

夏耳因他的话愣住，站在原地，仰着小脸，静静望着陈岁。

这会儿是下午，日光淡薄。

夏耳的发丝微动，她站在稀薄的日光中，轻轻地开了口："陈岁，我只是希望你好。"

希望你好，希望你过得快乐，希望你拥有光芒璀璨的人生，永远平安顺遂。

我会永远祝福你。

空气似乎静了一瞬。

陈岁不自在地别开眼，扔下一句：“我先走了。”

夏耳一个人站在原地，看着陈岁一路跑回家中。

他行色匆匆，她并不知道究竟发生了什么。

这天，夏耳到家里的店铺帮忙。

有时她会充当服务员，有时也会帮忙收银，钱匣就在柜台下面搁着，爸妈信任她，从不担心她会结错账。

店里生意红火，夏耳刚给一桌客人找完零，后面的客人站过来，问：“我那桌多少钱？”

夏耳抬头一看，男人干瘦，看着三四十岁的样子，皮肤黑黑的，有些粗糙，一脸老实相。

她认识这个人，姓张，大家都叫他张大哈，在她家附近那一片还挺出名。

一是因为他说话有些口齿不清，大伙儿给起外号叫“口条张”；二是因为他一直没娶上媳妇，大家都笑他是老光棍儿。

夏耳挺同情他的，口齿不清不是他自己能选择的事，没娶媳妇也是家里贫穷，都不应该是被嘲笑的点。

夏耳收回视线，在他那桌的账单上扫了一眼，回答：“一百三十二元。”

“啊？”

张大哈为难地摸了摸口袋，从里面掏出一把钱来，把纸币一张一张地捋好，递过来，问：“我没带那么多钱，就先给你这么多，行吗？”

“这……”

夏耳有些为难地看了他一眼，挠了挠头，说：“你等一下。”

她跑到后厨去，问正在忙活的爸爸：“爸，那个叫张大哈的吃饭钱不够，问先给一部分行不行。”

“他给多少？”夏爸爸正在给烤串撒调料，没顾上看夏耳。

夏耳想了想，说：“好像八九十吧。”

夏爸爸撒完调料，掸了掸手，叹了口气：“算了，收着吧，乡里乡亲的，他也不容易，让他有钱还上就行。”

夏耳笑道：“爸爸，你人真好。”

夏爸爸转身，轻轻捏了一下她的小脸，宠溺地说：“不然老天怎么会让我有你这么漂亮的女儿呢？”

“去，女儿漂亮那是像我好不好？少往自己脸上贴金。”

徐凤琴端着空盘子走进后厨，刚好撞上他们父女说话。

夏爸爸不乐意了：“怎么说话呢？那光有你，没有我，你一个人能生出这么好看的女儿吗？”

“有啥不能，女儿基因随我，跟谁不是生，怎么就非得跟你。你看看换了别人，能给你生个啥样的。”徐凤琴弯腰，把这些空盘子丢进大水盆里。

夏爸爸故意板起脸，说道:“我跟别人生像什么话？就跟你结婚了，跟别人扯什么玩意！”

徐凤琴听了心里舒坦，嘴巴半天合不拢：“这还差不多。”

夏耳权当没听见，说：“爸，妈，你们先忙，我出去结账了。”

她撩帘出去，收了张大哈那些钱。

张大哈感激不尽，承诺之后一定会把钱送来。

夏耳没多说，让他走了。

国庆假期过后，再开学，老师们先花一两节课的时间把月考卷讲完。

夏耳的语文分数高，是全年级第一，尤其她的作文是唯一一个拿到满分的。

众所周知，语文是一个很不容易拿高分的科目，因为主观题分数太多，不论是提分还是拿高分都很难。

夏耳的名字总以这样的方式在年级里流传，很多人对她的语文成绩十分钦佩，大概就是，每次考完语文，就连陌生人都会拦住夏耳，问她某道题的答案。

一旦听见自己跟夏耳的答案写得一样，就会立刻猛拍胸脯长舒一口气。

这一次，夏耳的作文得到了所有语文老师的一致认可，所以，这些老师统一把夏耳的作文拿来当范文给大家讲解。

还有的老师邀请夏耳到自己班级朗读。

夏耳被迫去了三四个班级，每次一开始，她都很紧张，读着读着，又会沉浸到文字中去，渐渐忘记讲台下面望着她的同学。

读到最后，无一例外地，都会听到下面的学生爆发出掌声。

这是对她的肯定。

每次放下答题卡，视线从文字移到下面那些陌生面孔上时，夏耳都能从他们的眼神中读到敬佩和崇拜。

或许是她爱慕虚荣。

但是，夏耳发现自己似乎有点享受这种感觉。

没想到的是，老师居然还叫她到九班去朗读作文。

在老师提出要她去别的班级读作文的时候，夏耳确实幻想过这样的场景，可没想过它会成真——陈岁在理科班，她在文科班，连老师都不是一个。

在老师喊她进去之前，夏耳在走廊里不断吸气，不想让自己太紧张，在陈岁面前丢脸。

又在担心，这篇作文会不会没有那么完美，陈岁听了会不会觉得无聊？

夏耳忧心忡忡的，直到九班的语文老师把她叫进去。

一进班级，夏耳甚至来不及紧张，因为下面坐着的那些男生一个个就像得了咽炎一样，故意用力地大声咳嗽，还互相递眼神。

老师在前面问："你们都怎么了？咳嗽什么？"

一脸不解。

陈岁跟夏耳走得近，上次坐车的事，他们也都看到了，猜他俩关系不浅。

赶上这么光明正大的机会，当然要好好调侃一番。

有人抻长脖子接话："老师没事儿，就是一些巧合，您不用管我们，继续讲您的。"

另一个人也说："对，老师，这是秘密，我们不能告诉您。"

这群男生在夏耳跟陈岁之间来回看，眼神比四班那些女生还要八卦，要不是有老师在，估计早就七嘴八舌起来。

夏耳被他们瞧到脸红，哪儿哪儿都不自在，一直低着头，盯着自己的鞋尖儿。

乱七八糟的教室里，有人敲了敲桌面。

"能不能上课了？"

教室很快就安静下来。

陈岁从后面抬起头，不爽的情绪直白地写在脸上。

其他人见好就收，赶紧闭上嘴巴，等着老师讲课。

老师本来也在愁纪律，趁着安静的空当，把夏耳请上讲台，让大家专心听她朗读作文。

这作文她已经读过好多次，加上是她自己写的，很多地方她都能够背下来了。

她会趁着读到这些已经记熟的地方的时候，偷偷快速地扫一眼陈岁，想知道他上课时会是什么样子。

小时候，他比她高一个年级，她想跟他同班，没有机会。

后来他走了。

现在他回来了，也跟她不是一个班级。她其实很想知道跟他做同班同学会是什么感觉，想知道他上课的状态，有什么习惯，会不会也跟其他嘴欠的男生一样，爱调侃别人。

但在这一刻，她忽然感觉也没有那么遗憾。

或许老天的每一种安排都自有它的道理，假如她真的跟陈岁是同学，她现在绝对不会因为能够这样看他一眼，而感到快乐跟满足。

周末，夏耳在屋子里写作业，听见外面的大门传来响动。

她停下笔，到窗边向外看了一眼。

门口进来一个干瘦的男人，穿着一身黑，长得也不起眼。

正是张大哈。

爸妈今天都还没走，在家里准备店里缺的东西，所以夏耳并没有理会，回到椅子上继续写作业。

他们都在院子里，不知道在说什么。过了会儿，有人开门进来，夏耳顺着小屋的窗子一看，是张大哈进来了。

夏耳想着他可能有事，放下笔，站到门口叫人："叔叔好。"

他"哎"了一声，也对她笑，她看到了他常年抽烟的黄牙齿。

"夏耳啊，我是来还钱的，上次不是欠你们几十块钱吗。"

"哦哦。"夏耳应了一声，"你给我妈就行。"

"你妈说她在干活，不好收，让我把钱给你。"

妈妈这么说，夏耳就伸手去接了。

张大哈把钱掏出来，数了数，随后拍在夏耳的手心上。

夏耳刚要收手，张大哈突然在她手腕上摸了一下。

"果然还是你们这些小孩儿的手嫩，跟我们这些干活儿的就是不一样。"

在被碰到的瞬间，虽然这并不算多侵犯的行为，可夏耳的心里突然毛了一下，身体本能地产生了一些抗拒。

她自己都说不清这种抗拒是出于什么。

夏耳向后退了一步，认真地给出回答："多涂点护手霜就好了。"

"哈哈，早没用了，你看我这手，跟你这种细皮嫩肉的学生没法比了，不信你摸一下。"

张大哈伸出自己的手，伸到夏耳面前，非要让夏耳摸一下。

夏耳心中觉得怪异，身体退到门内去，说："不了，叔叔，我要回去写作业了。"

张大哈又伸出手，在夏耳下巴上挑了一下，好像一个长辈在逗晚辈似的，说道："乖，写吧，好好学习，叔叔改天再来看你。"

她在张大哈的注视下关上门，因着心中那层怪异，她把门反锁起来。

不知道为什么，他今天的行为，让她各方面都感觉到了不适。

但是这些不适，说出去似乎又像是她神经过敏。

天气一天天变凉，店里生意不如以前，夏耳周末也很少过去了。

这天晚上，夏耳去店里送完东西，一个人骑车回来。

她把车停在门口，从口袋里找钥匙开门，突然发现门口有一个人影。

夏耳想起以前，陈岁也曾躲在那里等她，她这次并没有被吓到，而是出声问："陈岁，你怎么又躲在那儿啊？"

听见她说话，那个人影突然动了一下。

夏耳还没看清，那道黑影突然冲上来，把她压在墙上，一把捂住她的嘴。

夏耳感觉自己被一股很大的力量生生拖到墙角的隐蔽处。

她拼命挣扎，呜呜叫个不停，男人的一只手像钳子，勒得她下颌骨要断掉，另一只手去撕扯她的衣服。

难闻的味道扑上来，是男人口腔里的臭味。

夏耳的心头升起无数绝望的念头，不住摇头躲避男人，眼泪大颗大颗涌出来，喉咙发出嘶哑的呜咽。

男人看她挣扎太狠，低声安抚："小耳朵，好耳朵，别怕，叔叔就喜欢看你乖乖的样子。"

听见这个声音，夏耳浑身冰凉，这不是张大哈的声音吗？之前他还欠了他们家饭钱没给，他们也没为难过他，他怎么能……怎么能干这样的事？

夏耳忽然感觉一阵恶心，她的衣领被拉扯开，肩膀露出了一大片，他把手伸进去。

夏耳弓着身子，不住扭曲、躲闪。

张大哈一次都没得逞，掐着脖子把她抬起来，臭气再次从他嘴里散出："你躲什么……"

四周是寂寂黑夜，路灯幽暗的光亮根本照不到这边，月亮也遮隐在云层里。

没有光照得到这些阴暗的角落。

这么绝望的时刻，夏耳多希望能看到一束光啊。

已经这么晚了，不会再有人来了。

夏耳忍住颤抖的身子，利用唯一能攻击到人的地方——她额头对准张大哈的鼻梁，狠狠撞了过去。

张大哈痛哼一声，下意识松开双手。

夏耳抓住机会拔腿就跑，路过她的车子时，顺手把车子推倒在地。

夏耳在沙石路上狂奔，陈岁家的灯关着，她继续向前跑，打算往光最亮、人最多的地方跑。

前方出现一个模糊的人影。

她奔跑着，那身影也向她的方向走。等离得近了，她才看出来，是刚从超市里出来的陈岁。

“夏耳？”陈岁看到她，眉头顿时紧蹙，把手里提着的泡面桶扔到一边，三两步跑过去，揽住她的肩膀，语气严肃，“发生什么事了？”

她身上的衣服凌乱，领口被撕扯开，甚至能看到里面的内衣肩带，裸露出来的皮肤一片红，与她原本奶白色的皮肤对比，十分突兀。

陈岁扶着她才发现，她的身子一直在不自觉地抖。

夏耳不说话，垂着头，热泪在眼眶里蓄着。

陈岁晃了晃她的手臂，焦急地问：“到底怎么了？夏耳，说话。”

夏耳缓缓抬起头，陈岁的五官一点点在泪眼中放大，模糊，最后随着滚烫的泪一起滚落。

她想要开口，喉咙因为情绪上涌而发胀，发不出声音来。

“夏耳，夏耳？”

陈岁不断地呼唤她，但她就只是望着他，一直也不说话。

她没有办法说。

她觉得难以启齿。

面对陈岁，她突破不了心理障碍，没法直白地告诉他，刚才有个男人摸我。

我差点被强奸。

差点……失去女孩子最重要的清白。

想到这儿，她身上被张大哈触碰过的地方，像是已经在发溃发烂。

好脏，比泥巴还脏。

终于，夏耳在陈岁的眼神中，一点点低下头去。

“没事……”她嗓子很哑，声音微弱，“我就是……被狗扑到了……”

“狗？”陈岁眉头微松，语气仍旧怀疑，“哪儿来的狗？”

“我也……我也不知道……不知道是谁家跑出来的……”

夏耳的眼泪一颗一颗往下掉，她控制不住那种颤意，却还要压抑着一切，假装坚强。

陈岁脱下自己的外套披在她身上，把她裹得严严实实，然后捡起地上的塑料袋，交给她，说：“你帮我提一下。”

夏耳伸出手，隔着被眼泪模糊了的视线，接了。

陈岁微微俯身，用拇指拭去她脸上的泪，又替她拢了拢衣领，说：“我背你回去。”

夏耳下意识拒绝：“不！不用……”

她的话没说完，陈岁拉着她的手臂，绕到自己肩头，不由分说地把她背到自己背上。

夏耳手里提着的塑料袋因为晃动，打在他的胸口。

“你爸妈在家吗？”

“不在……”

“一个人回来的？”

“嗯。”

陈岁抬头看了一眼夜空，无星无月，无边无际的黑。

“以后你晚上出门，记得告诉我。

“我陪你去。

“这样以后就不怕遇到……狗了。

“我保护你。”

陈岁说完这些，并没有得到少女的回应。

这一路上静悄悄的，只有他走路的声音。

又走了一段后，他的步子微微一顿。

他清晰地感受到，在他左臂膀处，一片温热的湿。

陈岁把夏耳送回家，又陪了她好一会儿。

夏耳不想让陈岁担心，强撑着，装作没事的样子。

也许陈岁看出来了，也许没有，最后他说：“那你早点休息。”

“嗯。”

夏耳把陈岁送出门。

陈岁帮她在大门上挂了锁，看着她回到屋子，才移步离开。

夏耳在窗帘后看到陈岁的身影消失，终于绷不住，蹲在地上大哭了起来。

怎么办？

她该怎么办？

她没办法对爸妈说出这件难以启齿的事，也不敢让任何人知道她被人欺负这件事。

在这个小城镇里，容不下，也藏不住任何丑闻。

一旦让人知道他们家出了这样的事，或者她自己出了这样的事，他们一家人都会被口水淹死的。

那些所谓的议论、关怀，哪怕任何一句讨论，都带着强烈的恶意。

不管有没有发生什么，也都代表着她这一辈子都将伴随这样的污点。

差点被一个男人夺去清白的污点。

今后不管她走到哪里，别人都会戴着有色眼镜看她——

“看啊，就是她，被男人猥亵过。”

她甚至没有办法去报复那个人。

光是想到这些，夏耳就很怕很怕，她不能让这样的事情发生，否则对她，对她的爸妈，带来的只有无止无休的伤害。

伤害她一个人，总好过伤害她的家人。

夏耳哭了很久，为了安慰自己，她又庆幸地想，其实她并没有受到什么伤害，可以当作什么都没有发生，对不对？

可要是再发生这样的事该怎么办？

夏耳害怕又无助，一个人打了水，用毛巾拼命擦拭被碰过的地方。

却好像怎么都擦不干净。

夏耳跟老师告了假，说自己发了烧，没有去上学。

她一向乖，老刘不疑有他，还提醒她注意身体，养好病了再去学校。

她想要躲起来，逃避一切，她还没有办法若无其事地去面对其他人。

也害怕一出家门就会看到张大哈。

他会不会再对她做什么？

爸妈听夏耳说不舒服，轮流到她房间来，问她哪里不舒服。

爸爸打算今天歇业一天，就在家陪着女儿。

夏耳不想让他们为自己担心，更怕的是他们发现她哭，然后追问她发生了什么。

她把一切推给换季，怪自己衣服穿少了，不小心着了凉。

徐凤琴便给她熬了姜汤。

姜汤端过来的时候，徐凤琴催促道：“凉一凉，然后趁热喝，姜汤就得趁热喝效果最好。”

她又去探夏耳的额头，见没发热，才松了口气：“不烧也得喝，早喝早预防，没坏处！”

“知道了，妈妈。”

爸爸也站在床边，问道：“我女儿想吃什么，跟爸说，爸现在出去买菜，回来就给你做！西红柿牛腩？红烧排骨？”

她最爱的爸妈这样关心她，因为她一句不舒服，就一直这样守着她。

可是她却不能告诉他们，什么都不能说。

夏耳吹着姜汤的热气，把碗送到嘴边，眼泪突然掉下来了。

徐凤琴瞧着，急得站起来："呀，你这孩子，怎么还哭了？你看看，眼泪都掉碗里了。快别喝了，锅里还有，我再给你盛一碗。"

夏耳摇摇头，说："没事，妈妈，就是……太烫了。"

怎么会这么烫？

夏爸爸急了，指责徐凤琴："你就不能凉好了再端过来？刚做好的汤能不烫吗？瞧把咱闺女烫得！来，爸爸给你吹吹。"

说着，爸爸就拉着她的小手，对着她的指尖轻轻吹了起来。

夏耳看着父母，眼泪再次涌了出来。

她的爸妈，也许是这世上最普通的爸妈。

他们没有光鲜亮丽的职业，也没有很高的社会地位，就只是过着普通生活，赚着辛苦钱，过着平凡一生的普通人。

但他们是这世上最好、最疼爱她的爸妈。

给她世界上最伟大的爱意的爸妈。

在这一刻，夏耳忽然没有那么难受了。

是经历过糟糕的事，但是她还有依靠，还有人给她撑腰。

再去上学时，夏耳发现陈岁等在她家门口。

夏耳步子一顿，问："你……找我吗？"

陈岁单手提着书包，倚在墙上，说："我在等你。"

"等我？"

"嗯。"陈岁起身，"以后我跟你一起上学，也一起回家。"

那一瞬间，夏耳有些错愕。

陈岁高高的，微微垂头，没什么表情，明显不是在开玩笑。

夏耳把门关好，心里是藏不住的开心。

能跟他一起上下学，当然很好。

"走吧。"夏耳声音细细的，向沙石路上走。

陈岁跟上。

走着走着，陈岁从包里掏出一只橙子，也不说话，默不作声地在一边剥橙子。

修长手指摘去小小的蒂，露出白色的经络，橙子的清香顺着空气飘过来，味道好闻极了。

夏耳喜欢吃橙子，也喜欢橙子的味道，比橘子清新，又不似柚子那么苦，甜甜的。

闻了心情会好。

陈岁剥好橙子，掰了一半递给她，说："给你。"

"谢谢。"

夏耳很开心地接过。

橙子被他剥得很好，没有破损，每一瓣都很完整。

吃进嘴里，汁水四溢，口腔里都是这股香甜。

她很快吃完一半,看到另一半还在他手里,问道:“你怎么不吃啊？”

陈岁将手里那一半橙子递给她，说：“你吃。”

“那你呢？”

“我不喜欢吃橙子。”

夏耳说：“好吧。”

她接过来，刚掰了一瓣送进嘴边，突然反应过来：“你不喜欢为什么要买橙子啊？”

“家里买的，放在那儿也没人吃。”陈岁随意地说，“怕放坏了。”

“哦。”

夏耳忍不住笑，吃着吃着，突然说：“谢谢你啦。”

“谢什么？”

“谢你给我剥橙子呀。”

也谢谢你，为了照顾我的心情，专门哄我开心。

夏耳本来一直在担心张大哈会不会再出现。

好在一直没有他的动静。

渐渐地，她也能放下心，就当她真的被狗咬了一口。

十一月。

这天，徐凤琴买了一些毛线准备织毛衣，不小心买多了一些，便让夏耳送给曲燕。

夏耳去送了，曲燕很高兴，一直在夸这毛线的质量好。

赶上饭点，曲燕就要留夏耳吃饭。

夏耳推托不掉，也就同意了。

她到陈岁的房间，跟他一起玩。

他们正聊着学校里的一些事，听见外面响起敲门声，有人来了。

曲燕从厨房出来，到前面去招呼：“我刚在后边做饭呢，没听见，有事啊？”

来人说：“嫂子，你家有玻璃胶吗？我记得前头你家装修房子来着，还有吧？”

夏耳本来开开心心地跟陈岁说话，听见这个声音，她的小脸一下子变得惨白。

注意到她脸色不对，话也不说了，陈岁马上直起身来，问道：“你怎么了？”

夏耳悄悄地握了拳头，那种被刻意藏在深处的恐惧重新涌上了心头。

她不自觉地微微发抖。

外面，曲燕说："好像还有吧，你等我出去找一下。陈岁——帮妈妈看下火。"

陈岁眼睛关注着夏耳，在原地接了一句："知道了——"

他仍旧等着夏耳的回答。

"没事。"夏耳努力平复自己的情绪，"有点饿了。"

陈岁仍旧未能放下心，但语气比刚才放松多了："那我出去看下火。"

夏耳听他这么说，心里一紧，赶忙跟着站起来，小声说："我跟你一起去。"

她不敢一个人待在房间。

张大哈来还钱那天，她就是一个人，还有那个晚上，她也是一个人。

"好。"

陈岁出去，夏耳紧紧跟在他后边。

她余光瞥见张大哈就站在门口，干瘦的身子，穿了一身黑色衣服，看着老实极了。

她一出去，就感受到了张大哈的注视，那股令人极度不适的视线粘在她身上，好像毒蛇缠绕着她。

她熟悉这样的视线，他来还钱那天，就是这样看她的。

夏耳有些害怕，揪住了陈岁的衣服。

直到进了厨房，消失在张大哈的视线范围，她才稍微松弛下来。

陈岁家的厨房很大，整洁明亮，看着就很少开火。

炉灶上火开着，锅里煮着东西，陈岁揭开锅，用勺子搅了搅，发现有些干锅，他又用勺子到水池边接了一勺水。

夏耳像他的小尾巴，不管他走到哪儿，她都跟到哪儿。

冷不丁地，厨房门口冒出一句话来。

"做饭还跟这么紧，你俩小孩儿关系真好。"

夏耳听见这个声音，像是有一条毒蛇在她背后爬，让她汗毛直立，令她恶心、作呕。

她控制得住情绪，却控制不住受到伤害后的本能反应。

她揪紧陈岁的衣角，小脸煞白，一动也不敢动。

她不敢回头去看后面的男人。

陈岁放下勺子，转身去看门口的张大哈。

张大哈笑呵呵的，一副什么都没发生的样子。

陈岁垂头看到夏耳捏紧的手，还有她发颤的眼睫，突然覆住了她的手。

在那个瞬间，夏耳突然想到一句歌词：

“在无声之中你拉起了我的手，我怎么感觉整个黑夜在震动。”

像是被注入了一股力量，夏耳缓缓抬起头，看着陈岁。

她的恐惧全部落在他的眼里。

陈岁抿唇，握紧她的手，小声问：“狗？”

夏耳的胸腔像是被什么堵着，她明明那么怕，可是对上陈岁的眼睛，她不知道从哪里冒出来的勇气，轻轻地点了下头，也许是坚信自己被人爱着，也许是陈岁说过的那句，我保护你。

有陈岁保护她，她什么都不怕。

在此之前，她从未见过一个人的眼里会那么快泛起汹涌的戾气。

陈岁放开她的手，揽着她的肩，把她从身前护到身后。

“你在这儿看火。”

陈岁留下这么一句，转过头，眼神锁着张大哈，提步向他走过去。

短短几米，他每走一步，都带着十足的危险。

像是下山的虎，也像优雅的豹。

厨房的窗台上放了一堆喝光的啤酒瓶，陈岁随手抄了一瓶拎在手里。

张大哈看到他的动作，似乎意识到什么，脸色骤然一变，转身就跑。

陈岁对着张大哈的后脑，一啤酒瓶子砸过去！

夏耳是看过陈岁打球的，一篮球砸过去，篮板震得哐当响，准头和力道都让人惊叹。

这会儿陈岁又抡起一个啤酒瓶子砸过去，哗啦一声，酒瓶子在张大哈头上碎裂。玻璃片迸得满地都是，里面没倒干净的啤酒顺着张大哈的头发往下滑，一直滑到他脖子里。

张大哈被砸得晃了一下，他抬手撑墙，扶着墙踉跄地向外跑。

陈岁从后面冲上去，反手把他捞回来，按在墙上用拳头猛砸。

陈岁的个子比张大哈高了许多，正是年轻力壮的时候，一个拳头砸下去，张大哈脸上直接见了颜色。

张大哈毫无还手之力，只能抬手抵挡，一边抵挡，一边大叫：“陈岁！你小子发什么疯！嫂子——嫂子——唔……”

陈岁一脚踹在他裤裆处，张大哈痛得弓起身子。陈岁揪着他的头发，狠狠往墙上砸，一下一下的，仿佛那堵墙，今天就要被陈岁用人的脑袋给砸烂。

张大哈号叫不止，鲜红的血顺着他的额头往下淌，流过眼角，最后整张脸都是。

他被打得跪在地上，陈岁仍旧没停手，疯了似的暴打他的头。

曲燕进门时，看到的就是这副场景——

自己家儿子把人按在墙上暴打，白色墙壁上溅得都是血。

她吓得尖叫一声，手里的几罐玻璃胶哗啦掉在地上，滚得七零八落。她顾不上，赶紧冲上去拼命拦住陈岁。

“你干什么！你给我住手！人家招你惹你了，有什么话不能好好说？陈岁！”

曲燕拼了命地拦，双手架着陈岁的双臂，硬把他往后面推。

陈岁怕伤到她，不敢再动手，但是脚下没停，对着张大哈猛踹。

有人拦着，张大哈连滚带爬地向外跑，陈岁冲开妈妈的桎梏要追。

曲燕硬拉住陈岁，声嘶力竭地喊：“陈岁——你到底还要打到什么时候？”

听到这声嘶喊，陈岁似乎才终于找回一丝理智。

他停下来，看向妈妈。

张大哈已经冲出门了，再追也没意义。

曲燕看着陈岁，痛心疾首地说：“你就非要跟人打架吗？你怎么学成了这个样子！你小的时候那么听话，那么乖，再看看你现在！你爸他那么辛苦在外面赚钱，回到家里还要让他面对这些事吗？你不替我想想，就不能替你爸想想？”

陈岁本来没有生气，但不知哪句话触怒了他，他青着脸大吼：“我替他想什么？他有替我想过吗？”

曲燕一愣，随后在陈岁手臂上用力打了一下，没好气地说：“你就非得对你爸怨气这么大，是吗？他生你养你是养错了吗？他挣钱不是为了这个家，不是为了给你花吗？没有他，我们怎么会过上这么好的生活？我出去找个东西这么短的时间，你又跟人动手，这个钱难道不要你爸来赔？”

“他不想赔可以不赔，我逼他了吗？最好把我抓进局子，不也让你们省心……”

走廊里争吵不断，夏耳待在厨房有些无措，但也不方便多嘴。

煳味渐渐在厨房漫开，夏耳转身揭开盖子，赶紧从水池接了一些水倒进锅里，只听“嗞”一声，冷水在热锅中激开，白色水汽从锅里升腾。

这一声并不小，很快让在走廊里争吵的母子想起厨房里还有一个外人。

曲燕意识到自己的失仪，低头整了整围裙，指着地上散落的玻璃胶，说：“你把东西捡起来，等你爸回来再说。”

陈岁没吭一声，挨个捡起那些密封罐。

曲燕走到厨房，恢复了往常的语气：“哎哟，快放下快放下，别烫着你，让阿姨来就好。”

夏耳没谦让，把勺子递给曲燕，退到了一边。

曲燕想了想，回过头来，和颜悦色地问夏耳：“耳朵呀，刚才屋子里是什么情况？陈岁怎么跟人打起来的，你看见了吗？”

夏耳浑身一僵，大脑也瞬间空白了下。

她要怎么说？除了实话实说，一时间也想不出第二个更好的选项。

可是实话实说，又是她最不能做的选择。

她双手在身前不断绞着，对着曲燕的目光，半天发不出声音。

“我……”

“她什么都不知道，你问她干什么？”陈岁突然进来，打断夏耳的话，“我看张大哈不顺眼，就想打他一顿，不行吗？”

曲燕脸上笑容瞬间消失，恨铁不成钢地说：“你什么意思？你看谁不顺眼就打谁，那将来呢？等你长大了，是不是还要上街去砍人？”

陈岁抿了抿唇，不以为意道：“我不用你管。”

他绕过妈妈，过去拉住夏耳的手，说：“我送你回去。”

不等夏耳回答，他直接把她拉出厨房。

路过白色墙壁，夏耳瞥见上面零星的猩红血点。

是暴力，也是救赎。

出了陈家大门，陈岁放开夏耳的手。刚刚被他握着的地方还残存着他的力道，夏耳心里慌慌的，问道：“你打算怎么办？”

“什么怎么办？”陈岁把手揣进口袋，无所谓地看了眼天空，“他们不会把我怎么样，别担心。”

陈岁语气越轻松，夏耳心里就越沉重，明明不关他的事，他却因为她，惹了这么大的麻烦。

她低下头闷闷地说：“对不起。”

“怎么又说对不起？”陈岁伸出右手，轻轻在她头顶上摸了摸，“不是说了吗，我既然回来了，绝对不会看着你在我眼皮底下被人欺负。”

夏耳想起来，那是在他刚回来的时候，跟他出去吃饭，被他的朋友劝酒，她不喜欢喝，他替她拦着。

一样是送她回家，他把她送到门口，对她说了这句话。

那时她以为他只是随口说的。

想不到，他居然一直记得，且真的在履行他的承诺。

夏耳鼻子一酸，闷声说：“我又给你添麻烦了……”

“怎么就麻烦了？”陈岁捏了下她的下巴，强迫她看他，“你别想那么多，知道吗？

“不要觉得什么都是你的错，你没有任何错。

“是那只‘狗’自己出来咬人，现在他罪有应得。有错的人是他，不是你。”

陈岁收回手，认真地注视夏耳。

她眼眶发热，低声说道：“谢谢你，陈岁，谢谢你一直……一直没有追问我。”

她一直感觉得到，聪明如陈岁，他一定早就看出来了。

在今天之前，她还能欺骗自己，也许是自己敏感多思，才以为他看出了什么。

可是，他根据她的反应就能猜想到事情始末，他早就明白了，却还一直装不知情，从来没有问过她一句。

只要她不想说，他就不问；她闭口不提，他就不会主动揭人伤疤。

知道他好，可就连这种时候，他都是那么好。

“我知道，对任何人来说，把这样的事告诉别人，都需要一定的勇气，但我还是想说……”陈岁顿了顿，继续说道，“你不应该因为这件事感到羞耻，被欺负，受到伤害，这都不丢人，伤害你的人才应该感到羞耻。”

受到伤害没什么，你并不丢人。

犯错的那个，才是最丢人的。

这些日子以来，夏耳一直都把自己密封在寂寂无边的黑色世界里。

很多个夜晚，她都会梦见那天的事。

每一次的梦境，最后都是她没能逃脱，被丑恶的男人压在身下得逞。

那种绝望、窒息、恶心的感觉，如同潮水一般从四面八方涌来，将她淹没在黑夜里。

她总是被噩梦惊醒。

她不知道这种被人侵犯过的阴影会伴随她多久，每个被噩梦缠绕的夜晚，都像是在大海中溺水，上下左右，全都望不到尽头。

她只能劝自己，看，现实的世界里并没有发生什么，虚惊一场，应该高兴才是。

可是这样想，并不能让她从黑暗里走出来，那些阴影还在啊。

直到这一刻，陈岁的话在她的黑暗世界里硬生生撕扯出一个豁口。

是他带着光，一起照进来，驱散了那些阴霾。

她喉咙肿胀，几欲控制不住那种强烈的、想要大哭的冲动。

“小傻子，干吗用这种眼神看我？”

陈岁站在阳光下望着她，眼角笑意浅淡。

“不是说了吗，我保护你啊。”

Chapter 06

/ 新年快乐 /

送完夏耳，陈岁没有急着回家。

他一个人去了张大哈的家。

张大哈是光棍，家里并不富裕，房子小，家具也少得可怜，只够维持基本生活的样子。

如果抛去他的恶行，仅以一个正常人应有的怜悯之心来看，很难不对生活在这样环境里的人产生同情。

但有时候，一个人可怜，并不代表他不可恨。

陈岁对这些漠然无视，径直走进屋子里。

张大哈背对门口蹲在地上，一只手拿毛巾捂着脑袋，另一只手正在拉开的抽屉里面翻来翻去，对有人进来这件事一无所觉。

陈岁懒得叫他，余光瞥见地上有一只烧水的铁壶，一脚将其踢飞。

只听“咣”一声，铁壶“嘭”地砸在抽屉上，撞得盖子飞出去，里面的水溅得到处都是。

张大哈被这声音吓了一大跳，“妈呀”一声蹿起来，回头看到站在门口的陈岁，吓得双腿一软，扶着身后的柜子才勉强站稳。

“你……你来干什么？”

他迅速抓起柜子上的剪刀，对准陈岁，摆足了防备的姿态。

陈岁没把张大哈的小动作放在眼里，他站在门口，眯起眼睛淡淡地问道：“你打算怎么办？讹钱？报警？还是想我给你掏医药费？”

陈岁向前走了两步，在屋子里四处打量，随手拿起一个小玩意儿看了看，又随手扔到一边。

张大哈一直紧盯着他的动作，紧张地咽了咽口水。

“你、你什么意思？”

“没什么意思，就是来告诉你，不管你有什么打算，我都奉陪到底，但是……”

陈岁走到张大哈面前，即使剪刀尖锐的那一端朝着他，离他那么近，他仍旧视若无睹。

“我不会放过你的。”

少年一字一顿，眉目凌厉，盛满戾气。

明明他只有十几岁，比面前的中年男人小了一轮不止，却莫名地让这个所谓的成年人感到了害怕。

那一瞬间，张大哈想到了很多事。

陈家在小镇上是有些关系的，在镇上大部分人都还没怎么富的时候，陈家就已经富了起来。

在这种小地方，只要你富有了，排队巴结你的人多的是，逢年过节很多人都要给陈家送礼。

陈家在这里称不上只手遮天，但摆平他算不上很难的事。

无非是陈岁他爸说一句话而已。

张大哈想通其中关隘，眉毛忽然一垮，整个人膝盖一软，向陈岁跪下，痛哭出声：“陈岁，算叔叔求你，我知道我不是人，我是畜生，我禽兽不如，我不得好死，我给你跪下了。你放过我，今天发生的事……不，今天什么都没发生，什么都没发生！”

“你让我放过你？”

张大哈像是看到了希望，眼睛也亮了起来，恨不得把头点断，问道：“真的可以吗？”

“那夏耳求你的时候，你放过她了吗？”

张大哈不敢作声。

“你现在知道怕了？你对别人下手的时候，你想过别人会怕吗？”

张大哈举起双手，老实交代：“我没有碰她！我没碰到！我什么都没干，真的，不信你去问她，你问她！你放过我，我向你保证，我以后绝对不犯了！”

张大哈像条狗一样跪在陈岁面前，不住地对他摇尾乞怜。

陈岁凝视着他，想了想，说：“想让我放过你，那你就要按我说的去做。”

晚间。

曲燕做了一桌菜。

陈岁坐在饭桌前，曲燕站在门口，不住向大门外张望。

菜已经有些凉了，鲤鱼的汤汁已经稠得快要凝固。

陈岁皱眉，喊了一声："妈，可以吃饭了吗？"

"再等等，你爸还没回来呢，等他回来再吃。"

曲燕回头，对陈岁说。

"都等了两个小时了。"陈岁扯了扯嘴角，"别等了，他不会回来的。"

"你爸说了今晚会回来，怎么就不回来了？你又给他惹事，他能不回来看看你吗？"

陈岁收回到嘴边的话，不想再说什么了。

又过了会儿，大门口亮起车灯，停在门口的车子按了两声喇叭。

曲燕赶紧点亮外面的灯，出去为陈广开门。

陈岁一个人坐在屋子里，隔着窗玻璃，看到曲燕殷切地为陈广拉开车门，接过他的皮包，跟在陈广身后进了屋子。

陈岁有些烦。

陈广进来，见陈岁背对他坐着，桌上的菜一动没动，转身问曲燕："怎么不先吃呢？咱儿子正是长身体的时候，别把他饿坏了。"

曲燕说："他还不太饿，说要等你回来一起吃呢。"

陈广看了一动不动的陈岁一眼，笑呵呵地拉开椅子坐下，说："我儿子能有这份心，不吃饭我都开心。"

陈岁嗤了声，抬头问妈妈："这回可以吃饭了吗？"

"吃呀，你爸都回来了还等啥，你这孩子。"

曲燕拿起桌上的空碗，去给他们盛饭。

陈广在背后嘱咐："少盛点吧，我吃一点就行，晚上跟朋友吃过了。"

陈岁意有所指地说："哦，是男的朋友，还是女的朋友？"

陈广的笑容顿时有些尴尬："哈哈，饭局嘛，当然是男女都有。"

陈岁嘴角微动，没说什么。

曲燕把饭盛上来，陈岁接过，右手拿起筷子，举了半天，最后夹起一块鱼肉，蘸了下几乎凝固的汤吃了一口。

陈广提醒："慢点吃，小心鱼刺。"

曲燕坐下，把其他菜向陈广那边推了推，又抬头看向陈岁，说："儿子，别光吃鱼，来尝尝妈做的麻婆豆腐。"

陈岁筷子停了一下，抬起头，对曲燕说："妈，我不吃姜。"

"啊……"曲燕尴尬地看了眼麻婆豆腐里的姜，又把蒜薹推过去，"那尝尝这个，我买的里脊特新鲜，炒得可嫩了。"

"只有爸才喜欢吃蒜薹。"陈岁脸上没什么表情，"我不吃姜蒜，最讨厌吃蒜薹。"

曲燕的表情讪讪的，看了陈广一眼，后者表情已经明显不悦了。

“你怎么搞的，连儿子喜欢吃什么都不记得！等了一天，儿子连个晚饭都吃不好。”

“我……今天忙昏头了，不小心给忘了。”

陈岁听曲燕唯唯诺诺地解释，心头更加烦躁，扬手把筷子扔下，不耐烦地说：“我吃饱了。”

他起身就要回房，被陈广叫住：“等等，你先别走。”

“还有什么事？”陈岁停下，冷淡地问道。

陈广微微仰头，说：“你跟那个张大哈是怎么回事？”

“就那么回事。”陈岁没什么兴趣的样子，说，“你想怎样就怎样，就是你看到的那样。”

曲燕反手拉了一下陈岁的袖子，小声提醒：“陈岁，别跟你爸这么说话。”

陈广当没听见，仍旧和颜悦色地说道：“你还小，可以犯错，可以不懂事，但是不能有错不改。爸爸今天想心平气和地跟你谈一谈这个问题，你先坐下，不要走。”

这一瞬间，陈岁的烦躁几乎达到顶点。

他回头看着父母。

妈妈挨在爸爸身边，眉宇间对他也带了不满之色。

而他的爸爸，假装慈祥地笑着，对他摆足长辈的姿态。

“我跟你没什么好谈的。我有错，也轮不到你来教训我，你不如先想想你配不配。”

陈岁说完这话，摔门离开，头也没回。

留在屋内的陈广与曲燕脸色都不太好看。

曲燕看了眼陈广，细声安慰：“陈岁现在是青春期，正是叛逆的时候，你别跟他一般计较。”

陈广重重地叹了口气，说：“要说这孩子，还得从小放身边养才听话，陈岁小时候，咱们两个都太忙了，也没时间陪他，这才导致孩子跟咱们不亲。现在孩子大了，再想联络感情也晚了。我有时候看到陈岁这样，总是在想，管不了的孩子就别管了，要不干脆再要一个。现在也有时间了，从小养在咱们身边，也能听话一点……”

提起这件事，曲燕表情猛地一变，她低下头，轻轻抚上自己的小腹，勉强笑了下，低声说：“怪我肚子不争气，不能再给你生一个。”

陈广表情淡淡的，说道：“我就是随口一说，你别多想。”

他也没有多说，没再安慰什么。

外面的满月升上半空，照得亮无边大地阡陌纵横，照不进千家万户各有冷暖。

陈岁一个人走在夜路上。

他不知道该往哪里走，只是不想待在家里，面对他的家人。

小时候，他的爸妈总是告诉他，他们要出去做生意赚钱，起早贪黑地忙。

他家里有数不清的玩具，有各种各样的零食，还有别人都得不到的零花钱、好玩的游戏机和想看就看的动画片。

他记得上幼儿园的时候，没有人送他，别的小朋友都是爸妈或者爷爷奶奶去送，只有他自己背着书包，一个人去。

别的小朋友哭号的时候，家长们就会指着他来举例。

“看看人家陈岁，人家一个人上幼儿园都不哭，再看看你。”

后来，别的家长告诉曲燕这件事时，曲燕就摸着他的脑袋说：“我们陈岁从小就懂事，特别乖，一点儿都不让人操心。”

是啊，就因为他不用人操心，开始让他一个人上学放学。

当他发现懂事带来的是失去照顾和陪伴之后，他就特别讨厌懂事这个词。

别的小朋友总会羡慕陈岁有那么多玩具和零食，他们什么都没有。

其实他很想说，可是，我羡慕你们有爸妈啊。

他也有很多好玩的事情想在放学回家的路上跟父母分享，比如，他们班上的小胖吃饭还要老师喂，小明午睡时尿了床，阿强居然穿了一件女孩子的衣服，等等。

但是这些话，他就算等到天黑，等到他一个人在床上睡着了，他们都没有回来。

等再长大一些，他的家庭不知从哪一个节点开始，突然有些走偏。

而好在幼儿园的后期，他有了一起上下学的伙伴。

夏耳发现他一个人去幼儿园，就会想着拉他一起。

每天早上，他都会早早地等，等到那个时间，听到大门外传来稚嫩的一声呼喊：“哥哥！”

那个时候，陈岁也不知道为什么，会很微妙地松了那么一口气。

就像是有人告诉他，原来他也不是被抛弃的。

也有人满怀期待地在等待他，想要跟他一起走一段路的。

陈岁从回忆中缓过神，定睛一看，才发现自己竟不知不觉走到了夏耳家门口。

她家里的灯亮着，窗帘没拉，还能看到夏叔叔跟徐凤琴在屋子里说笑。

那种温馨的灯光，他只在夏耳的家里看到过。

这个时候，夏家的房门突然被人推开，夏耳端着一盆水走出来，往前走了两步，又不敢离开光照之处太远，到光亮的边缘向院子里一泼，哗一声，一盆水泼了出去。

陈岁看见她小心翼翼的样子，不知怎的，就笑了。

夏耳本来要转身回去，似是有所感应，她向门外看了一眼，就看到光的尽头站着一个熟悉的人影。

她端着盆缓缓走过去，眼睛一直看着门外的人。

等走得近了，那个人的轮廓渐渐清晰，夏耳的表情由惊转喜，喊道："陈岁？怎么是你呀？你要进来吗？"

"哦，我……"

陈岁话没说完，夏耳向前走了几步，隔着门朝他笑："刚好我爸爸烧了排骨，你要不要进来吃呀？"

陈岁被夏耳带进去，一开房门，烧排骨的香味就扑到脸上，令人食指大动。

夏耳开心地大喊："爸，妈，陈岁来我们家吃饭啦！"

屋子里，徐凤琴推开门，瞧见夏耳跟陈岁，赶忙招手："陈岁来了呀？快进来，刚好我们还没吃呢！孩儿她爸，再拿一副碗筷来。"

"哎，来了！"

在这个本就温馨的家，似乎因为陈岁的到来，生出了一丝热闹。

陈岁站在夏耳身后，定定去看，不论是笑着的夏耳、热情邀请他坐下的徐凤琴，还是笑呵呵去厨房拿碗筷的夏爸爸，每一个人都是发自内心地欢迎他的到来。

陈岁一时不适应这样的氛围，僵僵地站在那里，说："谢谢叔叔阿姨。"

夏爸爸拿着碗筷回来，摆在夏耳旁边的位置上。听见这话，他不悦地反驳："谢什么谢，你都多少年没来叔叔家吃过饭了。你叔叔的手艺那可是独一无二的，你在安城绝对吃不着。"

徐凤琴也坐下，闻言瞪了他一眼，说："就你能，人家安城啥地方，啥好吃的没有，轮得到你去显摆？陈岁别理他，快坐下。"

"那又怎么了？那东西再好吃，也不是我这味儿，山珍海味吃多了，不也得怀念那馒头和咸菜啊？来，陈岁，尝尝叔叔这咸菜。"

桌上有三道菜，红烧排骨、西红柿鸡蛋、辣椒炒肉，都是家常菜。

没有姜，也没有蒜，简单，也没有任何他不爱吃的东西。

陈岁跟夏耳一起坐下，他拿起筷子，夹了一口辣椒炒肉。

小时候，他常来夏耳家吃饭，也都是夏叔叔掌勺。不夸张地说，他也算是吃夏家饭长大的。

熟悉的味道一入口，童年记忆就涌了上来，让他变成了当初那个只有桌子高的小孩儿。

夏叔叔问他：“陈岁，你能吃多少？是要半碗，还是大半碗？”

那时他拘谨，只要了半碗饭。

可后来，因为味道太好，他吃了一整碗。

想到这些，陈岁咽下嘴里的菜，抬起头对夏叔叔说：“不是馒头咸菜，叔叔做饭还是那么好吃。”

夏爸爸大笑，抬手招呼：“好吃就多吃点，不够吃叔叔再去炒！”

徐凤琴白了他一眼，低头对夏耳说：“就夸他一句，瞧把你爸得意得。”

夏耳握着筷子，乖乖地说：“你又不夸他，陈岁夸他，他当然高兴了。”

“看看，还是我闺女好，向着爸爸，不跟她妈一伙儿。来，闺女，爸爸给你夹块排骨，这个一啃骨头就掉。”

“你爸这人就不能夸，平常不夸他都能上天，这一夸他，不还得飞到外太空啊？”

夏爸爸又问：“陈岁现在怎么样，学习能跟得上吗？”

夏耳说：“爸，陈岁是降级回来的，我们现在学的他都学过了，怎么会跟不上？”

夏耳就这么堵上了爸爸的话，没让他再问下去了。

陈岁蓦地想起夏耳那时候来问他考试成绩的事。

她是怕她爸爸会触及他不想说的事情吗？

陈岁想到那天对夏耳说过的话，心中的愧疚就像海水一样席卷上来，快要将他吞没。

他不该用那种态度、那种语气跟她说话的。

陈岁心中像被什么东西束缚住，握紧筷子，说：“安城跟这边的教学还是不太一样，之前都不太适应，不过我以后会好好努力的。”

夏耳没想到陈岁会这样说，有些惊讶地侧过头看他。

他恍若未觉，低下头，继续吃饭。

徐凤琴说：“一个南方，一个北方，教得肯定不一样，以后努力就好，你打小聪明，肯定能学明白。”

“对，你一学，成绩肯定就上去了。”

夏家的气氛其乐融融，家长们相互吵嘴，小孩子在一旁笑嘻嘻地看，吃着香喷喷的饭菜，屋内满是暖黄色的光，一切都是那么温馨。

这样普通的画面对陈岁来说，却是很陌生的，是他从未拥有过的东西。

“给你。”夏耳夹了一块排骨放到陈岁的碗里，软声软气地说，“快吃啦，再不吃就被我吃光了。”

陈岁侧过头，看到夏耳笑眯眯地坐在一旁，小脸圆圆的，梳着可爱的丸子头。

小时候，她也是这样坐在他的身边，跟他一起吃饭。

他忽然想，也许他并不是真的从未拥有过。

在童年的很多时刻，他也拥有过家庭的温馨。

“好。”陈岁夹着那块排骨，对夏耳绽出一个笑容，“谢谢。”

谢谢你让我在独自一人的冬夜里吃上一顿饱饭。

免我孤独，免我饥寒。

陈广抱着去赔钱的态度，上门找了张大哈。

张大哈主动承认是因为自己看陈岁家境好，想找陈岁要钱，没想到被陈岁教训了一顿。

他还说自己再也不敢了，希望陈广能放过自己。

陈广一怒之下报了警，警察把张大哈抓了起来。

张大哈因向未成年人索要钱财，但情节不严重，所以被关押在看守所教育半年。

陈广把这件事告诉陈岁时，陈岁淡淡地念了一句：“真是便宜了他。”

“行了，那看守所也不是什么好地方。”陈广说，“他去了也是让人欺负，还得干活，睡觉都不能关灯，够他受的。”

陈岁没说什么。

陈广叹了口气，说：“以后再有这样的事，一定要告诉爸爸，不要再任性了。这次是爸爸不对，没有第一时间相信你，以后爸爸会改正的。”

陈岁扯了扯嘴角：“知道了。”

陈广还想再说些什么，可是看到陈岁的态度，到底还是没有开口。

张大哈进局子这个事小范围传开，夏家很快也知道了。

一家人一起看电视时，徐凤琴一边织着毛衣，一边说：“真看不出来，这张大哈平时看着老实巴交的，连小孩儿的钱都抢。”

夏爸爸说：“有手有脚的，干点啥不好，搞得现在还进去了，以后不管干啥，都多了个案底，犯得上犯不上。”

徐凤琴织毛衣的手一停，转头问夏耳：“他没抢过你的钱吧？”

夏耳的心因为妈妈这一问，倏地揪了起来。

那些真相就在嘴边，好像很轻易就能够说出口。

可是她突破不了那层心理防线，没办法告诉别人她身上发生过那样的事。

哪怕是她的父母，也没办法让她逃脱羞耻的枷锁。

夏耳的双手绞在一起，吞吞吐吐地说："爸爸，妈妈，其实……其实被抢钱的不是陈岁。"

爸妈听见用她这样的语气说话，四目相对，顿时警觉了起来，问道："怎么回事，你被他抢过？"

"嗯……"

也许真相没办法说出，但是她可以说出自己受到过伤害。

"陈岁动手，不是因为自己被要钱，是因为……他在保护我。"

"啊？"徐凤琴顿时把手里织了个头的毛衣放下，坐过来，按住夏耳的双肩，"什么时候的事，爸爸妈妈怎么不知道？"

"就是……"夏耳犹豫着，"我有一天没有去上学，其实不是身体不舒服，我是被、被他吓到了。后来，陈岁知道了这件事，他就……就帮我出了气。"

夏爸爸暴怒，气得跳起来骂："这个张大哈，活该他是光棍！"他在屋子里走来走去，狠狠攥紧拳头，"关他半年都是便宜他，应该关他个三年五载！"

徐凤琴担忧地问："那他从你这里抢到钱了吗？"

夏耳摇摇头，小声说："我没带很多钱，他要不到钱，就让我走了。"

徐凤琴松了口气，把夏耳抱进怀里，不住地拍着她的背，安抚道："好耳朵，别害怕，下次遇到这种情况，有钱全都给他，像这种人，穷疯了什么都干得出来，别为了那点钱出什么事，然后一定要告诉我跟你爸，别什么都不说。你是我们的孩子，我们肯定会保护你的。"

"知道了，妈妈。"

夏爸爸想了想，说："从明天开始，我亲自送你上学，晚上再去学校接你。"

夏耳窝在妈妈怀里，闻着妈妈身上的味道，内心一片安宁。

是那种有人为你遮风挡雨的安全感。

她的心里被填得很满，好像有什么东西快要溢出来。

她说："爸，都过去很久啦，而且张大哈都已经被抓起来了，早就没有事了。"

"万一再有其他人呢？谁知道有没有什么李大哈、王大哈的……"

夏耳心里一暖，想让爸妈放心，说道："不会啦！而且我现在都跟陈岁一起上学的。”

听见陈岁的名字，夏耳爸妈的担忧都消散了一些。

“那还行，陈岁这孩子不错，人也稳重，你俩搁一块，我们都能放心。”

夏耳继续安慰他们：“真的没事，陈岁也说了他会保护我的。”

只要他说过的话，都会兑现，她相信他。

高二上半个学期，就这样在逐渐寒冷的天气中结束。

夏耳家的烧烤店也已暂时歇业，换成了卖早餐。

到了寒假，高中过半，再有半年就升高三，紧张地为高考备战。

时间好像过得很快，明明感觉自己还是刚上高中的小孩，不知不觉就要上高三了，快得就像一场梦。

夏耳的爸妈答应她，等她高考结束，第一件事就是给她买手机和电脑，作为她考上大学的礼物。

因为这件事，夏耳开始期盼时间过得快一点。

连带着对高考都期待了起来。

一个人写作业时，夏耳也会偷偷幻想，长大后的她会是什么样子。

会有什么变化吗？应该不会吧，肯定还是会跟现在一样，开心难过会跟爸妈分享，会依赖在父母身边，永远不想跟他们分开。

长大对别人来说，或许意味着很多事。

可对夏耳来说，应该只是意味着比现在长大几岁而已。

放寒假没多久就到了年末，家家户户都在为过年做准备，集市上已经在卖对联和鞭炮了。

夏耳跟爸妈买了很多肉，猪牛羊鸡，一买就是几十斤。

还有春联、花生、瓜子、水果硬糖之类的年货。

到了冬天，北方集市上都是穿着厚厚衣服的人群，手里提着各种年货，集市道路两边都是未化的积雪，那种现场杀猪卖肉的摊子冒着白雾，人们行走在白色的雾气里，脸上都是临近过年的喜悦。

夏耳陪爸妈去买鞭炮。

夏爸爸问：“闺女，喜欢啥样的鞭炮？你自己挑。”

夏耳在大大的鞭炮摊上看了看，默默拿了五捆仙女棒，说：“我要这个。”

夏爸爸隔着帽子，在夏耳的脑袋上揉了揉，笑道：“傻闺女，人家过年放礼花，咱们一家三口放这玩意儿啊？”

夏耳笑着躲开，细声说：“我要这个就行啦。”

夏爸爸买了一千多块钱的礼花，夏耳没想到这些东西这么贵，小声劝爸爸。

爸爸却说："一年就放这一次，贵啥贵，等你考上大学，爸给你放一万块钱的，到时候让全镇人都知道我闺女考上大学了。"

徐凤琴在他胳膊上打了一下，笑骂道："就你能作。"

年前的每一天都在准备中度过，到了三十晚上，夏爸爸一个人在厨房忙碌，夏耳则陪妈妈在屋子里和饺子馅儿。

电视里在放春晚，还是歌舞节目。

夏爸爸把炒好的菜盛盘，高声问："赵本山出来没有？"

"还没有哪！人家赵本山哪年不都是最后出来，炒你的菜吧！出来我告诉你！"徐凤琴头也不回地说。

夏耳没有被歌舞吸引，抬头直直望着前院。

二层的房子，只有一间小屋亮着光，她记得那是陈岁的房间。

她拍了拍妈妈的手臂，说："妈妈，你看。"

徐凤琴也抬起头，看到陈岁家的灯，"哎哟"一声："这大过年的，怎么也不开灯。"

"妈妈，我怎么感觉陈岁家没有人啊。"

"不会吧？这大过年的不在家，能上哪儿去？"徐凤琴站起来，到窗边张望了会儿，"妈呀，好像真没人，他们两口子干啥去了？不会把孩子一个人扔家里了吧？"

夏耳侧过头，说："妈妈，我过去看看？"

"去吧。"徐凤琴挥手，"要真是陈岁一个人在家，你把他叫过来啊，一个人过年哪儿行。"

"知道啦！"夏耳开心地笑起来，蹦蹦跳跳地跑出去，"谢谢妈妈！"

到了外面，空气都是冷的，还弥漫着一股鞭炮的味道。

家家户户张灯结彩，灯全都点着，天上时不时有烟花绽放，"嘭"一声在半空炸开，接着噼里啪啦地响。

到处是热热闹闹的。

夏耳一路踩着雪，咯吱咯吱的，走到陈岁家门口。他们家门没锁，哪哪都没开灯，只有最里面的屋子亮着光。

到处都很亮，只有陈岁家里没什么光，如果是夏耳一个人在家，肯定怕死了。

她进了门，家里静悄悄的，如果不是陈岁房里的灯还亮着，她简直怀疑家里没有人。

"陈岁？"夏耳在走廊唤他的名字，到他房门口时，敲了敲才推开。

视野随着她推门的动作打开，男孩子的卧室一览无余，简单整洁，没有多余的装饰，风格简约硬朗。

陈岁背对门口站着，桌子上放了个水壶。其实他屋子里开的不是顶灯，而是他桌上的台灯。

他听见开门声转回身来，就看到夏耳小脸红扑扑的，像只仓鼠那样小心翼翼地看着他。

而陈岁正在撕桶装泡面最外面那一层塑料膜，在他侧身让开的位置上还放着一根火腿肠。

屋子里光线并不强，两人就这样对视着，一个手扶着门，微微仰头；一个半侧着身，转头回看。

像是时间定格了。

不知是谁家又放了一记炮仗，一声巨响在外面炸开，也让屋子里的两个人纷纷回过神。

夏耳收回视线，看见陈岁手里的东西，轻轻指了指，问道："你……就吃这个呀？"

"嗯。"

"叔叔阿姨呢？"

"不知道。"

"怎么会不知道呀？他们走的时候没跟你说吗？"

"说了吧，让我跟他们去，我不想去，随便。"

陈岁把塑料封膜扔进垃圾桶，拿起泡面桶就要撕开。

夏耳见到他的动作，有些着急地说："等等！"

陈岁动作停下，回头。

"那个，不是不让你吃泡面的意思。"夏耳挠了挠头，"但是，泡面什么时候都能吃呀，可是，今天是过年欸。"

"过年不能吃泡面吗？"

"呃。"夏耳被问住，有点语塞了，"我的意思就是，怎么能一个人过年呢？"

"没事。"陈岁无所谓地笑了下，"我都习惯了。"

他"刺啦"一声撕开包装，拿出里面的塑料叉子和调料包。

夏耳看着他的动作，忽然想起小时候他就经常去小卖部买泡面吃。

这么多年，他还在吃这个。

她轻声问："你总是一个人过年吗？"

"嗯，是啊。"

陈岁一一撕开调料包，慢条斯理地洒在面饼上，说道："我爸妈喜欢在别人家过年，也不知道是什么毛病。有时是哪个当官的，有时是哪个领导。他们总想带我去，我不想去，就在家里待着。"

这么多年，夏耳没听陈岁说过他家里的事，她父母知道一些，但也很有限。

他们只知道陈岁家里有钱，他的爸爸很会赚钱，而他的妈妈则是贤内助，把家里打理得井井有条。

镇上很多人都羡慕他们夫妻，说他们感情好，家庭和谐，儿子出息，什么都好。

夏耳能够想象得到，这么多年中，在他爸妈到那些人家里，为了赚钱陪酒，跟人家大鱼大肉的时候，陈岁只能一个人在空荡荡的家中吃泡面。

连在这个举国欢庆的日子里也不例外。

夏耳心里说不出什么滋味，仰起头，说："陈岁。"

"嗯？"

"你要不要去我家过年？"

女孩儿的声音软软的，就像带着致命的吸引力。

让他一下子联想到很多东西——温暖的房间、家长的欢声笑语、热腾腾的饭菜……

陈岁的喉结动了动，收回视线，拒绝道："不了，我的面马上就好，我还是……"

"不是还没泡吗？"

夏耳说着，走上前来，拿下他手里的面，说："泡面什么时候都能吃啦！走吧，我还急着回去看春晚呢，再晚一会儿我妈的饺子都下锅啦！"

夏耳拉着陈岁，不给他拒绝的机会，直接把他拉出了屋子。

"等一下。"

"干什么，你就非要吃泡面吗？"

陈岁的手臂被她拉着，他无奈地看着她："我想回去拿件外套，可以吗？"

夏耳脸颊一热，赶紧松开他的手臂，把手背到身后去，说："那你快去，我等你。"

陈岁穿了件黑色的棉外套出来，帽子边沿有一圈毛，脖子上系着灰色围巾，看着很暖。

他把房间的灯关了，锁好房门，跟夏耳一齐往回走。

夏耳只穿了件外套，这么冷的天，陈岁瞥见她纤细的脖颈，问她："我把围巾给你？"

"不用啦！也没多远。"夏耳摆手。

陈岁抿了抿唇，调整围巾的位置，把长的那一端绕到夏耳的脖颈上。

夏耳还以为他把围巾摘下来了，转过头拒绝："真的不用啦！我……"

她定睛一看，围巾那一端还在陈岁的脖子上，而这一端在她这边。

两个人系着同一条围巾，有点像……像古装剧里结婚时，新婚夫妻共同牵着的那根红绸。

夏耳因为自己的想法红了脸。

陈岁抬手，替她紧了紧围巾。

夏耳抬头，幸好，他应该看不见她的脸红了。

"你干吗啦……"

陈岁没什么表情地说："一起系。"

"围巾……会不会不够长。"

"那就靠近一点。"

陈岁揽过她，二人并肩走在一处，手臂蹭着手臂。

夏耳从来没有离陈岁这样近过，脚下的踩雪声，都掩不住她的心跳声。

是奇特的系围巾方式。

同时又觉得这样也不错。

到了夏耳家，徐凤琴已经和好了馅儿，在扯面团了。

"妈妈，陈岁来啦！"

夏耳一进门就向妈妈汇报。

徐凤琴在里面应了一声，笑呵呵地抬头看向门口："这孩子，你说你家里没有人，也不到阿姨这儿来过年。"

陈岁觉得说什么都有点不好意思，就没说话。

夏耳插嘴："现在不是来了吗，你就别说他了。"

"没说他，可他也太生分了。阿姨家是缺你一双筷子，还是差你一口饭哪？"

陈岁抿唇，小声说："我以后不会了，谢谢阿姨。"

"这就对了。"徐凤琴脸色稍缓，"都是邻里邻外的，谁没有个啥事儿，别搞那么生分。"

夏耳帮陈岁放好衣服，又把瓜果盘拿过来，拎着凳子跟他一起看春晚。

夏爸爸菜炒得差不多了，在锅里炖着排骨，到前面来一起包饺子。

夏耳看得跃跃欲试的，说道："爸，我来帮你擀饺皮吧。"

"行啊，你去洗手。"反正桌上的饺子皮暂时够包，爸爸也不怕闺女糟蹋。

夏耳洗了手，回来拿起擀面杖去擀那面团。

她不会干这些，试着擀了几下，因为发不好力，掌丘那的肉直疼。

夏爸爸夸她："我闺女擀得好！皮儿是圆的，以后在家里你说了算，跟你老爸我一样！"

夏耳擀的皮薄一块儿厚一块儿的，并不均匀，就这样也能被爸爸夸奖，果然父母的爱都是盲目的。

徐凤琴问："陈岁会包饺子吗？"

陈岁冷不防被人问到，抬起头："嗯？不会。"

"那你要不要来试试？闲着也是闲着，你包的饺子单独给你煮，留个纪念。"

夏爸爸说："学着点也好，以后结婚了，老婆想吃饺子，你怎么办？出去买吗？那自己包的饺子，就是跟外面买的不一样。我当初追你阿姨，就是靠我这一手好厨艺。当然，主要是靠我这张脸。"

徐凤琴忍不住瞄他，没好气道："你一天天的，什么时候能有个正行。"

陈岁家没有这项活动，他们家连一起吃饺子的机会都很少，在安城那几年更是几乎没有，那边不吃这些。

实际上，他已经很多年没吃过饺子了。

可是这样被人邀请，要是拒绝，就太扫兴了一点。

陈岁挽起袖子，说："那我试试。"

他出去洗手，夏耳也跟了出来，手里还抓了一把枣子。

见到他不解的眼神，夏耳解释："这个一会儿要包到饺子里呀。"

"为什么？"

他家过年没人包饺子，平时就算吃饺子，也没人会放枣进去，他不懂这些。

夏耳说："我也不知道为什么，我们家每年过年都会包，反正吃了饺子这一年都会很好的意思吧。"

"哦。"

陈岁没说什么，洗了手，回去学着包饺子。

他跟夏爸爸学，可包出来的饺子捏合不住，奇形怪状。

他们大笑不止，陈岁觉得不好意思，又重新捏了两个，逐渐有模有样了起来。

徐凤琴说："看看人家陈岁，一学就会，夏耳学了这么久都包不好，以后想吃饺子可咋办？"

"没关系，阿姨。"陈岁开口，"我给她包。"

夏耳惊讶地看他。

他敛眸，继续包饺子。

到了十一点多，徐凤琴就开始下锅煮饺子了。

夏爸爸带两个孩子出去放鞭炮，他问夏耳："闺女，想放哪个？"

夏耳说："放最大的那个。"

夏爸爸听她的话，把最大的那个拿出来，放到院子里面去。

夏耳转头对陈岁说："我爸买了好多烟花，都可好看了。"

放烟花，对陈岁来说，也是遥远的记忆了。这么多年，他都是在别人放烟花的时候，顺便抬头看看，还没有自己参与过。

夏爸爸把烟花摆好，突然想起没带打火机，回头大声对夏耳说："小耳朵，去厨房把打火机拿来。"

"哎，好。"

夏耳刚要回去，陈岁拦住她："不用。"

"嗯？"

陈岁把手伸进口袋里，再掏出来，掌心里面躺着一枚打火机，说："用这个。"

夏耳一愣。

那是她在陈岁过生日时送的 Zippo 防风打火机，她还记得，当初送给他时，她说是随便买的。

想不到，他居然会带在身上。

她记得他不抽烟的。

夏耳来不及细想，接过打火机递给爸爸，说："陈岁的。"

夏爸爸挥手，赶她回去："把耳朵捂好，躲远点儿。"

这个时间，已经有不少人开始放烟花了，一簇一簇的烟火冲上天，绽出各式各样的形状，绚烂漂亮。

夏爸爸点了烟花，捂着耳朵往回跑，跟夏耳和陈岁一齐站在房檐下。

"咻——"

一道火光冲破封纸，飞上高空，"嘭"一声炸开。

那么大的礼花炸出的烟火巨大且密集，是属于他们家的，自己家的。

有时候，外面的烟花再好看，但是看在眼里，始终是旁观心态。

可这一刻，陈岁却对这个最大的礼花，有了几分归属感和荣誉感。

他想告诉全世界，看，天上这个最好看的烟花，是我家放出来的。

不用再旁观别人，不用再羡慕别人。

原来这样热闹的日子，他也可以参与进来，也能分享到过年的滋味。

等鞭炮全部放完，徐凤琴的饺子也煮好了，满满一大桌子菜，配上一盘盘热腾腾的饺子，这就是今年的年夜饭。

一家人忙了一晚上，终于能坐下，春晚的节目也播到了赵本山的小品。

看到赵本山出现，才觉得这个年是完整的，也许这也是一种仪式。

徐凤琴把一盘饺子放到陈岁面前，说："这些都是你自己包的，还不错，一个破的都没有，你快尝尝怎么样。"

"好。"

陈岁应下，夹了一个吃，不知是不是心理作用，总觉得从前吃过的饺子都没有这个好吃。

他又吃了两个，看到面前盘子里的饺子有一个饺子的颜色要比别的深，也要比别的鼓一些，显然肚子里有"货"。

陈岁蓦地想到夏耳的话，他瞄准那只饺子，伸手夹到夏耳碗里。

"尝尝这个。"他说。

"谢谢，你也吃呀。"

夏耳没多想，夹起陈岁给她的那个饺子，咬了一口才发现里面居然有一颗枣子。

她好开心，抬头说："妈妈，我吃到枣了呢。"

徐凤琴笑眯眯地说："吃到枣，寓意好，我们小耳朵这一年都会幸福的。"

"嗯！"

夏耳想到陈岁给她夹饺子，忽然在想，是不是陈岁故意给她夹的？

她也想找一个带枣子的饺子给他，仔细看了半天，也没个结果，不由得有些丧气。

一直到吃完这餐饭，她都没找到带枣的饺子。

陈岁也没有吃到。

转念一想，人一年的好与不好，怎么会被一颗枣决定呢？简直荒谬。她是读书的学生，居然也会相信这种迷信的说法。

所以，吃不到也没什么，她去年也没吃到带枣的，不也好好的？

这样想着，夏耳决定不再计较枣的事，也放下心来。

接近零点，电视里的主持人开始倒计时，夏耳在心里跟着默数。

直到主持人数完十个数，用喜悦的声音说出"过年好"时，夏耳从凳子上站起来，给爸爸妈妈拜年。

"爸爸过年好，妈妈过年好。"

夏耳拜完年，转头去看陈岁，眼睛眨了眨，微微弯起："陈岁，过年好呀。"

在辞旧迎新的日子里，在彻底告别过去的一年，迎来全新一年的这个时刻，我很开心能够跟你一起度过。

这一年，是二〇一一年。

Chapter 07

/ 保佑他的愿望全都实现 /

夏爸爸高兴，给了夏耳厚厚的压岁钱，也给了陈岁。

陈岁不肯收，被夏爸爸硬塞了才肯收着。

“大过年的，拜年不给红包像什么话，你也不是外人，收个红包有什么的？”

陈岁拿着红包，心里有些异样。

他不是没收过红包，但是没有哪一个红包能比这一个更有红包的感觉。

吃了饭，夏耳的爸妈把碗筷收拾好，夏耳也要帮忙，被徐凤琴拦住了。

“去，你们两个小孩儿玩你们自己的去。”

听妈妈这么说，夏耳也没太坚持。

陈岁穿了外套要走，夏耳说：“我送你回去吧。”

“不用。”陈岁拒绝，“太晚了，外面冷。”

夏耳说：“那我送你到门口。”

陈岁手里还拿着那个红包，夏耳见了，知道他心里有负担，斟酌了一下，说：“我爸妈给你的，你收着就好，真的不算什么的。如果今天是我到你家过年，你爸妈也会给我红包的，对不对？”

陈岁想了想，说道：“嗯，但……”

“陈岁，你开心吗？”

陈岁没想到她会这么问，愣了一下，点头，“嗯”了一声。

“那就好。”夏耳松了一口气，随后扬起笑容，“希望你永远可以开心。”

陈岁没再说什么，把压岁钱揣回口袋里，出了夏家大门。

夏耳没再送了，站在门内，用手撑着小门，静静望着他。

外面的爆竹声不住地响，像是有人在比拼着放烟花那样，今夜一直就没停过。

陈岁在路灯下回过头，望着夏耳，叫她：“小耳朵。”

“哎？”

“祝你新年快乐。”

正月十五，镇上的小孩子会一起到庙会看花灯，顺便许愿祈福。

每年庙会都是如此，今年程可鱼来找夏耳，夏耳想了想，决定去前面把陈岁一起叫上。

其实夏耳不怎么信这些。一件事成与不成，事在人为，总不能许了愿，什么努力都不做，就能得到想要的结果。

没有这么好的事情。

但她欣然前往，一来是喜欢跟朋友一起的热闹氛围；二来，是怕陈岁一个人会孤单。

陈岁的爸妈仍然没有在家，逢年过节的时候，他们总是忙的。

陈岁没有拒绝夏耳的邀请，一同去的还有其他认识的小伙伴，他们一起到镇上最大的织女庙去。

每年正月十五，这里都很热闹，行人如织，卖什么的都有。

一群小孩子到了庙会里，先是四处乱逛，最后到大殿去烧香。

程可鱼跟夏耳一起跪拜，程可鱼握着三炷香，口中念念有词：“织女保佑，让我早点上大学吧，早点离开家，飞向自由，逃离我爸妈的控制。”

夏耳看着神色温柔的织女神像，实在没什么好祈愿的，她的生活虽平凡，但也没什么坎坷，顺遂得不成样子。

想了想，她举起三炷香，说：“保佑陈岁学习进步，成绩越来越好。”

是对陈岁美好的祝福与祈愿，他配得上更好的未来。

夏耳把香插在香炉里，回头看陈岁。

陈岁挑眉，说道：“这么重要的许愿就这么浪费在我身上？”

夏耳觉得有点不好意思，憋了又憋，小声说：“我确实希望你成绩进步，可你不让我管，我只能让织女帮我管管了。”

两个人许完愿，站到一边。

陈岁也点燃三炷香，想了想，说：“保佑小耳朵越来越漂亮。”

什么啊！夏耳红脸，哪有人许这种愿望的。

不过，也许他跟自己一样，并不相信这些，所以不需要向神明祈求什么吧。

等出了织女庙，夏耳跟程可鱼在庙会里买糖葫芦吃。

不远处有人说："我这次来啊，就想求个好姻缘，相亲七八次了，再不成这辈子都要打光棍了。镇上的庙都求遍了，总有一个能成的吧？"

有人接话："那你求别的地方没用，来这儿就对了，织女庙求别的都一般，就求姻缘最灵。你就拜吧，今年准行。"

程可鱼听见了，脸顿时一垮："啊？只能求姻缘啊？那我完了，我不能快点高考离开我爸妈了。"

夏耳想想自己乞求陈岁提高成绩这个愿望，多半也是不灵验了，也有点沮丧。

但她没把情绪写在脸上，反而安慰程可鱼："我们本来就是明年才高考呀，你今年求了，肯定实现不了，这是对的。"

被夏耳这样安慰，程可鱼心里舒服了一点，点头道："也是。"

夏耳又说："而且，陈岁还许愿我越来越漂亮呢。我都漂亮不了了，好像我更惨一点吧？"

"这个不用许愿，我们夏耳最漂亮了，所以不准也可以！"

陈岁默默付了糖葫芦的钱，回头看了一眼织女庙，没说什么。

一晃又到了新学期，学生开学，校园又恢复了往常的热闹。

积雪消融，春寒料峭，又是一年春来。

陈岁的爸妈最近要离开一段时间，就把陈岁托付给夏家照顾。两家是多年邻居，何况也不过是多添一双筷子，夏家就同意了。

夏耳在心里悄悄高兴。

不过，虽说陈岁每天都跟夏耳一起上学放学，但是偶尔会跟朋友一起出去玩，这个时候就只能夏耳一个人回家。

以前陈岁回自己家，倒还好说，如今是跟夏耳一起回她家，她回去了，他却没回去，难保她爸妈不会问。

陈岁没办法，只能带着夏耳一起去。

"你要去哪儿？"夏耳跟着陈岁，问道。

"去打球。"陈岁把书包甩在身后。

"天还这么冷。"夏耳感受一下温度，说，"打球不会感冒吗？"

陈岁弯了弯嘴角，回道："应该不会。"

他说不会，她也不好说什么，一直跟着。等到了地方才发现，他要打的球不是篮球，而是台球。

夏耳站在台球社门口，手里攥着书包带子，犹豫着不肯进去。

陈岁回头看她，问道："怎么？"

“呃……这个是三厅一社的一社吧。”夏耳挠了挠额头，“老师不让进的。”

“老师还不让去网吧呢。”陈岁垂眼睨她，“不是还有人进了局子。”

怎么非得提进局子那件事啊！

夏耳涨红小脸，不情不愿地问：“那你要玩儿多久？”

“不久。”陈岁推门，“一个小时左右吧，答应要跟朋友打两局，不玩不好。”

“哦。”夏耳应了一声，“那你记得快一点。”

台球社的环境跟网吧、麻将馆差不多，里面抽烟的人不少，鱼龙混杂，什么人都有。

夏耳一到这种地方就会紧张，她没见识过，从心底开始生怯，尤其在里面看到不少一看就不好惹的人，她生怕撞到他们。

如果是一个人，她绝对不敢进。

陈岁倒是自如，甩着书包在前面带路，显然没少过来玩。

夏耳低着头跟在后面，紧张得耳根发烫。

上了二楼，环境要比下面好不少，人也没下面那么多。陈岁带她在一张张台球桌绕来绕去，就到了他的朋友那儿。

夏耳觉得面熟，想起是他班上的同学，匆匆看了一眼，就别开了视线。

那人打了一杆球，站直身子，吹了个口哨，说：“山夕哥怎么回事，打球还带朋友啊？”

陈岁把书包往旁边桌上一扔，接过朋友递过来的球杆，俯身对准白球打了一杆，球进了。

陈岁直起身，眯眼问：“带朋友怎么？不行？”

“行行行，我们山夕哥干啥不行。”

夏耳听见他们两个这么说，脸颊又是一红。

她明明不是……他们为什么要……

她不说话，默默背着书包走到一边，跟陈岁他们隔了一个台子，又去旁边拿了把椅子，坐在台球桌边上，从书包里拿出书本来，乖乖做起了作业。

夏耳的专注力还不错，当她专心做事的时候，倒也不大受环境影响。

即使时不时传来台球碰撞声，还有打台球的人发出的兴奋或泄气的声音，对她来说都构不成影响。

陈岁跟同学打了几杆，同学刚要俯身，回头瞄了一眼夏耳，不禁惊讶出声：“山夕哥，你这朋友怎么回事，也太乖了吧。”

陈岁也转头去看，见夏耳端正地坐在台球案旁边写作业，腰背挺直，表情认真，一副心无旁骛的样子，不由得弯唇。

“当然乖，她从小就这么乖。”

同学看得目不转睛：“我怎么就没这么乖的朋友？太招人稀罕了吧？介绍我认识认识。”

陈岁拿球作势要砸他，没好气道：“滚你的。”

两人又打了会儿，同学说：“我有点儿饿了，下去买点儿东西吃，你要吗？”

陈岁说：“你给她带个面包，奶油的就行。”

同学应了，放下球杆下去。

陈岁一个人把玩着台球，见夏耳还在那边学习，他玩心大起，放下球，慢悠悠地走过去，伸出右手，食指在她的桌案边敲了敲。

夏耳闻声抬头，表情茫然：“嗯？你打完啦。”

“没呢，还要等会儿。”

“哦。”

夏耳低下头，想继续背书。

陈岁抬手，撑着她的额头，笑着问她：“你怎么回事儿啊，这么爱学习？”

夏耳严肃地说：“马上要高考了，要抓紧学习。”

陈岁收回手，笑容未减，说道：“先别学了，过来带你放松下。”

“干吗？”

“教你打球。”

听见陈岁这样说，夏耳立即紧张了起来，她不会打球，虽然看起来很简单，只需要用球杆把台球戳进洞就可以。

她四下看了看，二楼并没有什么人，而且有陈岁教她，应该还好吧。

夏耳跃跃欲试，对于这些没见识过的事物，她还是很好奇的。

她问：“会不会很难？”

“我教你，就不难。”陈岁说。

“那行。”夏耳放下手中的笔，把书本倒扣过来，盖在桌案上，站起身，“那就试一下。”

夏耳跟陈岁走过去，陈岁站在球桌边上，跟她讲解怎么拿杆，怎么发力，怎么打球。

听起来很简单。

夏耳记住要点，从陈岁手中接过他递来的球杆，对准白球的球心，想把这球打出去，却发现不知道哪里出了问题，不管怎么发力，都借不上力的感觉。

夏耳急得手心冒汗，丢人的时候，总觉得全世界都在注视自己。

她用力打出一球，没撞到想打的球，只被白球撞远了一些距离。

她感到了一丝窘迫，竖起球杆站到一边，尴尬地说：“我太笨了，可能学不会，还是算了。”

“怎么就笨了，这不是有模有样的，也就是一些小地方不太对。”陈岁说着，把白球捡回来，摆在一颗球前面，“再试试。”

夏耳被陈岁这样鼓励，也不好再退缩，俯身对准白球，聚精会神，再次瞄准。

背后突然有人贴了上来。

有人按着她的手，调整她的姿势，并在她耳边低声说：“背再低一点，记住这个姿势。”

台球社内有暖气，进来的人都脱了外套，只穿了单衣。

隔着单薄的衣料，少年坚实的胸膛与她的背部相贴，他的手臂从后面绕过来，覆上她的手臂，调整她握杆的姿势。

他身上的温度传过来，她觉得有些太热了，受不住，耳尖有些发红。

他冷冽的嗓音响在耳边，闲闲的，有点懒散。

夏耳什么都没听进去，眼睛只顾着看陈岁漂亮的指尖捏着她的手掌帮她调整手势，她连大声呼吸都不敢，小心翼翼的，憋得快要爆炸。

能不能……不要用这种姿势?

夏耳内心想要抗议，可是陈岁明明在认真教她打台球，是她自己在脑子里想这些乱七八糟的，浪费陈岁的一片好心。

夏耳悄悄唾弃自己，是什么时候开始，脑子里会有这些歪心思，所以果然她是那种坏女孩吧，不用人教，自己就变坏的那种。

“记住我刚才教你的，保持这个姿势不要动，试试吧。”

陈岁站起身，少年身上那种炙热的温度移去，她感到些许失落。

夏耳什么都没记住，可她不敢说，只好暗中摒除杂念，聚精会神，把注意力放在球杆上，眯起一只眼，瞄准白球。

“咚”一声，白球撞上目标球，球疾速向最近的洞口滚去，然后“咣当”一声，掉进网兜。

球进洞了。

夏耳眼前的茫然被人拨开，喜悦漫上眉梢，心头也跟着松了一下。她兴奋地站直身体，回过头开心地说：“进球了呢！”

陈岁摸摸她的脑袋，赞叹道：“不错，名师出高徒。”

原来话还能这么说啊?

陈岁把白球捡回来，给她摆了个位置，说：“试试这个球。”

夏耳“嗯”了一声，拿起球杆再次俯身，像匍匐的猫，脊背到腰身是一条流畅的线条，鬓发垂下一绺，落在下巴处，使那张脸看起来更小了。

她摆好姿势，对准那颗台球，手下发力。

“咣当”一声，球又一次被击进洞里。

夏耳开心地转过身，笑眯了眼，对陈岁说：“台球好好玩哦。”

陈岁的眼睛从她脸上移开，走过去，抽走她的球杆，说：“你去写作业吧。”

“啊。”夏耳还有点没玩够，球杆突然被人抽走，她的手还保持着刚才的姿势，表情恋恋不舍的，“是我打得不好吗？”

“不是。”陈岁避开她的眼神，“我同学要回来了。”

“哦……”

夏耳确实不好再继续占着人家的位置了，她拉了拉衣角，乖乖地走回到刚才的位置，背自己的书。

她肩颈瘦瘦的，露出一截纤细的脖颈，两个手肘拄在桌子上，侧影窈窕。在台球社的壁灯下，还能看到她脸颊边缘的细碎绒毛。

明明这一年她都在他眼皮子底下，还是小女孩的样子，可就是说不出哪里变了。

陈岁收回视线，握紧球杆，垂眼往球杆顶部涂抹巧粉。

眼睛看着尖细的球杆，可他的脑海里，却不自觉浮现出夏耳刚才打球时，腰背处的曲线……

没一会儿，陈岁的同学回来，手里拎着一袋零食，越过陈岁，走到夏耳旁边。

同学从袋里掏出一个奶油面包，又掏出一些薯片、虾条之类的零食，还有一瓶酸奶。

“喏，给你的。”

夏耳看到面前这堆东西，一下子局促起来，连忙摆手，说：“谢谢啦，我不是很饿，就不要啦。”

同学笑着注视夏耳，拿起奶油面包放在夏耳面前，解释道：“这个是山夕哥让我买的，怕你饿呢。”

夏耳想了想，把面包拿起来，放到书包旁边，其他东西还放在那儿没动。

她再次仰头道谢：“我吃这个就可以了，别的我也吃不下，谢谢你。”

同学见她这样，笑着说：“吃不下就留着明天吃呗。专门给你买的，不客气。对了，你 QQ 号是多少？咱俩加个 QQ 吧。”

夏耳耳根一热，不好意思地说：“我家没有电脑，QQ 平时也不怎么用的。”

“没事儿，先加一个呗。”同学掏出按键手机，摆弄了起来，“你先说，我加着，完了等你什么时候用电脑，给我通过了就行。”

说完，他把手机递给夏耳，让她自己输入账号。

“我……”

夏耳刚要拒绝，面前的白色手机突然消失，只剩下那男生伸过来的手。

夏耳抬起头，只见陈岁突然出现在这男生身边，单手握着手机，垂头在上面输入什么。

同学看到陈岁，惊讶地说：“你干吗拿我手机？”

陈岁输入完，把手机还给他，语气闲闲的：“你不是要加她吗？直接加我就行。”

同学尴尬地笑道：“开什么玩笑呢，我这……我加人家小姑娘，加你干什么？”

陈岁掀起眼皮，淡淡地说：“我们两家是前后院。你有什么话想说，我可以帮你转达，比你上 QQ 找她快得多。”

同学接过手机一看，小小的屏幕上，显示着“您已成功发送好友请求，请等待验证”。

他再次愣住了。

陈岁没再看他，反手在夏耳脑袋上按了一把。

“我饿了，回家。”

“啊……这么快。”夏耳呆呆的，但还是乖乖地把书本装进书包里。

装东西的时候，她瞥见绿色绒案上的奶油面包，估计是吃不上了。

但也不能白让人买一趟。夏耳从包里找出一张五块钱的纸币，放到男生的零食袋里面，仰头笑了笑，说：“谢谢你呀。”

男生被这笑容晃了眼，愣了一下。

“走了。”

说着，陈岁提起夏耳的书包，把她从二楼拉到一楼。

顺着楼梯下来时，看到一楼那么多打台球的人，靠墙的椅子上还有围观休息的，光是想到要从这么多人身边路过，夏耳就开始浑身不自在。

她低着头，被拉出台球厅大门。到了室外，夏耳的手腕扭啊扭，试着一点点抽出自己的小手。

陈岁察觉到手上的动静，醒过神，手一松，放开了她。

夏耳揉了揉手腕，探头瞧他，问道：“你怎么板着脸呀，因为什么不高兴？”

“没有。”

陈岁面无表情地回了一句，怎么看都不像是“没有”的样子。

夏耳不知道他怎么会在突然之间情绪转变得这么快，绞尽脑汁想了想，把书包转到前边来，从里面掏出那个奶油面包，试探性地递到陈岁面前。

“你是想吃这个面包吗？”

陈岁转过头，看她。

她举着面包，一双漂亮的杏眼圆溜溜的，轻轻眨了眨。

“你是怎么看出来的？”

陈岁语气奇怪。

夏耳挠了挠头，说：“你不是说饿了吗，然后……你同学又没有给你带一份，那你肯定会不高兴呀。你没吃到东西，又饿，肯定很需要这个面包。”

见陈岁不动，夏耳又把面包往前推了推，说：“我还不太饿，给你吃呀。”

陈岁垂眼看她递来的面包，她手指细细的，指尖粉嫩，把面包都衬得有更食欲了。

陈岁在心里想：这小傻子。

他控制不住嘴角上扬，伸出手，把面包接过来，撕开包装，掰下来一块带奶油的面包。

面包送到了夏耳嘴边。

夏耳伸手接住，抬眼：“这是给你的，你干吗给我啦。”

“总不能吃独食。”

说是不能吃独食，可一半面包全都被陈岁以各种各样的借口给她吃了。

夏耳有样学样，也掰了一块面包递给陈岁。

他看着送过来的面包，是松软的，她的指尖还沾到了奶油。

陈岁笑问：“干什么？”

“不能吃独食。”

夏耳回答得理所当然，手又伸了伸：“你快点嘛，我手都酸了。”

陈岁对这些甜的东西不是特别感兴趣。

但是他无法拒绝的，是来自夏耳的好意。

“这面包，”陈岁将面包吃进嘴里，闲闲点评，“还挺好吃。”

夏耳有些开心，把剩下的面包推给他：“都留给你吃吧，你要是喜欢，下次也可以买来吃。”

三月月考成绩出来，夏耳去走廊看大榜，她在第一页寻找自己的名字，第二十三名。

比之前进步了。

她又去看自己的语文成绩，139 分，倒是还在她平时的成绩范围。

夏耳总体来说还是比较平静的，努力取得进步，最擅长的科目发挥稳定，都在她意料之中。

她又纵向去比，在总榜上从自己的名字缓缓往上看，想看自己的语文成绩还是不是全年组最高分。

大部分人基本都在 120 分以上，偶尔也有几个过 130 分的，但都没有她分数高。

看完文科又去看理科的排名榜，从第一名开始看。

然而，理科第一名的语文成绩并没有引起她的注意，她注意的，是第一名的那个名字。

她定了定神，还以为自己看错了。

与此同时，周围是来看大榜的理科班同学讨论的声音。

“天啊，新来那个转校生居然从大榜最后一页飞到了第一页，还考了第一？他不是学习挺差的吗？”

“这不是进步飞速，而是直接逆袭啊，这哥们儿怎么学的？抄我都不敢这么抄！”

“数学物理化学全满分，这是变态吧？”

的确，就连夏耳也没想到陈岁会提升得这么快，近一年不怎么学习，直接考到年级第一。这里或许比不上大城市的师资力量那么雄厚，但是他们也都是镇上成绩最好的学生。

惊讶之余，剩下的，就全都是看到陈岁进步的喜悦。

真好啊，看到他没有放弃自己，看到他成绩飞跃，回到属于自己的位置。

感谢织女庙，感谢上天。

感谢你们保佑陈岁。

陈广得知自己的儿子考了这么好的成绩，非常开心，又奖励给陈岁很多钱，连带着回家的次数都多了。

前后邻居感情好，两家人经常在一起吃饭，看到陈家人其乐融融在一起，陈广是一家之主，曲燕贤淑，事事都听陈广的话，让人感觉这是个和谐美满的家庭。

夏爸爸还说徐凤琴：“你看看人家曲燕，再看看你，成天老是贬低我，一点儿都不尊重我，你什么时候能像曲燕对老陈那样，对我温柔点儿？”

徐凤琴拿眼瞄她，回道：“你觉得人家感情好，那你去人家家里过啊。”

谁都羡慕陈家好，可以说他们是镇上生活美满，夫妻和睦，后代优秀的典范家庭。

看起来，也确实是这样。

这天晚上，夏爸爸端着洗脚盆到夏耳房间，放到夏耳的书桌下面，说：“来，闺女，给你泡泡脚，放松一下，学习别累着。”

“谢谢爸爸。”夏耳放下手里的笔，回头，“我自己倒就好了，我都这么大了，你干吗还给我端洗脚水啊。”

“谁让你是我的宝贝闺女呢，别说你十六岁，你就是二十六岁，爸照样给你端洗脚水，爸伺候闺女，心里头高兴。”

夏耳忍不住微笑，把凳子往后挪了挪，夏爸爸顺势把洗脚盆放到她脚下。

她刚准备脱袜子，就听前院传来“嘭”一声巨响！

父女两人都吓了一跳，抬头往前院看。

那声巨响之后，隔着一个院子，他们在屋子里都能听见前面传来的，东西被砸碎的声音，稀里哗啦，接连不断。

徐凤琴也听见了，跑到门口把门开了条缝去听。

夏爸爸从夏耳的房间出去，一边走一边念叨：“这是怎么了？干仗了？”

夏耳不好出去看，只能在小屋里偷偷观察。

前院开着灯，屋子里三个人影走来走去，偶尔还能听见喊声。

夏爸爸摇了摇头，叹了口气，说道：“还以为他们家就不干仗呢，没想到这一干，比谁都吓人。这么一看哪，还是我家凤琴最好。”

“怎么，这回不是曲燕好了？”

夏爸爸扶着徐凤琴的肩膀，说：“那能一样吗，咱俩是偶尔才拌嘴，小拌怡情，像他们这么干，可干不出什么好来。”

夏耳在屋子里听着，不知为何，她总觉得事情不是看起来这么简单。

隔几天是周末。

下午家里做饭时，陈岁的妈妈来了。

夏耳在房间写作业，听见声音，出去迎了一下：“曲阿姨。”

曲燕没化妆，人也没什么精神，头发随便在脑后扎了一下，看到夏耳，还笑了一下，不过能看出来，笑得很勉强。

夏耳问道：“你找我妈吗？她在厨房做饭呢，我帮你叫她。”

“哦，不用，我不找她。”曲燕摇头，“耳朵呀，你平时总跟陈岁一起走，你知不知道他现在可能在哪里？”

“嗯？”夏耳有些蒙，“什么在哪里？”

“你陈叔叔最近没怎么回来，前几天好不容易回来一趟，一开始还好好的，陈岁突然跟你陈叔叔吵起来了，还……动了手。然后陈岁就走了，这几天都没在家睡，学校也没去。你陈叔叔不让我找他，说当没有这个儿子，那我能不找吗？该找的地方我也都找了，可陈岁到现在都没回来，打电话也不接。这镇上说大不大，说小也不小，你说他能去哪儿啊？”

夏耳喃喃地“啊”了一声，站在那里手足无措，也不知道怎么办。

她怎么都没想到是这个状况。

陈岁能去哪儿，她也不知道。可是一说他几天没回家，夏耳的心也跟着紧了起来。

曲燕又说：“所以想让你帮忙找找，阿姨也挺不好意思。我也不知道他平时都跟哪些朋友玩儿，只知道会跟你一起上下学，你看看有没有什么主意。

“而且，阿姨总觉得，我们家陈岁不怎么听我们的话，但是，他听你的。

“从小到大都是，你说什么，他就做什么。

“所以，你要是找到他的话，就帮阿姨个忙，把他领回家里来。这么多天没吃着家里一口饭，他那个性子，在外面饿坏了可怎么办？”

曲燕是长辈，四十多岁的人，这么求一个小女孩，不说这件事跟夏耳有没有关，光是这个态度，夏耳就不能不帮。

夏耳抿唇，说：“陈岁肯定还是更听你们的话，你们是他的家人，他心里知道的。阿姨，你别着急，虽然我也不确定陈岁到底在哪儿，但是我会帮你找的。”

曲燕会心一笑，叹了一声：“你答应了阿姨，阿姨就放心了，你能劝他回来就劝他回来，让他别再跟你叔叔生气了。”

“知道啦，阿姨，我会的。”

得到夏耳肯定的回答，曲燕这才松了口气，说：“那阿姨就先回去了，不管有没有消息，记得都告诉阿姨一声。”

曲燕走后，夏耳回到小屋里，心里想着她刚才说的话。

陈岁跟家里发生了矛盾，然后不见了，不知道去了哪里。

夏耳听着厨房里的炒菜声，她的爸妈每天都给她做她爱吃的饭菜，那陈岁呢？

曲燕说陈岁已经好几天没回家吃饭了，他本来就不好好吃饭，当她享受着家庭的温馨时，他会不会一个人在某个地方，吃他从小到大吃过无数次的泡面？

夏耳的心里忽然有些难受，即使闻着厨房里饭菜的香味，也勾不起她的食欲。

天还没黑，太阳已经开始落山了。夏耳又坐了一会儿，半晌后，她站起来，到厨房门口说：“妈妈，我出去一下。”

“都要吃饭了，怎么这时候出去？”徐凤琴微微抱怨。

夏耳说：“曲阿姨找我。”

“哦，对，刚才看到她来了，我这儿离不开火，顾着炒菜就忘了。你曲阿姨来咱家是什么事儿啊？”

夏耳就把陈岁的事说了一下。

徐凤琴听完“呀”了一声，说：“老陈可真是的，跟孩子也不好好说话。你快去找找，陈岁要是不乐意回家，你就带回家来，让孩子待外边哪儿行。”

夏耳心中温暖，微笑着说：“谢谢妈妈。”

从家里出来，夏耳站在路上，一时不知道该往哪儿去。

陈岁平时跟小乐的交情比较好，她第一个反应是去小乐家里。

她平时很少跟镇上的同龄人玩，这会儿到了小乐家，小乐妈正往屋里端菜，看到夏耳进来，“哎呀”一声：“夏耳来啦？找我们家乐儿吗？吃饭没呢，没吃进来吃一口？”

夏耳连忙摆手，说：“不吃啦，我来找小乐的，想……想问下作业。”

小乐妈一听是学习上的事儿，回头把儿子喊出来。

小乐从屋里出来，看见夏耳都愣了，说：“我没听错吧，你来问我作业？咱俩都不是一个班的。”

夏耳把小乐拉到一边，小声问他：“你知不知道陈岁在哪儿？”

“他不在家？”

夏耳摇头，说：“所以我来问你，他可能会去什么地方。”

小乐挠头，说：“离家出走一般都往网吧跑，但你要说他会去哪儿……网吧？游戏厅？或者去了哪个同学家？都有可能。不过你也别着急，陈岁兜里有钱，他就是离家出走一年都不会饿死，都那么大的人了。”

夏耳听他这么说，就知道他不了解陈岁的性格，没说什么，谢过小乐就走了。

陈岁性格偏激，戾气又重，如果他是心平气和地离家出走，确实没什么好担心，问题就是陈岁并不是一个能够自我排解戾气的人。

夏耳很怕他会一时冲动，就做一些不理智的事。

她不知道该去哪里找人，到了热闹街区，看到一家牌子很亮的网吧。

虽然不觉得陈岁会在里面，但她还是进去找了找。

夏耳不是第一次进网吧，但每一次进网吧都需要鼓起勇气，担心里面会有认识她的人，也会害怕那些不认识的人。

网管一看到夏耳，把她叫住，上下扫视她，问："有身份证吗，妹妹？"

夏耳红着脸，小声说："我找人。"

她进去看了一圈，乌烟瘴气的环境中，电脑屏幕反射着刺眼的光，就算戴着耳机也能听到嘈杂音乐，跟猛烈敲击键盘的声音混在一起。

她挨个座位扫，可又不敢多看，走马观花一样扫完两层，没发现陈岁的身影，就下去了。

网管见夏耳下来，又问她："找到人了吗，妹妹？"

夏耳摇头。

网管说："要不你加我 QQ，把你要找的人的名字告诉我，他要是来我这儿上网，我就告诉你，怎么样？"

夏耳不想随便加陌生人，摇摇头拒绝了："不用，他也是未成年。"

她走了几个网吧，内心是绝望的，明知道陈岁不在里面，可她还是要进去找。

从第五家网吧出来时，天已经有些暗了，夏耳茫然地站在路边，心里焦急又无措。

她看着街道上过往的车辆，想着陈岁平时喜欢打篮球，但并没有合适的场地能给他整天打篮球，除此之外呢？这个时间他会干什么？

她认真地回忆了很久，脑海中突然灵光一闪。

不知为何，她很确信，陈岁一定会在那儿。

夏耳打起精神，一直往东边走，走了大概十分钟，看到那家她去过一次的台球社。

只是站在门口，就能看见里面有很多人，没有一台桌案是空的。

好多人……

夏耳心里一紧，想进，又不敢。她猜到陈岁在里面，但是要上二楼去，一想到进去后会受到那么多人的注视，她就提前感受到了煎熬。

她在门外闭上眼睛，紧紧握了下拳头。

只要她闷头走路，不到处看，被看也没什么的吧？

就算看，又能怎么？

她不是来打台球，不是坏学生，也没有跟不三不四的人玩，她是进来找人的。

也就是十几米的路而已，一分钟都用不到，根本不会有什么事，没错，什么都没有。

夏耳不再犹豫下去，屏住一口气推开门，明知道有人看过来，她告诉自己当没看见，尽量目不斜视地向前走，上了通向二楼的楼梯。

到了二楼，人一如既往地少，二楼的球台要比一楼的贵一些，人就没那么多。

她扶着楼梯扶手向里看，一眼就看到了俯身打球的少年。

围观那一桌的人有不少，陈岁似乎在跟什么人对打，夏耳是透过人群缝隙看到他的，虽然只是看了个大概，但她还是一眼就认出了他。

有些人，即使隔着人潮如织，人海茫茫，可是只要一眼，就绝对不会认错。

对夏耳来说，陈岁就是这样的存在。

夏耳悬着的那颗心，在看到陈岁的时候，突然就放下了。

陈岁似乎打了一个好球，在他站起来之后，周围人纷纷发出喝彩声。

“漂亮！”

“牛啊！”

呼声不绝。

有一个看着与他年龄差不多的漂亮女孩儿开了一罐可乐，笑着递给陈岁。

夏耳就是这个时候走过来的。

她走路的脚步轻，没有人注意她的到来，就算看到了，也只当她是跟着过来围观的“球友”，或者也是听说“山夕哥打台球特厉害”的名声，过来看他一眼的，就像那个送可乐的妹妹一样。

那漂亮女孩见陈岁没反应，还亲昵地拍了下陈岁的肩膀，说：“哎，可乐。”

陈岁没动。

当着这么多人，女孩儿感觉有点落面子，又叫了一声：“干吗呢？请你喝饮料。”

陈岁仍然没动。

女孩儿顺着他的目光看过去，就看到了在桌案对面的围观人群后站着的乖巧身影。

夏耳双手在身前搭着，穿了件薄毛衫，眼睛大大的，五官小巧，看着温顺又可爱，是那种讨喜的小妹妹。

夏耳长得又乖又可爱，让人根本就讨厌不起来。

跟陈岁打球那人打完一杆，把球杆递给陈岁。

陈岁没接，反手拨开球杆，说：“你怎么来了？”

“谁？”

“什么来了？”

围观那些人都是常出入这些地方的，夏耳看着就有点格格不入，因为陈岁这一句话，他们全都回头去看，一眼就捕捉到了身后甜甜的小姑娘。

“哎哟，哥们儿，这妹妹你认识啊？”

陈岁收回视线，转身接过球杆，完全没当回事地说：“就一邻居妹妹，话都没说过几句，你们别招她。”

说完，他就对准白球寻找角度，把夏耳当成空气。

夏耳有些尴尬，那些男生的目光一直在她身上，让她不由得有些胆怯，连带着她想要说的话，也有些不太敢说了。

离夏耳最近的男人问她：“小妹妹，你来打台球啊？”

“不是……我找陈岁。”

“陈岁？哦，你说这小帅哥啊。你找他干什么，跟我说也一样儿的。”

这男生说话时嘴里一股烟味，让夏耳不适地轻轻蹙眉。

她没理他，绕过桌案，走到陈岁身边，小声说：“陈岁，该回家了。”

“咣”一声，球杆一顶，台球撞了出去。

陈岁直起身，说：“不回。”

“那你打算在这里待多久？”夏耳声音细细的，“我到时候来接你呀。”

对面的男人流里流气地说：“小妹妹，他不跟你回去，那你就在这儿陪他呗。我们也不走，哥几个一起陪你。”

“当”一声，台球杆猛地砸在桌案上，台球七零八落地滚，边上放着的一罐可乐倒下汩汩地顺着瓶口向外冒。

陈岁浑身冒寒气，冷冷地睨了那人一眼。

周围这些人全都比陈岁大，可莫名地，都被陈岁这一眼镇住了。

说不出个究竟，如果非要形容，只能说，这样的眼神似乎只在狼的身上见过。

他们心中都有一个共识，总觉得这个十几岁的少年，什么事儿都干得出来。

只是因为他们逗了这女孩儿一句。

人都有避险的本能，几个男生讪讪地移开眼，不约而同地提起了别的话题，带过这一刻的尴尬。

而那个给陈岁递可乐的女孩儿，看着自己亲手拉开的可乐洒了一桌子，心里头对陈岁的那些好感，也都变成了后怕。

幸亏她没有做出什么讨厌的行为，否则陈岁不一定会怎样对她。

陈岁没搭理这些人，又看了夏耳一眼，冷声说：“回去，这不是你该来的地方，以后也少来找我。”

说完，他绕过桌台，同时撂下一句：“去那边。”

这群人还想跟他打，就都跟了过去。

一群人擦着夏耳的肩膀，向她身后的台球桌走去。

陈岁的话像冰雹一样，又冷又硬地砸下来，根本没有理会她。

夏耳有些难受。

但她相信，这些不是陈岁心里真实的想法，他只是想用这种态度赶她走，也不想跟她回家而已。

夏耳回头看了陈岁一眼，没再说什么。

她出了台球社，回到家中，饭菜已经摆上了桌，爸妈都在桌边等着她，没有动筷。

看见夏耳回来，徐凤琴站起来，问：“回来啦，人找着没？没找着先吃饭吧，菜都要凉了。”

说着就要端起盘子，回到厨房去热菜。

夏耳拦着没让，坐到椅子上拿起筷子，桌上都是她爱吃的饭菜。

她悬着筷子，半天没动。

夏爸爸看着她的动作，愣了下，说：“吃啊闺女，怎么不吃呢？”

夏耳放下筷子，问：“妈妈，咱们家的保温桶收起来了吗？”

陈岁从台球社出来时，已经是晚上了。小镇的路灯连成一片，照亮路旁矮矮的楼房。

这个时间，台球社已经快关门了，他跟最近几天在台球社认识的人走在一起，一边听他们吹牛，一边向外走。

“就是打台球没成为奥运项目，不然我就是自己掏钱也要送陈岁参加奥运会。”

“我是真服了，见过打球好的，没见过打球这么好的，哥们儿改天教我两招。”

“对，也教教我……哎？”

最后说话那人突然一个转折，吸引了其他人的注意力。

旁边的人捅了他一下，问道：“你哎啥呢？”

那人说：“你看，那不是晚上那小妹妹吗？”

陈岁本来并没有在意他们的对话内容。

听见这句话后，他猛地抬头。

夏耳乖乖地站在不远处的路灯下，似是看到什么人出来，她弯起眼睛，笑盈盈的。

路灯昏黄，映得她眉眼温柔。

陈岁视线下移，忽然发现她手上还提了一个粉色的保温桶。

上面还有小兔子图案，可可爱爱的，一看就是小女生爱用的那种。

夏耳忽略掉其他人的注视，拎着保温桶跑过来，在陈岁的身前站定，抬头望他，笑眯眯地问："你出来啦？晚上吃饭了吗？"

陈岁想要张嘴，可他的喉咙像是被什么东西堵住，发不出声音。

他定定地注视着夏耳。

夏耳被他这样看着，耳朵有点热。她低下头，软声说："我妈妈晚上炒了韭菜豆干、杏鲍菇，还做了红烧鸡腿，我特意带了给你吃。"

她摸了一下保温桶，眉目再次舒展："还好，都还热着，你要不要吃？"

她说完这些，陈岁身后站着的那些人顿时发出羡慕的声音。

"这是什么邻居妹妹，还给送饭？不对劲吧？"

"都给我说饿了。"

陈岁没理他们，他的喉结动了动，低头注视着夏耳。

在那一瞬间，全世界的声音他都听不见了，周围的人也都成了虚影。他只听见自己用很轻的声音开了口。

"小耳朵。"

"哎？"

"你……等了很久吗？"

"嗯？"夏耳听见他的问话，摇了摇头，"没有啊，我才等了一会儿，你就出来啦。"

陈岁"嗯"了一声，没说信，也没说不信。

后面那些人招呼陈岁："走啊哥们儿，不是说好了一起吃饭吗？等你哪。"

夏耳越过陈岁，向他后方看了一眼，又移回来看他，说："你晚上有事啊……那……那你去吧。"

夏耳遗憾地收回手臂，但是很快又抬起头，笑盈盈地问："那你明天想吃什么？我给你带。"

她的眼睛里面好像盛着细碎的星，望着他眨啊眨，没有人舍得让这双眼睛里的星星暗淡下去。

陈岁说："不去了。"

"哎？"夏耳以为自己听错了。

"我饿了，找个地方吃饭吧。"

夏耳先是一怔，随后开心地笑了："好呀。"

陈岁跟夏耳去了一家小店。

夏耳打开保温桶，饭菜香味顿时散出来，豆干韭菜一层，杏鲍菇一层，红烧鸡腿直接盖在饭上，汤汁浸在米饭里，看着就让人食指大动。

“你一天没吃饭了吧？快点吃啊，再不吃该饿坏啦。”

夏耳一边催促陈岁，一边拧开果粒橙放到他面前。

“给你水，别噎到。”

离开家的这几天，陈岁确实没怎么好好吃过饭。

反正平时也没怎么吃，他也习惯了。

然而，在看到保温桶里的饭菜时，他的胃液加速分泌，突然就感受到了饥饿。

陈岁吃了一口菜，熟悉的味道入口，伴随而来的，还有儿时那些在夏家温馨的记忆。

他发现，记忆里那些稍微美好一点的画面，都是由夏耳带给他的。

他吃了几口，抬起头，见夏耳正托着小脸，期待地看着他。

他的心跳在她的眼神中停了停。

陈岁咽掉嘴里的菜，缓缓开口：“你不想问吗？”

“什么？”

“我为什么不回家的事。”

夏耳“啊”了一声，挠了挠头发，说：“是有点想问啦，但是，如果你不想说的话，我也不喜欢追问。我说过的啊，希望你永远开心。”

那是在大年初一的时候。

她送他出门，在她的家门口叫住他。

在新年的爆竹声中，她对他说：“希望你永远开心。”

只有平时很难实现的事情，才会在重要时刻许下愿望，送上祝福。

是啊，开心，听起来很简单的事情，怎么就这么难做到？

陈岁自嘲地扯了扯嘴角，说：“也没什么，只是我发现，在我家里面，其实有我没我都一样。”

说出这句话之后，陈岁发现嘴里的红烧鸡腿不甜了，只有说不出的微苦。

夏耳有些惊讶地看着他。

“你怎么会这样想？”

是啊，谁会相信他的话呢？毕竟在他家里，他爸妈都在拼命赚钱，努力供他上学，给他最好的生活。

一切的一切，都是为了他。

他们是人人羡慕的家庭，他的父母那么爱他，怎么会不在意他呢？

所以，就算是夏耳，也理解不了他的想法吧。她是不是也觉得他张狂叛逆，觉得他辜负父母的苦心？

“算了，我只是……”

“你家里的情况也许我不清楚，但是陈岁，你对我们来说很重要。”

陈岁的身体轻轻一震。

他所有的坏情绪，都被夏耳这一句话轻轻瓦解。

笼罩在他眼前的阴云，通通被她拨开。

原来他并不是无人在意。

还有人把他当成家人，当成重要的人。

陈岁以为夏耳会跟其他人一样，对他说他的家人多么多么好，他是如何如何被爱。

但是她没有。

她告诉他，他也很重要。

陈岁捏紧了筷子，认真地看着夏耳，说道：“谢谢。”

“嗯？谢我做什么啦。”

“谢谢你给我带的饭菜，很好吃。”

夏耳找到陈岁，没有提起让他回家之类的话。

她始终觉得，既然陈岁不想回，那她就不要做让他讨厌的事。

她把找到陈岁的事告诉了曲燕，至于曲燕有没有去找，什么时候去找，陈岁什么时候回的家，她就不得而知了。

陈岁回来一年了。

回想这一年来发生的事，夏耳还是高兴的。

她终于跟陈岁回到了小时候那种状态。

即使他们分开几年，但也并没有因此生疏。

抛弃那些其他的念头。

即使是这样，也令她感到幸福。

如果说，能跟喜欢的少年一起成长的话。

对高二学生来说，比升上高三更紧张的，是高二的会考。

对他们来说难度虽然不大，但也是一个很大型很正式的考试。

距离考试还有半个月，大家都有些紧张。

有一天背提纲时，程可鱼说：“我听他们说要去织女庙烧香呢。”

夏耳“呃”了一声，说：“会考，不至于吧？”

而且烧香就能让原本糟糕的成绩突飞猛进吗？夏耳十分怀疑。

“这不是求个万一吗？万一有不会的，能保佑一点是一点。”程可鱼愁眉苦脸道，“而且物理我是真的听不懂，万一题难，考不过去，没有毕业证，那可怎么办啊？等周末咱俩也去拜一拜吧？”

程可鱼开了口，夏耳想，这也不是什么坏事，当个心理安慰也好，就没拒绝。

等到了约定那天，夏耳去找程可鱼，发现一起去的不止她们两个，还有很多住在附近的同龄人。

夏耳有些不自在，小声问："怎么这么多人啊？"

程可鱼不以为意地说："我就随便问问，没想到大家都想去拜一下，那就一起去呗，人多也热闹。"

小乐看到夏耳，说："你怎么没把陈岁喊来一起去啊？"

夏耳脑子蒙了下，回道："我以为……他对这种事没兴趣。"

"管他有没有兴趣，来都来了，就叫上呗。"

一群人又回到了夏耳家这边，齐齐在陈岁家门口喊他。

陈岁拉开窗子看了他们一眼，竟然真的出来了。

一路上，一群少男少女叽叽喳喳地聊会考的事。

夏耳用余光瞧见陈岁走在最后，她悄然慢下脚步，跟陈岁并排。

她侧头看他，问道："你对会考没信心吗？"

"没。"

夏耳品味了一下这个"没"的意思，拿不准他的意思，问："你是在说这件事，还是在否认这句话。"

"否认这句话。"

"那……那你为什么要跟我们一起去烧香啊？"明明上次他还是不信的。

陈岁斜了她一眼，说："也不是只有会考一个考试。"

夏耳恍然道："你是来求高考啊。"

陈岁沉默，抬头向前走。

夏耳当他默认，想想也是，高考这么重要的事，美梦成真的感觉总是很好。

说到高考，夏耳心中一动，故作不经意地问："那你想考哪所大学？我都还不知道你想考哪个学校呢。"

陈岁想也没想，回道："复旦。"

"啊？"

夏耳心里倏地涩了下，复旦大学，那么好的学校，以她的成绩，她想都不敢想。

国内那些名校，都不是她这种普通学生能高攀的，对她来说，只要能考上临市的211，就已经非常满足了，那也是她想象中的安稳人生。

但对陈岁来说不是的，他那么聪明，又那样优秀，他是配得上那种生活的。

陈岁问：“你呢？”

“我……我还没想好。”夏耳有些不敢说出自己的规划了。

陈岁点头，说：“没事，还有一年才填志愿，你慢慢想。”

“嗯。”

一群人一路笑闹，去织女庙的路也就不觉得远了。

到了庙里，这一大伙人进了大殿，挤得其他游客都进不来了。一群少男少女手持三炷香，轮流到塑了金身的神像下面跪拜。

等了半天，轮到了程可鱼，她拉着夏耳一起过去，在蒲团上跪下。

不过夏耳没有这个烦恼，她只是陪朋友来拜，于是让其他伙伴过去一起拜了。

程可鱼生怕自己的祈愿不能上达神听，念念有词地道：“织女娘娘，我又来了，求求你保佑我物理合格吧，让我考的全会蒙的全对，我肯定会回来还愿的！”

夏耳忍俊不禁，不经意间一侧头，就看到陈岁站在不远处，双手合十，身姿挺拔，闭目对神像请愿。

青烟缭绕下，织女神像法相庄严，双眸微敛，俯瞰众生，满是道家威仪，陈岁就站在神像下面，仿佛他的祈愿正在被神像垂视聆听。

夏耳也不知道自己为什么会有这样的感觉，明明神像看谁都是这样的眼神，可在这个瞬间，她总觉得自己目睹了什么神迹。

不知是不是被陈岁虔诚的样子感染了，夏耳想了想，即便不信这些，也想送给他一个祝福。

她闭上眼睛在心底悄悄地念：“不论陈岁许的什么愿望，保佑他的愿望全部实现，织女娘娘拜托拜托！”

再睁眼，她发现神像正温柔地注视着自己，忍不住对神像回了一个和善的笑。

不管你是凡人信仰，还是人的贪婪虚妄，都希望每个来你这儿许愿的人，能够如愿以偿。

Chapter 08

/ 拥抱，是橙子味的 /

会考顺利结束，这一届高二学生顺利通过，都有了拿到毕业证的资格。

每个人都很开心。

程可鱼在放学路上，兴奋地跟夏耳讨论：“会考也没我想得那么难嘛！简直是中考水平，拿 A 轻轻松松！”

夏耳想起她迷信，说：“那你是不是该好好还愿了？”

“哦，对对，等放暑假就去！”程可鱼双手合十，看着老天，说，“看来多让老天保佑还是有好处的，虽说跟我的实力脱不开关系，但也多亏了老天照顾。”

夏耳总是被活泼的程可鱼逗笑。

程可鱼提议去喝奶茶，两个人就往奶茶店走。

却没想到在路上看到了一个人。

男人不像以前那样干瘦，但看着仍旧忠厚老实，人比以前圆润一圈，白了些，也胖了些，是那种长期不从事体力劳动，被养出来的虚胖。

他的头发剃得很短，夏耳不是没看到过这种发型，但是，关于眼前这个人，即使不认识他，也一看就知道他刚从什么地方出来。

夏耳是认识他的。

在看到男人的一瞬间，夏耳浑身冰冷，整个人僵硬紧绷，明明是夏天，却如置冰窖。

张大哈出狱了。

张大哈是去年十一月份进的看守所。

除了一开始被派出所关押的时间，再出来，也差不多是五月份了。

夏耳掐指一算，才意识到那件事原来已经过去了半年。

陈岁跟父母给了夏耳很多宽慰，对她来说，这件事已经可以被忘掉、放下，尘封到记忆中了。

但是就这么巧，张大哈在她已经把这些都抛到九霄云外的时候，出现在她的面前。

这样说其实并不妥当，因为张大哈也是织女镇的人，这是他的家，小镇就这么大，他总要回来，那么他们会碰上也是正常的。

张大哈出来一个月，这还是他们第一次碰上，这是不是代表，其实他进去之后已经接受了教育，能够认识并改正自己的错误?

可是她看到他时，很难能够做到当作什么都没发生，无视掉张大哈这个人。

程可鱼碰了碰夏耳，问道："你要喝什么味儿的啊？"

夏耳缓过神来，对她摇摇头，说："我不喝了，我们回家吧。"

"啊？为什么啊，今天我请客，你真的不喝吗？"

"不喝了。"夏耳抿紧嘴角，"我想回家。"

夏耳很少有这么严肃的时候。

程可鱼意识到夏耳语气不对劲，下意识看了眼张大哈，想到镇上传过的，张大哈因为跟他们这些高中生要钱被抓起来了，她也害怕张大哈再犯，捂着钱包跟夏耳走了。

夏耳一路上都心神不宁，程可鱼在跟她说什么，她都没心思听。

回到家，夏耳想了又想，还是把这件事告诉了爸妈。

他们说过的，遇到事情，一定要最先告诉他们。

闻言，爸妈也恍了一下神。

夏爸爸说："那从明天开始，爸接你上下学？万一张大哈再跟你要钱怎么办？"

夏耳没有拒绝爸爸的提议。

但夏耳也不确定，总觉得如果张大哈真的有什么想法，那也应该是在出来之后立即实施，而不是等到现在，一切都风平浪静的。

可她不是张大哈，人心难测，她当然猜不中他怎么想。

总而言之，小心永远没错。

暑假来临，再过两个月，他们就要升入高三，为高考备战了。

夏爸爸接送夏耳这段时日里，每天都风平浪静的，并没有发生什么事。她的爸妈也说，看来张大哈这次进去是被教育过了，以后应该不会再犯了。

渐渐地，夏耳悬着的心也就放下了。

七月，陈岁跟曲燕回了一趟外婆家。

这一去就是一周。

这天夜里，夏耳正在卧室里跟爸妈一起看电视，突然听见外面有人大喊："着火啦——救火！快救火！"

徐凤琴当即站了起来，嘀咕一声："这大夏天的，怎么还着火了？"

她一边说，一边拉开窗帘向外看。

这一看，徐凤琴当即惊叫出声，回头大喊："是老陈家！老陈家着火了！"

夏耳猛地从沙发上站起来，拿起座机拨 119。

夏爸爸拎着一桶水，徐凤琴拎了半桶，两个人大步流星地向外跑，因为跑得太急，晃得水洒了一路。

夏耳跟 119 说完情况和地址，下意识拿了条毛巾浸湿，也跟着跑出家门。

前院火光冲天。

浓烟滚滚蹿过房顶，后院的玻璃被前院的火光映着，看着火势很大。

夏耳跑到大街上，看到街口站着的全都是人，男女老少都有，或是围观，或是跟着拎水救火，对着着火的陈家指指点点。

这把火对房子的损坏并没有那么大，只是到处都是浓烟。

夏耳刚走到陈家大门口，拎着水桶去泼水的人进进出出，都是附近的邻居。

"那边那边！要烧着窗户了！"

"西边！台阶下面，要往上烧了！"

"里面的人出来没有？快救人！一会儿被烟呛死了！"

人们呼喊着，都很焦急地想冲进去救人，衣服脱了直接扔水桶里浸湿，裹在身上就冲了进去。

不一会儿，只听房间里传来大呼小叫的声音，不时能听到有人大喊"滚""出去"之类的话。

大街上的人全都听得到。

浓烟不住地升腾，尤其这会儿大家为了救人还把门打开了，直往里面飘。

不一会儿，冲进火场的人全都捂着口鼻跑了出来。

"人呢？"

"没救出来吗？"

"老陈家他们人哪儿去了？"

众人紧张地追问着情况。

他们被呛得眼泪直流，一边弯腰大口呼吸，一边朝众人直摆手。

没过几秒，只见陈家的房子里冲出来两个赤身裸体的人。

是一男一女，男的没戴眼镜，通过外貌能辨认出来，正是陈广。而那个女的，众人一看，发现并不认识，她不是曲燕，不是陈广的媳妇。

陈广一出来，徐凤琴当即就把夏耳的眼睛捂住了，紧接着把她按在怀里，低头说："女儿别看。"

夏耳也觉得自己不适合看，早在徐凤琴提醒之前，她就已经别过了头。

人群开始议论纷纷。

"怎么回事啊？曲燕呢？"

"好像是带儿子回娘家了。"

"这事儿闹得，这叫什么事儿啊？"

"这老陈跟他媳妇儿不是感情好吗？怎么媳妇儿不在家就跟别的女人鬼混啊？"

"光溜溜地跑出来，可真丢人，以后还活不活了。"

"谁说不是呢……"

"这回好了，以后等着给人看笑话吧。"

议论纷纷，说什么的都有。

夏耳埋在徐凤琴的怀里，一时之间，好像想明白了什么。

上次去找陈岁，他不在家，只有陈叔叔在。

当时她打开门，看到陈叔叔衣着凌乱，脖子上还有暧昧的红痕，以及屋子里传来的奇怪的声音，她当时并没有多想，只是以为她不小心撞见了陈叔叔跟曲阿姨在做什么。

现在她终于明白，陈叔叔那天为什么会那样慌张。

里面的女人根本就不是曲阿姨，而是眼前这个赤身裸体的女人，或者是别的女人，总而言之，陈岁的爸爸在搞婚外情。

街道上全都是街坊邻居，住得近的全都来了。

事情发酵成这样，大家关注的重点已经不是今夜陈家的火灾，而是陈广搞婚外情这件事。

镇上的消防大队很快赶来。

陈家的火很快被扑灭。

这场火说严重也严重，说不严重也不严重。

烧的都是院子，除了门窗和墙壁被烟火熏黑，没有其他财物损失。

经检验，院子里有汽油痕迹，应该是人为纵火。

可一没财物丢失，二没伤人，警察也猜不出放火的人有什么动机。

但是人们茶余饭后谈论的，却是火灾之后发生的情况。

陈广搞婚外情的事一夜之间传遍小镇。

再提起陈广跟曲燕这对夫妻，大家的语气已经不是羡慕，而是变成了嘲讽。

“他们家啊？也就看着好，私底下还不知道是怎么回事呢！”

“他们夫妻俩就装给外人看呗！那爷们儿在外面搞，媳妇能不知道？睁一只眼闭一只眼，装傻。”

“家里都那么有钱了，谁还舍得分啊？指不定是各玩各的呢。”

这种议论，夏耳走到哪里，听到哪里。

曲燕就是在这种情况下带陈岁回来的。

走在路上，别人看着曲燕的眼神充满了怜悯和同情，同时伴随的，还有看好戏的幸灾乐祸。

曲燕并不知情，只是一回来，每个碰到她的人，都劝她看开点儿，别往心里去，还是钱重要，男人都这样，等等。

跟在她身边的陈岁脸色非常难看。

回到家，看到家里烧成这样，曲燕说话声音都变了：“怎么回事？家里怎么这样了？”

破天荒地，陈广并没有出去，而是沉默地待在家里，看见曲燕回来，表情仍旧很阴沉。

曲燕慌了，在屋子里到处看，发现并没有太多损失，才勉强松了口气，可眉头并没有松，问道：“你说话啊，到底出了什么事，你受伤了没有？”

陈广觑了站在门口的陈岁一眼，什么都没说，去了别的屋子。

曲燕问不出来，只能出去问别人。

陈岁什么都不想说，戴上耳机，回到了自己的房间。

曲燕没想到，她甚至不需要开口问，刚站在超市门口，就听到了里面打麻将的女人们的讨论。

“你们说老陈家的媳妇以后还怎么过，老公出轨，儿子不听话，你说出轨就出轨，还闹得这么难看。就她老公那屁股，那天晚上谁都看见了，啧啧啧。”

“她以前没事儿的时候，老跟咱们炫耀她家老陈多好多好，多能挣钱，这回倒好，挣钱有啥用，不知道给谁花呢。”

“要说做人还是不能太高调，高调准没好，瞧这老陈家，得让人笑话一年。”

“成天装得那么好，还以为她过得多好呢，结果呢？还不就那样。咱们家是没人家陈家有钱，可咱家那口子可没跟人搞婚外情，还搞得让所有人都瞧见吧？”

这一句又一句话，就如同一个个巴掌，直接扇在曲燕的脸上，火辣辣的。

曲燕脸上一阵青一阵红，想要撩帘的手就这样放下，甩手就走了。

回到家，曲燕进门，直奔卧室，发现陈广不在，就去书房找人。

陈广正在书房里拿手机跟人打电话，曲燕推开门时，陈广还在里面哄人。

“好了，宝贝儿，等这阵子过去就好了，到时候，老公带你到泰国去……”

一股火从心口直冲到曲燕的脑门，她随手抄起旁边的大花瓶，对准书桌用力砸了过去。

“哗啦”一声，瓷器碎片四溅，有的溅到陈广脸上，直接把他划破了相。

陈广被砸得一蒙，待看到门口的人，他勃然大怒，猛地站起来，抓起手边的书砸回去，怒喝道：“大白天的发什么神经？”

曲燕被这么一吼，眼睛顿时红了，嘶吼道：“我发神经？那我问你，宝贝是谁？你要跟谁去泰国？”

陈广不自然地坐下，说：“瞎问什么？你听错了！”

“听错了？那你搞婚外情让所有人都看见了，也是我听错了？”曲燕气得冲上去暴打陈广，“陈广，你有没有良心？我每天为了你，为了这个家，操碎了心！结果你在外面找别的女人，还带到家里来！你让那么多人看了屁股，你要不要脸？”

陈广的头发被抓得很乱，脸上本就破了相，被曲燕这么一抓，更是头破血流。

“曲燕，你闹够了没有！”

“闹？你说我闹？难道我还冤枉你了？这么多年我跟你起早贪黑，陪你做生意赚钱，陪你跟领导走人情，我累死累活图什么？你都没说过带我去泰国，却要带别的女人去！我就问你，你对得起我，对得起咱儿子，对得起这个家吗？”

陈广再也受不住，狠狠一推：“够了！”

他这一推，直接把曲燕推到书柜上。

上面的书多，被这么一推，书架一晃，最上面那些书噼里啪啦掉下来，直接砸在了曲燕身上。

陈广好似没有看见，一边捂着脸，一边怒不可遏地看着曲燕，质问道：“你看看你，像什么样子？完全就是个疯女人！你跟我起早贪黑，我少给你钱了？这么多年我挣的钱什么时候没给你？你还跟我提儿子，你看看你养的好儿子！你知不知道这把火是谁放的，是因为什么放的？”

曲燕被骂得愣住了，下意识接了一句："什么？"

"就是你的好儿子，把人家张大哈送进局子去，人家出来报复咱们家来了！要不是我命大，你现在根本就见不到我！你说你生的这个儿子，他这么多年都干了什么？在安城跟人打架，把人打得直接进了医院；从安城回来，我又是赔钱。他成天招灾惹祸，我每天跟在他后面擦屁股，我换来了什么？他对我说话哪有对老子说话的态度？这全都是你教出来的！"

曲燕从一堆书中站起来，哪怕被砸得浑身疼也顾不上了，她看着陈广，轻轻地问："你现在是在怪我？"

"不然呢？我不怪你怪谁？这么多年陈岁不都是你教育的吗？"

曲燕气得大叫："怎么就是我教育的？陈岁是我一个人的儿子？他天生这个性格，难道不是随了你们老陈家的根儿？我算看出来了，你们爷俩都是一样的，一样的冷血，我为你们老陈家操碎了心，到头来你们一个二个全都反过来怪我！我就问你，那个女人到底怎么回事？你给我说清楚，你跟她来往多久了？"

"爸，妈，你们别吵了。"陈岁的声音突然出现在门口。

正在争吵的夫妻二人回过头，就这样看到了面无表情的陈岁。

陈岁一步步走进来，从黑暗中走入光影里，他看着曲燕，幽幽地说："你想知道他们在一起多久了吗？那我告诉你，一年了。我们从安城回来没多久，爸就跟她好上了。"

"你是不是想问，我是怎么知道的？"陈岁轻笑了声，"我一直都知道啊。

"从我六七岁开始，撞见爸跟一个我不认识的女人搞在一起，再后来，我就经常能看见。"陈岁语气很淡，像是在说别人的事，"后来去安城，我初中时放学回家，还被我逮个正着。你说是吗，爸？

"我还记得，爸当时一直在求我，让我不要告诉你。他说，不能让你伤心，他就是一时新鲜，他最爱的还是你，我还小，不能让我没有家。"

"陈岁！"

陈广急得喊他，试图让他闭嘴。

陈岁当然不会听。

他挑起一边嘴角，笑了一声，问道："反正都已经发现了，我说了又怎么？你自己做的事，敢做不敢认？"

陈广的脸一阵白一阵红。

"你们两个确实没有必要再吵了。"陈岁淡然地看着父母，如同看着一对陌生人，"别再装作自己很爱我了，行吗？我听了恶心。我是说，你们令我感到恶心。”

“陈岁，你怎么能跟爸妈这么说话？”陈广皱起眉头，“难道爸妈爱你，还爱错了？”

“爱我？”陈岁像是听到了什么天大的笑话，自嘲地笑了一声，“你们口口声声说爱我，那我想问，你们管过我吗？在这个家里，真的有人在意我吗？一个出轨十年多，外面一直都有女人，回家吃饭的次数屈指可数；一个眼里只有自己的丈夫，连我爱吃什么都不知道，总想着拿我讨好自己的丈夫。我想问，妈，你眼里真的有过我吗？”

曲燕震惊地看着儿子，喃喃道：“陈岁……”

“我从有记忆开始，就一直在吃泡面，一直吃到现在，几乎吃遍了所有的牌子，所有的口味。

“你们真的在意过这件事吗？还是觉得我懂事，从来不给你们添麻烦？

“在我心里，就连夏耳家都比这里更像我家，每次去她家看到她的爸妈都对她那么好，你们知不知道，我有多么羡慕？

“算了，已经不重要了。”陈岁扯了扯嘴角，“反正，你们别装了，别把自己放在可怜的位置上，恶心，真的。”

陈广被陈岁说得脸一阵羞红。

陈岁把头扭向窗外，不想再看屋子里面的人。

曲燕缓缓抬起眼，注视陈岁。

这个温柔似水的母亲，在这一刻凄惶地笑了一声。

她望着他，轻轻地唤。

“我的好儿子。现在，你亲手拆散了这个家，闹得尽人皆知，闹得你的爸爸臭名远扬，你满意了吗？”

你亲手拆散了这个家，你满意了吗？

满意了吗？

像是有人在陈岁的脑海中注入了一段程序。

程序中，曲燕最后的那句话不断回放。

陈岁的脸色蓦地白了一下，方才所有跟家庭对抗的勇气，通通被这一句话打碎。

“妈……”

他很轻地唤了一声，倾尽了他对家庭的全部眷恋，对亲情的所有渴望。

十七岁的少年站在那儿，个子高高的，身形却是脆弱的，仿佛简单的一句话，就能够将他击垮。

曲燕望着陈岁，眼神中带了几分怨恨：“你如果能够听话一些，我跟你爸怎么会到今天这个地步？如果不是你整天叛逆，就知道惹他生气，他会每天不回家吗？如果不是你害得张大哈进去了，他会出来报复我们一家吗？现在搞得尽人皆知，咱们家成了织女镇的笑柄，这就是你想要的吗，陈岁？

“就算你什么都知道，你为什么要告诉我？为什么要让我知道这些？为什么非要打碎我们一家子的幸福生活？你们姓陈的，一家子都没有良心！你怪我们不够爱你，不关心你，现在好了，你连家都没有了。你觉得夏家好？那你就到他们家过日子吧！看看人家会不会要你！”

曲燕说完，看了看陈广，最后，恨恨看了陈岁一眼。

仿佛十七年的母子情分都要断在这个眼神中。

曲燕一脚踢开脚边杂乱的书堆，书籍哗啦啦在书房乱飞，“咣”一声砸在门框上。

书籍落地，她踏着飞散的书页，就这样出了书房。

再然后，听见卧室里一通翻箱倒柜的声音。

一直到，偌大的房子，只余“嘭”的一道门响，震得房门两边的玻璃都在颤。

震颤过后，便是一屋子的死寂。

陈岁站在被曲燕踢飞过来的书堆旁边，脊背僵直着，似是耗尽全身力气才勉强站稳。

陈广缓缓坐回椅子上，从桌上的抽纸盒里抽了两张纸，擦拭掉脸上的血痕。

他用那种过来人的语气教育陈岁：“我早就跟你说过，你可以恨我，但是不要告诉你妈妈，对这个家没有好处，你不肯听，非要告诉她。你看现在，闹成这样，你就高兴了？”

陈岁的心被狠狠扼住，他转过头，看向陈广，嘴角抿成一条线。

“所以，全都是我的错，是吗？”

“不然呢？难道还能是我的错？”陈广眼神异样地看着陈岁，“在今天之前，咱们家难道不是一直好好的？你为什么非要让她知道？现在家不像家，咱们老陈家以后在镇上头都抬不起来，这一切都是因为什么？

“你不想想我，不想想你妈妈，你总要想想自己！你到大街上走一圈，外面的人会怎么笑话你，你想过吗？”

陈广说完，站起身，把手上的纸团成一团，丢进垃圾桶。

他又看了看自己的儿子，重重叹了口气：“要是早知道你长大后会变成这个样子，当初就不该把你生下来。”

陈广说完，绕过书桌，拿起衣帽架上的外套，也离开了书房。

房子里只剩陈岁一个。

就好像天地间也只有他一个人。

陈岁看着书房这一地狼藉，华丽的房间，破碎的花瓶，四散的书页，就如同他们这个家，外表光鲜，里面早已不堪入目。

他的父母全都走了，父亲有父亲的情人，母亲有母亲的家。

那他呢?

他的家又在哪里?

陈岁忽然有些找不到自己存在的意义，他生活了十七年的家庭，在这一刻把他推开，推远。

即使心里清楚，在他爸妈的心中，他并没有那么重要。

可真到了这个被选择的时候，他的爸妈离开得义无反顾，没有任何一个人选择他。他还是不可避免地产生了被抛弃的感觉。

为什么他什么都没有做错，却变成了被抛弃的那个?

为什么在做出选择的时候，他的爸爸选择了情人，他的妈妈选择把过错推到他头上，却没有一个人问过他，他要怎么办?

他们都说爱他，他是他们的孩子，没有错，但是他们的爱是有前提的。

他必须得是乖巧听话的，能够在他们摇摇欲坠的婚姻中，充当调剂的，让他们都觉得这个家是完整的，是幸福的，是真正具有“家”的模样的。

一旦失去这个前提，他们的爱就会大打折扣，不是不再爱他，而是比起爱他这件事，他们更愿意爱自己。

既然这样，为什么上天一定要让每个小孩，天然地爱着自己的爸妈?

他只想像别人一样，拥有一个正常的家庭，为什么那么难啊?

还是说，真的就像他们说的那样。

是不是都是他的错?

是不是他不应该来到这个世上?

正是七月盛夏，阳光透过窗子照进书房，他看着这缕阳光，越过书桌，倾洒在地板上，一直投到他的脚下。

刚好就在他脚尖的地方，再多一寸都没有。

差那么一点，他就能站在阳光下。

就差那么一点。

曲燕离开织女镇的事情很快传开。

她带着东西乘坐大巴的时候，被相熟的人看到，她是一个人走的，又带着东西，有好事儿的来陈家看，发现陈广的车也不在家。

一时间，关于陈岁家中的事，什么说法都有。

有人说，曲燕不应该走，睁一只眼闭一只眼继续当她的富太太，也比就这么走了强，人到中年夫妻关系名存实亡，谁家不都是这么过?

还有人说，曲燕这么多年跟着老陈，勤勤恳恳地打拼，如今落得这么个下场，走了也正常，哪个有气性的都得走。

也有的说，曲燕其实早就知道，但一直假装不知道，曲燕这么要面子的人之所以会走，就是因为这次闹得太丢人，曲燕实在待不下去了，待下去也是让人笑话。

总之都不是很好听。

小镇就是这样，任何一点风言风语都会被放大化、妖魔化，尤其陈家先前在织女镇一直都是好名声，这回出了这样的事，镇上的居民说起来，都是嘲讽的语气。

看啊，他们也不过如此。

夏耳家的烧烤店又开了门，每天营业也能听到有客人议论，不可避免地，夏耳也能听到这些。

她听见别人嘲讽陈家，心里也会跟着难受。

不是为了陈广跟曲燕。

她忍不住想，如果陈岁听到这些话，他的心里一定会很难过吧。

夏耳想去看看他，又不敢去看。

她怕陈岁觉得她是为了看他的笑话，而且，陈岁说不定并不想见到任何人。毕竟，不管怎样安慰他，都会提到这件尴尬的事。

最好的关心，也许就是不去打扰。

想是这样想，可是已经过了好几天，夏根本没听到陈岁的动静，更没听说陈广或曲燕回来过，导致她连陈岁究竟在不在家都没法确定了。

夏耳决定亲自去看看。

去的时候，她发现陈岁家的大门没锁，还愣了下，伸手打开大门，看着这间被火烧过的二层砖瓦房。

原先洁净明亮的白色瓷砖已经被烟火熏黑了，不复以往光亮照人，变得灰暗破败。

夏耳从口袋里掏出一张纸巾，隔着纸巾按压门把手，拉开陈家房门。

屋子里是好几天没有通风的沉闷味道。

死气沉沉。

里面空空荡荡的，能看到主卧的门还开着，里面乱糟糟的，东西被翻得连地上都是。

夏耳有点不太敢进了。从前陈家总是被收拾得一尘不染，干净整洁，如果有人在家，一定不会是这样。

可要说没人，怎么会连门都不锁？

夏耳犹豫着往里走了两步，小心翼翼地喊道："陈岁？陈岁，你走了吗？"

一楼没有人，夏耳扶着楼梯扶手，一级一级地上了二楼。

她看到了走廊上七零八落的书本，每一本都倒扣着，书页已经被压出了折痕。

书房的门开着，她下意识就向书房看了过去。

沿着楼梯一步步向上走，视野也一点点开阔，她在书房里看到了很多散落的书，还有没被收拾过的花瓶碎片，满地狼藉。

不难想象这里曾经发生过什么。

夏耳看了一会儿，就收回了视线，准备走向其他房间。

她原本已经走过书房，然而余光一晃，她似乎看到了什么东西，不得不后退几步折返回来，站在书房门口，向刚才注意到的地方看过去。

阳光投进书房里，投在木质的桌椅上，连花盆中的绿叶都在强光下泛着莹润的光泽。

陈岁窝在椅子里，面前火光跳跃，青烟缭绕升腾，书房里的其他地方，隐隐也能见到空气里飘浮的烟雾。

遮迷了人的视线。

他身子前倾，从手边拿起一本书，随手扯掉几页，扔进了面前的火堆里。

地砖上到处都是燃烧后的灰烬，屋子里呛得要命。

夏耳脚下像是被胶水粘住了，怎么也迈不出那一步。

隔着烟雾，她隐隐能看到陈岁似乎瘦了不少，下巴长了一圈青色的胡楂，身上的T恤也有些皱了，看样子已经很久没换。

如果不是亲眼所见，夏耳绝对不会相信眼前这个人会是陈岁。

可他确确实实真的是陈岁。

夏耳嗓子发涩，想要发声，却半天都开不了口。

怎么会这样啊？

那样骄傲、张扬、明媚的少年，到底经历了什么，才会变成这样？

她很想问，但问不出。

只要他不说，她绝对不主动冒犯，这是人与人的界限，她不喜欢侵犯别人的安全距离。

夏耳压下那些话，扬起嘴角，看着陈岁，问道："陈岁，你怎么在这儿啊？我都找你好久了。"

陈岁抬头看着夏耳，没动。

夏耳没看见火堆似的，俯身把地上的书本一一捡起来，抚平那些折角，合上，一本挨一本地放回书柜里。

“你还没吃饭吧，晚上想吃什么，我让爸爸给我们做。

“我爸爸还念叨呢，说陈岁这孩子怎么回事啊，好几天不来家里吃饭了，像话吗？

“你整天一个人在家，又不会做饭，我爸妈都很担心你，特意让我过来看看你。”

夏耳念念叨叨，说完所有能说的话，捡完地上所有的书，全都收到柜子里，陈岁仍旧没有回应她的话。

她也不恼，默默走到窗边推开窗子，把书房里的浓烟散出去，换进新鲜的空气来。

陈岁全程没动，就像没看到夏耳那样，继续坐在那里。

夏耳看到他这样，又想起他刚回来的时候，抱着篮球站在她家的院子里，眉梢眼角都是少年意气。

那时他张狂肆意，谁都没有想过，会有这样的一天。

夏耳鼻子突然一酸，连她自己都说不明白为什么。

她望着陈岁，嗓子像是被什么东西粘住了。

“陈岁……”她压着声音里的涩意，“你一个人待在这里，晚上怕不怕？”

听见夏耳的话，陈岁终于有了动作。

因为太久没有说话，他的嗓子哑得不能再哑，一开口，粗粝得像是短短几天历经了别人几十年的风霜。

“我也不想一个人的，可是……”陈岁喉结滚动，努力消除声音里的哑意，嘴角勉强的笑容，带了几分颓唐。

“他们都不要我了啊。”

夏耳的心像被什么东西扯住，因着这句话，不住地向下坠。

她咽掉喉咙里那种酸胀的感觉，走到陈岁身边，抽走他手里没烧完的书。

余光瞥见桌上的茶壶，她提起来，分量沉甸甸的，转身浇在烧得正旺的火堆上，冒出阵阵白烟。

陈岁一把拉住她的手臂。

他的手是瘦弱却有力量的，她稍微抽了两下，发现徒劳无功，就放弃了。

她微垂视线，看着坐在椅子上的陈岁，嘴唇动了动，说：“别烧了，行不行？”

陈岁轻轻仰头，阳光照在他光洁的额头上，下巴上那圈青色胡楂看着更加明显。

他望着夏耳，低哑着嗓音问："夏耳，我是不是很讨厌啊？"

夏耳从没见过他自厌自弃的样子，心像一团被揉皱的纸。她看见还在冒白烟的黑色灰烬，眉头轻蹙，回道："是啊。"

陈岁轻轻放开她的手腕，"呵"了一声。

"果然……"

"我很讨厌你现在这样。"夏耳认真地说下去，"曾经你也很喜欢书的，你为什么要烧掉它们？"

"我以前，也很喜欢这个家，很努力在维护。"陈岁头仰着，无力地垂下眼皮，以她的角度，又看到了陈岁眼皮褶皱处的那颗小痣，"可它还是毁在我手里了啊。"

反正都是要毁掉的。

他连家都毁掉了，何况是这些书？还有谁会在乎吗？就算把房子都烧光，就算他死在这里，还有人会阻拦他吗？

陈岁被阳光笼罩着。

可他看起来，没有任何温暖。

在一瞬间，夏耳萌生了很强烈的，想要抱住他的冲动。

她一直以来都是个非常胆小、非常羞怯、非常缺乏勇气的人。

害怕别人的议论、别人的眼光，别人一丝一毫不好的评价。

但在这一刻，她什么都不想了，也什么都顾不上了，她把他拥入怀中。

她想安慰他些什么，但她所能想到的，却是另一件事。

"对不起。"夏耳声音闷闷的，"我不应该吃那个饺子的。"

陈岁没反应过来。

夏耳的鼻音有些重："我应该把那个饺子留给你的，陈岁。"

也许吃了那个饺子，你就不会发生这样的事，你这一年本来应该开心的。

是你把那个饺子让给了我。

陈岁恍惚了一下，突然明白过来夏耳在说什么。

过年的时候，他在碗里找到了带枣的饺子，他夹给了夏耳。

因为夏耳说，吃了这个饺子，这一年都会很好。

他希望她过得好。

她现在是在为吃了那个饺子而感到愧疚吗？

怎么会有这种小傻子？

这只是一件最不值一提的小事，她居然记了这么久。

夏耳的心怦怦直跳。抱住陈岁，是她十几年来最大胆的一次。

同样也是她做过的最开心的事。

以往她的声音听起来总是软软的，但在这一刻，这道软软的声音给他注入了一股力量。

她手臂很细，整个人都很娇小，可又那么让人心安。

陈岁反抱住夏耳，埋在她肩头。

拥抱，是橙子味的。

是带着阳光的、夏天的味道。

是与他家里腐朽陈旧，满屋沉闷截然不同的味道。

只有她身上才有的味道。

他抱得很紧。

被抱住的女孩有一瞬间的错愕，随后又有一点点开心。

她轻轻问他："你饿不饿，我煮面给你吃？"

他声音轻颤："好。"

夏耳从陈岁身上起来，红着耳根整理衣裙，随后摸了下耳垂上的小痣，滚烫的。

她收回手，说："那你去洗脸刷牙，换一件衣服，把自己收拾一下就来吃面，好不好？"

"嗯。"

夏耳望着陈岁，用细嫩的手指点了点自己的下巴，提醒道："胡子也要刮。"

"记得了。"

夏耳下到一楼去，厨房里还有一堆碗没来得及洗，她打开水龙头，全都洗干净，放进碗柜里，然后开始烧水煮面。

她又切了些小葱和干辣椒，用热油泼香，再用底油煎了个荷包蛋，然后在碗里加入调味料。等面煮好，把面盛到碗中，加了两勺煮面的汤，最后把青菜和荷包蛋一同盖在面上。

这是夏耳最爱吃的面。

每次生病，爸爸都会煮这个面给她发汗，神奇的是，她吃了这个面，没多久病就会好。

时间长了，她自己就学会怎么做了。

她希望，陈岁吃了这碗面，也能逃离自己的不开心，或者哪怕能够变得开心一点点。

陈岁洗漱完，还没走到厨房，就闻到了油泼葱花的香味，还有浓郁的面香。

他已经好几天没有吃过饭了。

之前沉浸在一种情绪里，并没有太多的感觉，这会儿闻到香味，才发觉胃饿得快要痉挛。

陈岁走到厨房里，看到夏耳捧着一碗面，自己闻了一下，似乎觉得味道还不够，她又在荷包蛋上滴了一滴芝麻油。

香味更加浓郁。

夏耳这才开心地笑了，捧着面要向外走，一抬头看到他，有些猝不及防，可笑容并未减。

“你忙完了呀？”

“嗯。”

陈岁按她说的，洗脸、刷牙、刮胡子、换衣服，还特意闻过了，身上没有她讨厌的味道。

夏耳端着面从他身边经过，招呼他：“那快过来吃饭吧。”

“好。”

夏耳把面放到餐桌上，陈岁在后面跟着，她个子小小的，似乎碗太烫了，她赶紧捏住耳垂，突然想起什么，“啊”了一声，又匆匆跑回厨房，拿了一双筷子回来，搭在了碗边上。

她在屋里跑来跑去的样子，像一只勤劳的小蜜蜂。

在这样一个平凡的时刻，陈岁的心中突然收获了一片安宁。

这种安宁，是由从前很多个这样的时刻构成的——

在他独自去小卖部买泡面，被徐凤琴跟夏耳一齐领回家的时候；

在他一个人待在家里看电视，被夏耳喊到她家吃饭的时候；

在他有记忆之后，第一次没有一个人过年，跟夏耳和夏爸爸一起放礼花的时候；

在他跟家里闹矛盾，跑到台球厅去打了几天球，出来看到拎着保温桶，在树下等他出来的夏耳的时候。

那么多难过的时刻，她总是会笑着出现在他面前，乖乖地喊他：“陈岁。”

只要听见夏耳的声音，就算他下定决心反叛世界，也可以为了她缴械投降。

他拿起筷子，尝了一口面。

面是圆圆的细面，汤底酸香鲜辣，开胃无比，再咬一口滴了芝麻油的荷包蛋，那种感觉像是攀登雪山的旅人喝到一口热汤，徒步远行的行客终于睡上软床，满足感无可比拟。

陈岁的吃相一直都很斯文好看，但他饿得太久了，忍不住狼吞虎咽起来。

夏耳托着下巴，乖乖等着他吃完。

陈岁吃掉一碗面，舔了舔嘴唇，望着夏耳，问：“还有吗？”

“啊。”夏耳放下手臂，向碗里看了一眼，有些尴尬，“你没吃饱吗？”

陈岁点头。

“那我再去煮一碗，很快的！”

夏耳赶忙到厨房去，又给陈岁煮了一碗面。

陈岁还是很快就吃光了。

夏耳看着他，忍不住问：“叔叔阿姨……他们说了什么时候回来吗？”

“没。”陈岁放下筷子，“回不回来，也不重要了。”

那你怎么办?

话到嘴边，夏耳还是没有问出来。

问了，也是让人尴尬的问题。

她挠了挠鼻子，说：“那你要不要到我家吃饭？你不用有什么负担的，就是多双筷子的事儿，真的没有什么。”

她如此费心地解释，就是生怕他会不自在，她的细心和体贴令人舒服，更何况她原本就是好意。

在这个时候，连他的爸妈都不在意他的死活，她却还在担心，他会不会因为她的话而多想。

如果没有邻居这层关系，他们也只是陌生人而已。

多么讽刺。

陈岁说：“好。”

他的家，在或不在，都没什么两样。

毕竟，真正令他感到温暖的存在，并没有消失。

Chapter 09

/ 重逢 /

这个暑假里，陈岁大多数时候都跟夏耳一起看书、学习，为高考备战。

到了吃饭的时间，徐凤琴就会到房间里把两个孩子喊出来，一起吃饭。

有那种爱说三道四的长舌妇，还会问徐凤琴：“老陈家的孩子一直在你们家吃饭，他爹妈给你钱了吗？”

徐凤琴很生气地说：“啥钱不钱的，就等于我们家养了俩孩子，多养一个也不费劲，说那些干啥？”

陈岁数学成绩好，会给夏耳辅导，夏耳也会给陈岁纠正一些语文基础知识上的错误。

有他的讲解，那些看起来很复杂的数学题，也变得清晰易懂了起来。

日子一天天这样过去，夏耳甚至自私地觉得，陈岁的父母就这样走了也好，就让陈岁永远留在这里，反正她家里也不是养不起。

就连她的爸妈也是这样对陈岁说。

所有人都习惯了这样的平淡生活，镇上其他人也对夏家养了陈家儿子这件事见怪不怪。那些艳色风波也被一天接一天的平凡生活盖了过去，一切都恢复了往常的模样。

这让夏耳恍然有种错觉，就好像她的下半生，都会在这平淡的日常中慢悠悠地度过。

二〇一一年，八月份的最后一个星期，夏爸爸给两个孩子各买了一个新书包，庆祝两个孩子即将升上高三。

夏耳很开心，早早把要用到的书收整到新书包里，对着挂历数日子，等待高三开学。

这天中午，夏耳在院子里晾衣服，隐隐听见院子外面的沙石路上传来轮胎碾过细碎石子的声音。

镇上拥有私家车的人家并不多，听见车声，很难不引起镇上居民的注意。

黑色车子通体锃亮，在阳光下都反着光。夏耳本以为是哪家来的客人，没想到车子向右一拐，竟然拐到她家门前的胡同里。

起先，她以为是隔壁邻居的女儿女婿回来了，她听妈妈说过，隔壁家的女儿嫁得不错。

没想到，这辆黑色轿车稳稳停在她家门口，车灯一闪，就这样熄了火。

夏耳连衣服也顾不上晾，跑回屋子里，一边跑一边喊："妈妈，外面好像有人来了！"

"谁啊？"

徐凤琴从房间里出来，推开房门向外一看，从车上下来的人刚好打开大门。

待看清来人后，徐凤琴整个愣住："老陈？"

陈广戴着眼镜，穿着白衬衫黑皮鞋，迈进小院里来，他左右望了望，指着熟透的西红柿，笑呵呵地说："这么快园子里的菜都熟了，我怎么记得才刚插完秧？"

谁都没有想到，在事情过去一个月之后的今天，陈广会突然回到织女镇上来。

徐凤琴尴尬地"啊"了一声，捋了捋头发，说："那啥，这玩意熟得快，来，进来坐会儿啊。"

"行。"陈广没说别的，直接进了屋。

到了屋里，徐凤琴让夏耳去洗水果，被陈广拦住了："年纪大了，牙不好，吃不了甜的，让孩子歇会儿吧。"

"哦，这样啊，咱也不知道。那耳朵，去给你陈叔叔倒杯水。"

"不用忙活，嫂子，一会儿我还有事儿呢，马上就走。"陈广摆手，"我今天过来，就一件事。我不是前段时间没在家，听说陈岁一直受嫂子照顾，心里挺过意不去的。"

徐凤琴"嗨"了一声，说："这有啥的，大家前后院住着，就多煮半碗米的事儿。"

"话不能这么说。"陈广神色淡淡的，拿出皮包，从里面掏出一万块钱，放在茶几上，"钱不多，一点心意，感谢嫂子这段时间对陈岁的费心照顾。"

一万块对一个普通家庭来说，不算小数目了。

一沓红票子摆在那儿，要说不心动那是假的，徐凤琴看了两眼，倏地笑了。

“老陈，大家这么多年邻居，有什么话，直接招呼一声就行。你给了这个钱，我不觉得你是想谢我，倒像是来打我脸的。”

陈广一怔，马上解释道：“嫂子，我真没这个意思。”

“我知道你没这个意思，你是什么样人，我心里清楚，但是不该收的，我确实不能收。”

徐凤琴把一万块钱推回陈广面前，继续说：“陈岁这孩子挺不错，在我眼皮底下长大，我瞧着也喜欢。别说照顾他一个月，就算你们真这么走了，我们两口子养他一辈子，我也不是没想过。但陈岁毕竟是你儿子，你既然回来了，我希望你今后对陈岁能上心点，说到底，他就一孩子，正是需要父母的时候，你要真想谢我们，今后就少忙点工作，抽出时间多陪陪他。”

她说了这么多，陈广一边听一边点头，最后，他说：“嫂子说得对，我这次回来，也是为了这件事。”

“嗯？”徐凤琴没反应过来，“什么事？”

陈广说：“我打算把陈岁接走。”

夏耳如遭雷击，一瞬间，她好像什么都听不到了。

陈广没注意其他人的反应，继续说：“我跟曲燕已经离婚了，加上先前出的事儿，我已经没有继续留在这儿的必要。而且镇上赚钱的机会实在不大，我打算带陈岁到海城去，我们父子俩在那边好好生活。”

“啊……这……”徐凤琴半天不知道该说什么，“这么突然啊，说走就走的。陈岁马上都要升高三了，就这么转学，会不会对孩子不好？”

陈广并没有在意，说道：“我们陈岁是要考复旦的，到了海城，也更利于他高考。大城市的教育肯定要比这里好，不适应只是暂时的，长久考虑，肯定还是海城对陈岁更好。”

“是，是，还是老陈有远见。”徐凤琴不知道说什么，只能点头附和。

陈广站起身来，说：“行，那我就先走了，再不走赶不上晚上的飞机了。”

徐凤琴把他送到门口，突然想起什么，回屋拿起那一万块钱追出去，说：“老陈，这钱你别忘了。”

“不用，陈岁打小就在你们家蹭饭，光是这么多年的饭钱，这点都不够用。更何况明年夏耳高考，我也没法回来随礼。今后应该也不会再回来了，你就留着吧，当是给孩子的一点心意。”

陈广说完，没再给徐凤琴拒绝的机会，直接出了大门钻进车里。

车窗降下，陈广摆了摆手，司机把车倒出了胡同，载着陈广回了陈家。

徐凤琴站在小院里，手里攥着那一万块钱，怎么都觉得烫手。

夏耳在她身后呆呆地站着，还是没反应过来。

她脑海中还在消化陈广说的话。

他要带陈岁去海城，以后不会再回来了。

今晚的飞机，也就是说，他们马上就要走。

那今后，陈岁就不会再跟她一起上学放学，也不会跟她一起生活了。

她很有可能再也看不到陈岁了。

明明一天之前，她还在幻想，如果陈岁能够永远生活在她家里就好了，可今天上帝就夺走了陈岁。

是不是她的想法太过强烈，吵到了上天，上天嫌她讨厌，所以才不准许她的愿望成真?

徐凤琴叹了口气，把那一万块钱拿在手中，说："走吧，回屋吧。"

夏耳"嗯"了一声，闷头往回走。

轮胎碾过石子的声音再次传来，夏耳回头看，黑色轿车从前院驶出来，向来时的方向开。

才刚开远不过十米，在路过她家门前的胡同时，黑色轿车突然停了一下。

夏耳的心跳也随之一停。

她没有进门，一直站在门口，留意着从车上下来的人。

直觉告诉她，如果她现在不停下，那么很有可能，她这辈子都不会再看到陈岁了。

高个少年从车子后座上下来，虽然被墙壁挡着，但她仍旧能看见他光洁的额头，白得出众。

陈岁一路小跑，推开夏家大门，跑进院子里，到夏耳的身前站定。

似乎因为跑得太急，他微微有些喘。

夏耳看到他一点点平复呼吸的样子，心也随着他的呼吸一点点变得安宁。

她仰头看他。

陈岁仍旧那么张扬帅气。

他伸手把拎着的一袋东西递给夏耳，说："我爸带过来的橙子。他说这橙子甜得很，知道你爱吃甜的，特地送给你。"

夏耳没有去接。

陈岁就一直递着，等她伸手。

她问："陈岁，你是不是真的要走了？"

少年低沉地"嗯"了一声。

"那……"

夏耳一时语塞，想问他，你会不会打电话给我，会不会联系我，会不会忘记我，会不会在想我时回来看看我。

可不管是哪个问题，她都问不出口。

"怎么了？"

陈岁话音刚落，只听小院外的黑色轿车不住鸣笛催促，似乎是嫌陈岁耽搁的时间太久了。

陈岁没有回头，可夏耳很难不回神，怕他耽误去海城的飞机，可隐隐又希望能耽误他一下，这样的话，他会不会多留一天。

可她转念一想，就算多留，也不是在镇上多留。

更何况，他总归是要走的。

夏耳的心好像被一双大手捏紧，露出笑脸来，说："没什么，祝你一路顺风，到了新城市也要记得永远开心。"

轿车又在不住鸣笛，打断他们的叙话。

陈岁把橙子送到夏耳怀里，对她笑了一下，说道："我先走了，有空常联系。"

"好……常联系。"

夏耳几乎分辨不出自己是用哪个部位发出来的声音，只是怔怔看着他。

陈岁朝她点了下头，随后转过身，一路小跑回车上。

夏耳在院内目送陈岁上车，"啪"一声，车门关闭，黑色轿车发动，轧着沙石路扬长而去，很快消失在人们的视线中。

可是，她却连他最后一眼都没能好好看过。

陈家人走得太快，以至于让人不敢相信他们家就这么离开了织女镇。

被火烧黑的砖瓦并没有人擦，仍旧黑漆漆的，若有不知情的人看过，一定以为他们家是受了灾才离开。

有好事儿的翻墙进去看过，陈家的东西根本没动，走时啥样就是啥样，没带走一样东西，连桌上的杯子都摆在那儿，像还有人住一样。

夏耳听到这些的时候，就会情不自禁去想象，想象陈岁一个人在家的时候，突然看到陈广回来，他当时在干什么？看书？还是在打游戏？

当他听陈广告诉他，要接他离开织女镇，一起去海城生活，马上就走的时候，陈岁一定也完全没有准备吧?

他接到消息时会想什么？会不会也在心里有过不舍。

是一口答应，还是也有过拒绝。

夏耳无从得知，到现在也没能从陈岁离开这件事中走出来。

每天早上上学，晚上放学，她都会下意识想要等一等陈岁。

可看到陈家被熏黑的砖瓦，再也不会亮起的屋子，她才想起陈岁已经走了。

并且再也不会回来了。

她不用再去喊他来家里吃饭，不能跟他一起看书学习，也不会再听他带着笑意，温柔地叫她“小耳朵”。

纵火的张大哈很快被抓住。虽说被害人没有生命危险，也没有财产损失，但由于他是蓄意纵火，还是被判处七年有期徒刑。

这把火究竟是他随便放的，还是故意挑选陈广跟人偷情那天才放的，都没有结果了。

事已至此，深究都没了意义。

人们都说，习惯需要过程。

起初，他们吃饭的时候，还会念叨两句没有陈岁在他家吃饭都不习惯。

等过了两个月，父母都不再提了，顶多有时看到前院的房子，会说一句也不知道老陈在海城怎么样了。

就没了然后。

小镇已经恢复了往日的平静，又变成了一年多以前，陈家还没有回来的样子。

渐渐地，就已经没有人还记得他们了。

所有人都忘记了陈岁，夏耳也只好把这份注定没有结果的思念深埋进心底。

她还记得，陈岁走之前对她说过，有空常联系。

那么，他会联系她的。

她一直在等，从夏末到深秋，从初冬到初春，别说是电话，她连一封属于陈岁的信件都没有收到过。

她也不知道陈岁的号码，更别说主动打给他。

所有的联系就这么断掉了。

就好像，他们的故事，他们的青春，注定就停在这儿了。

一切的一切都在宣告着，她与他之间的情分，因为陈岁的离开无疾而终。

不会再有以后。

但是夏耳并不甘心这样。

她想再见到陈岁，想跟他保持联系，想在一个合适的时机，把那些未能来得及说出口的话，全都告诉他。

尽管她并不知道他在什么地方，也没有他的任何消息。

夏耳给自己立了一个新目标——

她要考复旦大学。

她要跟陈岁一起考上复旦，然后在新生报到的那一天，拿着录取通知书，跟他一起踏进校门。

倘若他们有缘分，在大学偶遇，她要故作惊讶地看着他，问："这么巧，你也考上了复旦啊？"

但是只有她自己知道。

所有的机缘巧合，都是她一个人的处心积虑。

她开始把复旦大学的照片贴在墙上。

每天早上五点起来背题，六点出门去上早自习，在路上解决早餐。

在学校里，教室、食堂、厕所三点一线，排队打饭也要从兜里掏出小字条来，熟记知识点。

每天晚上，她都会整理那些错题，把掌握得不牢靠的知识点全部背下来。

没有人天生爱学习。

夏耳也讨厌它的枯燥乏味。

好多个夜晚，她对着厚厚的笔记，长长的文科大题，那么多繁杂的知识点，也会涌起绝望的情绪。

怎么都学不完，怎么也背不会。

她怎么这么笨?

怎么就没有聪明的脑袋，没有看一遍就能记住的本领?

也会有支撑不下去，找不到坚持的意义的时候。

毕竟那是复旦大学，国内的顶尖学府之一，他们这个小镇上不是没有人考上清北，但那是少数中的少数，本身就是努力刻苦的人。

而她不是，她只是一个平凡的女孩，顶多比别人学习好那么一点，她不爱学习，也并没有那么优秀。

她只是因为放在心上的人想要考复旦，她才为他努力而已。

但是，好多个崩溃的时刻，好多个听见闹钟响起，想要按灭闹钟，倒头继续睡的时刻，她都会看一眼墙上复旦大学的照片。

她想着，考上复旦之后，陈岁就会在学校门口等着她。

她一定会考上的。

也一定要考上。

就算是寒假，夏耳也没有出去玩，仍旧闷头苦学。

如果她这样努力，仍旧考不上复旦，那说明她跟陈岁没有这个缘分，她这辈子也没有那个命，她认了。

高三下学期，一模成绩下来，夏耳考了年级第七名。

各班的老师都在夸奖夏耳成绩进步，拿她作为榜样。

夏耳知道，这个成绩对考复旦来说，还不够。

她每天刷题、复习、背书，做完一套卷子，自己复盘没做对的地方。

眼看着成绩进步，夏耳难得露出了笑容。

就好像成绩提高一分，她与陈岁的距离就能够缩短一点。

二模三模下来，夏耳冲到了年级第一。

班主任老刘给夏耳的家长打电话，夸奖她的进步。

这仍旧没有让夏耳松懈。

这一年，高考还是先填志愿后考试的模式，在填报志愿时，夏耳义无反顾地在第一志愿那栏填写了复旦大学。

徐凤琴觉得夏耳太鲁莽，说：“耳朵，会不会报得太高了？万一考不上，这可咋办？我看你报 A 大就挺好，离家近，也稳点儿，回来当个老师，挺不错的。”

“对，女孩儿学师范好，以后找对象也容易。”夏爸爸附和。

夏耳看着他们，坚定地说：“我一定要考复旦。”

二〇一二年七月，夏耳以文科状元，六百八十九分的优异成绩，考上了复旦大学新闻学院的新闻学专业。

也应了班主任老刘所言，她的作文也成了这一年的满分作文。

夏耳考了这么好的成绩，所有人都没想到，整个织女镇都为夏家庆祝，镇长也特地到夏家来，恭喜夏耳取得好成绩。

夏家摆了三天的酒席，夏爸爸也应了当初春节说过的话，光是放礼花，就放了两万块钱的。

夏耳当然也很高兴。

却只有她自己知道，她为了这一天，付出了怎样的努力。

夏耳的爸妈带她到城里，给她买了新的笔记本电脑和手机，还买了行李箱和很多衣服，就等着九月开学，全家一起送她到复旦去。

徐凤琴见人就说：“我也借我女儿的光，到大城市转一圈，我还没坐过飞机呢！”

开学的时候，夏家一家三口坐飞机到海城，学校安排了车到机场来接新生，在学长学姐的带领下，把夏耳一家带到了宿舍。

这是夏耳第一次到海城，也是第一次看到如此繁华的都市。

她仍旧是怯懦的、怕生的。

但很奇怪，她头一次对这些不能掌控的未知充满期待。

但是夏耳万万没想到，陈岁并没有考到复旦。

起初，她找遍了各个新生群，还暗搓搓地打听有没有陈岁这个人，答案全都是否定。

夏耳并未气馁，因为复旦很大，专业也多，那么多人，她一时找不到也是正常的。

直到有一次她跟父母通了电话。

徐凤琴说："你陈叔还打电话问你了呢，问你考哪儿了。我说你上了复旦，你陈叔还挺惊讶，然后说，当初想让陈岁考复旦，没想到陈岁最后没上，反而去了一个西北的大学，离家可挺远。"

那一瞬间，夏耳握着手机，说不清心里是什么感觉。

怎么会没考复旦?

他说了要考复旦的啊?

她拼搏那么久，努力那么久，最后竟是一场空。

那她这一年都在干什么啊?

夏耳花了一周的时间消化这件事，才慢慢地从这种打击中走出来。

也许，努力的意义并不在于某个目标、某个人，而在于努力本身。

最起码，她的努力并不是一场空。

如果不是陈岁激励她，她绝对不会这么奋发学习，绝对不会来到这里。

说不定她会听从父母的安排，去读一所普通的师范，去考教师资格证，最后回到小镇上，当一个中学教师。

因为陈岁的存在，让她的人生多了许多可能。

也是这个时候，夏耳才明白，喜欢，并不一定要在一起。

也可以为了对方，成为更好的自己。

夏耳开始享受自己的大学生活。

在这里，她交到了很多优秀的朋友，也开始学习化妆打扮，变得更美，更加自信。

夏耳本身也是优秀又漂亮，在学校里也小有名气，很多男生慕名来追，夏耳从一开始的胆怯、不自在，渐渐也变得习以为常，并且也能够学着更加自在地跟异性相处，回绝他们的喜欢。

虽然这些人都很好，可对夏耳来说，怎么都比不过十几岁时的那种心动。

比不过贸然跳上她单车后座的大男孩。

更比不过绝望时刻，给她温暖和安慰的少年。

大一下学期开始，她开始尝试给杂志供稿。

很幸运，她第一次投稿就通过了三审，编辑加了她的联系方式，第一件事就是提醒她：“亲爱的，你忘了写笔名哦，请问你的笔名是？”

这个时候，夏耳的脑海里蓦地飘过一句诗——

山气日夕佳，飞鸟相与还。

她没有犹豫，打字回复：“飞鸟。”

“飞鸟？好奇怪的笔名，哈哈哈，你确定要叫这个吗？”

“确定的。”

那时编辑没想到，就连夏耳也没想到，正是这个使用奇怪笔名的女孩，从发稿的那一天开始，渐渐成为这家杂志的常驻写手。

夏耳开始拥有自己的粉丝，收获了很多女孩的喜欢。她对这些并不知情，只管闷头创作，她有太多东西想写，太多感情想要抒发。

打从写东西开始，夏耳就没再跟家里要过一分钱，还会时不时给父母转一些钱。

杂志注意到飞鸟的人气，不满足于她只写短篇，于是主编亲自约稿，希望飞鸟能创作一些长篇作品。

正是青春文学大肆流行的时候，夏耳又在国内顶尖的青春杂志上连载长篇，很快，夏耳的作品收获了超高的人气。

她的微博粉丝，暴涨到了三十万。

不说在作者圈子，就算在微博上，她也是个十分具有影响力的博主。

夏耳的文字充满灵气，似乎她天生具有这方面的天赋，笔下的文字能开出花来，让很多读者摘抄整理，用进作文中，还专门反馈给夏耳，说她们用了她的句子写作文，还被老师夸了。

夏耳也觉得荣幸，就好像她在以另一种形式，来延续她的中学时代。

她想起当初写了高分作文，被老师叫到陈岁的班级读作文。

不知道她的这些小读者里，会不会有哪个女孩，也凭借着作文，而被喜欢的男孩子注意。

这都让夏耳感觉美好。

大学四年，夏耳在学业之余，一直投入创作当中。

她也确实是有天赋的。

大四这年，夏耳的第一本长篇小说有幸卖出影视版权，获得了上百万的改编费。

她把一半钱给了父母，让他们不要再开店了。

大学毕业，夏耳卖出的作品被改编成电影，在全国的院线播放。

夏耳的爸妈召集所有亲朋好友一起到电影院支持女儿的作品。

这一年，正值青春作品改编热潮，夏耳的运气很好，她的作品是这年同类影片的票房第一。

于是，她的其他作品被各家影视公司争抢，全部卖出高价。

飞鸟成了这家杂志力捧的青春作者中，最当红，也最具有实力的一个。

从复旦毕业后，夏耳并没有急着找工作。

她卡里的余额已经不需要她为后半生操心。

她的同学全都羡慕她。

他们拼命读书，考上顶尖学府，为的就是获得一个好的将来，好的工作。

而夏耳，还没毕业就已经站在了他们奋斗的终点，这如何不让人羡慕?

这天夜里，夏耳关掉主编的催稿对话框，有些疲惫地打开微博。

主编催她交一篇新的长篇作品，作为明年公司年度重点作品宣传，并且希望她的新作品能够超越以前的质量，争取再做出一个爆款来。

夏耳是有些烦躁的。

连续四年不间断地创作、输出，已经让她进入了瓶颈期，她的表达欲和创作欲已经大幅度衰减，换句话说，她怀疑自己已经过了最巅峰的状态。

没有作者希望听到“越写越不如以前”的评价，可按现在的状态来看，她很有可能写不出那样优秀的作品了。

主编的话尤其让她感觉不适，她用心创作出来的作品，怎么就成了主编口中随随便便就能打造出来的“爆款”？

她躺在沙发上，手指不断地向下划，看什么都觉得索然无味。

直到，一个潜在水中的湿漉漉的小动物引起了她的注意。

那是一条长长的求助微博。

蒙新河狸是国内的濒危动物，现今仅存200多只，这个数字还在不断减少。而现在，它们的家园受到严重的破坏，我们需要筹集一些款项，用来给河狸宝宝建造新的家园。

这条微博先是大概说明情况之后，后面全都是对蒙新河狸、当地环境，还有这个动物保护组织的介绍。

九宫格的图片内容，除了前面几张是河狸照片，剩下的都是这些工作人员给河狸建造家园的工作照片。

高中时，学校组织去动物博物馆那次，夏耳在濒危动物馆看过一些河狸的介绍。

当时是她第一次知道河狸这种动物，觉得可爱新奇，所以多看了两眼。

没想到这些河狸已经少到只有几百只。

如果这些河狸没有适合生存的环境，那么就会灭绝。听起来与人类无关，但假如人类是那个即将灭绝的物种该怎么呢？又有谁想要从这个美好的地球上消失呢？

夏耳点进捐款链接，上面说得很清楚，只要每个人捐助五块钱，就能给蒙新河狸栽下一棵树苗，当然，救助进度也会随时跟进。

至于捐款最多的爱心人士，当地动物保护协会会颁发证书和奖状，还会邀请 TA 到当地参观他们的工作以及救助情况。

夏耳看了一下他们的筹集的目标款项：240 万。

这条微博发出来之后，目前只筹集到了 80 多万。

夏耳随手帮忙转发了这条微博。

她转发之后，很多在线的读者刷到这条，也帮忙转发。

夏耳转发完，再次点进链接，跳到捐助页面。

她点了“我要捐款”，在跳出来的预选金额里，她点了自定义捐款金额。

再然后，她在里面输入 100 万。

捐款成功后，再返回捐款链接的主页面，看到已筹集款项那里，从 80 万变成了 180 万。

关掉页面后，夏耳想到自己帮助了那么多的濒危河狸，连带着对瓶颈期的烦恼都冲淡了不少。

新疆，阿勒泰地区。

这天一早，动物保护协会的人们照例上班，负责运营工作的人打开捐款页面，查看面向公众筹集的捐款进度。

在看到已筹集到二百万时，他欣喜若狂，从屏幕前抬头，对大家说：“已经筹到 200 万了！我们的河狸宝宝有家了！”

“200 万！这么快？”

“这才发出来两天，居然就筹到了 200 万？还是好人多啊，对濒危动物的保护意识也上来了，我还以为得筹一个月呢。”

“你快在微博多更新点儿照片，别让人家以为咱们是骗子。”

一群人兴高采烈地讨论，除了办公桌靠窗的那一个。

他仰着头，脸上盖了本书，一双长腿大剌剌伸着，环抱手臂在那儿打盹。

有人回头看到他，忍不住叫他："山夕哥，别睡了，咱们两天就筹到了两百万，你不能跟着开心一下吗？"

被叫作山夕哥的人伸手，修长的手指拿掉脸上的书本，露出一张寡淡的脸来。

不管看到多少次，同为动物保护协会的同事还是会有点惊艳。

就这张脸，放娱乐圈出道都够了，哪怕啥也不会，留在大城市应聘什么职位，人家会不要你？干点啥都好，非要跑到新疆来干什么动物保护，真是让人想不通。

这个帅得有些格格不入的同事懒懒地掀起眼皮，脸上满是被吵醒的不悦。

"有空开心，不如抓紧联系一下捐款第一的爱心人士，免得人家觉得咱们是骗子。"

陈岁这话一说，其他人顿时反应过来，催促电脑前的负责人："对对，快看看，捐款最多那个捐了多少钱？"

不怪山夕哥这么说，他们这个动物保护局实在是冷门得不能再冷门，偏僻得不能再偏僻，本来新疆就是偏远地区，连信号都不好，手机都经常没信号。

加上他们救助的这些濒危动物都不是大众意义上所了解的濒危动物，说出名字，人们连国内有这些小动物都不知道。

听起来确实很容易让人不放心。

负责人点开捐助人信息一看，当场惊呼了一声："天啊，你们都想不到，你们猜捐款最多的人才多大？"

"多大？上小学啊？"

"你说说，多大啊？别卖关子行不行？"

"我也想听听，多大能让你用这个'才'字。"

负责人见他们这样，有心卖弄："你们知道吗？这小姑娘才二十二岁啊，你们猜她捐了多少钱？一百万！我这辈子都不知道能不能赚到一百万，富婆啊！"

"二十二岁？那也没比咱们小几岁啊。"

"出手就捐一百万，这肯定是个白富美。"

"要是把人白富美请来，你们谁要是追到人家，今后就走上人生巅峰，少奋斗二十年了！"

"别瞎说，人家都白富美了，什么样的男人找不到，就咱哥几个歪瓜裂枣的，人家能瞧得上咱们吗？猪油蒙了心了吧？"

有人不乐意了："怎么说话呢？看不上你们就算了，可别把山夕哥算上。”

“哦，对对，咱们还有山夕哥呢。”

“山夕哥准能拿下。”

靠在座椅上的陈岁把玩着什么，眼都没抬，语气也微冷。

“没兴趣。”

“小孙，快联系一下这位爱心人士，跟人家约个时间，把人请过来。”

动物保护局的项目领导打断办公室打闹的氛围，摆了摆手。

小孙——也就是电脑前那位负责运营微博的员工，连忙应下。

项目领导想了想，说：“既然要接人家过来，肯定得给人留个好印象。这样吧，陈岁，到时候你歇一天，到机场去接一下，毕竟你可是咱们阿勒泰动物保护局的门面担当。”

面对领导的委任，陈岁合上用来盖脸的书本，随手放在一边，冷淡地应道：“知道了。”

夏耳并没有太关注捐款后续。

对她来说，只是看到了一些需要救助的小动物，随手捐了一笔钱，好让它们重建家园而已。

这天上午，夏耳在睡梦中被电话吵醒时，还以为自己接到了什么推销电话。

“我已经买过保险了，不需要啦，谢谢。”

她迷迷糊糊地准备挂断电话，却听对方在电话里连忙解释：“我们是动物保护局的，您之前通过网络捐助渠道，给我们的蒙新河狸捐助了一百万善款。”

夏耳指尖一停，茫然之中想起来，好像是有这么一回事。

她手指从挂断键挪到扬声器键上面，翻了个身，把脸枕在枕头上，软声问：“是有这件事，有什么问题吗？”

对方说：“由于您是我们蒙新河狸救助项目捐款最多的爱心人士，这边想跟您预约一个时间，邀请您到我们阿勒泰地区实地参观一下我们对濒危动物的救助，请问您什么时间比较方便？”

阿勒泰?

新疆?

夏耳稍微清醒了一些，在心中盘算了一下。

主编一直催她写新书，反正整天在家憋着也写不出来，倒不如出去散散心。

大学毕业后，她一直没回老家，而是留在了海城生活。

没有生存压力，写作是她唯一的工作，时间相比其他人要自由得多。

她回道："随时都可以。"

对方说："那好，方便加一下您的微信吗？到时您可以把您的航班号发过来，我们这边会派人到机场接您。"

夏耳说："你加这个手机号就可以啦。"

"好的，我们动物保护局全体工作人员期待您的光临。"

挂了电话，夏耳本想继续睡，却因为这通电话睡意散了。

她登上了QQ，跟主编说了一下自己没灵感，要去新疆一趟的事。主编发来一堆问题，诸如"去多久""去了还回来吗""回来我能收到新书大纲吗"之类的暗示内容。

夏耳一个头两个大，回了句"我尽量"，就关掉了QQ。

这时，夏耳的手机嗡嗡振动，点进去，就看到微信上新朋友那里，多出来一个红色的"1"。

夏耳点进去，看备注那里写着"蒙新河狸"，知道是刚才联系她的人。

加了好友，过了两分钟，那边才发消息过来。

"不好意思，我们这边信号不太好，您购买机票后一定记得把航班发过来，还有，打印登机牌时顺便打印一下行程单，我们这边好给您报销，您看可以吗？"

信号这么差的吗？

夏耳说"可以"，就打开购票软件买机票，幸好有从海城直飞那边的飞机，不需要转机，她买了张时间合适的票，给这位工作人员发过去。

过了半小时，才收到那边的消息。

"收到！辛苦了哈。"

夏耳查了一下那边的天气，要比海城冷许多。她掏出自己最厚的衣服，带了一些常用的日用品，去那边估计最多待三天，她也不用带太多东西，背个包就可以。

到了出发那天，夏耳提前打车去机场，从出租车上下来时，看到明亮的机场航站楼，不由得想起她跟父母第一次来到海城时的情景。

那时一下飞机，看到宽敞干净的机场大厅，华丽得就像一座巨大的水晶宫殿。

她牵着妈妈的手，心里十分胆怯，一直跟着指示标识走，生怕自己找错了路。

四年多过去，她在海城生活了四年，写作事业上的成功已经使她变得怡然，再想起那时，她不由得微笑，好想回到那个时候，去摸摸自己的头。

真是个小女孩儿啊。

夏耳找到办理登机牌的地方，她没有要托运的行李，直接进了 VIP 通道，等待候机。

顺便给那边的工作人员发了个消息，告诉他们自己在候机了。

没等多久，夏耳优先登机，看着时间还早，她直接在飞机上睡了一觉。

向来不怎么做梦的她，却在这样短暂的睡眠中，做了一个梦。

她梦见复旦开学那天，陈岁站在学校门口，耳朵上戴着耳机，单手揣进口袋，悠闲地等着什么人。

看到她出现，陈岁摘掉耳机，对她张开手臂，翘起一边嘴角，说："总算来了，我等了你好久，还以为你不会来了。"

夏耳却涌出泪水，抱住陈岁，问道："你不是去了西北的大学吗？怎么会在海城？"

他揉了揉她的头顶，笑意温柔地说："小傻子，我说了要上复旦的啊。"

是啊，你说过要上复旦的，你为什么没来？

夏耳从睡梦中睁开眼睛，脸上一片泪痕。

久久没能从情绪中缓和过来。

其实她已经很久没有想起过陈岁了。

一开始的时候，她的确非常难过，非常遗憾。

为什么她这么努力地去争取、追逐，却还是无疾而终。

后来，她忙于学业和自己的爱好，渐渐地，也能放下这些难平的事。

如果命运注定不让他们相遇，那么她再怎么努力，也还是改变不了老天注定的结局。

人和人缘分有限，人生的旅程很长，大部分人都只能陪你走过人生某一阶段的某一程，有的长一些，有的短一些，但终究是要分开的。

如果陈岁跟她的缘分注定到这儿，那么就此别过，大概也没什么不好。

她已经逐渐放下了。

却没想到会在这样一个平常的时刻，毫无征兆地梦到陈岁。

那些封存太久的记忆，也因此打开一个缺口，纷涌而来。

关于夏天的，小镇的，一个平凡女孩平凡的青春，到最后，那些记忆全都凝聚到一颗普普通通的橙子里。

陈岁临走前送给她的那袋橙子，她还是吃了。

他说这橙子很甜，可她尝了以后发现，这所谓的甜甜的橙子，一瓣比一瓣酸。

此时回想起来，结合那些青春记忆，确实也有些酸涩。

那是陈岁最后留给她的记忆。

夏耳看了眼时间，距离飞机落地还有半个小时，她没再睡下去，收拾东西，专心等待降落了。

飞机滑行，直至在停机坪上平稳着陆，头等舱旅客优先下机，夏耳拿起背包，给联络人发了微信，告诉自己已经到了。那边很快回复，说是他们已经在到达口等着了。

到了航站楼，机场里面有武警巡逻，夏耳根据对方发来的指示牌，往到达口走。

接机的人很多，来往的人群里，能看到很多充满异域色彩的人，他们高鼻深目，女性头发很长，长了明显的野生眉，本就娇小的夏耳在这些人里面，显得更加娇小了。

夏耳本来担心没法跟他们碰头，还得打电话联络，没想到一到出口，就见一个戴眼镜的年轻男人举着白色的板子，上面用黑色马克笔写着“蒙新河狸热烈欢迎夏女士”。

还有不少人等着看谁才是这位夏女士。

夏女士本人脸一热，虽然大学四年已经让她成长不少，变得没有高中时那样羞怯了，可这么大张旗鼓地欢迎，还是搞得她有些不自在。

她快步走过去，耳根微微发热，到举牌的年轻人身边，说：“你好，我在这里。”

年轻人被吓一跳，把牌子放下来，上下打量夏耳一眼，表情由惊转喜：“你就是夏女士吗？果然是人美心善，你比我以为的还要漂亮！”

被人这么直白地夸奖，夏耳羞涩地笑了笑，说：“你不要叫我夏女士，我今年才刚毕业，叫我夏耳就可以了。”

年轻人伸出手，认真地说：“夏耳你好，我是负责跟你联系的孙昊，也负责蒙新河狸的媒体运营。”

两人握了握手。

孙昊说：“我们先出去吧，我同事还在下面等着呢。”

孙昊带着夏耳往一层走，一路上一直跟她说，他们动物保护局对她的到来有多么欢迎和期待。

出了航站楼，夏耳抬头，不知道是不是地理位置的关系，发现新疆这边的天要比海城那边蓝上许多，像是被滤镜调过色一样。

她又想起十几岁乘坐校车，第一次到大城市去，看到湛蓝的天和高耸的建筑，那时觉得大城市陌生而遥远，充满未知和恐惧。然而几年过去，她已经能够接受并适应城市生活，并且，还能独自坐飞机到这么遥远的北疆来。

这大概就是成长的感觉。

孙昊带她往停车区走，这会儿是冬天，在户外说话，嘴里都会哈出白气。

“怎么样，比海城冷吧？”孙昊笑着问。

夏耳点头，问：“还要走多远呀？”

“不远，前边就是了。”孙昊抬手一指，“看见没，前头抽烟那个帅哥就是我同事。”

夏耳本来只是想看看车的位置，加上听见有帅哥，抱着好奇的心，她抬眼望了过去。

一辆灰色的面包车边上倚着一个穿黑色风衣的男人。

男人个子很高，很瘦，一双腿很长，随意交叠，戴着一双黑色手套，微微仰着头，在那边漫不经心地抽烟。

他们的距离不算远，她还能看到他微微凸起的喉结，以及精致的下颌线，棱角分明。

停车场的车很多，来往的人也很多。

偶有拉客的司机带着旅客到自己的出租车那边去，就从二人的中间经过。

似是注意到了有人注视自己，陈岁掸了掸烟灰，转头看了过来。

四目相对的那一刻，夏耳像是进入了电影的世界里。

行人纷纷扰扰，世界并没有因为他们这一刻的重逢而停止运转，无关的路人仍旧在行走，准备落地的飞机嗡鸣着向下，隐隐还能听到机场内的广播。

相对静止的，就只有他们两个。

夏耳怔怔地看着陈岁，那个倚在车上抽烟的男人。

即使只是一个侧脸，夏耳仍旧可以一眼认出他是谁，更何况，他这会儿已经看了过来。

夏耳万万没想到她会在这样的情景下遇到陈岁。

这么猝不及防，这么突如其来，这么巧合。

她以为他们之间那点微薄的缘分，在陈岁离开织女镇的那一天，就已经断掉了。

在她的预想中，他们的再次相遇，是在父母的口中得知他娶妻生子的消息。

她会跟随爸妈一起去参加陈岁的婚礼，然后坐在宴席上，跟宾客一起庆贺他新婚宴尔。等他跟新娘敬酒时，他们客套地寒暄两句，她会打趣他有眼光，娶了一个美丽的新娘。他说不定会风趣地举杯，然后催她也早点找到另一半。

等结束宴席，她也许会在回去的路上发一条微博，感慨一下自己去参加了一个特殊的婚礼，婚礼的对象是自己青春期那个无疾而终的暗恋对象。他也许已经被社会磨砺得有些世俗，那些珍贵的少年气被磨得一分不剩，然后她在微博暗暗庆幸，原来她当初心动的，只是他那张充满少年气的脸，没了外表的光环，其实他也泯然众人。

可他们的重逢没有一点是符合她的预想的。

时间不对，情景不对，长相也不对。

陈岁非但没有磨灭掉那些尖锐的少年气，反而在未曾联系过的几年里面，变得成熟内敛，又因为少年感还在，比别人多了些干净和纯粹。

他还是他，记忆中那个张扬明媚的少年。

是她暗恋过的少年。

夏耳的呼吸微微一窒，一瞬之间，几乎什么也说不出了。

孙昊看到他们间的情况，在两人之间反复打量，最后伸出手在夏耳面前晃了晃。

夏耳这才反应过来，意识到现在是什么地方，又有外人在看，她的耳尖顿时红得快要滴血。

孙昊乐呵呵的，大手一挥，语气有些得意："没事儿，夏耳，你不用觉得不好意思，这是我们动物保护局的'局草'，别说人了，就连我们那儿的河狸宝宝也特别喜欢他。他天生就有魅力，你觉得他帅也正常，觉得他不帅才不正常。"

夏耳嘴上没说什么，在心里默默补了一句：确实。

孙昊带夏耳走过去，到陈岁面前拍了他手臂一下，说："山夕哥，这就是此次受邀前来参观的捐助人，夏耳。怎么样，漂亮吧？"

不等回答，孙昊又对夏耳说："这是我们动物保护局今年新来的同事，大帅哥！还有人为了追他，专门调来我们局工作，就为了跟他在一起呢。你叫他陈岁就行，或者跟我们一样，喊他山夕哥。"

夏耳看着陈岁，半天说不出话。

孙昊见夏耳没反应，就捅了陈岁一下，说："你给个反应啊。"

陈岁右手拿掉嘴里的烟，上下扫了夏耳一眼，慢半拍似的吐出三个字："是漂亮。"

像在回应谁，也好像是随口念道。

Chapter 10

/ 现在，世界是你的了 /

长时间暴露在冷空气中，夏耳打了个寒战。

她抬手，抚了抚自己的手臂。

陈岁把烟头丢进垃圾桶，回来对孙昊说：“上车吧，别把人家小姑娘冻着。”

孙昊说：“对对，快上车吧。”说完，他主动走过去，为夏耳拉开车门。

夏耳坐进去，孙昊绕过车头坐到副驾上，低头系好安全带。

车子发动，在长长的车龙中排队等待着开出停车场。

孙昊手拉着车门上方的扶手，回头跟夏耳搭话：“你吃饭了没？要不先吃点什么？”

夏耳摇摇头，说：“在飞机上吃过了，谢谢啦。”她现在不太饿，也不想他们因为她耽搁时间，太麻烦了。

孙昊说：“那也行，等到晚上直接吃饭，晚上有接风宴。”

夏耳受宠若惊地说：“太客气了，不用这么麻烦的。”

“你是我们的贵客，当然得好好招待一下，为了迎接你，我们局都准备好几天了，是吧，山夕哥？”

两个人的聊天突然把第三个人扯进来，不可避免地，夏耳看向正在开车的男人。

顺着中间的后视镜，陈岁也飞快地看了夏耳一眼。

两人在短暂的瞬间对视，又很快，双双移开视线。

夏耳垂下眼，没有说话。

陈岁看着前方，轻轻“嗯”了一声，听起来好像没有什么参与到对话中来的欲望。

不过他一向如此，孙昊没看出什么异样，说：“从机场开到我们青河县还得一段时间，你坐飞机也挺不舒服的吧？要是累了可以先睡会儿，到了叫你。”

夏耳巴不得能休息一会儿，赶紧谢过孙昊，把头靠在车玻璃上，在慢慢悠悠地排队等待出停车场的路程中，轻轻合上眼睛。

没一会儿，她感觉到车内的暖风呼呼吹过来，驱逐了她身上的寒气，渐渐没那么冷了。

夏耳忍不住又看了陈岁一眼，后者专心致志地开着车，全然没有注意到她的样子，大概开暖风只是他随手之举的。夏耳重新闭目，内心喧嚣一片，心乱如麻。

与陈岁重逢这件事她并没有做好准备。

这一路上还好，待会儿下了车，这些人招待她，她总要跟陈岁说话的，到时候怎么跟他相处？

她也算是在经历人生四喜之一——他乡遇故知，可这惊比喜要多得多，她根本开心不起来。

有的只是数不尽的生疏。

也许他们曾经是相熟的关系。

那时，他们都还称得上是“孩子”。

但现在，他们已经是成年人了，有些事孩子做得，但是成年人必须懂得保持距离。

更何况，陈岁走之前他家里出的事，总归是有些“丢脸”的，也许这么多年他们未曾联系上，就是他的有意回避也说不定。

夏耳一路胡乱想着，半梦半醒的，中途似乎到了服务区，车子缓缓停了下来。

孙昊问：“山夕哥，怎么了？”

“方便一下。”陈岁说。

孙昊回过头，见夏耳没在睡，问她：“你要去吗？还要开两个多小时呢。”

夏耳身子向后挪了挪，又看了陈岁一眼。

陈岁正在低头解安全带，像没听到孙昊的话。

以她的角度，只能看到陈岁的斜侧面，后脑勺形状还是那么完美。

夏耳摇摇头，说：“我不去。”

陈岁就一个人去。

夏耳跟孙昊在车里等。

虽是两个陌生人，却好像比单独跟陈岁待在一起要自在些。

孙昊没话找话：“开得有点久，没办法，新疆这边就这样，哪儿哪儿都远，不过这边风景好，你就当过来旅游了。”

“没事儿。”夏耳莞尔一笑，“我第一次来新疆这边，还挺新鲜的。”

服务区这边停的车不少，很多都是那种大挂车，不少长途司机下车来，认识的不认识的，三三两两聚在一块儿抽烟、闲聊，分享自己的开车经验。陌生的地域上，顺路了就是个伴儿，这是旅途才会有的浪漫。

夏耳本来以为陈岁会去挺久，想不到没一会儿，陈岁就回来了，手里还拎了一袋东西。

他拉开车门，寒气顺势灌进来，吹散车内几分熏人的热气。

夏耳那股昏睡的劲头也散了些许。

陈岁坐上来，“啪”地把那袋东西扔到后边的座位上——也就是夏耳腿边，“啪”地关上门，扣好安全带。

夏耳低头愣愣地看着那一袋东西，一时没敢伸手。

孙昊回头瞧了眼，问陈岁：“行啊，山夕哥，平时连句话都不跟我们说，合着你是有异性没同性。”

陈岁发动车子，说：“给你们两个买的。”

车子转弯，袋子里面的什么东西滚到夏耳腿边，袋子稀里哗啦地响，她这才反应过来，陈岁方才是去买东西了。

夏耳嘴角微抿，没推辞，小声说了句“谢谢”。

陈岁没什么反应。

夏耳拿过袋子，里面有两个饭团、茶叶蛋，还有一盒牛奶。

这些都是热的。

除了这些，还有奶油面包、薯片之类的零食。

夏耳把袋子递给孙昊，说道：“你看看有没有爱吃的，我吃什么都可以。”

孙昊说：“哪儿能让我先选，我也不挑食，你看着拿吧。”

夏耳把饭团留下，别的递给孙昊。孙昊接过，拿起另一个饭团，大嚼特嚼了起来。

她双手握着饭团，半晌才动。

两个半小时后，车子开到青河县的动物保护局。

局里的工作人员提前在门口等待迎接，夏耳一下车，就看到他们手拉横幅，上面写着欢迎她来动物保护局之类的字样。

领导姓魏，名叫魏大江，是一个三四十岁的中年男性，人看着严肃中带了点儿慈祥。

他主动过来跟夏耳握手，亲自给她颁发了证书，并送了一大束花。

全程都有一个年轻的女孩子在一旁拍照。

最后合影时，魏大江把陈岁跟孙昊全都喊过来，大家一起拍了张合照。

不难猜出来，搞这些都是为了官媒运营和宣传，夏耳对拍照是有些不自在的，但还是没躲。

拍完照，魏大江转头，笑呵呵地对夏耳说："你一路过来辛苦了，今天就先不去看我们的河狸了，这样吧，先带你去休息的地方把东西放好，然后我们再给你接风，怎么样？"

夏耳当然没有异议，连忙说："麻烦了。"

魏大江看了眼院子里这些人，最后对刚才拍照的女孩子说："雨薇啊，你带夏耳到休息的地方看看，顺便认认路，介绍一下。"

夏耳莫名觉得这个名字耳熟。

她顺着魏大江的目光望去，看到摆弄相机的女孩身穿棉服，绑着高马尾，露出圆润光洁的额头，长相明艳大方，笑呵呵地应下："好的，局长。"

积压在深处的记忆，在她看到这个叫雨薇的女孩的一瞬间，纷纷涌了上来。

陈岁回来的那个暑假，过生日的那天，他在安城的同桌杜雨薇特地坐飞机赶过来给他庆祝生日。

夏耳是记得她的，她打扮得漂亮又时髦，家境也不错，行事落落大方，给人的感觉很开朗。

夏耳想：如果我是男生，也会喜欢这样的女孩儿。

她没想到世界这么小，她跟杜雨薇居然还有见面的机会。

比跟陈岁再次相见的机会还要渺茫，但她还是碰上了。

十五六岁没结果的青春小事，却还要在二十多岁的时候争个结果吗?

恍惚间，杜雨薇已经走到了夏耳面前，对她甩了下头，说："走吧。"

"哦，好。"

杜雨薇在前面带路，在路过陈岁时，拍了下他的肩膀，说："送我俩一段呗，天还挺冷的，懒得走了。"

有个男生站出来，说："陈岁都开一天车了，让他歇歇吧，我送你们。"

旁边的男生拽住他的领子，把他扯回来，说："没眼力见儿呢，轮得到你送吗？"

其他人哄笑。

杜雨薇闹了个红脸，跺脚解释：“别乱说，那不是咱们局里的钥匙在陈岁手上吗？”

陈岁没参与他们的笑闹，把手揣进大衣口袋，掏出车钥匙来，说：“走吧。”

夏耳还坐来时的位置，区别只是副驾驶上的人从孙昊变成了杜雨薇。

杜雨薇跟陈岁说：“辛苦你了，开了一天车，这会儿还得送我们。”

陈岁说：“一脚油门的事儿。”

“那也挺累的，晚上你好好休息一下吧，记得泡个脚，睡得更好一点。”

“知道了。”

“这天也太冷了，我都怕我的相机冻坏了。你说魏局也真是的，就不能公费换个好相机吗？非要拿我的拍，也不说给我涨工资，万一哪天相机坏了，能赔我吗？”

“应该吧。”

不管杜雨薇说什么，陈岁的回复都很简短。

当着外人的面，杜雨薇有点尴尬，下意识顺着后视镜瞄了夏耳一眼。

夏耳一直看着窗外，像没听到一样，很懂得如何把自己当成一个毫无存在感的摆件。

她又看了眼陈岁，坐正身子，什么都没说。

没两分钟，车就停在一个带有三层小楼的小院前。

陈岁说是一脚油门，还真不假，走路过来也就十分钟。

下车后，杜雨薇热情地跟夏耳介绍：“这边是老动物保护局，搬到现在的地方之后，这里就改成宿舍给我们住了，条件看着是艰苦了点儿，但据以前的同事说，已经好很多了。你暂且将就两天，没事儿吧？”

夏耳只得摇头，回道：“没事儿。”

杜雨薇把她带到二楼，跟她介绍哪里是卫生间，哪里是水房，哪里可以做饭，哪里可以晾衣服。

夏耳一一记住。

杜雨薇又把她带到住处去，说：“你是贵客嘛，自己住一间，不过要是害怕的话，我可以过来陪你，我就住 207。”

“行，谢谢。”夏耳打量屋子，地面还是水泥的，一张单人床，一张桌子，一把椅子，一个衣柜，一目了然的小空间。

她把包放在床上，从里面一一翻出东西来。

“真看不出来，你现在变化这么大，我都有点不敢认了。”

冷不防地，杜雨薇在后面说。

夏耳回过头，见杜雨薇笑着站在门口。

没想到她还没走，更没想到她还会跟自己叙旧。

夏耳“啊”了一声，有些不好意思地说：“有吗？可能吧，不过你倒是没怎么变，还是那么漂亮。”

杜雨薇扑哧笑了，抬手掩唇，问道：“你这话说得，我还以为是我们局里那些追我的男同事说的呢。”

夏耳尴尬地挠了挠脸：“我认真的。”

“不过没想到咱俩还能有再见的机会，说真的，我以为咱俩这辈子都见不到了。”

“是啊。”夏耳也笑了笑，“还挺有缘的。”

“确实，缘分这东西，不期而遇才是缘，强行争取来的，老天都不认你这份。”杜雨薇似是想起了什么，摇头失笑道，“走吧，陈岁还在下面等着呢。”

“嗯。”

她们从楼上下来时，陈岁并没在车里。

她俩在车门前等了一分钟，陈岁才从小楼里出来。

“上去取了点儿东西。”他解释。

车再开回局里，就是载人往吃饭的地方带了。

接风宴上都是北疆这边极具特色的风味美食，夏耳第一次看到羊头摆上桌，还吓了一跳。

酒过三巡，宾客尽欢，局长不断跟夏耳说着他们动物保护局的救助工作，还有救助中发生的趣事，熟与不熟的，一顿饭下来，大家多少也都熟了。

夏耳也喝了酒——新疆的夺命大乌苏，这种饭局上，不喝是不礼貌的。不过她酒量不大，喝了一瓶多就有些受不了了。

酒桌上少不了吸烟，夏耳讨厌烟味，加上饭局时间长，酒气一点点发作，她有点受不住，决定去洗手间洗把脸。

她到了洗手间才想起自己化了淡妆，不方便洗脸，只能接点冷水，轻轻拍在脸颊上，让自己清醒一些。

有点晕，她不应该喝第二瓶的。

夏耳懊悔地抬起头，镜子里的女孩儿脸颊红扑扑的，带了点儿娇憨，一看就知道喝多了。

她收回眼，朝水池甩甩手，用冰凉的小手捂住脸颊，晕乎乎地往回走。

一出门，就在走廊里碰到了陈岁，夏耳的脚步顿住。

她的手一点点放下去，软趴趴地垂在身侧。

陈岁转过身，清寒的眼睛直直看过来，似乎想说什么，又忍了下去，嘴角微抿。

这里只有他们两个，没有第三人在场，要是一声不吭就走，那真是尴尬极了。

更何况，他们从重逢到现在，还一句招呼都没打。

夏耳抬手，把耳边的鬓发别过去，细声细语地说："你也出来了啊。"

"嗯。"

夏耳不知道还能说什么，挠了挠掌心，说："卫生间现在没人，你进去吧。"

陈岁看她，沉声回答："我不去女厕。"

"噢，对，你是男的。"夏耳像是才想明白这件事，为难地回头看了一眼，"可是男厕我也不好帮你看呀。"

陈岁一直紧绷的嘴角在她说完这句话后，终于动了动。

"没什么酒量，还学人家喝酒。"

夏耳伸出手，拇指和食指捏在一起，露出大概一毫米的缝隙，小声辩解："我就喝了这么一点点，很少一点，我怎么知道这乌苏酒劲儿这么大呀。"

陈岁扯了扯嘴角，说："对，都是酒不好，所以回去就别喝了。"

夏耳小声应了一句："知道了。"

"以后也少喝。"

"哦。"

陈岁又盯着她看了会儿，伸出一条手臂横到她面前，说道："走吧，扶你回去。"

虽然在醉酒中，但夏耳的心头还是跳了一下。

但她知道，陈岁是好意，她稍微喝多了一点点，陈岁扶她，也是出于绅士风度。

她抓住陈岁的手臂。

可就像一场梦似的，明明在飞机上还以为一辈子都见不到的人，这会儿却牵着她，怎么不像在梦中?

夏耳头重脚轻，步伐虚软，像踩在棉花上，连她自己都分不清是现实还是梦中。

她怀里的手臂是坚硬的，充满力量的，是可以依靠的。

她在走廊里抱住他的手臂，忽然用很轻的声音，问出了那句不管在梦境中还是现实中，她都很想问出的话。

“陈岁，这些年你过得好吗？”

她的声音又轻又柔，因为醉酒，又带了点儿鼻音。

话一出，陈岁的步子明显僵了一下。

他侧过头，看向身旁的女孩儿。

她乖乖地站在一边，绯红的小脸仰起来瞧他，杏眼里像是流淌着银河，灿若星辰。

多年不见，夏耳长大了不少，眉眼也长开了。

以前是个乖乖的、不爱说话的小女孩儿，如今稍微长高了一点儿，打扮比以前也成熟了，只是那张脸上满是未经人事的单纯与天真，一看就没被社会沾染过。

如果是别人问出这句话，或许还有客套、虚情假意的嫌疑。

但是问出这话的人是夏耳。

若说世界上只有一个人会对他敞开绝对的赤诚，那么那个人只会是夏耳。

陈岁嘴角微抿，拉着夏耳往前走，说：“我这不是挺好的。”

夏耳没说什么。

她觉得自己有点奇怪。

希望他好，又不希望他好。

他好当然好，可那又代表着，对他来说，她在他的生活里无足轻重，他的生活也有他的精彩，她只是一个他人生旅程中的“旅客”；假如他过得不好，她心里就会因此微妙地好过一些——噢，原来他也在受折磨。

两种复杂的心态交织下，夏耳仔细想了想，还是希望陈岁过得好的。

喜欢是她的事，他从来不曾知晓，因为他不喜欢她，她就希望他过得不好，那这样也太过“唯我”。

世界不是围绕她转这个道理，早在夏耳几岁时就已经懂得。

陈岁带夏耳回了酒席，大家还在喝。

杜雨薇看到他俩一起回来，目光在夏耳身上停了停，却也什么都没说。

没有人怀疑他们的关系，都只当他们是在上厕所时碰上了而已。

酒局后半场，夏耳听陈岁的话，就没再喝了。

局长还在劝她吃东西，可她已经吃不下了，还不知道这酒局什么时候才能结束。

她实在无聊，就去看陈岁。

局里来吃饭的人多，这种饭局，位置也是有讲究的，肯定是职位越高，资历越老，坐得越靠近领导，陈岁是今年才来的新人，就跟杜雨薇坐在了一起。

杜雨薇不知道在跟陈岁说什么，陈岁静静听着，偶尔会附和两句。

俊男靓女挨在一起，怎么看都是般配的。

夏耳悄悄看了两眼，冷不防身边响起一个声音：“怎么样，你也看上我们山夕哥了？”

她吓了一跳，转头一看，孙昊一脸“我就知道”的表情看她。

夏耳没说是，也没说不是，而是抓住他话里的关键字反问：“为什么要说‘也’？”

孙昊暗暗朝杜雨薇的方向扬了扬下巴，说：“山夕哥旁边那个，就是我跟你说的，为了追他专门从别的地方调过来的，可能是家里有什么背景吧，反正挺直接的，局里都知道。其他女同事对山夕哥多少也有点意思，但都没她那么猛。”

夏耳看他一眼，惊讶地问：“这你都知道？”

孙昊表情得意地说：“那当然，我们每天干的都是体力活，一直干活也挺无聊的，就八卦呗。”

夏耳又问：“那山夕哥怎么会来这儿工作啊？感觉他……看着不像会做这种工作的人。”

“不知道。山夕哥这人不太爱说话，高冷，八卦打听不出来。一开始我们都不敢跟他搭话，后来接触了一个月吧，发现他人还挺好，慢慢才熟的。”孙昊也不好这么光明正大地八卦同事，稍稍凑近夏耳，“不过也正常吧，山夕哥家有钱，富二代，找地方混日子呗。”

夏耳却不觉得。

混日子什么地方不可以混，为什么要跑到遥远的新疆来？

从机场到青河县开车都要四个多小时，放眼望去，要么是广袤无疆的荒原，要么是皑皑的雪山，偶尔打开手机，连信号都没有。如果不是因为某些原因，谁会放弃繁华的都市呢？

夏耳没有再问，也没什么八卦的心思，陈岁怎么样，她不需要靠八卦来了解。

新疆这边天黑得晚，他们从吃饭的地方出来，天才彻底黑透。

陈岁没喝酒，拉着一车人回到住所，有喝了酒兴奋的，带着其他同事在车上放声高歌。因为喝醉了，听起来鬼哭狼嚎，他们唱的是《还珠格格》的主题曲《当》。

夏耳还是有点晕乎乎，但思维是清醒的，她看着前面开车的男人，在昏暗的光线里，只有一个他模糊的剪影。

一车的醉汉，跑调的歌声，只有他们两个保持理智的人。

这感觉是奇异的，光明正大，又无人知晓。

车子开回住所，一群人从车上下来，一个扶一个。

陈岁锁了车，回来看到夏耳还在等别人进去，刚要说些什么，自他身前经过的男同事脚步一软，差点栽倒，陈岁连忙扶稳。

夏耳见到陈岁在忙，朝他点点头，跟着那些人上楼了。

她回到局里给她准备的房间，伸手开灯，拉上窗帘，把白天随便放的证书拍了个照留做纪念，随后收好，又从包里掏出洗漱用品来，放到桌子上，俯身又要从包里拿东西，余光瞥见什么，她的动作突然一顿。

桌子上似乎多了个原来没有的东西。

是橘色的，柚子形状的东西，还有一根充电线。

夏耳不知道这是什么，拿起来瞧了瞧，有点沉甸甸的，还有一个按钮和一个小孔。

她把充电线插上，食指按了一下按钮。

小孔开始“嗞嗞”喷出水雾来。

是加湿器。

确认这个东西是什么之后，夏耳的眉头倏尔一松。

在海城待久了，习惯了那里湿润的气候，相比起来，新疆就有点干燥了。

想不到这边这么贴心，还会给她准备加湿器。

夏耳忍不住会心笑了一下。

第二天，夏耳跟随动物保护局的人一齐到河狸保护区去，跟工作人员一起参与河狸的救助。

开车过去的路上，可以见到没有完全被积雪覆盖的松树在荒原中挺立，遥远的雪山夹着墨色，像是天公不小心打翻了墨，不规则地倾洒在雪山之中。

这是只有在辽阔疆域才能见到的景色。

此时是冬天，河狸们都藏在水下过冬。

魏局长对夏耳说：“你现在来的时候不太好，等三月份再过来，河狸开始活动了，你就能看到出来觅食的河狸，肥肥的，油光水滑，很可爱。”

夏耳还没见过河狸，听描述就感觉很萌，心动又遗憾。

工作人员向夏耳介绍：“河狸宝宝们以树皮和树枝为食，很多人一听河狸这个习性，就会觉得它们是环境的破坏者。其实小动物都是很聪明的，像河狸它不会挑树木稀疏的地方啃，反而会挑茂密的地方，每一棵树只啃几根树枝。而且你可能会在河狸窝附近看到柳树，其实有的就是河狸插下的柳条长大的，所以它不仅没有破坏环境，反而比人类贡献更大。

“因为牧民放牧，对生态严重损害，河狸宝宝们粮食急缺，我们才不得不向社会请求帮助。现在一共只有不到两百只河狸，再这样下去，它们不仅没有粮食，连家也没有了。所以真的非常感谢您的善款救助，您不知道您拯救了多少河狸。”

夏耳好奇地问：“可是这些河狸都在水下活动，你们是怎么确认数量的？”

工作人员笑着说：“河狸过冬也会储存粮食，把食物堆成堆。有食物堆的地方，附近肯定有一窝河狸。我们只要根据食物堆的数量，就能确定有多少只，再根据食物堆的体积，估算出这个家族的成员数量，进而得到河狸现存数量。”

夏耳觉得好神奇，大自然有大自然的生存之道，人也有人的法则，人却能够通过观察计算出这些，一定是非常细心非常热爱动物的人才会注意到这些事情吧。

人类身为地球的统治者，就总以为自己凌驾在所有生命之上，可以漠视其他物种的生死。

但在地球上，也有这样的一群人，在救助着、爱护着那些跟自己完全无关的生命。

不单是因为爱，还因为他们在平等地对待其他生物，尊重它们。

夏耳原本只是觉得河狸可爱，就这样灭绝了很可怜。

但现在，她亲眼看到这些人所做的事，才知道这是一项多么伟大的工作，才意识到这一百万并不是随手救助。

它起着非常有意义的作用。

夏耳跟这些人沿着河岸继续往前走。

工作人员继续跟她说明他们平时的工作，还有河狸的生活习性，以及救助的打算，对未来的工作规划等。

忙到下午，差不多饿了，大家就到附近吃午饭。

夏耳一直在室外，确实也冷了，于是跟着他们一齐往回走。

回去的时候，她下意识地往陈岁的方向看，陈岁也刚好在看她。

两人的视线在空中相撞，随后，他们都很有默契地，一步步地在热闹的队伍中慢了下来。

前面的动物保护局的同事们，你一言我一语地耍贫。

他们俩跟在最后，在冰天雪地里，深一脚浅一脚地走。

陈岁穿着黑色的大衣，戴着手套，脚下穿着靴子。

夏耳是浅蓝色的厚棉服，棉服的帽子有一圈白色绒毛，她戴着帽子，一圈绒毛衬得她小脸通红通红。

四周都是皑皑的白雪，还有堆了积雪的枯树。

夏耳抬手，试图用掌心焐热小脸，低头踩着别人踩过的脚印。

陈岁问她：“冷不冷？”

夏耳朝他笑了下，说话的时候冒出一团白气：“就没来过这么冷的地方，快冻死啦。”

陈岁见她这个样子，不由得笑了下，说：“一看你就没来过西北，这可不是闹着玩儿的，还敢穿这么少，胆子真肥。”

夏耳听他这么熟稔的口气，愣了下，好像两个人就没分开过似的。

她没露出什么不对劲的地方，不动声色地往下接：“你干吗这么老气横秋地教育我，你常来西北啊？”

陈岁神色淡淡的，说道：“嗯，大学在西北上的。”

想不到他居然就这样说出来了，夏耳的心中波澜微荡，但还是装作惊讶的样子：“西北？我还以为你去复旦了。”

“没有。”陈岁说，“我没报。”

夏耳听他这样说，心里微微刺了下。捂脸的小手有些冻僵了，她揣回兜里，问他：“你怎么没报？陈叔叔不就是为了让你考复旦，才带你去海城的吗？”

“是啊。”他淡然地应和，“所以才没报。”

“为什么？”

夏耳下意识追问，问完就后悔了。

这问题很愚蠢，还能因为什么？陈广在海城，想让陈岁考复旦，一旦他上了复旦，那不就要经常跟陈广见面？

他那么讨厌他爸爸，怎么会想跟他爸爸在一起，除非他疯了。

夏耳嘴巴张了张，到底还是没说话。

她以为陈岁不会想说的。

陈岁远目眺望，白茫茫的原野一望无际，天地快要融为一体。

他一身黑色，在冰天雪地中，是那样的纯粹。

“他为我选了很好的专业，也铺好了毕业后的路，前途一片光明。但我厌恶他所谓的光鲜，更不想走他安排的人生，不想沾染什么生意场，而且我……”

他低缓的嗓音停了停，喉结滚动。

再开口，换了一个很茫然的语气。

“我怕我以后，也会变成他那样的人。”

夏耳从来没有见过这样的陈岁，他目视前方，好像在看什么，又好像什么都没看，透过茫茫雪地望向不知名的前方。他什么都看不到，也什么都抓不住，没有目标，没有方向。

他一向是沉稳的，也只有这个时候，她才在他身上看到一丝“破绽”。

打破那些完美表象，他也有属于“人”的一面，也有未知和茫然。

夏耳是理解的，他那样的家庭环境，还有他曾经经历过的事情，让他确实没有办法接受陈广。

那么厌恶一个人，又怎么会想要被那人摆布，或者有一丝一毫成为那人的可能性。

“不会的。”

夏耳的声音蓦地响起，柔柔的，就像一滴水滴进陈岁的心湖，让他的世界开始有了声音。

“世界上没有两片完全相同的叶子，也不会有两个完全相同的人。所以，你跟陈叔叔是不一样的，你不要乱讲。

“脱离家长的管束，的确是一件很好的事情呀。你去读你想读的大学，做你想做的工作，这就是很棒的。很多人在三十岁之前，其实都不知道自己到底想做什么，你能想清楚，就已经超过大部分人。

“别再想这些啦，陈岁，你看。”

夏耳笑眯眯的，对天空张开手臂，微微仰头，闭上眼睛，像是在拥抱这个世界。

“现在，世界是你的了。”

在青河县的第二天，夏耳一直都在“参观”中度过。

体验、参与、听工作人员讲解、拍照留念，一切都很官方。

在新疆地区有很多濒危动物需要救助和保护，他们正是负责这一片区所有的保护动物。

有的是父母干这个，他们从小耳濡目染，所以自然而然选择了这个行业；有的是喜欢野生动物才到这里来；还有的是纯粹喜欢新疆……各有各的原因，但大家都是温暖善良的人。

一整天下来，夏耳对大家的印象都很好，大家也都很喜欢夏耳，欢迎她等三月份的时候再来新疆玩儿，再次见面就是“私人行程”，不过他们仍然会给她最热情的招待。

晚上回去，大家都很热情地要加夏耳的微信，夏耳没拒绝，拿出二维码让大家扫。

陈岁在不远处看着，一个人在那边抽烟。

孙昊早就跟夏耳加了微信，所以他也杵在一边，发现夏耳时不时看一眼陈岁。

他眼珠一转，猛咳一声，故意质问夏耳：“怎么回事啊，谁都加了，为什么不加我们山夕哥呢？不给我们山夕哥面子是不是？”

夏耳被问得一蒙，茫然地“啊”了一声，微微张嘴看向陈岁。陈岁靠在窗边淡淡瞧过来，抿唇不语。

隔着满屋的人，夏耳跟陈岁对视，心头轻轻颤动。

要加吗?

可是大家都在加，他没过来加，就是不想加她吧?

两人一时都僵在那儿。

杜雨薇看了他俩一眼，说："应该是早就加过了吧，他俩不是挺熟的嘛，中午还看见他们在一起说话呢。"

她这话一说，大家都深以为然，就没再注意他们两个。

按照夏耳以前的性子，如果杜雨薇这样说了，她就算再想加，也必然不会好意思去加。

会害怕别人嘲笑她怎么会这么不矜持之类的。

但现在……

夏耳心头微松，大方地走到陈岁面前，举起自己的二维码，问："要加个微信吗?"

陈岁讶异地看了她一眼，像是第一次认识眼前这个女孩一样。

举着手机的她娇小可爱，指甲莹润有光泽，指腹粉嫩，满怀期待地看着他。

陈岁轻抿的嘴角微微挑了下，说："都聊了这么多次了，你还没问我要微信，以为你不想加我呢。"

陈岁平时走到哪里都被女人追，这点是所有人的共识。

他这样说，倒像是早对夏耳有意思，等着夏耳来跟他要联系方式一样。

夏耳从小语文就拔尖，理解能力当然是非常好的，她听懂了陈岁话里隐含的深意，耳尖都红了。

明明两个人早就熟了，他怎么还……

夏耳红着一张脸，看回去，小声埋怨："那我是女孩子，你为什么不主动一点来加我啊?"

她声音本来就软，这样反问，就带了点儿嗲。

长大了，胆子也大了，确实跟以前不一样了。

陈岁收回视线，掏出手机来，指尖在屏幕上飞快点了什么，随后伸到她面前，语气淡淡的："那我主动点，能加下我微信吗?"

孙昊在一旁听得捂紧腮帮子，倒吸了一口凉气，说道："怪不得我找不着对象，跟小姑娘聊天这一块儿，确实是比人家山夕哥差远了。"

其他同事也是大开眼界。平时陈岁在动物保护局对女的那股冷淡劲儿，简直让人怀疑他的性取向。

这会儿他在夏耳面前说的这些话，要不是他们亲眼所见，真不敢相信是陈岁说的。

所以原来陈岁并不是对女孩子不感兴趣。

有人去看杜雨薇，她一直看着陈岁的身影，脸色已经有点不好看了。

当着这么多人的面，夏耳不由得耳尖发热，她红着脸颊，点亮已经暗下来的屏幕，重新扫上陈岁的微信。

“叮”一声，屏幕上跳出一个微信名片，名字那里是一个繁体字：“陳”。

夏耳默默发送验证，在心底碎碎念：透着一股冷淡，还怪符合他这个人的。

没多久，陈岁通过了她的好友验证，她看到好友列表里多出来一个人，还有系统自动跳出来的那句“你们已经是好友了，快来聊天吧”。

夏耳按灭了手机。

晚上吃了饭，这回没开车，反正离住处也不远，大家就一起往回走。

一开始那群男人都在积极跟夏耳说话，夏耳瞄了陈岁一眼，非常巧合，两个人又在夜色中对视了一下。

她明天就要走了，她跟他匆忙而又毫无防备地重逢，还没怎么说过话，却马上又要分别。

她想叫住他，但是当着这么多人的面，她不想把两个人的关系公开化，也不想被他们起哄。

可要是就此错过，她又非常不甘心。

已经不甘心了一次，她没法容忍再有第二次不甘心。

她握紧拳头，暗下决心，随后转头，充满歉意地打断旁边说话的男人：“等一下，你们先回去吧，我、我鞋垫有点歪了，要整理一下。”

她脸颊红红的，看起来尴尬又窘迫。

其他人听了啼笑皆非的，说：“你也不用这么直白吧？撒个谎也没事儿啊！”

“快弄吧！一会儿都移出来了。”

她找了这么真实的借口，其他人不疑有他，继续往前走，留夏耳在后面蹲下整理鞋垫。

夏耳假装蹲下，手指往雪地靴的缝里掖。

等跟人拉开一段距离，夏耳起身，没想到蹲得太突然，猛一下站起来，眼前蓦然发黑，身子摇晃，差点要摔倒。

一双有力的手立即握紧她的手。

她轻轻倚靠在陈岁身上，身子不晃了，很快稳住身形。

夏耳仰起头，看到陈岁不知何时走了过来，微微俯身伸出手臂，就那么被她倚着。

她的肩膀靠在他的腿上，她仰头，他垂首，在寒冬的夜里静默对视。

好像有一年冬天，他们也曾在寒夜里这样对视过。

那时，她祝他永远开心。

也不知道他这些年，有没有履行她的祝愿。

陈岁手上用力，一把将夏耳从地上拉起来。

等她站稳后，他收回手，一如既往地揶揄她："你还真打算把鞋垫掏出来啊？"

夏耳嗔怪地瞪他一眼，没什么攻击力，小女孩撒娇一样。

"你能不能别提这个啊？"

陈岁忍不住笑，夏耳脸颊绯红，闷头往前走。

陈岁就在一旁跟着。

两人肩并肩，在夜色中往回走。

陈岁问她："机票买了吗？几点的航班？"

夏耳说："还没买，待会儿回去再买吧。"

"行，买好告诉我，我送你去机场。"

"嗯。"

人生地不熟，她也不想自己一个人赶车坐大巴，听说阿勒泰机场往这边发的大巴一天才一趟，她不喜欢赶时间。

说完这个话题，两人又沉默了下来。

分别这么多年，也许他们都有话想说，但是都找不到合适的契机开口。

成年人了，很多话说出来太矫情。

就只适合压在心底，没事儿翻出来想想。

而且活了二十来年，也早已明白，不是每件事都一定要求得一个答案。

没结果，也很美。

夏耳想了想，以一个轻松的口吻开口："其实我还挺意外的，没想到你会干这一行。"

"嗯，我也没想到。"

她随口问道："那怎么会想到干这个？"

陈岁回想了一下，说："大四的时候，无聊翻照片，看到高中去博物馆帮同学们拍的照片了。"

"嗯。"

他笑了笑，说："就那么巧，看到照片背景陈列的濒危动物的介绍，写了一句话。"

"什么话？"

"人类正在破坏它们的家园，请大家爱护动物，不要让它们无家可归。

“我那时觉得，无家可归的，有我一个就够了。”

夏耳似乎明白了什么。

因为自己失去了家，所以不想，也不愿让小动物们也失去自己的家。

陈岁语气淡淡的，听起来并没有什么所谓：“反正在西北这边习惯了，实习就直接到这边来了。一开始的时候，大家都说我干不了这个，也都不让我干。可我觉得，都是人，我没什么干不了的。

“但当时纯粹是觉得该找份工作才来，直到我同事带回来一匹伤了腿的幼马。”

“你治好了它？”

陈岁点头，继续说道：“那时天天跟同事喂它，小马一开始怕我们，后来喂熟了，会用舌头舔你的手心，很乖。我看着它一天天好起来，逐渐能站立行走，慢慢活蹦乱跳，那感觉是很奇异的。

“那时心里一个声音告诉我，原来像我这样的人，也是能治愈一条生命的。”

他说到这些时，眉目不自觉沾了些温柔的颜色，跟从前的冷戾多少有些不同。

是成熟的，与自己内心的某部分达成和解的自在与松弛。

夏耳认真地说：“你当然可以。”

“所以我就爱上了这份工作。我希望能拯救更多的小动物，希望能为它们守护住属于它们的幸福家园。”

十八岁的陈岁，叛逆冷酷，因为一些客观的原因，失去了他的家，像是被世界抛弃了。

二十三岁的陈岁，仍旧冷淡内敛，他开始选择守护别人的家，成为别人的世界。

也许有人在被伤害后，选择蜷缩起来，终其一生，都在想办法治愈自己。

但同样有人因为自己感受过那种痛苦，所以会想办法免除别人遭受同样的痛。

就算被世界伤害过，也仍能重拾勇气，再一次热烈地去爱这个世界。

夏耳的呼吸轻了些，转头注视着陈岁。

他注视着前方，悠然地、毫无所觉地向前走。

比起十几岁，他显然已经成长为一个成熟的男人。

可夏耳还是可以在他身上看到独属于十几岁少年人的热血赤诚。

他还是那么充满魅力。

是她无论在什么时期遇到，都会爱上的男孩。

Chapter 11

/ 伴娘与伴郎 /

回到住处，到了楼梯口，两人就要分别。

夏耳没拐弯，陈岁也没上去。

两人就站在那儿。

夏耳摸了下头发，指了指走廊，说：“那我先回去了。”

陈岁点头，提醒道：“记得买机票。”

他看了眼时间，继续说：“不过已经这个点儿了，不知道还能不能买得到。要是买不到的话……”

他尾音拖长，思索的这段时间，夏耳的心都跟着提起来。

像是等待宣判什么刑罚。

半天，他都没开口。

夏耳压抑着自己的心思，不经意地问：“买不到，就……”

陈岁抬手，摸摸她的脑袋，说：“就只能后天走了。我刚才在想你要不要从乌鲁木齐的机场走，不过算了，太远，坐太久车你会累。”

夏耳说不出是高兴还是失望，心情是难言的微妙。

不过看着陈岁棱角分明的脸，夏耳鼓起勇气，直白地说：“不仅坐车会累，你开车也会累呀。”

陈岁愣了一下，随后浅浅笑开，又在她脑袋上揉了揉，说道：“行，小耳朵最心疼我了。”

夏耳心头跳了下，随后开始在心底庆幸。

幸好，人类的心跳只有碰到脉搏的时候，才会被人知晓它的速度。

而头顶，并不会暴露她。

跟陈岁分开后，夏耳回去洗漱，穿着睡衣躺在床上看着白色的棚顶。

这是她在新疆的最后一个晚上。

当然也可能是倒数第二晚，毕竟机票要明早才能买了。

不过不管是第几个晚上，她与陈岁的相聚都很短暂。

分别在即，她非常不舍，却又没有那么多不好的情绪。

知道了他在哪里，就不会像以前一样，分开就代表失联。

感谢现代通信，她跟他拥有了联系方式。

夏耳想：其实还是可以再见面的。

假如从前她能有几分勇气，大胆向前迈出几步，也许他们就不会在毫无联络的情况下生生错过了。

她就会告诉他，她报了复旦，或者跟随他一起，到西北上学。

总不会是一无所知。

那天杜雨薇说的话，一直印在她脑海里。

杜雨薇说，不期而遇才是缘。那这样论来，她跟陈岁算是有缘的吧。

相信缘分不会只有一次，既然老天诚心要再帮她一把，那么这一次，她不想，也不会再像当初那样胆怯了。

也许分开这几年也是好的。

陈岁在成长，她也在成长，他们都成了更好的自己。

她要勇敢一点面对自己的心。

不管是对感情，还是对感情以外的事。

第二天，夏耳是被短信提示音吵醒的。

她拿起手机一看，见到是航空公司发来的航班提示，告诉她购买的 ×× 航班头等舱座位已出票。

她看了一眼就放下了。

夏耳刚准备继续睡，却突然想起了什么。

她昨天没买上票。

今早还在睡觉。

那机票是谁买的?

夏耳又看了眼时间，离起飞时间很近了，她不得不起床洗漱，洗完回来收拾东西。

没一会儿，突然有人敲门。

夏耳回过头，说：“请进。”

门被推开，杜雨薇带了一大包东西来，面带微笑地说：“你起这么早啊？我还以为你没起呢。这是我们的一点心意，不过不是什么贵重的东西，你千万别嫌弃啊。”

她把袋子放到夏耳的包边上，夏耳一看，发现都是一些新疆的特产，果干之类的。

夏耳受宠若惊地说：“怎么拿这么多啊！”

“你可以带给你爸妈嘛！像我每次回家，都要帮家里带一些特产，他们都很喜欢的，而且这次你来的时间短，也没怎么招待好你。”

夏耳也不想浪费人家的一片心意，没多推辞，就收下了。

杜雨薇松了口气，随后问：“你还有什么东西没收吗？我帮你收一下吧。”

“没什么了，基本都收好了的。”

杜雨薇在房间看了一圈，最后视线落到桌上的加湿器上，笑容僵在嘴角，声音多少有些不自然起来。

“这个加湿器是你的吗？怎么没收？”

夏耳忙着收拾那些特产，头也没回地说：“嗯？不是我的加湿器，我那天回来桌上就有了，不是你们准备的吗？”

杜雨薇突然笑了下，却不是那种开心的笑，是那种因为什么也说不出来，无力且自嘲的笑。

她冷冷地问：“你是真的不知道，还是装的？”

“什么？”

杜雨薇指着桌上那个橘色的加湿器说：“这个加湿器，是陈岁的。你明知道是他给你的，故意这么说，就为了向我示威吗？”

夏耳看了杜雨薇一会儿，说：“如果你非要这么觉得，那就这么觉得吧。”

她把所有东西收好时，陈岁给她打电话，说：“我在楼下等你。”

“好的，谢谢。”夏耳说。

她穿好衣服，背上背包，礼貌性地跟杜雨薇挥手道别：“我走了，有缘再见。”

从楼上下来，陈岁在局里专用的面包车旁边等她。

新疆这边天亮得晚，黑得也比较晚，出来的时候，天还有些暗。

陈岁正在打开空调，吹化车玻璃上结的霜。

孙昊也在拿抹布擦那些化开的水珠，见夏耳出来，还跟夏耳打招呼。

陈岁对她甩了下头，说：“上车吧，早饭在车里。”

“嗯，谢谢。”

夏耳上了车，孙昊跟陈岁在外面忙活了一会儿，也坐进了车里。

孙昊说：“你起挺早吧？在车里睡一会儿吧，还有四个多小时呢。”

夏耳笑眯眯地说：“好的，也辛苦你起个大早了。”

等陈岁发动车子时，夏耳想到什么，问他：“机票是你买的吗？”

“嗯，怕你起不来，随手就买了。”

“那我把钱转给你。”夏耳说着要掏手机。

“不用。”陈岁打断她，“局里给报。”

孙昊在副驾驶接腔：“对对，我们能报的。对了，夏耳，你的行程单还没给我们呢。”

夏耳忍不住还嘴：“头等舱也给报吗？”

“头……呃，只能报经济舱。”

夏耳就去看陈岁。

机票只报经济舱，高铁报二等座，她早就知道。她那句话不是为了噎孙昊，而是故意说给陈岁听。

因为他给她买的是头等舱。

陈岁看着前方的路，淡淡地开口：“也没多少钱，一定要跟我这么客气吗？还是回了海城，就不打算联系了？”

夏耳连忙解释：“我没……”

“没有就好。”陈岁漫不经心地应道，“以后再慢慢还。”

去机场这一路，夏耳还是睡过来的。

机场的安检很严，他们没办法把她送到里面，只能到航站楼外面就作别。

下了车，夏耳站在入口处，回头跟陈岁和孙昊挥别。

她马上就要离开新疆。

再次跟陈岁见面，还不知道是什么时候。

“落地后，记得发个消息。”

“知道了。”

“明年要是还有来这边的打算，记得提前打招呼。”

闻言，夏耳心思一动，大胆地望着陈岁，问：“那你会来接我吗？”

她的笑像是春日枝头上最明媚的那朵花，让人生了想要采摘的心。

这样满怀期待的笑脸，相信世上任何一个人见了都不会忍心辜负。

陈岁的心有些痒，许是被她话语里那些软意挠的，怎么都解不了这痒。

他浅淡地勾了下嘴角，说：“当然。”

孙昊看了眼时间，忍不住催促：“快进去吧，一会儿值不上机了。”

夏耳又深深看了陈岁一眼，试图靠这一眼，就把他永远刻在脑海里。

她太害怕分别了，不知道为什么，前半生她跟陈岁总是在分别。

小时候待一起没几年，他就跟家里去了安城；好容易回来，才待了一年，他又离开了；这次新疆偶遇，两三天的重逢，他们又将分开，下一次见面，又会是何时？明年三月吗？那她又能在新疆待多久？走了之后的下一次呢？再见面又将是何年何月？

夏耳没再往下想，想多了也是自寻烦恼。离别的愁绪笼在心头，她将其埋在心底，最后留下一个笑脸。

她问道：“陈岁哥，这一次，我们可以常联系吗？”

陈岁怔了一下，说：“会常联系的。”

夏耳晃了晃手机，笑道：“现在已经有微信了，这次骗不到我了哦。”

说着，她跟孙昊挥了挥手：“拜拜，我进去啦！”

“行，跟我也常联系啊！”孙昊扯着脖子喊。

“嗯！”

夏耳背着包，嗒嗒嗒跑进机场大厅，很快就没了人影。

陈岁望着玻璃门内消失的身影，久久没有收回视线。

孙昊侧头看他，问：“什么骗她？你还骗过她？”

陈岁喉结滚了下，从舌根开始泛苦。

“嗯。”

“啊？怎么就骗人家了？你不地道，骗人家小姑娘。”

“我不仅骗她，还骗过她两次。”

他答应过她，要跟她常联系。

也答应过她，要天天开心。

可惜，他是个很差劲的人。

他没有常跟她联系，也没有像答应她的那样，做到天天开心。

夏耳在飞机上没有睡，一直在发呆。

杜雨薇说过的话，一直在她脑海中回响。

那是陈岁的加湿器。

为什么会在她的房间里？

是啊，为什么？

她只能想到那天陈岁第一次送她去住所，她跟杜雨薇从楼上下来时，陈岁不在车里。

后来陈岁是从住所里出来的，他说上去取了点儿东西，至于取了什么，她没看到，也没有注意。

他是在那时候放的吗？

他为什么会在她房间里放加湿器？

那个时候，他们第一天重逢，还没有建立联系，更没说过几句话。

他却担心她在新疆会不适应干燥气候。

夏耳想了一些，就不敢再想下去了，想得太多，是没什么好下场的。

十几岁时也是这样，后来那些可笑的想法在杜雨薇面前被击得粉碎，也让她打破那些幻想滤镜，明白了一个道理——

陈岁只是单纯的很好，一直都这么好。

所以，就算是他给她送了加湿器，也只是因为他们曾经的关系而已。

不能因为先送加湿器给她，后跟她建立联系，就觉得这有什么。

如果顺序颠倒过来，她还会这样想吗？

很显然是不。

她不想再重蹈十六岁的覆辙，陷入自恋的情绪中去。

喜欢一个人，就总是喜欢美化他的行为，放大他对自己的关注。

如此这般劝诫自己一番，夏耳慢慢冷静了下来。

心里面想着明年三月份再见到陈岁，他们又会怎么样。

但是她万万没想到，她会很快再次见到陈岁。

从北疆回到海域，夏耳竟然感受到了海城冬天的暖。

回来后，夏耳再刷手机，流畅的信号让人想要落泪。在青河县时，信号总跟不上，人跟人的交流几乎回到了从前。

先是主编的催稿。

“亲爱的，新书写得怎么样了？在新疆有没有找到什么灵感？”

“有什么思路咱们可以聊一聊，帮你一起构思呀！”

再是大学室友李霏霏的消息。

“姐妹！我下个月要结婚了，你有空来参加我婚礼吗？”

“我还缺一个伴娘，你懂我的意思的吧？”

她们六月毕业，那时候她们还是单身，这才半年，她的室友居然就要结婚了，好快。

感叹的同时，夏耳又有些惘然。她们才脱离校园不久，在她的认知里，还没能摆脱学生这个身份，而她的同龄人居然就要走入婚姻组建家庭了。

夏耳打字回复：“恭喜！伴娘我会去的，你给我个时间地点。”

李霏霏：“下个月 8 号，是周日。不过不在海城，在蓉城，你有时间的吧？”

夏耳：“有的。”

李霏霏发来个酒店地址，说：“到时候直接来这里。”

结束聊天，夏耳直接订了去蓉城的机票，然后给爸妈打电话报平安，说了自己去了新疆的事儿。

她没有在去之前说，说了只会让爸妈每天惦记，所以不如先斩后奏。

她顺便还说了下自己碰到陈岁这个事。

徐凤琴长长“哟”了一声，很唏嘘的语气：“这孩子怎么跑那里去了？”

夏耳解释：“他比较喜欢那些小动物，就去了。”

徐凤琴问道：“陈岁现在咋样，变模样没？挺好吗？他有没有对象呢？”

夏耳回道：“都挺好的。”

大概聊了几句后，徐凤琴叹了一声：“你们两个孩子还挺有缘的，跑这么远也能碰上。”

夏爸爸的声音遥遥传过来：“你让我跟闺女说两句，别拿着那个手机一直说，行不？”

“我跟闺女还没说完呢，你抢什么抢，一边儿等着去！”

“你都说了多长时间了，我还一句话没跟孩子说呢，光听你说了。”

爸妈就这么拌起嘴来，让夏耳哭笑不得，对手机说：“妈，让我跟爸说两句吧。”

夏爸爸有人撑腰，说话都有底气了：“听听，闺女说了，要跟我说话。”

徐凤琴这才不情不愿地把手机递过去。

夏爸爸开心地问：“闺女，什么时候回来过年？爸爸买了两百多块钱的猪肉，等你回来给你做排骨吃。”

夏耳听了父母的声音，心里面感觉一阵暖意，比从严寒之中回到温暖的房间还要暖。

她不自觉地想对着父母撒娇：“还没确定呢。我舍友马上要结婚了，等参加完她的婚礼再定嘛。”

夏爸爸说：“今年过年早，一月就过年了，你也早点回来，别在外边儿待太久，晚了就不好买票了，春运时人老多呢。”

“知道啦！”

“你舍友都结婚了，你也别单着，是时候该找一个了。虽然说咱们闺女长得漂亮，又这么优秀有才华，但是有条件差不多的呢，也得给人家一个机会。”

夏耳控制不住脸上的笑，说道：“我这不是还没碰到合适的嘛。”

“大学四年没碰上，这都毕业了，得啥时候才能碰上？正好你不是要去参加婚礼吗，那么多同学都参加，万一碰到合适的了呢？”

夏耳赶紧说：“爸，我先挂了，有个稿子要交，来不及了。”

“那行，闺女，快去写吧，爸不耽误你了啊。你多穿点，别老熬夜，不管多晚起来，也得吃早饭，知道吗？不然不就把胃饿坏了吗？身体才是革命的本钱，没有好身体，就啥都没有……”

徐凤琴一把抢过手机，还没靠近话筒，就吐槽道：“行了，拿过来吧，没听闺女都不说话了，你还在那说。”说完，又对夏耳说，“你去忙吧，记得早点回家。”

挂断电话，夏耳算了算，她上次回家还是去年五一的事情了，毕业到现在还一次都没回过家。

爸妈一定特别想她。

她忽地又想起，不知道陈岁这几年间在西北那边，有没有回过家。

多少也应该回过的吧?

夏耳没再想了，她从机场回到在海城的住处，打开电脑开始构思新书大纲。

这次去新疆，她确实有了一个模糊的想法，但是具体的，还需要把大纲定下来才能细化。

大纲是把想法具体化，人设是用来适配这个故事，人设不同，故事发生的细节也千差万别。

关于新书，她这个模糊的想法，还是受了陈岁的启发。

在他说起为什么会到新疆做动物保护这份工作的时候，她觉得，这项伟大的工作，需要那么一个人和一支笔去讲述，把他们的辛勤和伟大说给所有人听。

她愿意去当这个人。

只是该讲一个怎样的故事，她还没有想好。

在参加婚礼前的日子里，夏耳一直都在专注这件事，可惜一直没能定下来。

很快到了室友李霏霏结婚的日子，夏耳飞到蓉城，参加她的婚礼。

李霏霏不是本地人，是从别的城市嫁过来的，所以新郎明天会到酒店来接亲。

有个伴娘是李霏霏的高中同学，还有个伴娘跟夏耳一样，也是李霏霏的大学室友。

虽然分别才半年，但是大家彼此都非常想念。互相拥抱了下，她们开始叙旧，谈着各自的事业和生活，最后聊到李霏霏突然结婚的事情。

李霏霏说：“其实也没有很突然，我跟他是打游戏认识的，他大学毕业后去了海城，我也在海城，就这么见面了，没多久便在一起，因为互相都比较熟悉，就也没什么磨合期，结婚也是自然而然。”

她说起这些时，一脸幸福的样子。

夏耳看到朋友得到幸福，也为她开心。

“伴娘服在那边，你们要不要先试试合不合身?有哪里不合身，今晚还能改。晚上我们还要去一趟结婚的酒店，彩排一下婚礼流程。”

另一个室友说：“那看来今晚就能见到这位神秘的新郎官的真面目了。”

女孩子们说说笑笑的，很快到了晚上。李霏霏带她们到举行庆典的酒店彩排，也因此见到了神秘新郎。

新郎长得白白净净的，个子一米七出头。

彩排的时候由司仪主持，司仪看到男方只有一个伴郎，问：“其他伴郎呢？”

新郎说：“有个伴郎晚上才到，另一个去接了。没事，流程我们晚上会告诉他。”

“这样也行。”

夏耳第一次当伴娘，发现南北方结婚还是有很多不同的，像蓉城这边娱乐气息比较重，下午完成婚礼仪式，宾客都不能走，因为下午大家还要在一起打麻将、喝茶，晚上吃了散伙饭才能走。

蛮有城市风格的一个习俗。

晚上光顾着跟朋友聊天，大家都没怎么睡好，第二天早起化妆，等待新郎过来接亲。

“新娘的鞋藏好了吗？”

“藏好了！”

“一会儿新郎来了，别随便就让他进门，娶媳妇哪有那么容易，怎么都得多要点红包。”

说着话，就听走廊外面传来很多脚步声，有一个男声在外面高昂地喊：“开门，接新娘子了——”

门开了一条小缝，新郎堵着门口，手里拿着一捧花，李霏霏的高中同学在门边，开始刁难新郎，要他干这干那。

屋子里外的宾客全都在笑，伴郎为了让伴娘开门，拼命地往里面塞红包。

伴娘不为所动，轮流出题为难新郎官。

第三个才轮到夏耳。她不是爱热闹的性子，在心里默默想了半天，刚要开口。

她已经从屋里走到门边，从门缝看到门外的所有人。

当然也包括高高站在最后方的、西装革履的陈岁。

伴郎和新郎都穿西装，这个时候，北方人的身高优势就凸显了，加上陈岁本就出众，剪裁合身的西装穿在他身上笔挺，单薄的眼皮配上那张脸，使他整个人都有一股冷感。

即使身处在热闹中，也天然隔绝在热闹之外。

走廊里和房间内，全都是亲朋们的欢笑声，伴郎们在起哄，伴娘们激动地尖叫。酒店的墙壁，还有房间内，全都装饰得喜气洋洋，到处都是红色的。

在这样的时刻，夏耳穿着白色半裙式的伴娘服，细细瘦瘦的。她站在门内，越过门口的新郎，怔怔看着身穿西装的陈岁。

周遭的什么东西都看不到了，她只能看到他。

怎么会这样?

怎么又是这样?

与海城相距四千多公里的新疆，近两千公里的蓉城，不论相距多远，她总是会碰到他。

明明是别人喜悦的陪衬，但在这一刻，夏耳在遥远的城市里，也好像拥有了自己的小小喜悦。

其他伴娘见夏耳一动不动，拍她胳膊，提醒道："夏耳，你出题呀。"

"啊，我……"

她连题目是什么都忘了，大脑一片空白。

其他伴郎趁着这个空当，像哈士奇出笼那样开始往房间里猛冲。

夏耳首当其冲，被撞进来的男人撞了个趔趄，她下意识去抓门把手，却抓住了一条手臂，伴随而来的，还有一个熟悉的声音。

"小心。"

夏耳今天穿了带跟的鞋，有些不习惯，幸好有人拉她一把，不然很容易崴脚。她勉强站稳，抬头一看，陈岁正居高临下地看着她，双眸微垂，她又看到了他眼皮褶皱处的痣。

有人注意到了他们这边的动静，张口就说："哟，怎么回事，这是又要成一对儿啦?"

夏耳如梦初醒，猛地缩回手，不自在地别了下耳边柔软的发。

她的手臂上还留有他的力道，残存不去。

就跟他给人的感觉一样，接触过，就忘不掉。

一起做伴娘的同学过来问她："夏耳，你没事吧?刚才怎么不出题啊?便宜新郎了。"

夏耳摇头，说："没事，刚才走神了。"

人多不方便叙话，夏耳抬头又看了陈岁一眼，后者朝她扬了扬下巴，示意她先过去。

有些话不用多说。

夏耳喜欢这种心照不宣的感觉，默契属于心意相通的人，满场的人只有他们两个互相懂得。

之后的流程，夏耳很难再做别的事，总是会不自觉想去看一眼陈岁。

陈岁也会看她。

夏耳想：如果连这种场合他们都能遇到的话，这确实是老天注定的缘分了吧。

新郎要把新娘接到婚房去，她们这些伴娘坐在一辆车上，在婚车后面跟着。

李霏霏的高中同学说："我看有个伴郎还挺帅的，霏霏她对象咋想的，请那么帅的伴郎，这不是抢风头吗？"

大学室友说："是挺帅的，也不知道有对象没有，等回头托霏霏问问她老公。"

夏耳听到这里，心里忽然有些不舒服，很微妙的感觉。

不是针对她的同学，也没想针对任何人，大概是跟高中时期一样，有些自私的想法。

想把陈岁私藏起来，不跟任何人分享。

夏耳的手指抠弄裙角，冷不丁地在一旁开了口："他有对象的。"

"啊？你怎么知道？"

夏耳笑了笑，说："我跟他是发小，他高中时就有很多人追了，后来他转去外地我们就没联系了，没想到会在这儿碰上。"

"真的假的？你没骗人吧？"

"有这概率，你都可以买彩票了。"

夏耳看着她们两个，也没闪躲，说道："待会儿下车，你们直接去问他啊，他叫陈岁，生日是八月五号……"

见夏耳说话不似作伪，她们两个就不再问了。

那个高中同学说："问就不问了，但是你们这都能碰上，确实是太巧了，巧得有点不像真的。"

等走完婚礼仪式，宾客们吃完饭，一齐上楼去打麻将。

夏耳跟陈岁两个外地人根本不会打，就到茶楼去喝茶。

喝茶、打麻将、采耳，已经写进了蓉城人的DNA，也是这座城市的文化。

顺着窗户往下看，能感觉到节奏慢悠悠的，所有人都很悠闲。

"你怎么会来当伴郎？"夏耳捧着杯热茶，"还是第一次看你穿西装的样子，挺帅的。"

"是吗？"

陈岁毫无所觉，视线在夏耳身上从上扫到下，缓慢打量，却并不会让人感到冒犯，像是要好好把她认识个遍。

半晌后，他才缓缓开口："我倒觉得你今天有点奇怪。"

夏耳下意识去抚自己的头发，低头检查自己这一身。

确认自己并没有哪里不对劲，夏耳才小心地回问：“哪里奇怪？”

陈岁见她这样，弯唇笑了，伸手把粘在她嘴唇上的长发理到一边，轻声安慰：“别慌，就是觉得你今天怪好看的。”

夏耳一怔，紧接着脸颊一红，缓缓低下头去。

上大学后的这几年，不少人都对她说过这话，她已经学会面不改色地接受称赞，可同样的话从陈岁嘴里说出来，就那么容易让人脸红。

陈岁敛眸给她添茶，说：“新郎是我大学室友，关系不错，早早给我发了请柬，我就来了，没想到会在这里遇见你。”

“这样。”

“本来还觉得过来一趟怪麻烦的，现在——”

他再次拖长尾音，深色双眸定定注视着夏耳，扫过她的眼尾，扫过她因为静待下文，而微启的红唇。

“现在……”夏耳轻轻重复。

“现在，我得给我同学包个大红包。”

夏耳捕捉到他话里的深意，羞怯得想躲，但还是佯作平静，用同样的眼神看了回去。

“为什么要包大红包啊？”

她本就娇憨可爱，装起糊涂浑然天成，想从他口中确认答案。

陈岁用拇指摩挲杯子，微笑着说：“老婆找得好，不值得祝福吗？”

夏耳心头猛地一跳，不确定陈岁说的这个“好”，是不是她想的那种“好”。

是真的在夸她好，还是因为他同学娶了她，所以他得以在婚礼这天，跟她相遇好？

她抿唇，有样学样地说：“那我也要给我同学包个大红包。”

陈岁失笑，问道：“你为什么包？”

“没什么，就觉得我室友眼光好，会挑。”

陈岁一顿，端起茶杯来，若无其事地喝茶。

夏耳嘴角微扬，看向窗外，心情愉悦。

“你什么时候走？”

“晚上吧，我打算直接回织女镇，我爸妈让我早点回家过年。你呢？”

“差不多，晚上飞机，明天赶大巴回青河县。”

夏耳听他这样说，顺口问道：“那你们什么时候放假？”

“快了，二十七左右吧。”

“你回海城过年吗？”

“嗯……”

夏耳点点头，说：“那你这样有点折腾，毕竟坐飞机也挺累的。”

“坐着还累啊？”陈岁扬了扬眉，“娇气。”

夏耳羞恼道：“我不是那个意思……”

“我知道。”陈岁漫不经心地说，“逗你的。”

看她红脸的样子，陈岁忍不住笑了，打趣道：“怎么办啊？你都这么大了，还是个小傻子。”

晚上吃过散伙饭，陈岁跟夏耳一齐打车去机场。

两人一前一后过了安检，没多久，就要分别了。

陈岁带夏耳到特产店，买了一些蓉城特产，兔头之类的，然后把她送到登机口那儿，将特产递给她，说：“这是买给叔叔阿姨的，这么多年没回去，帮我带个好，落地、到家记得都跟我说一声。”

夏耳没拒绝，说：“那你饿了记得买点东西，再晚点机场那些快餐店就都关门了。”

陈岁揉她脑袋，说道：“知道，谢谢小耳朵关心。”

夏耳耳朵一热，回头看了眼登机口处，已经开始检票登机了。

她心里忽然有些伤感，转头回看陈岁，他身姿挺拔地站在她面前，那张张扬帅气的脸，惹人频频注目，他却只低头看她。

怎么又要分别？

她讨厌分别。

她忍不住抬手，摸了下自己耳垂上的痣。

“怎么一脸不开心？”陈岁俯身，“发生什么事了吗？”

“没有。”夏耳摇头，“我在想，到底要什么时候，我们才能不总是离别。”

“小时候，高中的时候，上一次，这一次，还有不知道什么时候再见的下一次。”夏耳轻轻笑了一下，低头看着自己的脚尖，“你知道吗，有个伴娘说咱们两个有缘分，可是谁的缘分是这样的？如果这样算缘分，那我宁愿不要。”

陈岁一怔，食指无意识地蜷了蜷，没有说话。

夏耳没听到他的回答，她也不要他的回答，她只是想把这些话说出来而已。

再次抬头，她仍旧是甜甜的笑脸，挥了挥手，说：“我去登机啦，再见！”

“嗯。”陈岁应了一声，也跟她挥挥手，“再见。”

夏耳背着包，把登机牌交给地勤人员，后者检好票，只听仪器机械性地发出电子音：“欢迎登机。”

她走进登机口，身形很快消失在他视线中。

陈岁不知怎么，缓缓捂住自己的心口。

他们分别四次，前两次都是他离开，她在原地看着他走。

然而这两次，轮到他目送她远行。

陈岁第一次体会到，原来看着别人一点点走远，竟是这样的感觉。

明明是亲眼看着她离开，却总是忍不住懊悔。

懊悔没能来得及好好看她一眼。

夏耳落地时是后半夜，机场彻夜亮灯，永远接待疲惫的旅人。

夜间巴士已经没有了，她打了个车到市区，到酒店先休息一下，睡醒再坐大巴回家。

因为一直忙着，夏耳坐上回镇上的大巴才想起来，陈岁让她落地后给他发消息来着。

她刚想发，看到聊天框里系统发的那句“现在可以开始聊天了”，莫名又停住了。

一来现在发消息太晚了，已经不是落地的第一时间，再发好像已经没必要了；二来，算时间，陈岁现在也下飞机了，他不也没给她发消息?

她已经够主动了，不想再主动得那么明显。

夏耳别扭地又把手机放了回去。

回到织女镇，夏家的小店还开着，因为夏家出了夏耳这么一个有出息的闺女，她家在整个镇上都非常有名望。

她的小说改编的电影上映时，她家里还组织过镇上的居民去电影院看电影，这么一传十十传百，夏耳在镇上已经是个“传说”级的人物了。

夏耳是先回店里。

她家冬天不开烧烤店，改做早餐和家常菜，附近邻居一听说夏耳回来，纷纷到她家店里来看她，跟她说两句话，夸她有出息。

“当初我就说啊，这孩子长大绝对错不了，你看看现在，咱镇上有谁能比你们俩潇洒。”

“要说生孩子，还是你们家会生。像我们，操心完上学，操心孩子工作，操心完工作，还得给孩子买房结婚。像你们家，生个好女儿，直接一步到位，坐享清福，真是羡慕都羡慕不来。”

徐凤琴跟夏爸爸一起接受街坊邻居恭维，乐得合不拢嘴，表面上还要摆手，谦虚地说：“哪儿的话，做父母哪有不操心的，也得操心。”

“像我们家那个不成器的，毕业了也不知道工作，非要去考研，结果考研也没考上，你说一个小姑娘大学毕业当个老师不挺好的？非不愿意，就要往那大城市跑，真要有你家夏耳那本事还行，那不是没有吗？”

说话的是程可鱼的妈妈，似乎为了过年，她重新烫了一下头发，眉毛是具有时代特色的青色。老一辈们时兴绣眉，绣出来都是这个颜色。

夏耳好多年没跟程可鱼见面，听她这样说，不由得问：“程可鱼回来了吗？”

“没呢，她哪有你这么孝顺，估摸不到大年三十儿是不会回来的。”

“那行，好长时间没见了，等她回来我要跟她见一见。”

“那敢情好，让她多跟你学学，你也替婶子开导她一下，女孩子当个老师，比啥不强？”

夏耳“哎”了一声，没说行，也没说不行。

越是小地方，年味就越重。

集市上到处都是人，好像一年到头攒下的钱都准备在年底花出去，买鸡买鱼买鸭买鹅，年货用车拉，瓜果、饮料、啤酒、牛奶成箱买，街上到处都是喜气洋洋的。

这些年小镇变化也不小，经济逐年发展，镇上也修了路，就拿家门口来说，以前都是沙石路，现在也变成了水泥路。

镇上的店面也比以前强了不少，可见小镇生活水平。

孩子回家，是父母最高兴的事儿。

夏家为了夏耳忙前忙后，备了好多夏耳爱吃的东西，到了三十那天晚上，夏耳跟爸妈一起包饺子，看春晚，听他们聊这一年家里发生的事儿。

说着说着，徐凤琴就叹：“早知道孩子这么懂事，当初多生两个好了，起码一个不在家，另一个还能陪陪我们，过年也热闹。你看那年陈岁在咱们家过年，多热闹。”

夏爸爸也说：“是啊，不过还是生个哥哥好，生个哥哥，咱们耳朵也多一个人疼。”

“陈岁那孩子真挺好，可惜没遇上个好爸妈。以后要是找对象结婚，知道他家里这个情况，那不得介意啊。”徐凤琴说。

夏耳饺子捏了一半，听见这话抬头问：“为什么会介意？”

“哪个家庭幸福的小孩儿的父母不希望孩子也找个同样幸福的家庭？不是妈有偏见，一般离异家庭的孩子，性格上多多少少都有点问题，你以后结婚也是的，一定要找家庭正常的，不然指不定有什么问题。”

夏耳觉得这是母亲的偏见。

她没法认同，但也不想在过年的时候惹妈妈不快，就没有说什么。

隔着窗子，她看了一眼前院。

多少年了，陈家的房子又跟很多年前一样，永远没有光亮。

家家户户都点着灯，只有他们家，黑得十分突兀。

也不知道陈岁今年怎么样，吃饺子了没有。

包完一大锅饺子，妈妈就去厨房煮了，夏耳又跟爸爸一起去外面放烟花。

夏爸爸问："闺女，想放哪个？"

夏耳指着里面那个说："放最大那个。"

"行，就放最大那个。"

夏爸爸点燃礼花，咻一声，一道彩色亮光蹿上天空，"嘭"一声炸开，其他烟花顿时黯然失色，都比不上夏耳家的烟火亮眼。

夏耳掏出手机拍照，发到微博上："新年快乐呀。"

很快收到上百条在线评论："大大新年快乐！"

放完烟花，夏耳和爸爸回到屋子里，饺子已经煮好了。夏爸爸剥蒜，夏耳去厨房拿碗筷，徐凤琴往桌子上端菜，虽然只有三个人，也是乐融融的。

等全部忙完，看着春晚，也快要零点了，夏爸爸给自己倒了杯酒，也给徐凤琴倒了一杯。

他举起酒杯，望着自己生命中最重要的两个女人，感慨万千地说："现在这日子啊，一年比一年快，一晃眼，这一年又过去了，小耳朵也大学毕业了。

"这一年，我跟你妈两个虽然没事吵几句嘴，但也挺好，日子小吵小闹地过，就没什么大风大浪，平平淡淡的，这就是幸福。那希望来年，还能继续幸福。

"如今我们小耳朵也长大了，也找到了自己的爱好和事业，爸妈呢，发自心底地为你感到高兴。人在年轻时，很容易迷茫，可能出来好几年都不知道自己该干什么，你能有一个明确的目标，这是非常好的，我们全家都以你为荣。

"祝愿我们小耳朵在新的一年，写作事业越来越顺，平平安安，快快乐乐。也祝我媳妇儿越来越漂亮，越活越年轻。我们夏家越来越好。"

夏耳看着父母，她知道自己是幸运的，能够生活在幸福的家庭。又因为感知到了这份幸福，所以她常对生活报以感恩的态度。

她也给自己倒了一杯酒，说："祝愿爸妈身体健康，新年快乐。"

"好，快乐，我们全家都快乐。"

一家人举杯畅饮，在电视机里所有主持人的倒数声中，迎来了新的一年。

喝完酒，夏耳拿出手机，给爸妈一人转了十万块钱。

爸妈的手机先后响起，他们拿出手机，看到这么大数额的转账，当场“哎哟”一声，笑得合不拢嘴，嘴上嗔怪夏耳：“你这孩子，转这么多钱干什么，自己留着花，我们又不缺钱。”

夏耳笑了笑，说：“这有什么，压岁钱嘛。”

这边说着话，爸妈的手机就开始响了，是其他人打电话来拜年。

屋内是爸妈的欢声笑语，屋外是接连不断的烟花声，夏耳蓦地想到什么，掏出手机，看到不断跳出来的拜年消息，她全都没点。

她直接搜索“陳”，跳出陈岁的名字，她点进去，在对话框里给他发了条消息。

另一边。

陈岁端起面碗，起身刚准备去倒掉，听见手机“叮”一声响。他拿起来一划，看到空白的消息列表里，躺着一条来自“Ear”的未读消息。

他点开。

Ear：“嘿，新年快乐呀！新的一年也要开开心心，工作顺利，坚持自己想做的事情吧！”

最后还带了个颜表情。

陈岁想象了一下夏耳做出这个表情会是什么样，脑海中刚浮现这个可能，他就忍不住翘起嘴角。

他单手打字，回复：“小耳朵也新年快乐。”

Ear：“嗯！对了，你吃到带枣的饺子没有？”

陈岁看了眼没吃完的面条，回复：“吃了。”

Ear：“那就好！我家今年又放了好多烟花，给你看。”

Ear：【图片】

Ear：“我记得海城禁止燃放烟花爆竹了吧，不过没关系！我家的给你看。”

Ear：“记得帮我给陈叔拜个年呀！”

陳：“嗯。”

对话聊到这儿，陈岁放下手机，随便扔到桌子上。

他抬起头，简单干净的宿舍里，所有陈设一目了然，屋子里只亮着一盏小灯，桌上的橙色加湿器“呲呲”喷着水雾，蒙着水汽的玻璃窗外一片黑蒙蒙的，不似内地此刻天空色彩绚烂，除了明月星光，什么都没有。

新疆这边的少数民族不过春节，而阿勒泰这边都是牧民，更谈不上什么节日气氛。

动物保护局的其他同事都回老家过年了，只有他一个人还在值班。

原本局里排了班的，大家只能轮着休息，是陈岁跟领导说让大家回家过年，他留下来守到正月初八。

他不需要休息，或者说，不需要回家过年。

回到家，还不如一个人。

他点开朋友圈，是各种同学、同事晒的年夜饭，还有跟家人的合影。他面无表情地划动着，看遍别人家的热闹，好像自己也能够跟着热闹一下。

但，那些终归是别人的。

他体会不了团圆的喜悦，也分享不了那些温馨和热闹。

但是……

夏耳发来的烟花照片，一下子把他拉回了二〇一一年的冬天。

那个跟夏家一起过年的春节。

热腾腾的饭菜、冒热气的饺子、笑声连天的春晚、夏家父母的斗嘴……

人生其实是由很多个回忆组成。

那么，拥有这些回忆的他，是不是也活得不算太糟糕?

台灯的柔光顺着灯罩弥散开来，将灯下的三角台历照得分明。

他看到左上角的年份。

这一年，是二〇一七年。

Chapter 12

/ 骑士与白玫瑰 /

大年初一，小镇上相熟的人们就会挨家挨户拜年。

夏耳小时候羞怯，不好意思跟其他人一起出去拜年，长大了也就免了。

但是镇上的同辈会来夏家拜年。

夏耳平时起得晚，今天却被来拜年的人吵醒了，因为她在家附近太“出名”了，来拜年的实在不少。

夏耳被迫起床，出去待客，见了不少以前的同学，免不了一番叙旧。

等没什么人了，夏耳才去洗漱，正刷着牙，听见徐凤琴在前面热情地招呼着：“呀，小鱼也是大姑娘了，快进来，夏耳在后面洗脸呢。夏耳——”

夏耳隐约猜到了是谁，连忙吐了口中的泡沫，随便抹了下嘴巴跑到前面去。

来人背对着门，身穿灰色羽绒服，扎着单马尾，给她父母拜年，徐凤琴给来人抓了一把糖。

夏耳叫了一声：“程可鱼？”

程可鱼回过头，看到夏耳，眉眼都跟着亮了一下：“小耳朵？！”

两个女孩儿激动地拉住手，互相打量。

程可鱼还是那么高，比以前成熟了一些，大体没怎么变。

多年没见旧友，两个人都开心不已，夏耳拉着程可鱼回她的房间去，两个女孩儿坐在床边叙旧。

程可鱼大学考了个“双非”一本，她爸妈想让她考个教师资格证，然后到镇上来教书。

但是程可鱼并不想，她想到大城市去闯荡，遭到了父母的接连反对。

“他们嫌我在大城市站不住脚跟，不稳定，养不活自己，说我大学都毕业了，人家都能赚钱养家，他们还得掏钱补贴我租房，不划算。不如回来当老师，吃住都在家，工作稳定有保障，以后就近找个男人结婚，这样嫁得也不远，在他们眼皮底下，他们就放心了。”

说到这儿，程可鱼扯了下嘴角，低下声音：“还说我考研都考不上，到了大城市能干得了什么。

“考研是那么好考的吗？我这专业那么多人报，一共才多少名额，我难道不想考上吗？

“只知道怪我没有用，什么都做不好，不像人家的孩子毕业就收到大公司的录取通知，赚钱养家。那怎么不说别人的孩子毕业父母就给找了工作，我没反过来怪他们吧？

“我以为大学考得远远的，就能远离他们了，没想到毕业了还要被他们控制，有完没完啊！就算我在大城市闯荡失败了，那是我自己的人生，我可以为自己负责！”

夏耳安慰了程可鱼几句，又问：“你打算怎么办？”

“我不知道。”程可鱼的目光有些茫然，她看着虚无的前方，说，“我一直在抗争，但是抗争到现在，我也有点累了。我不知道自己能做什么，会做什么，我怕万一在大城市活不下去，最后灰溜溜地回来，听他们的话去当老师，那我搞不懂我在抗争什么，这些年到底有没有意义。”

夏耳看了她半晌，想要拍拍她的肩，却又感觉不太合适。

屋子里静了一会儿。

夏耳顺着程可鱼的目光，跟她一起望向前方，温声开口：“我不知道你有没有看过王小波的《黄金时代》。”

“没看过，我更爱看言情小说，怎么了？”

“《黄金时代》里面有一句话，是这样写的，‘那一天我二十一岁，在我一生的黄金时代，我有好多奢望。我想爱，想吃，还想在一瞬间变成天上半明半暗的云。后来我才知道，生活就是个缓慢受锤的过程，人一天天老下去，奢望也一天天消失，最后变得像挨了锤的牛一样。可是我过二十一岁生日的时候没有预见这一点，我觉得自己会永远生猛下去，什么也锤不了我。’”

程可鱼品了一下这句话，苦笑道：“我这头老牛已经在受锤了。”

夏耳说：“可是你才二十三岁呀。

“即使我们早晚有一天会变成受锤的牛，但是只要一天没有受锤，那我们就应该一直生猛下去。

“还没有受锤，自己先倒下去了，你还有没有点儿年轻人的样子？

“年轻人为什么要怕输？我以为这是中年人才会做的事情。

“或许抗争确实没有意义，那也是抗争过了才知道，你都没有抗争到底，怎么就确定它毫无意义？”

程可鱼听完夏耳的话，沉默了。

夏耳也没再说什么，毕竟是她的人生，自己不能为她的选择负责。

过了很久，程可鱼才说：“从小到大，我一直以为我们两个之间，你是胆小的那个，想不到，真正胆小的人是我。

“你说得对。试都没试过，怎么就先怕了？我不能怕！”

程可鱼看着夏耳，认真地说：“谢谢你，夏耳，真的。我不能留在这里，我根本不爱学习，我之所以拼命学习，就是为了能够离开。如果最后没走，那这么多年才真的叫没意义。”

“嗯。”

程可鱼深受鼓舞，站起身，说道：“那我先去别人家拜年了，年还没拜完呢。”

“好的，有空常联系。”

“嗯！”

夏耳过完元宵节就直接回海城了。

住在家里虽然好，但是总有人登门，父母总是过来关怀她，有点打扰她写作。

夏耳回海城做的第一件事就是写新书的开篇。

在家的这段日子，她已经把想写的内容想了无数次，所以正式创作并没有那么艰难，很流畅就写了出来。

她打开 QQ，把开篇直接发给主编。

主编一秒接收，开开心心地发消息：“终于交了！辛苦了！”

“没事，哪里不好我可以再改。”

红到夏耳这个地步，属于随便写什么都有粉丝买账了。

但是她对待编辑的态度仍旧客客气气的，没有半点架子，虚心接受意见。

这是她对写作的敬畏之心。

关掉窗口前，夏耳随便扫了眼主编的签名。

“招坐班编辑，地点海城，中文系与新闻系等相关专业优先，有写作经验优先，具体薪资待遇私聊。”

夏耳手指一顿，继续打字，问：“你们还招编辑吗？”

“招啊，过年有两个编辑离职了，现在人手不够，得招人了。怎么，你有兴趣？”

夏耳想起程可鱼从小到大最爱看言情小说，说不定能胜任这份工作。

她回复：“稍等，我帮你问一下。”

夏耳直接拨了个语音电话给程可鱼，问她找到工作没，有没有兴趣来海城做文字编辑。

程可鱼问道：“编辑？是负责出版小说，能跟我喜欢的作者接触的那种编辑吗？”

“是的，能催稿，能提前看书的那种编辑。”

“天啊，我上学时看杂志时最想当的就是编辑了！我来！”

夏耳跟主编打了个招呼，直接把联系方式给了程可鱼，说：“如果你到了海城没地方住，可以住我这里。”

“呜哇！姐妹真好。”

程可鱼的入职很顺利，得益于她这么多年的阅读量，还有对这个公司所出的图书，还有签约作者的熟悉度。

夏耳也为她高兴，邀请她一直住下，家里也热热闹闹的。

主编审了夏耳的稿，激动得打电话来交流：“太棒了！太好看了！我好久没审过这么好看的稿子了！一定会红的！你先写着，尽量快点写完，然后我争取把它推给影视公司，可以吗？”

夏耳被这么热情地夸奖，还是会不好意思。

“好的，那就辛苦你了。”

“不辛苦，你可是给我们公司扛销量的女人。”

程可鱼入职以后，前三个月都是实习，虽然是实习编辑，但也很敬业，下班回家看到夏耳坐在那儿，就开始催稿。

“你写稿了吗？主编等着要呢！杂志连载都安排好了，你这边写完，马上安排出版，我们组都等着你交稿呢！”

这就是传说中的搬起石头砸自己的脚吗？

我让你来海城做编辑不是为了让你催我的稿啦！

由于新书的创作背景在新疆，夏耳对那边的地形地貌并不是很熟悉，再加上已经到了三月份，阿勒泰动物保护局那边已经再次给她发来了邀请。

邀请她到新疆去参观。

夏耳很快就答应了。

飞机起飞那天是周末，程可鱼送夏耳去机场。

进入安检前，程可鱼感慨万分地看着她，说：“说真的，我很羡慕你能想做什么就做什么。当初都高三了，你说你想考复旦，我还以为你说着玩儿的，就跟我说想考清华一样，谁能想到你真的考上了。”

夏耳说："没有啦，我只是想实现我的目标。"

"这么多年，你教会我的一个道理就是，想要做什么，就一定要做到，你一直在向目标前进，我也要努力，向我的目标前进。"

"什么目标？"

程可鱼激动万分地说："我要当业内最牛的编辑！做出畅销书来！带出像你一样的作家！"

夏耳注意到周围人异样的眼神，连忙捂住她的嘴，小声说："好了好了，知道啦！你一定可以！"

跟程可鱼挥别，夏耳通过安检登机。

数个小时以后，夏耳再一次来到新疆阿勒泰。

横跨半个中国。

出了机场，仍旧是孙昊来接的她。

过年了，孙昊的头发剪短了点儿，夏耳一出来就跟她打招呼："这里，这里！"

接到夏耳之后，孙昊带她去停车场，不出意外的，陈岁正在车里刷手机等他们。

看到陈岁，夏耳握紧背包带子，心里紧张又松弛。

他穿得比冬天看着要单薄了些，身材清瘦，鼻梁高挺似山脊，即使没露出全脸，也能看出他五官有多么优越。

似乎感受到了被人注视，陈岁抬起头，看到车子外面的女孩儿，他扬了扬眉，打开车门下来，朝她走去。

高高的陈岁站定在她面前，他身高带来的压迫性，让她心脏微微颤动。

他单薄的眼皮微垂，自上而下缓慢地打量她，她受不了这样的注视，呼吸都不敢大声。

半晌，陈岁扬起嘴角，发出点评："怎么回事啊？"

"嗯？"

"怎么两个月不见，你又漂亮了。"

不管是客套，还是真心，同样的话从陈岁的嘴里说出来，总带着几分痞味儿。

夏耳抿唇笑了："会吗？我不是一直这样吗？"

"哦……"陈岁点点头，"那就是，一直都这么漂亮的意思。"

他这样说，显得她说出来的话十分自恋。夏耳红脸，绕过他上了面包车。

座位上已经备了水和零食，还准备了一条小毯子，大概是怕她路上会困。

夏耳坐下，把那个毯子盖在腿上，暖意将她笼罩，心中不禁想起上一次她来新疆，陈岁放在她房间的加湿器。

他总是这么细心的，一直都是。

到了动物保护局，局里的同事对夏耳表示了热烈的欢迎，大家也算熟了，彼此都没有那么拘谨。

回到局里已经快傍晚了，夏耳先到住处放了东西，大家则等着下班，一起为她接风洗尘。

这一次完全是私人性质的接风洗尘。

席间，大家跟夏耳说起这次公益募捐在社会上引起了不错的反响，大家捐助的善款分别用在了什么地方，包括接下来的救助计划等等。

“单靠我们的力量是不够的，野生动物保护是全民的事情，我们决定让牧民也参与进来，和我们一起完成河狸救助。”

因为写作需要，夏耳对这些工作有着很浓厚的兴趣，也因此跟大家多聊了几句。

这顿饭吃完，新疆的天已经黑了。

因为纬度关系，这边的日出日落时间比海城要晚很多，夜里还是冷的，从吃饭的地方出来，大家坐车回宿舍休息。

夏耳有些困了，在车上忍不住打起了盹儿。

回到住处，由于这边的风景都是原生态，所以并没有路灯，到处都是黑漆漆的。

下车时，开车的人打开远光灯，把院子照得很亮。大家借着这束光上楼，不必担心看不清了。

夏耳又困又累，回去之后把东西收拾好，换掉睡衣，赶忙去打水洗脸。

她洗了脸回来，忽然想起下飞机之后，机票跟身份证一直放在口袋里还没收，就去外套里摸身份证。

这一摸，发现两个口袋里全都没有。

夏耳心里一惊，又去包里翻，也没翻到。

裤兜里也没有。

怎么会这样?

夏耳慌张地站在原地，仔细回忆上飞机后的每个细节，是落在了飞机上，还是下飞机后的面包车上……

面包车。

对。

她在车上掏了手机，会不会是哪次掏手机的时候，一并将其带了出来?

她越想越有可能，就算没可能，也要下去找一找。

夏耳拿上外套，穿在睡衣外面，带上手机，就这么穿拖鞋下去了。

面包车平时不锁，车上没什么贵重物品，况且车也不是什么昂贵的车，更没有锁的必要。

从楼里出来，院子里又黑又静，一点灯光都没有。

远离城市喧嚣，没有灯火高楼，只有无边无际的夜空，皎皎明月。

夏耳脸上的水没擦干，这会儿风吹过来，更冷了几分。

她打着手机的手电筒走到车边，轻轻拉开车门，猫着身子钻进车里。手电筒扫过座位，没有，她又俯身往座位底下看，身份证上的长城图案在手电筒的照射下反着光。

夏耳提着的那口气倏地一松，伸手去捡座位下的身份证，突然有人从背后拍了她一下，夏耳条件反射地坐起来，猛地转身去看。

车外站着一个高大的人影，一只手撑着车门，另一只手揣在口袋里，像一堵墙，挡住了她下车的去路。

夏耳刚才吓了一跳，手机没拿稳，直接掉在了地上。

这会儿黑灯瞎火的，一点光都没有，她撑着座驾的靠椅，害怕得收紧手指，小心地问："谁?"

听见夏耳的声音，来人的右手缓缓从口袋里抽出来。

夏耳隐约看见他的动作，一瞬间脑海里闪过很多片段，比如他会不会掏出一条白毛巾捂住她的口鼻，然后把她迷晕?或者有什么麻醉药剂直接注射到她身体里，等她醒来发现自己在一间废弃的工厂……

"啪嗒"一声，打火石受力摩擦，火星点燃棉芯，一簇火苗倏地在二人中间点燃，他们居然靠得很近。

火光洒落在夏耳脸上，她像只惊慌的兔子，怯怯地看着陈岁，脸上的水迹未干，嘴唇红得诱人，小脸嫩白清透，耳朵周围还有可爱的绒毛。

四目相对，陈岁漆黑的双眸里映着幽微的火光。

他的轮廓半明半暗，像是狩猎已久的猎人。

他们静静看着彼此，谁都没有说话。

好像隔着的那些岁月和过往，那些生疏和客套言语，通通在这一眼中变得不值一提了。

火光逐渐变得暧昧，黑暗将他们包裹，只有打火机点燃的方寸空间将这黑色撕裂，火光不规则的边际将他们与外界分割开来。

而这一刻，火光照亮之处，世界只有他们两个。

只有陈岁知道，火光亮起的那一刻，他在寒夜之中，清楚地听到了自己的心跳声。

不知过了多久。

风穿过车门与陈岁之间的缝隙，吹了进来，夏耳打了个冷战，一下子回过神来。

夏耳错开眼神，换了个轻松的语气，问道："你怎么出来了？"

"屋里信号不好，"陈岁说，"出来回个消息。"

"哦。"夏耳把鬓发别到耳后，视线从陈岁脸上移开，就看到他手上的打火机。

即使光线昏暗，她也一眼就认了出来。

这是她送他的打火机，在他十七岁生日的时候。

夏耳怎么会忘呢？当时她身上只有几百块钱，在柜台前因为囊中羞涩，紧张得不行，看中的几款对她来说都是天价。

只有这一款，既符合心意，价钱又在她承受的范围内。

她还记得当时送给他的心情——得知他其实并不喜欢自己，她没有办法再把这个自作多情的礼物送出去，所以送得并没有那么郑重其事，让他随便收着就好。

她以为他早就丢了，或者扔了，毕竟对他而言，一个打火机而已，又有多贵重?

连她自己都没想到，会在这么多年后的某一天，再次从陈岁手里见到这个打火机。

她心池中波澜微起，指了指他手里还燃着的磨砂打火机，故作不经意地说："你这个火机好眼熟啊。"

陈岁垂眼，手里翻弄两下，火苗随着他的动作轻晃，说："嗯，仙女送的。"

夏耳耳根一热，哪好意思接他这样的话，就说："哪有仙女专门给人送这个啊。"

"怎么没有？"陈岁微微歪头，弯唇，"我眼前不就有一个？"

火苗在二人中间跳动着，一如夏耳此时的心。她没再回应这个，而是向他身后看了看，说道："走啦，我要回去了，车里还挺冷的。"

"嗯。"陈岁让开来。

夏耳回身捡起自己的手机，还有掉落的身份证。她手机的手电筒还亮着，陈岁就熄灭了打火机，她转身要下车，陈岁站在车门外面，朝她伸出一只手。

夏耳看着这只手，不由得一顿，又抬头看看陈岁。他淡然地站在门外，挡住一部分风，耐心地等她下来。

像是静候公主走下王座的骑士。

夏耳忍不住想：这算牵手吗？年少时那么想光明正大牵住的人，这会儿终于有了机会，可还是不大光彩。

她轻轻搭住陈岁的手，他用力握住，异样的感觉顺着指尖传来，心里麻麻的，两个人间的距离一下子就不见了。

男人的手要比女人的宽大些，包裹住她，让她一点风都感受不到了。

夏耳俯身下车，在她站稳后，陈岁松开她的手，把车门关好，对她说：“走吧。”

“哦。”

夏耳应了一声。

见陈岁把手揣回口袋里，她垂在身侧的手指动了动，没有他牵她，她一时有些空落落的。

“这次过来，你准备待多久？”他冷不丁开口问道。

“啊，我还没想好。”夏耳回答得很迅速，用来掩饰刚才一瞬间的走神，“不过，因为一些事，可能会在这里……待一段时间。”

陈岁点点头，没再说什么。

夏耳低下头，跟着他往楼上走。

路过他房间时，陈岁回头说了句“你等我一下”，说完，推门就进去了。不一会儿出来，他手里拿着那个眼熟的加湿器。

“给你。”陈岁把橘色的加湿器递到夏耳面前，上面还缠绕着白色的充电线。

夏耳没接，问：“那你呢？你怎么办？”

“什么怎么办？”陈岁说话的口吻带着笑意，“不是多贵重的东西，回头再买一个就是。”

夏耳想想也是，就安心收下了。

陈岁倚在门边，朝走廊扬了扬下巴，说：“回去吧，早点睡。”

像是应了他的话，走廊的感应灯刚好暗了，他的身影在黑暗里变得朦胧。

夏耳正注视着他，不知怎的，她又想起刚才在车上的那一幕。

她受惊地回过头，看到车门处的陈岁，方寸距离中，他擦亮打火机，火苗在他脸上投下光影。

她的心倏地就动了一下。

像是有雨水浇入大地，有什么念头在土壤下蠢蠢欲动，想要破土而出。

夏耳咳了一声，感应灯重新亮起。她收回视线，说：“你也早点休息，晚安。”

等夏耳的身影消失，陈岁关上门，脱掉外衣挂好，把烟跟打火机扔到桌子上，打开电脑忙工作。

他忙了一会儿，却怎么都看不进，“啪”一声合上电脑，刚要起身，桌上的手机突然亮了起来。

他一看，是陈广的电话。

陈岁没接，任电话自己挂断，反正他手机静音，并不会吵到他。过了会儿，手机屏幕自己熄灭，他才拿起手机。

陈广发了很多语音消息，陈岁不想听，随手点了转文字。

“陈岁，月底是你弟弟三岁生日，回家吃个饭吧，你弟弟很想你。”

“你妈专门准备了很多你爱吃的菜，你工作这么忙，过年都没时间回来，月底请个假，咱们一家人好好团聚一下。”

“你弟弟很聪明的，会背很多古诗了，英语口语也很好，像你小时候一样。”

“手里还有钱没有？爸爸再给你打点钱吧，你不在爸爸身边，总担心你过得不好。”

陈岁往下翻，看到爸爸给他转账十万，接着又转账十万，备注写的是“妈妈给的”。

他嘴角扯了扯，点进陈广的朋友圈去看。

人到中年，喜得“二胎”，再为人父的陈广欣喜若狂，成了朋友圈里最讨厌的“晒娃狂魔”，陪孩子玩玩具要晒，看孩子吃饭要晒，送孩子去国际班要晒，几乎二十四小时直播分享养娃生活。

小儿子在成长过程中的每一个细节，陈广都在认真记录，发自内心地感到欣喜。

就连他朋友圈的背景图也是他们一家三口的合照。

任谁看了，都会觉得陈广的家庭幸福美满，他一定是个有责任心的好丈夫，好爸爸。

如果看朋友圈的人不是陈岁的话。

合照中的女人年轻漂亮。她确实是年轻的，大学毕业刚入社会，没多久就跟了陈广，然后辞职当了全职主妇，婚后第一年就生下一个儿子，让他们的婚姻关系更加稳固。

陈岁的视线没多在合照上停留，而是点开了陈广朋友圈最新的小视频。

视频应该是第三人录的，温馨的儿童卧室，床头开着暖黄的灯，小孩子乖乖躺在被窝中，陈广在床边给他读睡前故事。陈广读完最后一句时，小孩子问：“爸爸，大灰狼晚上不会把我叼走吧？”

陈广似是被幼儿的稚语逗笑了，说：“怕什么？大灰狼来了，爸爸在这儿保护你。”

小孩子说：“爸爸一定能打过它！”

陈岁把手机扔到一边，拿起桌上的烟，走到窗边开了条小缝。

他靠着墙壁，低头点烟，青烟顺着小缝，丝丝缕缕飘了出去。

陈岁的思绪也跟这缕烟一样，悠悠地飘了很远。

他想起自己三岁的时候，确实跟陈广说得一样，已经很聪明了。墙壁上的老式挂钟不像现在有数字，但他也能认出那是几点几分。

按说孩童的记忆该是模糊的，他不知怎么就记得那么清楚。老挂钟走到晚上十点，他的父母外出一天，终于回到家，他抱着玩具，想让爸爸陪他一起玩。

当时，陈广推开他，说：“陈岁，懂事一点。爸爸累了一天，实在没有空陪你，让爸爸休息会儿好不好？”

他知道爸爸累了一天，看起来并不想陪他玩，他可以等，等到爸爸不累。

可是他一天天等下去，陈广就没有不累的时候，永远那么忙，没时间，家里永远都是他一个人。

陈岁并没有太多的怨恨，不管小时候还是长大后。

尤其他能明白，父母忙是为了赚钱，让他过得更好，他该对此感恩。

可是有了弟弟之后，陈岁才知道，原来父亲忙归忙，也是可以抽出时间接送儿子去读国际幼儿园，可以陪儿子散步，给儿子讲睡前故事，哄儿子睡觉的。

父亲这个身份，只要他想，是可以不缺席的。

陈岁抽完一支烟，又摸了一支。

点完烟，陈岁摩挲着手心里的打火机，这么多年了，它一直陪着他。

就跟送它的人一样，从他小时候开始，总有她在身边。

夏耳出现以后，他很少一个人睡了，晚上在夏家吃过饭，一起看过电视，就直接睡在她家。

不用担心黑夜可怕，她握着拳头睡在他身边，热乎乎的，呼吸浅浅。

他可以睡到父母来接他，有时候他们忘了接，他睡在夏家，夏爸爸和夏妈妈也乐呵呵的，很高兴。

从来不觉得他麻烦，给他们增添负担。

他的家里永远黑漆漆的，幸好，夏家全都是光。

那是他小时候全部幸福的来源。

他一直觉得夏家人很好，是他回报不了的好。

尤其夏耳。

蜜罐里长大的小姑娘，哪儿哪儿都好，就没一点儿不好，沐浴着爱意长大，心都是善良纯净的，好比象牙塔里种植的白玫瑰。他呢？他是随意生长在路边的车前草。

她跟他分享养分和阳光，让他贪恋这些他从未得到过的东西，但是，他从来未敢想过摘下玫瑰。

摘了又能怎样呢？让她离开象牙塔，跟他一起生活在污泥里，接受被车轮肆意碾压的命运？

她就该过着美好生活，而不是跟他一起面对生活的车轮碾过后，甩溅的一摊摊泥。

他不是不想，是不配。

抽完这支烟，陈岁关了窗子，收拾好东西，熄了灯躺在床上。

他一个人在黑夜里仰望天花板。

想起夏耳那张素净小脸，在幽微火光下，被他瞧得仔仔细细。

她长大了，确实不一样了。

五官长开不少，比从前成熟了一点点，由小女孩儿变成漂亮的小女人了。

他不知道该如何形容那种感觉，只知道那一眼过后，他怎么都没法再把她当成小女孩了。

就是女人对男人最原始的那种吸引力。

如果非要形容，大概从前他是佩剑的骑士，神圣而正义，在塔下一圈又一圈地巡逻守卫，专心守护这朵白玫瑰。

无意窥见这朵玫瑰的姣美，他忽然就起了一些不该有的罪恶心思。

这次关于蒙新河狸的救助，是因为河狸们的生存环境遭到破坏，作为它们食物的灌木柳大大减少，所以需要筹集善款，采买树苗。

如今资金已经筹集到位，所以这会儿工作人员就要进行实地考察。

河狸的巢穴分布在乌伦古河附近，动物保护局的工作人员分成几组，分别到不同的地方统计灌木柳的可种植区域。

夏耳属于前来参观的贵客，局长魏大江亲自作陪。

夏耳不习惯被特殊对待，百般谢绝，最后也没能拒绝，只好接受了局长的热情招待。

“像这些地方，牧民常常过来放牧，灌木柳被破坏得就比较严重。到时候栽种树苗，就得根据面积多种一些。看，这下面就有一窝河狸。”

三月份，乌伦古河的河面的冰还没化开，向远望去到处都是雪山，透过结实的冰面，隐隐可以见到河狸在下面筑的巢穴。

夏耳赶紧拍了一张照片，又从随身背的包里掏出笔记本来，拿笔认真记录。

魏大江看到她的举动，笑着问："看你记了一天了，记什么呢，这么认真？"

夏耳写完，收好笔跟本子，把垂下来的头发理到耳后，腼腆地笑了下，说："没什么，就是觉得跟您学到了很多，想都记下来，免得以后忘了。"

魏大江哈哈大笑，说："那我就多说点儿。"

魏大江陪了夏耳两天，而且并没有停下来的趋势，很可能她在一天就陪一天。

这让夏耳有些后悔，自己是不是不应该捐那一百万，局长这么不辞辛苦，无非是承了她这么大的"情"，她当初捐少点儿的话，说不定大家都能轻松一些。

晚饭时，魏大江说起这边有个地方好玩，刚好明天要去，他还想带夏耳参观一下。

夏耳"啊"了一声，握着筷子，面露难色，想着怎么才能拒绝这番盛情。

陈岁见她笑得勉强，转头对坐在上首的魏大江说："局长，我这边还缺个人，刚好大家都忙，让夏耳过来顶一下吧。"

夏耳听见陈岁的话，可以说是如听仙乐耳暂明，已经准备答应。

杜雨薇下意识看向陈岁，咽下嘴里的菜，说："夏耳是咱们的贵客，不好让人帮忙吧？左右我闲人一个，你直接找我嘛。"

陈岁说："不用，夏耳不是别人。"

他话接得自然，好像本来就该是这样。

饭桌上其他人反应了一下，互相看了看，一切尽在不言中。

杜雨薇笑得勉强，说道："再熟她也是客人，没有这样待客的。"

夏耳说："我真不是什么贵客啦，魏局长您这么忙，我怎么好意思整天耽误您工作，有陈岁陪我就可以了。"

如果是别人，魏大江可能还会犹豫，但是局里这些新人中，他确实最欣赏陈岁。长得好看的后辈，什么都不用做就讨人喜欢，偏偏能力还出众，让人想不喜欢都难。

魏局笑呵呵地说："既然小陈那边缺人，就让小夏过去吧。小陈，你多照顾点小夏。"

夏耳看了陈岁一眼，后者也正在看她，两人视线在饭桌上相撞，欲语还休。

谁也不知道他们详细的关系，一切都是那么隐秘。

第二天，夏耳睁眼，看到陈岁给她发了微信。

陳：“你醒了也不用急着起来，我们晚点走。”

夏耳揉了揉眼睛，打字回复：“没关系吗？”

陳：“没事，时间还早。”

Ear：“那我继续睡啦！”

等再醒来已是一个多小时后，夏耳很久没睡这么饱了，一时有点不舍得起。想着陈岁大概还在等着她，她赶忙发了句“我醒了”，就去洗漱。

回来后，夏耳本打算涂点护肤品就出门，但想着今天是单独跟陈岁出去，她磨蹭了下，涂了一层轻薄的粉底，又描了眉毛。化妆总归比素颜好看，她想让他看到她漂亮的样子。

全部收拾好后，她到陈岁的房门前敲门，不想门没锁，她一敲门就开了。

透过一条小缝，她看到陈岁站在衣柜前，手臂上搭着几件衣服。

他听见声音回头，见是夏耳，不由得笑了，问道：“收拾好了？”

“嗯。”门都开了，夏耳走进来，不好意思地理了下鬓发，问，“你在干吗呀？”

“衣服干了，收衣服。”

陈岁正在把手臂上的衣服一件件挂进柜子里，清晨的光透进来，刚好投在他身上，给他镀上一层光晕。

清晰的棱角，帅气的脸庞，因着这个场景，给他平添了几分居家的味道。

比起记忆中的少年，她不得不感叹，这些年，他们都在好好长大。

陈岁朝夏耳招手，说：“你来得正好，帮我选一下，今天穿哪件合适？”

“我也不太会选。”

“是吗？”陈岁歪头，把她上下扫了个遍，也说不好是开玩笑还是认真，“你这不搭得挺好看的？”

他的目光扫到哪一处，夏耳就觉得哪一处会格外不自在，想用被子把自己蒙起来。

她低头看了眼身上藏蓝色的学院风呢子外套和格子裙，小声回道：“我也是随便穿的。”

“那你帮我随便选一下。”

夏耳走过去，见他的衣柜里放得整整齐齐，比她这个女孩子都要整洁，她有些羞愧了。

她大概扫了扫，想着陈岁的穿衣风格，问：“这件白色打底，外面套这件卫衣，怎么样？”

“白色这件忘了洗。”

他说没洗，其实根本没有穿过的痕迹。

他把衣服拨到一边，拿起一件经典条纹的衬衫，说：“里面搭这件吧。”

夏耳点头：“也很好看。”

陈岁走到床边，双臂交叠反握衣角，刚准备向上脱，倏地想到屋子里还有个人，扭回头，见夏耳站在那边发呆，丝毫没有出去的意思，就跟她吹了个口哨。

这一声口哨把夏耳吹回神来。“嗯？”她有些不明所以。

陈岁挑眉问道：“想看我脱衣服啊？”

夏耳红着耳根跑出去，把门关得严严实实。

过了会儿，陈岁从里面出来，外套已经穿好了，见夏耳跟只小鹌鹑似的站在门口，笑了。

“怎么了？没看到我换衣服，不高兴了？”

夏耳知道他是故意逗她，憋红了脸，没说话。

陈岁揉了下她的脑袋，没多说，先带她下楼，找地方吃早饭。

所需的灌木柳数量已经统计完毕，需要人去签订采买合同，挑选树苗，他们今天就是要去签合同。

到了育苗中心，夏耳这个小助理干得趁手，陈岁要什么，不用说，夏耳直接意会；陈岁说什么，夏耳也会从旁补充。

到签合同这步，发现有一个公章在某个领导手里，那位领导得下午才能上班，中午这段时间就空出来了。

接待的工作人员看了眼手表，说：“中午了，二位不嫌弃的话，一起到食堂吃点吧？你不饿，你对象估计也饿了。”

夏耳哑然，飞速地瞄了陈岁一眼。

陈岁没看她，反而笑了，问道：“你怎么看出来她是我对象的？”

对方指了指陈岁的衣服，说：“这不是情侣装吗？我看新闻上那种领导跟夫人都这么穿。”

陈岁摆手，说道：“就一打工的，什么领导不领导。”

夏耳看看自己的裙子，又看了看他露出来的衣领部分，格子花纹确实有点像。

她想起早上帮他选衣服时，他拒绝了那件白衣服，自己拿了这件衬衫。

嗯，应该是她想多了。

这边是市区，跟他们平时待的“乡下”不一样，出门就是街市，吃饭还是很方便的。

陈岁带夏耳出来，说：“你来新疆之后，还没带你吃过什么，有没有想吃的？”

夏耳怕耽误下午签合同，就说：“就近吃点吧。”

她想了又想，抬头看着身边的陈岁，故作坦荡地补了句玩笑似的话：“我还没跟你单独吃过饭呢，跟你一起，吃什么都行。”

她的头发软软地垂在脸颊边，不知她什么时候染的栗色，显得格外温柔，一双眼睛柔柔地注视着陈岁，睫毛卷翘，小脸在零下的温度下，冻得有点红。

被这双眼睛注视，陈岁的心颤动了下，伸手替她理了理衣领，说：“嘴巴这么甜，那肯定要带你吃点好的了。”

他的手指无意间碰到她的颈间，让她有点痒。

夏耳不想让他破费，想了下，提议道：“听说新疆的炒米粉好吃，我想尝尝。”

“尝尝也行，走吧。”

幸好附近有一家炒米粉店，没让他们走远。店面不大，一个小黑板上用粉笔写的菜单。

夏耳点了份鸡肉炒米粉，陈岁点了个牛肉的，还加了份馕炒进去。

陈岁又拿了罐奶啤，问夏耳要不要。

夏耳没喝过奶啤，以为是酒，于是拒绝了。

炒米粉上得很快，酱香四溢中还带了点芹菜味儿。

陈岁单手打开那罐奶啤，用手指敲了敲，问道：“你真的不尝尝吗？新疆特产，很解辣。”

夏耳还是摇头，说：“不了。”

她夹了一根裹满酱的米粉，那股咸辣味儿直冲喉咙，热气上涌，她吐了吐舌头，抬头说：“好辣。”

陈岁问：“那再点一份不辣的？”

夏耳摇摇头：“不用，太浪费了，过一会儿就适应了。”

陈岁劝不动她，就把馕推过去，劝她多吃馕。

夏耳在海城待了四年，口味早已变得清淡，好久没吃过这么辣的食物了。

炒米粉本就辣，加上刚出锅，还冒着热气儿，就会更辣。

夏耳被辣得鼻尖都沁出了汗，胃里像着了火一样，最后实在受不住了，抓起桌上的易拉罐，连续喝了几大口。

直到那股冰凉酸甜的奶饮把热辣冲淡，她才终于感觉自己活了过来。

夏耳放下那罐奶啤时，第一个念头是：奶啤居然不是啤酒，还挺好喝的。

冷静下来后，夏耳猛地反应过来，她没有点奶啤。

这罐奶啤是陈岁的。

她居然喝了陈岁的！

如果她没记错，陈岁刚刚还喝了好几口……

夏耳如遭雷击，脸变得特别红，而且连衣领以上凡是露出来的皮肤，全都染上了红色。

她整个人僵在那儿，手还抓着奶啤罐子，伸不敢伸，缩不敢缩，连抬头看他都不敢。

“你……我……”夏耳整个人都在发麻，心怦怦直跳，听不见自己在说什么，每个字都像在往外飘，“我刚才……不知道……我……”

陈岁的视线清淡如水，落在她辣得发红的嘴唇上，静静停留了那么一会儿。

被他看着，夏耳的嘴唇更烫了。

陈岁扫向她手里的奶啤，勾起嘴角，说：“我说你怎么不点喝的。”

夏耳隐约预料到他要说什么，大脑嗡一声，脸颊瞬间变得更红。

不待她反驳，陈岁无情地说了下去，似乎非要说到她原地消失才罢休。

“原来，你想跟我喝一罐？”

夏耳羞得无地自容，为自己辩解：“我刚才被辣到了……”

陈岁假装听不懂，挑眉问道：“那我问你喝不喝，你还说不要？该不会是故意的吧？”

夏耳收回手，迅速看了陈岁一眼，说：“你别介意，我再给你买一罐吧。”

“我又不介意。”

陈岁大方地拿过来，把奶啤摆在自己手边，随后起身买了罐新的放在夏耳面前，打开。

“别再把小耳朵辣到了。”

夏耳没吃太多，才吃了三分之一就饱了，奶啤倒是喝了个精光。

从小店出来，她跟陈岁走在一起。陈岁侧头，视线越过她的头顶，看向路边的门店。

刚吃完午饭，夏耳身上还很热，她用凉凉的手指贴自己的脸颊，微微仰头问陈岁：“你看什么呢？”

刚好路边是一个很大的酒店，酒店外墙都是落地玻璃，陈岁用下巴指了下玻璃，说：“我们是有点像情侣。”

“嗯？”

陈岁扳过夏耳的肩膀，把她扭过来，两人面对着那么大一面玻璃墙，个子差了快一个头。

“情侣装啊。”

她的格子裙跟他的衬衫，莫名相称。

夏耳点点头，说：“是有点像，怪不得人家会认错呢。”

陈岁对着玻璃，煞有介事地扯了下衬衫的领子，状似随意地接了句：“不知道是不是这情侣装显得咱俩站在一块儿还挺配。”

此言一出，夏耳感觉自己变成了一个靶子，而他的这句话，刚好射中她的靶心，靶子因为箭羽的力道在不断颤动。

即使知道这是一句玩笑话，但她还是没那个胆量把这个玩笑接下去。

她小声说：“应该是衣服显的，不然那个人也不会认错了。”

“也是。”

两人慢悠悠地走回去，又稍微等了会儿，那个上午不在的领导才来。

下午的事情办得顺利，三点左右他们就开车往回赶了。

陈岁发动车子，夏耳趁这空当掏出小本本，在上面简略地记了一些关键词，怕自己晚点忘了重要细节。

陈岁等到她写完，才踩下油门，边看侧视镜边问：“你写什么呢，这么认真。”

夏耳习惯对别人隐藏自己的身份，却没打算瞒着陈岁。

她是有自己的小心思的——事业上的小小成功，说不定会让他对她刮目相看。

她把笔和本子放回包里，说：“在给我的新书收集资料。”

果然，陈岁意外地看过来，问道：“新书？”

“嗯。”

“你是作家？”

“对。”

夏耳羞愧地承认。

对于外行，她很少纠正这些称谓问题。对她来说，作家是那些创作文学的人才配得上的称号，而她充其量只能算是一个“写作者”。

陈岁眉目舒展，说：“我记得上学时，你作文就写得特别好，小耳朵从小就有才华。”

夏耳想起高中时，她到陈岁的班级朗读作文，其实她只是为了看他一眼。

“你还记得啊？”

“当然记得。”陈岁说，“有次你到我们班读作文，那时很多男生都欣赏你。”

夏耳惊讶道：“有吗？我怎么不知道？”

“你那时太乖了，每天都在学习，从不出来玩儿，眼里没别的，不知道也正常。”

夏耳其实很想说：不是的，因为我那时眼里都是你。

我喜欢的是你。

夏耳垂头，用食指抠弄包的图案，软软地回道：“高中就应该好好学习啦。”

陈岁又问：“你的新书写什么的？”

“就是……跟动物保护相关的。”夏耳直白地承认，“我也不了解这些，所以多了解一下，不想出现什么错误。”

“严谨点儿好。”陈岁点头，“那你这次准备了解多久？”

她还是客人身份，不好在人家这儿多待，夏耳试探性地说：“一周左右吧。”

掐指一算，她也待不了几天了。

事实上，夏耳还没想好什么时候走。

车开回动物保护局，陈岁给车熄了火，夏耳低头解安全带。

他身子前倾，一条手臂搭在方向盘上，扭身看她。

抬头见到这张棱角分明帅气的脸，夏耳蓦地想起高中时，那些女生对陈岁的评价。

就说他这张脸看起来痞痞的，是那种天生的坏男孩。

那时夏耳还没什么确切的体会，可此时看到陈岁这种如同野兽捕猎般匍匐的、蓄势待发的姿势，她居然奇异地心动了一下。

是那种雄性最原始的狂野和张扬。

她心底冒出一个很奇怪的想法，就是不管他接下来提出什么荒唐的要求，她都愿意答应。

夏耳被陈岁瞧得不自在，抬起手遮住他的眼睛，说：“你别这么看着我，我不好意思。”

“我看看你都不行？”

陈岁抓住她的手，把她闭合的指缝扳开，露出一条小缝，他刚好得以透过这条小缝看她。

“那公平点，你只看我这么多，我也只看你这么多。”

陈岁当她没学过物理吗？小孔成像谁不知道？他看她，哪里是她看他那么多？

夏耳懒得计较了，手没抽回来，就被他这么捏着。

陈岁说：“这次别走了，留下来。”

夏耳呼吸紧了下，下意识地问道：“什么？”

“不是要写新书吗？一周时间收集资料根本不够，那就先别走了。”

他的语调轻飘飘的，你带了钩子，钩在她的心头上。

欣喜的情绪如同浪潮，一下又一下地来回拍打，她快要被这潮水淹没。

透过自己的指缝，她又看到他眼皮上那颗小痣。她咬住两颊的软肉，才勉强控制住肌肉，没让自己的喜悦表现得那样明显。

“你这样说，一周好像是有点不够。”

陈岁微微挑眉，说道：“所以……”

夏耳把手抽回来，握成拳，另一只手包住它，搁在腿上，好像这样就能隐藏自己的情绪似的。

“但我也不好意思多打扰，我一个客人，还得让你们分神照顾我……”

“要不就留下实习，刚好局里还缺人，对你写东西也有帮助，你觉得呢？”陈岁顺势提议。

只要加入他们，就能顺理成章地待在新疆，留在陈岁身边。

夏耳想起高二那个暑假，陈岁被陈广接走，她连他的最后一眼都没能好好看过。

又想起高中的很多时刻，假如她能勇敢地向前迈出一步，他们之间会不会不一样？

不管从前如何，夏耳只知道，这一次，她再也不要错过了。

“好，那魏局那边麻烦你帮我说一声。”

陈岁坐直身子，弯起嘴角，说：“行。”

夏耳瞧见他在笑，不知道他在笑什么，心里有点虚，感觉像被人看穿了一样。

“那，我先下车了。”她解开车锁，推开车门，落荒而逃。

汇报完工作上的任务，陈岁还在局长办公室里没走。

魏大江抬头看他一眼，向后靠在皮质椅背上，说：“你还有什么事？跟我还绕弯子。”

陈岁听他这样说，三言两语把夏耳的事情说了，当然，略过了写作的事。

魏大江很高兴地说：“这有什么？直接找我就是，我们局当然欢迎对野生动物有爱心的热心人士。你让小夏明天来找我，带上简历。”

“行，谢谢魏局。”

事情办得顺利，夏耳也很开心，能够留在陈岁身边，就好像离他更近了似的。

晚上回去后，夏耳写了会儿稿子，然后在网上找了个简历模板，填好后发到微信上，第二天到局里打印了出来。

不知怎么，她要加入动物保护局这个消息一晚上就传开了。她打印简历的时候，大家都过来跟她打招呼，表示十分欢迎。

夏耳受宠若惊。

夏耳到魏局办公室，跟他聊了一会儿，魏局问了她几个问题，夏耳一一回答。

末了，魏局看着她的简历，头也不抬地问道："夏耳，你从复旦大学毕业，到我们这儿来做基层工作，会不会觉得自己大材小用？"

她的同学拿的都是大公司的录取通知，要么从事了本专业的工作，进入电视台实习，要么就是投身大公司，拿着实习期就有五位数的工资。

像动物保护局这种沾点公益性质的，薪资待遇可以说是天上地下。

诚然留在这里的很多人，家里其实并不差钱，就算比不上陈岁、杜雨薇这种家境，也都是条件非常殷实的家庭。

但所处的环境，还有工作内容、社会地位，没法同日而语。

魏局真心觉得夏耳留在这里是大材小用，能留下固然欢迎，可也要事先问好，免得耽误了她。

夏耳没想到魏局会有此一问，说道："谢谢局长，不过我称不上什么大材，在我看来，每份工作都有它的意义，而且，我只是想为野生动物们做点什么。"

"好，你不觉得委屈就好。"魏局把简历放在一边，对她伸出手，"动物保护局欢迎你的加入。"

夏耳微笑着说："谢谢。"

在这里的工作定下来后，夏耳想起自己太久没有在微博出现，她登录微博，汇报了一下最近的动态，回复催她新书的读者们。

"在做一件有意义的事情，新书也在写，争取今年跟大家见面。"

她的微博沉寂许久，这条一经发出，评论和转发量飞速上涨，忠诚的读者对新书表达了期待，爱开玩笑的读者则说"奶奶，你关注的博主终于更博了"之类。

夏耳刷了会儿私信，没多会儿有外出的同事回来，她就把微博页面关掉了。

同事们先是欢迎了夏耳，又聊了会儿工作上的事。

这时，一个一直刷手机的男生突然说："我刚才刷微博，看到那个飞鸟又写了新书，她是不是新书卖不出去了，发微博招商呢？"

夏耳本来无意听别人聊天，然而突然听见别人提起自己的笔名，她想不注意都不行。

听完他说的话，夏耳顿时满头问号。

旁边的同事说："她不是有两本小说改电影了嘛，应该挺红的吧？我这种不看小说的都知道她，还用得着招商吗？"

"那就是发微博告诉大家，她又写书了，让别人赶紧来竞价呗。"说话的男生自以为猜中了真相，自信地笑了起来，"就想多卖钱，直说就完了。"

夏耳心想：原来听别人当面吐槽自己，竟然是这种感觉。

另一个同事接话："人家卖就卖，你这么生气干啥？也不是让你掏钱。"

旁边的同事回道："你不知道，大霖以前有个女朋友，就是因为看了飞鸟的电影，想起前任的好了，从电影院出来就把他甩了。大霖心里恨呢。"

夏耳腹诽：真是好大一口锅。

其他人都笑了："这也太不理智了，幸好人家作者一直够神秘，不然大霖都容易犯罪。"

"真的，你要说别的作者，多多少少都有个人信息什么的，飞鸟实在太神秘了，除了笔名一无所知，取的笔名还这么中性，要不是她的文字细腻，我都怀疑她其实是男的。"

"好想知道她长什么样啊，主要是好奇什么样的作者才能写出这样的作品呢。"

"我也很好奇！你没听说过一句话嘛，但凡长得还行的，都忍不住想发照片，她一次都没发过，估计长得……"

话题越来越歪，讨论到这儿，夏耳就没再听了。

她不发照片只是不想被身边的人认出来而已，谁能想到会被解读成这样。

夏耳默默汗颜。

其实关于她的笔名，她已经不止一次听到吐槽了，很多人都搞不懂她为什么会叫飞鸟。

可她觉得寓意很好啊。枯枝搭好的窝巢里，羽翼丰满的雏鸟展开翅膀，向天空飞驰，飞向任何它想去的地方，飞到它想要陪伴的人身边。

山气日夕佳，飞鸟相与还。

她多想化为一只飞鸟，飞过山川大海，飞到大西北去，飞落在陈岁的肩头。

幸好。

她已经飞到他身边啦。

Chapter 13

/ 风雪与木屋 /

春水开化，河狸也渐渐钻出洞穴，四处活跃起来。

陈岁先前采买的树苗到了，好几辆大车拉来，局里男生多，大家跟着一起卸货。

夏耳拿着本子统计数量，杜雨薇举着相机，在一边拍照。

陈岁一车一车地核对树苗，夏耳统计完眼前的，放下本子歇一会儿，就见那边杜雨薇的镜头对准陈岁，手按在快门上，一连拍了好几张照片。

无心见到这一幕，夏耳一瞬间想起高中时期，她很想跟陈岁有一张合影，但是一直没有这个机会，也没有这个勇气。

有勇气的事情总是别人在做，譬如十七岁的杜雨薇，或者二十三岁的杜雨薇。

夏耳想：我都留下来了，那以后总会有机会的吧。

她不想再看下去了，可是眼睛总忍不住去瞄，杜雨薇抱着相机，又找了其他角度拍照。镜头对准陈岁时，她还见到杜雨薇嘴角那隐秘的、怕别人会发现小心思的微小弧度。

夏耳站起来，拿着本子走到另一边去，只要不在陈岁身边就不会去看他了。

可又不受控地，想到杜雨薇拿到照片后，时不时地翻看，又或者做成什么壁纸……

她不愿再想下去。

活儿差不多快干完时，魏局过来，宣布晚上请大家一起吃饭。

树苗已经到了，接下来很长一段时间，大伙儿都要忙着种树，很难再有空闲。

得到这个消息，大部分人都很兴奋，等着晚上大吃一顿，干起活儿来也更有劲儿了。

等全部忙完天还亮着，魏局问大家晚上想吃什么。

倒是什么意见都有，七嘴八舌，没个统一。

杜雨薇把相机装好，举手提议："魏局，好久没吃火锅了，要不去吃火锅吧？"

她长得漂亮，一开口就收获了好几个先前张罗要吃烤串的男生的倒戈。

那些男生围了过来，说："火锅行，咱们人多口味杂，谁都能满足。"

"我也馋好长时间了，火锅火锅火锅！"

魏局确实对杜雨薇赏识有加，也愿意听她的建议，于是说："那就火锅吧。"

杜雨薇雀跃地笑起来："谢谢魏局请客！"

那边陈岁忙完收尾工作，远远走过来，眼睛看向夏耳，似乎准备跟她说话。

夏耳屏住呼吸，不知道陈岁找她有什么事，也一直回看他。

杜雨薇对身边这些男生视而不见，看见陈岁出来，热情地招呼道："陈岁！待会儿一起去吃火锅啦！"

陈岁点头，"嗯"了一声。

杜雨薇走到陈岁身边，追问："你想吃辣的还是不辣的？有哪家特别好吃的没？或者你有没有别的想吃的，反正都还没定。"

陈岁朝夏耳扬了扬下巴，淡淡地说："我听她的。"

杜雨薇笑容僵了下，转身走到夏耳身边，问："夏耳，你能吃辣吗？还是想吃别的？"

夏耳对上杜雨薇的目光，又看了眼一旁的陈岁，摸了摸自己的肚子，歉意地笑了笑："我好像不太饿，聚餐就不去了，你们去吧。"

"啊，你不饿吗？"杜雨薇打量夏耳，"你现在不饿晚上也会饿，多少去吃一点吧？"

"没事，我真的不饿，而且我还有别的事儿要干，你们去吧，不用等我。"

其他人见夏耳不愿去，全都过来劝："干吗呀，你入职后第一次聚餐就缺席啊，多遗憾哪。"

"我跟你说，之后的日子有的忙了，再想吃火锅可没机会了，就一起去吧。"

"你有啥要干的，说出来，我们大家一起帮你干不就完了吗？"

大家说着话，竟把夏耳给围住了。

夏耳看着周围这一大圈人，你一言我一语都在劝，她顿时感觉一阵罪恶，因为自己的心情，好像把聚餐的愉快氛围都给搅了似的。

夏耳一脸抱歉，不太熟练地撒了个谎："真的不行啦，是亲戚家的小孩子要高考了，我要回去给他辅导功课。等这段忙完，再请大家吃火锅，把这次补回来，可以吗？"

听她这样说，其他人不再勉强，只好作罢。

"那就等下次再补回来吧。"

其他人都往外走时，陈岁走过来，问夏耳："你真不去？"

夏耳摇摇头，自下而上看他。

从他的角度看去，她的眼睛又大又水润，像会说话的星星。

"我不去了，你们去吧，我饿了自己会吃东西的，不用担心。"

陈岁垂眼，抬手圈住她的手臂，没怎么使力地拎了拎，她的胳膊就跟着晃荡。

夏耳一脸莫名，不懂他干什么。

"瞧你瘦得，还不好好吃饭。"陈岁松开她，嘴角扯了扯，"食人族把你抓走了，都会再把你送回来。"

夏耳后退一步，视线越过他，看到后面的杜雨薇，说："你快去吧，人家喊你吃火锅呢。"

陈岁闻言，转头看了一眼。

其他人都忙着上车，只有杜雨薇一直站在外面，像是在看风景，又像是在等什么人。

陈岁回头看了眼面前低头的小姑娘，挑眉小声说："那我去了？"

夏耳瞄了一眼他的鞋子，飞速收回视线，说："你去吧，吃多一点，把我那份吃回来。"

"行，那我先走了。"

陈岁没再多说，似乎怕别人等他，还跑了三两步。

杜雨薇见他过来，跟他打招呼，邀他一起上车。

夏耳见陈岁走得利落，头也没回，心里更加沉闷。

原本不饿还是假装的，这下她是真不饿了。

夏耳一个人回去，看着空荡荡的宿舍楼，到处都是孤独的意味。

陈岁上车跟杜雨薇坐在一起了吗？会不会连吃饭都坐在一起？

她突然有些后悔没去，去了的话，她就能跟陈岁坐一起了。

夏耳回去坐了一会儿，起身把要洗的衣服拿到公用洗衣房去，听见洗衣机哗哗的转动声，她才觉得好点。

夏耳打开电脑，趁着没人打扰，写了两千字稿子，借着写作抒发情绪，心情好了很多。

写着写着，夏耳有一句话卡住，没想好应该用什么词语来适当表达，手指悬在键盘上，半天没有落下。

她整个人像被定住，停在这里思索许久。

一旁充电的手机蓦地振动，夏耳醒过神，拿起手机看了一眼，竟是陈岁打来的电话。

他打电话干吗？火锅吃完了？要帮她带饭？

夏耳心静了一瞬，滑动屏幕后，把手机放在耳边。

“陈岁？”

“姐姐。”

什么姐姐？

夏耳把手机拿开，看了眼屏幕，确定是陈岁没错，难道是别人捡了他的手机吗？

“你好，请问你是？”

“你好，我是一名高三考生，现在有一道题不会，姐姐能不能辅导辅导我？”

听陈岁这懒洋洋的语气，夏耳蹙起的眉头松开，意识到自己的谎言被他识破，靠在椅背上的她脸颊一红。

“陈岁，别闹了。”

“辅导一下我吧，这道题真的好难。”

电话那边，陈岁一副你不教我，我就不放过你的无赖口气。

夏耳拿他没办法，只好配合他。

“是什么题啊，连你都难得倒？”

陈岁那略显清淡的声线，顺着听筒清晰地传过来。

“我的姐姐好像生气了，你知道该怎么哄好她吗？”

一瞬间，热气上涌，夏耳的脸红到爆炸。很快，她似乎意识到了什么，走到窗边向外看。

陈岁站在院子里，穿着黑色的大衣，一手拎着很多东西，另一只手举着手机跟她招手，嘴角微弯。

看到陈岁站在楼下，夏耳一下子躲到窗帘后面，怕陈岁发现她脸红。

即使心里清楚，他根本发现不了。

她靠着墙壁，手机紧贴脸颊，屏幕好似在发烫，她快要拿不住手机了。

夏耳问：“你怎么没去吃火锅？”

陈岁的声音传过来，隐约带着笑意：“你说呢？”

“我、我怎么知道？”

“你不知道，那我也不知道。”他拖腔拉调地回道。

夏耳垂下眼睫，心怦怦直跳，小声嘟囔：“当事人都不知道，我就更不知道了。”

“你真不知道？”

“不知道。”

“不知道就算了。”话题在他这儿轻松收尾，“那，你还生气吗？”

夏耳抬手，试图用冰凉的手指消减脸上的热意，连声否认：“我没生气。”

声音软软的，透着一点心虚。

“既然没生气。”陈岁好似真的信了，“我可以上来了吗，姐姐？”

夏耳被他叫得心都慌了，软声抗议：“你别这么叫我。”

“那我上来了。”

“噢……”

电话挂断，夏耳放下手机，飞快地把桌子上的杂物归到一边，又把床单坐出来的褶皱捋整齐。大致扫了眼屋子，确认没什么不妥之处后，夏耳理了下鬓发，重新坐在电脑前，装作一直在写东西的样子。

虽然眼睛看着屏幕，心却早就飞了，在想陈岁走到第几层楼了，还有多少米会走到她的宿舍，她在等走廊的脚步声响起。

一分钟后，陈岁在门外敲门。

夏耳心跳得飞快，走过去拉开房门，陈岁张扬帅气的五官一点点映入眼帘。

他垂眸望着她，眼底盛着笑，她被他这副神情搞得不自在，低头回到桌前，继续假装创作了。

可她还卡着文，根本写无可写，装都不好装。

夏耳为了显示自己在忙，把最后两句话删了，又重新敲了一遍，笔记本键盘被她敲得噼里啪啦的。

陈岁把东西放到电脑旁边，恰好是夏耳刚刚收拾过的位置，夏耳不由得暗中庆幸。

飞快地扫了一眼过后，她目不斜视，打完最后一个字，手指就停了。

卡文，尴尬的卡文。

陈岁放好东西，把塑料袋一一打开，招呼她：“刚买的比萨，应该还没凉。”

夏耳其实是有点饿了，但是她之前说自己不太饿，只得假装矜持地坐在那儿，说：“好的，谢谢你啦，我写完就吃。”

可是嘴上说写东西，实际上卡了半天没写，看起来也太像撒谎，于是很无奈地，夏耳又把那两句话重打了一遍。

然后就真的卡住了。

陈岁把装小吃的盒子一一打开，摆好。

全都忙完后，见夏耳还盯着电脑不动，陈岁右手撑着桌子，左手搭在她的椅背上，俯身去看电脑屏幕，声音低沉：“你写什么呢，这么认真？”

光亮被他的身影挡住，夏耳只觉热气拂来，她右侧的耳朵都跟着红了。

他眼睛看着屏幕，专注而温柔，似乎真的好奇屏幕上的内容，才会以这么……这么亲密的姿势靠过来。

像是把她圈在怀里一样。

事实上当然没有，可他身上的味道却会给她这种错觉。

也说不好具体是哪一种味道，大概是他平时用的沐浴露，加上他自己的独特气味，四面八方包围着她，她根本没有逃掉的余地。

夏耳被陈岁这样一搞，心都乱了，手下意识地按下笔记本屏幕，让屏幕跟键盘呈六十度锐角，谁也别想看到屏幕上的内容。

他离这么近跟她说话，近到她毫不费力就能感受到他周身的温度。她屏住呼吸，心快要从嗓子眼里跳出来，视线瞥另一边，小声回应：“没什么，随便写个东西。”

她不给看，陈岁也没多纠缠，同样的姿势没变，侧过头来，垂眼注视她，搭在椅背上的手敲了敲她的左肩。

“先吃饭？”

“好。”夏耳倏地站起来，抱起电脑低头逃跑，“我把这里收拾一下。”

说是收拾，其实是想逃离被陈岁圈住的空间，她心跳都快停了。

陈岁看她跟一只没了方向的小鸡崽儿一样，在屋子里左边一趟右边一趟，他斜倚桌子，手臂环抱，双腿交叠着等她。

夏耳给桌子收拾出来一块空地方，把买的比萨和小吃重新摆好，让陈岁坐。

陈岁问：“你坐哪儿？”

“我坐床上就好了。”

陈岁把一次性手套给她，自己也戴了一只，说：“我随便买了一些，不知道你喜不喜欢。”

“谢谢。”

夏耳尝了一块比萨，陈岁应该是多加了一倍芝士，馅料饱满，牛肉多汁，芝士浓香，一下午的劳累，都在这一口比萨中得到了缓解。

陈岁坐在旁边，她忍不住瞄他，要说一个人长得好，有的是皮相好，有的则是骨相好，陈岁就是骨相好的代表。

陈岁身子微动，她赶紧移开眼，怕被他发现她在偷看。

意识到两人默然对坐的尴尬氛围，夏耳摘下手套，把平板电脑拿出来，进视频网站随便找了个电影看。

“我喜欢看视频下饭，你不介意吧？”

“没事儿。”

视频播放，屋子里终于有了其他的声音，夏耳暗暗松了口气。

她一边吃东西一边看，明明是个评分不怎么高的韩国烂片，她却看了进去。

电影的女主角住在闺密家，闺密却出差了，家里只剩下女主角跟闺密的男友。

孤男寡女每天共处一室，气氛逐渐胶着。凡是两个人同框的画面，性张力和禁忌感弥漫，明明都在克制，却总感觉两个人下一秒就会滚到床上去。

稍微看了那么一会儿，夏耳立马变得坐立难安。

因为她发现自己竟然选了部韩国情色电影！

她暗中看了陈岁一眼，他倒是没什么特别的反应，还在吃意面。

夏耳只好继续看。

电影里，两个人一起准备晚饭，女主角打开上方橱柜，似乎要拿什么东西，但是怎么都拿不到。

男主角站在她的身后，轻松地把她够不到的东西拿了下来。

女主角吓了一跳，在男主角的怀抱中转回身，跟紧贴着她的男主角对视。

似乎有八个机位在特写这一幕，两人的目光，微启的唇，呼吸可闻的距离……

在这个时候，女主角问了一句话。

她说：“你有没有听过一句话？跟异性对视8秒以上，对方就会……”

后面的话她没能说完，男主角已经吻了下去。

干柴引燃烈火，两人紧紧抱在一起，在水池前，在冰箱上，他隔着薄衫，解开她的内衣扣……

夏耳慌忙地扣下平板，按灭屏幕，把平板扔到床上。

做完这些，她的脸红得如同火烧，欲盖弥彰地解释：“我、我吃饱了，就不看了。”

陈岁一眼看穿，也不说破，只是问：“你真不吃了？我一个人可吃不完这些。”

夏耳当然没吃饱，乖乖顺着陈岁递的台阶而下，说：“那我就再帮你吃一点吧。”

陈岁笑眯眯地说：“谢谢小耳朵帮忙。”

夏耳往薯条上挤番茄酱，不小心挤到手指上，她用纸巾擦掉，忽地想到什么，故作不经意地问：“大家都去吃火锅了，你没去，别人会不会生气呀？”

察觉到陈岁看过来的视线，夏耳假装没发现，把薯条送进嘴里，一截一截地咬掉，长长的薯条，半天才吃掉那么一点。

陈岁翘起一边嘴角，问道：“你觉得谁会生气？”

“就那些……同事什么的，我没去他们都不太高兴呢，再少了你，肯定更不高兴啊。”

“原来这样。”陈岁点点头，“可能会有人生气。”

“哦。”

“不过——”陈岁注视着夏耳，像是有意，又似无意地说：“别人生不生气，我又不在乎。”

他的尾音像是带着羽毛，在她心头轻轻地挠蹭。

夏耳拼命抿住嘴角，才没让心底的笑容蔓延到整张脸上。

“哦……”

她应了一声，发觉自己像是得了便宜又卖乖，赶紧闭上嘴巴，不出声了。

陈岁挑了挑眉，问道：“那你呢？你又为什么生气？”

夏耳赶紧抻长脖子，为了显得自己更理直气壮一些，说：“谁、谁生气了？我可没生气。”

说完，她又给自己找补：“那我要是真生气了，难道还会接你的电话，跟你坐在这里吃饭吗？我要是生气了，我、我超凶的！”

陈岁看她涨红的小脸，连说话的声音都带着笑意。

“嗯，知道了。”他摸摸她的头顶，“小耳朵超凶的。”

为了高效地栽种这些灌木柳树苗，也为了今后长大的灌木柳不再被牧民破坏，动物保护局制定了一个计划。

这个计划也是大家开会商讨出来的，因为灌木柳需要覆盖的面积很大，新疆地广，光靠局里这些人哪里看守得过来，最重要的是，大家也没那个时间一直看守。

所以这个计划就是，让牧民们参与到对河狸的保护中来，每户牧民负责一些树苗，到秋天给每户牧民一些奖励金。

因为这种合作模式也是第一次采用，互相之间都需要建立信任，就需要派人跟牧民们去商谈。

这个任务就落在了陈岁的头上。

这个世界对长得好看的人总是宽容的，所以局里有需要跟外人打交道的事情，都是陈岁负责，可以说是动物保护局的“门面担当”。

宣布任务的时候，杜雨薇也在场，她举手说：“魏局，我跟陈岁一起去吧。”

她是什么心思，大家怎会不懂，纷纷开始起哄。

杜雨薇闹了个红脸，但还是一本正经地说了下去：“跟牧民们签合同，肯定要拍下来呀，我跟陈岁去，还能记录一下。”

夏耳在一边看着，见她这么坦然大胆，心思不由得一动：既然杜雨薇可以，那自己是不是也……

夏耳犹豫几秒，但是很快地告诉自己不能再犹豫下去了。正所谓一鼓作气，再而衰，三而竭，她不能等勇气衰下去，她也要为自己勇敢地争取一次。

“魏局。”

“魏局。”

两个声音同时响起，夏耳诧异地看过去，对上了陈岁的视线。

他眼底的惊讶十分明显。

魏局分别看了他们两人一眼，首先问夏耳：“怎么了，小夏同学？”

原本打算得好好的，被这么一问，夏耳又不敢直言了。

“我……没事，让陈岁先说吧。”

魏局看向陈岁。

陈岁说：“夏耳也会拍照，让她跟我一起去吧。”

夏耳猛地抬头，脸上的欣喜之情蔓上眉梢。

“可以的，我没问题。”她赶忙答应。

魏局摆弄起笔帽，说道：“既然小夏同学都这么说了……”

“局长，我也一起去吧。夏耳没经验，不知道拍什么样的照片，我去了也能教教她，这样她以后也能多帮我拍拍。”杜雨薇接道。

“啊，这……”

魏局左右为难，看了眼高挑明艳的杜雨薇，又看了眼乖巧可爱的夏耳，最后把视线落在陈岁身上。

他不由得想，自己果然是年纪大了，这种拒绝一个就会得罪另一个的单选题，他已经没有勇气选了。

那难题还是交给年轻人吧。

“小陈，这趟就辛苦你了，两个女同事都跟着你，要好好照顾她们。”

陈岁没什么表情地说：“行，知道了。”

出发前，夏耳看了眼天气预报，新疆昼夜温差大，加上最近倒春寒，明明是四月份，竟然有降雪预警。

她对此表示惊讶。

杜雨薇却说："正常，新疆六月份也会下雪，没听说过一句话吗？早穿皮袄午穿纱，围着火炉吃西瓜。你待久了就习惯了。"

夏耳的确是头一次见，觉得格外新奇。

跟着陈岁到牧民那忙了一天，牧民们都觉得这是一件很好的事，合作倒是没有什么不愉快的。

走完这个部落的最后一家，这一家见天色已晚，非要招待他们。

哈萨克族人本就好客，三人百般拒绝，也没能成功，只得留下用餐。

牧民们拿出仅余的冬肉烹制，又在炉子上煮咸奶茶，烤饼，烤包子，大盘的鸡肉、羊肉、牛肉，摆了满满一桌，比去饭店还要丰盛。

吃完了饭，这家人又拿出水果和一些奶制品，在屋子里跳舞唱歌，弹冬不拉。

穿民族服饰的小孩子从外面跑进来，用生涩的普通话说："哥哥姐姐，外面下雪了！"

真的下雪了？

夏耳跑到门口，一开门，屋外大雪纷飞，恍然间以为进入了冰雪世界。

杜雨薇跟过来，"呀"了一声："我们的车！"

夏耳定睛一看，停在木屋前的面包车顶上覆了一层雪，按照这个雪势下去，他们今晚不知道还能不能回去了。

这家的男主人叫巴依，巴依也看到了外面的情景，热情地挽留他们："下雪天驾车很危险的，就不要回去了嘛，就在我家住下。如果不留下你们，胡大也会怪罪我的嘛！"

胡大是他们信仰的真主安拉。

估算了一下回去的车程，雪天路滑，途中又没路灯，开回去确实有点危险。

巴依坚决不让他们走，就跟留他们吃晚饭一样，没法让人拒绝。

思来想去，他们只得在这儿留宿一晚。

巴依一家很高兴，热情地去拿被子来，就要给他们铺好。

夏耳见他们把自己用的被子拿了过来，一下子不安起来，问道："那你们盖什么？"

"没关系，你们是客人的嘛！客人就要盖最好的嘛！"巴依丝毫没有在意这些小事。

夏耳能看出来，巴依一家并不富裕，他们用的家具和餐具都有些旧了，也不像别的家里那样，拥有很多牛、马、羊。

把被子让给了客人，就代表他们没有被子了。

陈岁说：“我记得车上放了两件棉大衣，我去拿出来。”

冬天最冷的时候，他们会穿这种军绿的棉大衣取暖，但是不常穿，就一直放在车里。

杜雨薇也在跟巴依一家表达谢意，坚决不肯做出夺走别人被子的行为。

最终，他们以睡在车里作为“要挟”，巴依才勉强同意把被子抱回去，只留下一条毯子。

巴依一家去给他们烧炕，一时间，屋子里只剩下他们三个。

陈岁把军大衣让给两个女生，说：“留给你们盖着，晚上冷。”

杜雨薇皱了皱眉，不掩自己的嫌弃：“不用了，这大衣在车里放了那么久，也不知道脏不脏，我还是盖自己的外套吧。”

因为大衣并没有特定属于谁，所以大家穿的时候可能并没有那么爱惜。杜雨薇从小娇养长大，接受不了也是情有可原。

陈岁不勉强，把大衣递给夏耳，说：“晚上盖好，将就一下吧。”

夏耳接过，温顺地点点头：“嗯。”

炕烧了一半，不知是不是受天气影响，家里突然停电了，整间屋子陷入一片漆黑。

巴依的儿子送了一支蜡烛进来，放在柜子上，这下他们连手机都不敢玩了，只能躺下睡觉。

在称不上发达的地区，停电是再正常不过的事情，不习惯也得习惯了。

夏耳睡在中间，左边是杜雨薇，右边就是陈岁。

在黑暗中躺了一会儿，杜雨薇弱弱地喊道：“陈岁……”

听见杜雨薇叫陈岁，夏耳的神经顿时一紧。

另一边，陈岁当然也没睡，很快应了一声：“嗯？”

“那个……我……我有点冷，你能不能把大衣借我盖一下？”

即使睡在热乎乎的炕上，但外面飘着雪，睡觉不盖东西还是会冷，这毕竟不是夏天。

夏耳侧过头去，在幽暗的光线下看着杜雨薇的身形，说：“要不你跟我盖一件吧，方便一点。”

杜雨薇拒绝：“不了，我睡觉习惯不好，半夜会冻到你，我还是盖陈岁的吧。”

陈岁没说什么，坐起身，把大衣递给了杜雨薇。

杜雨薇开心地接过，说：“谢谢你，陈岁！你真好！”

“没事。”

陈岁躺下，扯过自己的外套，盖好上半身。

夏耳抿了抿唇，见一旁的杜雨薇欢欢喜喜地盖上了陈岁的大衣，又转头看陈岁，孤零零的一个人。

她没说什么，闭上眼睛强迫自己睡，可是一直以来的熬夜习惯让她精神百倍。

也不知熬了多久，感觉身旁的人呼吸渐渐沉重了，她猜想，他们应该都睡着了。

夏耳很小心翼翼地、一点一点地在大衣下面翻了个身，面对自己的右侧。

反正，现在这么黑，大家都已经睡了。

不管她现在做什么，应该都不会被人发现吧?

以往的时候，不管做什么，她都害怕别人的眼光。

现在没有人在看，那她自然也就不会再怕了。

对，不怕了。

夏耳给自己打气：天这么黑，也没有人知道，那我悄悄给陈岁盖大衣，也没关系吧?

还没开始行动，夏耳的手心就开始渗汗了。

她咬住下唇，小心地扯住沉重大衣的一角，一点一点地向陈岁那边使力。

大衣确实很大，几乎快把她整个人裹住，对她来说，还有很多的富余地方，所以她想分给陈岁一些，怕他会冻着。

听起来没什么，可她不知道杜雨薇的睡眠浅不浅，万一动作太大吵醒杜雨薇怎么办?

她一点一点地挪，一点一点地把沾上她热度的大衣，逐渐覆在陈岁的身上，替他阻隔寒气。

窸窸窣窣的声音终于停止，夏耳不由得松了口气。

大功告成。

夏耳缓缓地把越过陈岁身体的手臂收回来，尽量不跟他的身体发生任何触碰。

就在她的手已经缩到他心脏上方的时候，突然，陈岁一只手猛地抓住她的手腕，紧贴住他的胸口。

她吓得差点惊呼一声时，陈岁忙用另一只手捂住她的嘴。

黑暗中，陈岁睁开眼睛，远处的柜子上烛火晃动，投在他的脸上，轮廓幽暗，明明灭灭。

她听见陈岁用很低的气音问她：“你想干什么？”

夏耳心如擂鼓，耳边都是自己的心跳声。

她看着黑暗中陈岁的轮廓，轻轻摇了摇头，示意他放开自己。

陈岁的手掌覆住她的下半张脸，他瞧不清她，只觉得她的小脸又软又嫩。

这一摇头，独属于女孩子的柔软触感，在他掌心变得无比清晰，那感觉顺着皮肤传到他的心底，痒痒的，让他不自觉想要接触更多……

夏耳的手腕转了转，意图从他手中挣脱。

他喉结滚动了下，压低嗓音告诫她："别叫。"

在这幽暗的木屋内，这声警告似乎压抑着别的什么。

她连连点头。

腕上的力道一点点放开，脸上的手渐渐撤下，她赶紧呼吸两口新鲜空气。

夏耳拍了拍胸口，见陈岁还在看她，不由得心虚，用很轻很轻的气音问："你还没睡啊？"

"在酝酿。"

"什么？"

他的声音实在太低了，加上酝酿这两个字并不是很好发音，夏耳不由得把耳朵往前凑了凑。

陈岁看她跟个小仓鼠似的，就也往她那边挪了一点，附到她的耳边。

"我说……"

他眼睛向下，扫到她的耳朵，热乎乎的。

他忽然不想认真回答了，换了个轻浮的口气："在抓小流氓。"

夏耳脸上的热度好不容易降下，被他这样一说，唰一下又脸红了。

她有些激动地解释："不是啦！我看你穿得那么少，所以我……"

"嗯……"

另一边，杜雨薇嘤咛一声，翻了个身。

夏耳赶紧捂住嘴巴噤声。

陈岁看了眼那边熟睡的杜雨薇，掏出枕下的手机，把亮度调到最低，在微信上跟夏耳发消息。

陳："所以，穿得少也是我的错。"

Ear："？"

陳："你这是受害者有罪论。"

Ear："？？？"

聊天往上，是过年时，她给他发的新年祝福。再上面，就是刚加好友的系统消息。

"你们已经是好友了，快来聊天吧！"

夏耳想，让你来聊天，不是让你来聊这个的吧！

她气不过，在陈岁胳膊上打了一下，在手机上快速打字：“你想什么呢？”

陈岁枕在枕头上，举起手机，屏幕光映着他嘴角懒洋洋的笑容。

“你要我怎么想？”

“一睁眼睛，发现自己进了别人被窝，还有只手在我身上。”

“我很害怕，好不好？”

夏耳语塞。

陈岁在一边假模假样地叹了口气，继续打字。

“看不出来，你的小脑袋瓜里，竟然对我有那种想法。”

“也对。”

“你喝我饮料那次，我就该明白的。”

看着屏幕弹出来的消息，夏耳瞠目结舌。

她的话居然可以被曲解成这个意思吗？

下一秒，聊天框又弹出来一句：

“果然男孩子在外面要学会保护自己呢。”

夏耳再次无语。

陈岁高中时就这样，总是用一些无赖言论把她气得跳脚，想不到现在二十多岁的人了，还是这副不正经的样子。

但是她已经不是十几岁的小女孩儿了，才不会再被他欺负。

她已经警告过他了，她超凶的。

夏耳拉住大衣的衣角，狠狠地翻了个身，费尽心思才盖好的大衣无情从他身上滑落。

陈岁只觉身上倏然一凉。

夏耳软软的声音飘过来，听起来倒是还在关心他。

只是，怎么听怎么不对劲。

“那你可千万要保护好自己呢！”

陈岁在黑暗中挑眉，不知怎的，脑海里闪过一句话。

原来兔子急了，也是会咬人的。

他靠近这只“小兔子”，丝毫不在意自己刚从夏耳手里吃过瘪。

他伸手挑了绺她的头发，在指间轻轻捻了下，头发摩擦发出“沙沙”的声音。

他问：“我要是不想保护自己呢？”

夏耳的大脑瞬间处于宕机状态。

什么意思？

是她想的那个意思吗？

她会不会理解错了？

身为织女镇的文科状元，夏耳头一次对自己的理解能力有些不自信。

可万一他开玩笑呢？他是随口乱说的呢？

他这个人平时对她也没有很正经，上学时就总爱逗她，看她生气，还喜欢叫她小傻子。

夏耳有些拿不准，陈岁这句话背后的含义太暧昧了，她一时不敢接。

她捏紧大衣一角，左边的杜雨薇呼吸声逐渐粗重，应该是听不见他们的对话的。

她稍微安心了一些，却也没有回头，背对着陈岁，揣着明白装糊涂，小声地问：“干吗不想保护自己，你不是怕我会对你怎么样吗？”

说完，她紧张得用指甲抠住掌心，那种尖锐的感觉，才能让她保持冷静，不在这个深夜抱着衣服扭作一团。

陈岁控制不住嘴角的笑意，连他都搞不清自己到底在笑什么。

他慢悠悠地回道：“真有这种好事的话，我更希望……每天都能发生呢。”

该死，为什么巴依要把炕烧得这么热啊？

如果不是的话，为什么她会变成一只红透的虾？

夏耳控制不住自己，在大衣下翻了个身，这一翻过去，又跟陈岁面对面，她能感觉到他正在看着自己。

黑暗里对上陈岁的视线，夏耳说不清为什么，很想避开他的视线，怕他会发现自己的异样，怕他察觉到她其实没有那么淡定……于是她又翻了回去。

她体内的血液循环加速，浑身燥热无比，很想像火车拉汽笛那样，把体内的这股燥意排解出去，才能让自己冷静一点。

她咬住下唇，软软的声音从齿缝逸出：“我困了，要睡觉了。”

下一秒，她把自己用不到的那一半大衣甩到陈岁身上。

“不保护自己没关系，但是别冻着自己哦。”

面对突如其来盖在自己身上的棉衣，陈岁抓住毛领，覆住自己的胸口。

都这个时候了，还怕他冷。

陈岁弯起嘴角，无声微笑。

“知道了，谢谢小耳朵。”

夏耳很怕第二天起迟了会被杜雨薇发现他们两个盖了一件大衣的秘密，所以她睡得并不踏实。

睁开眼时，右侧的位置已经空了，左边的杜雨薇还在睡，夏耳松了口气，看了下时间。要是放在平时，这个时间她根本不会醒，她担惊受怕的，好像在跟陈岁偷情一样。

偷情……

脑海里闪过这个想法，夏耳耳根一热，又想起昨晚跟陈岁的对话。

他说，真有这种好事的话，他希望每天都能发生。

这种好事指的是……

那他希望每天都发生，是不是就代表……

她没有理解错吧?

应该没有吧?

夏耳捧住自己的脸，心里头七上八下的，意识到某种可能性，她不自觉地翘起嘴角，脸上肌肉都酸了，也没办法压抑那种雀跃的心情。

可万一陈岁真的在开玩笑呢？毕竟他那么喜欢开玩笑。

夏耳笑不出来了，捧脸的手缓缓放下，沮丧地嘟起嘴。

怎么会这样啊？好想把陈岁揪过来问一问，他到底是什么意思。如果他不是那个意思，为什么又说那样的话？是觉得很好玩吗?

夏耳想来想去也没个结果，一时间心烦意乱，心情都不好了。

她从炕上坐起来，把大衣放到一边，蜡烛烧了一夜，融化的蜡油在柜子上凝固，烛芯黑黑的，火早已被人吹灭，应当是陈岁吹的。

她觉得自己就像这支蜡烛，兀自燃烧了一晚上，最后剩下一堆狼藉的心情。

都怪陈岁，她讨厌死陈岁啦!

夏耳穿上鞋子，打算去外间洗脸，一出去，陈岁刚好从室外进来。

已经八点多了，阿勒泰这边天才刚亮，熹微的晨光从外面照进来，陈岁的鞋上还沾着雪。

四目相对，夏耳心头酥麻，很快移开视线，不敢看他。

陈岁走进来，把门关好，问她：“你醒这么早，不多睡一会儿吗？”

“不了，睡也睡不好，回去再补觉吧。”

夏耳四下看了看，想找热水洗脸。

陈岁看出她想洗脸，过去帮她打水，顺口接道：“怎么没睡好，不会是因为我吧？”

说完，水也打好了。

夏耳过去洗脸，一边挽袖子，一边借着盆中水的倒影打量自己，难道答案这么明显吗？怎么会被他一眼看穿?

她扯了个谎：“才不是呢，是我睡觉认床。”

“哦。”陈岁的语气似是而非，“我还以为是我害你冻着了呢。”

杜雨薇起床后，巴依留他们吃早饭。他们三个人是临时留宿，没带洗漱用品，他们都不习惯不刷牙就吃东西，所以谢过巴依后，悄悄在毯子下面塞了五百块钱，就直接回去了。

夏耳先上车把大衣放到后面，坐好后，见杜雨薇还在车外抱着大衣，她伸出手，说："给我吧，我帮你放。"

杜雨薇说了句"不用"，自己把大衣扔到后面，也没跟夏耳坐在一排，独自坐到最后，掏出耳机戴上了。

夏耳尴尬地收回手，觉得杜雨薇态度怪怪的，可后者又好像确实脾气性格比较直接，想了想，应该是自己多疑了。

跟牧民们的合同签订顺利，这场雪融化后，牧民们领取了一半奖励金，并开始了在乌伦古河边栽种灌木柳的活动。

由于他们在社会上发布的公益捐款引起了很大注意，最近陆续有不少媒体过来采访，夏耳负责招待，完成采访，整个四五月份都在忙碌当中。

新闻稿一篇篇发布出去，采访也在各大平台引起反响，蒙新河狸终于不再是默默无闻，他们的救助行动得到越来越多人的关注，甚至又有不少人伸出援手。

这些都是好的成果，也让他们看到了来自社会各界的善心。

夏耳的稿子也在忙里偷闲地创作中，因为切实参与到了野生动物保护中，所以写起来得心应手，速度还算快。

她把稿子发给主编后，主编非常高兴，跟她说了这本书的后续安排，说已经有很多影视公司在关注了，他们会选择一个最有诚意的公司签约，来负责后续的影视开发。

夏耳表达了感谢。

六月某天，陈岁突然在工作群里发了张照片，说："这只河狸情况好像不太好，兽医准备一下，我马上把它送过去。"

兽医姐姐回："好的。"

夏耳点开图片，从图上就能看到肚皮上的新伤旧伤，更别说那些照片上还看不出来的地方。

半个小时后，陈岁和其他同事带着河狸回来，兽医把它放在了手术台上，做了各种检查。

兽医说："应该是跟其他河狸打架受的伤，根据它受伤的情况来看，应该都是这两个月的事。"

夏耳不太懂这些，忍不住发问："是河狸本性爱打架吗？那受伤的河狸是不是很多？"

另一个同事说："不是的，一般河狸家族是由成年河狸、亚成年河狸以及幼年河狸组成。每年四五月河狸宝宝出生时，亚成年的河狸就会被成年河狸赶出家门，它们就得自己建立一个新家。

"这只河狸应该就是这个时候被赶出去的，我猜它受伤，是因为跟其他河狸抢地盘，但是没抢过。"

陈岁在一旁听着，专注地看着手术台上的河狸，没有什么表情。

夏耳眉头一皱，虽然说生物界有生物界的生存法则，可她还是……说她同情心泛滥也好，烂好人也罢。

她握了握拳，看向说话的同事："那这只被赶出家门的河狸做错了什么呢？因为有了幼崽，就要抛弃大的那只吗？"

陈岁的脑海里忽然闪过陈广那一条又一条的朋友圈。

那些晒娃的小视频，还有每次都要发满九宫格才罢休的图文。

有了幼崽，抛弃大的，真的是遭人唾弃的行为吗？可他为什么觉得大家都习以为常了呢？

陈岁想起陈广每次联系他，说是为了一家团聚而让他回家，其实都是为了那个弟弟的某些时刻，譬如出生，譬如周岁宴，譬如庆祝弟弟开始上幼儿园。

就好像在朋友圈晒了幸福还不够，非要他也来分享一下。

有时候，陈岁忍不住怀疑，陈广拼命做这些，是在证明给所有人看，自己其实也是一个好爸爸。

是个好爸爸，就不存在那些失职的事情。

也不存在，他几乎半抛弃这个儿子的事实。

陈岁忽然伸出手，握住河狸厚厚的爪子，拇指缓缓摩挲着河狸的毛，嘲讽地勾起一边嘴角。

"因为它长大了，留在家里只会讨人厌。"

夏耳疑惑地看着他，不理解他怎么会说出这样的话，说道："可是它再怎么长大，也还很小吧，也很需要爸爸妈妈的庇护呀。"

陈岁收回手，放好河狸的爪子，垂眼看着这只奄奄一息的河狸，忍不住想，要是它这样死了也好，说不定就不会痛苦了。

夏耳并没有注意到陈岁的情绪，她走近手术台，弯下腰身，温柔地注视河狸。

连日来没有固定住所，也没有很多东西吃，这只河狸瘦得不像样。

此刻打了麻药，它无力地躺在床上，用脆弱的小眼睛巴巴注视着夏耳。

夏耳的心都被萌化了，她抬手摸了摸河狸的头顶，软萌萌的，可可爱爱。

她说："没关系呀，小宝贝，没有人爱你，我来爱你好不好？"

像是有人在陈岁的心上用力地开了一枪，他浑身一震，喉结上下滚动，看向面前的女孩。

在这一刻，他仿佛也变身成了那只河狸，躺在被白炽灯照亮的手术台上。

那些过往受到的伤，在黑暗中默默舔舐的疼痛，无家可归的孤独，在她伸手触碰它头顶的那一刻，通通得到了救赎。

Chapter 14

/ 模拟约会 /

兽医给河狸做了全身检查后，发现它身上新伤有好几处，且都在流血，旧伤结了痂，全被毛发盖住了。假如没有被及时发现，再过两天它说不定会死掉。

兽医们立即对河狸进行救助，其他人退了出去。

回到办公室，别的同事问起这只河狸的情况，陈岁大致说了一下。

大霖说：“怪不得我们工作做了这么多年，河狸家族数量并没有增多，这说明我们的工作还是不到位，还有河狸每年都以一定数量死去。”

孙昊沉思了一会儿，说道：“河狸每年能繁衍一两只，按说河狸数量每年都应该增长两三百只左右，主要的问题还是在于植被的破坏，河狸食物不够，才会打架、争地盘，看来我们今年种的这五万棵树苗还远远不够。”

陈岁最后说：“先看看这些树苗的成长情况，再根据情况考虑补种吧。五万棵树苗，成活率不可能达到百分百。如果长得好，我们也再适当扩大一下种植范围，尽可能多地给我们的蒙新河狸创造良好的生态环境。”

其他人纷纷赞同。

动物保护任重而道远，他们要做的事情还有很多。

这一天，程可鱼在微信上跟夏耳说话。

咸鱼一条：“主编把你这本书交给我了，放心吧，我会对你负责到底的！”

夏耳刚想回复，程可鱼又发来一句话。

咸鱼一条：“还有一件事，我不知道该不该说。”

Ear：“如果是你们公司的内部秘密，就还是保密吧！”

咸鱼一条：“？”

咸鱼一条：“不是，跟公司没关系，完全是我个人的看法。”

夏耳难得看程可鱼用这么正经的语气说话，就问她：“什么事呀？”

咸鱼一条：“就是现在我不是负责出版你的新书吗，内容肯定要看的，实话实说，你现在很红，所以你写的书，公司闭着眼睛也会出，因为肯定会有读者买账。”

看她绕了这么一大圈，夏耳猜不出她是什么用意，回了个嗯字，继续等待下文。

咸鱼一条：“但是我看完之后，以我多年阅读小说的经验来说，我觉得你书中的男女主角的感情戏稍微……别扭了一点点。”

夏耳第一次听见有人这样说自己，没回话，继续往下听。

咸鱼一条：“你之前写的都是校园文，这应该是你第一本都市题材的作品，你的文字比较青春，更擅长描绘少男少女的情感，塑造都市角色相对来说，就有点不对劲。”

的确，夏耳赶上好机会，此前国内少有青春题材的电影，她的校园文就成了第一个吃螃蟹的作品，所以她就一直在走这个路线。

因为创作瓶颈期，她也想做出突破，才写了自己不擅长的都市题材。

夏耳思索了一下，打字问：“比如呢？”

咸鱼一条：“比方说，你书中的男女主角在一起之后，他们的约会内容是一起吃饭，但是你写得很不像情侣约会，就完全是两个饭搭子啊。”

咸鱼一条：“还有，他们抽空约会去看风景，居然真的是到处看看就回来了……姐妹，你这不行啊，一点儿也不言情。”

咸鱼一条：“反正两个人在一起之后，对手戏真的不太够看！你写的这些东西吧……怎么说呢，一看作者就没谈过恋爱。”

怎么还人身攻击呢？

咸鱼一条：“不过这也仅仅是我个人的看法啦，主编什么都没说，一直在夸好看，让我们赶紧安排校对送审。我也没有一定要你改的意思，就是想跟你说一说。”

咸鱼一条：“改不改都可以！你不想改也没关系，总体来说还是很好看的！白璧微瑕罢了！”

面对程可鱼发来的一条条消息，夏耳握着手机沉思半天，最后慢吞吞地回复：“我考虑一下。”

夏耳每天到局里都要去医疗室看看这只河狸。

兽医给它缝合了伤口，上了药，怕它会撕扯啃咬伤口，还给它戴了保护圈。每次进去看瘦瘦的它躺在那里，都觉得怪可怜的。

孙昊负责媒体运营方面，跟杜雨薇要了河狸照片，要拿去发在官方微博上。

开会时，孙昊问大家：“你们说要不要给它取个名？”

众人集思广益，结果取了一堆猫狗的名字，大家觉得不好，又取了一堆吃的，什么可乐、雪碧、鸡翅。

闹了半天都没有满意的，陈岁见夏耳一直默默在旁边听，也不参与，就问夏耳：“你有没有好名字，贡献一个？”

夏耳没想到这种事会有人想着自己，“啊”了声，说：“我想不到好名字呢……但我觉得，它就是一只河狸嘛，要不就叫它阿狸吧。”

说完，她又看了看其他人：“我想的会不会太简单？”

其他人当然没什么意见：“这名吧，你乍一听有点简单，仔细一品，又挺好。”

“反正它就是河狸，叫它也听不懂，顺口就行，就这个吧。”

眼看着大家都顺着夏耳的意思，杜雨薇哼了一声，说：“这太敷衍了，都拿不出手。”

夏耳小声说：“确实是现想的。”

杜雨薇低头刷手机，边刷边说：“我记得以前贴吧有个很红的表情包也叫阿狸，你不觉得跟别人重名很不好吗？万一被人抓住把柄攻击怎么办？”

夏耳身为作家，对与“抄袭”类似的字眼十分敏感，解释道：“我随口说的，没想那么多，不合适的话，那再想想别的。”

陈岁看夏耳在桌下抠手，兔耳朵都耷拉下来了，当然夏耳是没有兔耳朵的，可他莫名有了这样的画面感。

陈岁看向杜雨薇，语气微冷：“私下里重名犯法吗？你立的规矩？”

杜雨薇一噎，看了眼周围的人，大家都假装没听到，她眼圈一下就红了，声音带了哭腔：“陈岁，你干吗呀，我也没说什么吧？你至于在大家面前这样说吗？我哪里惹你了啊？”

夏耳能看出来，杜雨薇肯定走到哪里都是众星捧月的，被当公主似的对待，陈岁当着这么多人面让杜雨薇下不来台，女孩子自尊心受挫，肯定丢脸。

陈岁这样对杜雨薇，是在替她出头，她心里清楚的。

夏耳试图安慰杜雨薇：“你别往心里去，陈岁也是就事论事……”

“不用你假好心！”杜雨薇抹掉眼泪，倔强地坐直身子，“上高中时陈岁就护着你，隔了这么多年，陈岁还护着你，你心里很得意吧？”

夏耳想说没有，可又怕说出来火上浇油，嘴巴张了张，憋回去了。

她心里也觉得委屈，这关她什么事呢？

陈岁长臂一伸，搭在夏耳的椅背上，明明没搂住她，却明显能让人感觉到两个人与众不同的关系。

他眼皮一掀，语气偏冷：“我护她怎么了？从小到大我都没让她受过一丁点儿委屈，凭什么受你的？”

杜雨薇愣住，认识这么久，陈岁头一次用这种语气跟她说话。

陈岁这个人，从读书时就跟别的男生不一样。她记得高中时，班上一个女生常被其他男生戏弄取笑、给她取难听的外号，那女生每天都很自卑，不敢跟男生接触。

而陈岁从来没有参与过。

陈岁以前跟她是同桌，可她对他从来不了解，他话也少，她只是觉得自己的同桌长得非常帅。

真正对陈岁有好感，是某一天课间，那女生被其他男生大声取笑外貌，把她跟其他班出了名的“傻子”凑成一对儿，杜雨薇看到那女生在座位上快要哭了。

就是在那个时候，陈岁在教室里，喊了那个女生的名字。

很少有人再喊她的名字了，特别是在她有了那么多“贴切”的外号之后。所有人都有些意外，尤其喊她的人还是品学兼优的尖子生陈岁。

陈岁问这个女生借了上一节课的课堂笔记，说是有一个地方抄漏了。

班上那么多人比这女生学习好，他都没有借，只借了她的。

女生也愣了，连难受都顾不上，手忙脚乱地找出笔记本，递给陈岁。

陈岁说了“谢谢”，不到一分钟抄完，还回去时还顺口说了一句：“你的字很漂亮。”

班上所有人都在取笑、欺负一个女生的时候，只有他在真心赞美她。

陈岁的话掷地有声，把所有嬉笑的面孔都衬得丑陋了。在他说完话以后，教室里的人不约而同地感到一丝尴尬——为自己低劣的品行感到尴尬。

杜雨薇就是在那个瞬间对陈岁有了好感，一个对所有人都在欺负的女生也能流露温柔的男生，一个从内而外散发温柔的人，她一直以为自己得到了这份温柔，可是这一刻才发现不是的。

陈岁的温柔完全是出于涵养和风度，一旦触碰底线，就会释放出他心底的野兽。

夏耳就是他的底线。

杜雨薇忽然有些死心了，一味追求一个不喜欢自己的人，是不会有结果的。

她从来没这么丢脸过。

她看了一眼四周，推开门跑了出去。

室内安静一瞬。

其他同事咳了咳，打圆场似的谴责陈岁："雨薇说话冲，你就不能让着她点儿，人家毕竟是小姑娘。"

陈岁淡淡地看回去，丝毫不留情面地说："夏耳也是小姑娘。"

某个小姑娘坐在边上，迎上其他人的目光，脸一热，心被填得很满。

他对她的偏爱，一直都是这么明目张胆。

一晃眼，陈岁的生日也近了。

夏耳为此苦恼了很久。男生不像女生那样色彩斑斓，礼物可挑选的范围很窄，无非是钱包、领带、皮带、香水那些。

她最近一直在挑礼物，也不知道陈岁都喜欢什么，选起来也是两眼一抹黑。

除此之外，她还在忙着修改稿子。

程可鱼说的意见她仔细考虑了下，重新审视了男女主角在一起后的问题，确实还有进步空间，她不想把这样的内容呈现给读者，所以选择重修。

阿狸的伤也日渐好转，夏耳带了一些树枝和胡萝卜去探望它。阿狸待在笼子里，笼子下面是被啃过的树枝，见到夏耳，它立即躲到笼子最里面，还有些怕人。

夏耳看它可爱的模样，不禁笑了，把右手的胡萝卜递过去，问它："阿狸，你不记得我了吗？我可天天来看你呢。胡萝卜，你吃不吃呀？"

阿狸蹲在角落，看着那根胡萝卜，鼻子隔空嗅了嗅，带得嘴巴两边的胡须都在跟着动。

夏耳松手，稍微退后一步，阿狸才把胡萝卜捡起来，两只小爪子捧着胡萝卜，飞快地啃了起来。

啃了几口后，似乎不太合它的口味，阿狸扔掉胡萝卜，又跑去啃树枝。

夏耳见它实在太可爱了，忍不住把它拍下来，发到微博上。

陈岁进来时，就见她对着手机傻笑。

他带了个奶瓶过来，问夏耳："你笑什么呢，恋爱了？"

夏耳按灭手机，把手背到身后，故意说道："不告诉你。"

“真谈了？”陈岁原本在放东西，见她这个态度，不由得转过身，“现在很多男生心术不正，你这么傻，小心被骗。”

“我才不傻呢！”夏耳把手机揣进口袋，走到陈岁的身边，指了指那个奶瓶，“你买它做什么呀？”

陈岁说话阴阳怪气的：“给你儿子的见面礼，行吗？”

夏耳瞋他一眼：“什么儿子不儿子啊！我刚才是在看微博好不好！”

“我说的是这个儿子。”陈岁眉目舒展，雨过天晴，指向阿狸，“你以为我在说什么？”

兽医反映有时候不好给河狸喂东西，陈岁就想试试奶瓶喂食，今天是特地来送东西的。

夏耳说不过他，气鼓鼓地看向别处，眼睛乱扫时，无意瞥到陈岁的鞋子。

好像最近网上的热潮就是鞋子了，很多男生都是鞋子控，或许送别的会出错，但买鞋肯定不会。

可是该怎么才能不着痕迹地打听到他的尺码呢？要不自己量一下？

刚好这时，陈岁说：“你最近很忙吗？见你最近总待在办公室里，平时也不怎么出来，可不止我一个人怀疑你在谈恋爱。”

夏耳用视线把自己的鞋子跟陈岁的鞋子进行对比，来估算他鞋子的大小，可是鞋码这东西，大了小了都难受，可不能随便乱估。

她说：“是有点忙，有稿子要改。”

陈岁点点头，随口问了句：“好改吗？”

“还……”夏耳本想说“还好”，在脱口的瞬间，她突然想到什么，话锋硬生生一转，“还挺难改的，我都不知道怎么办了，要不你帮我看看吧？”

她没给他拒绝的机会，拿出手机，找到手机里的文稿，捧到陈岁面前。为了能够指给他看，她站得离他很近。

“就是这儿，编辑说我感情戏写得不好，还说我……”

夏耳原想把程可鱼那句“一看就没谈过恋爱”照实复述，又觉得说出来之后，好像挺丢脸的，显得自己有点没魅力。

她合理地美化了一下那句话：“说我谈个恋爱就能写好了，你旁观者清，帮我看看，真有她说得那么过分吗？”

她这边给他指文稿上需要修改的地方，她的鞋子则光明正大地贴住了陈岁的鞋。

借着他仔细看的工夫，她记好自己的鞋子到他鞋子的哪里，再挪动脚的位置，看看差了多少……

没想到，陈岁以为自己碍到了她，就挪了挪脚。

夏耳换到另一边，再次贴住陈岁的鞋子，没想到刚碰上，他又避开了。

她有点崩溃，怎么这么难啊？

她急得抓耳挠腮，身旁的陈岁扫完她的文稿，把手机交还给她，狭长的黑眸里隐约闪着亮光。

“看完了。”

“哦哦，怎么样？”

夏耳没指望陈岁真能说出什么，毕竟陈岁应该不爱看小说，更不懂写作。要他来说，纯属外行点评内行。

让他看本就是为了转移他注意力，量他鞋码的借口。

陈岁摸了摸下巴，一脸深沉地说：“我觉得你的问题确实很大。你只是写了她喜欢他，可是她喜欢他什么呢？喜欢他细心，那他们吃饭时，他就应该为她做好一切；喜欢他温柔，那她即使犯了小错误，他也会包容，而不是简单的，两人吃了一顿饭。”

夏耳还以为他是随便说说，没想到他真的说得头头是道。她起先听得随意，听完后，认真思考了一下，发现的确如此。

陈岁神情正经，继续说道：“既然要呈现，那就要呈现出最好的，如果你交出这样的东西来，编辑会满意吗？读者会满意吗？你意识到问题所在却没有写到最好，将来回想起来，不也是一个没法弥补的遗憾吗？”

夏耳想到将来自己可能会在深夜后悔，那种滋味真是无比难受。

她不禁皱起眉头，心都跟着提了起来。

她忧心忡忡地说：“那怎么办？我确实不太知道怎么改，我最近闷在房里，一直没有头绪，编辑还在催，我快急死了。”

陈岁叹了口气，说道：“听你这么说，确实有些难办。”

夏耳也叹气，回道：“没事，我再好好想想。”

陈岁沉吟了下，说：“不过……也不是一点办法都没有。”

“嗯？”夏耳眼睛亮了下，“什么办法？”

他不疾不徐地说：“编辑不是说了吗，你写不出好的感情戏，归根结底，是你自己缺乏体验感。”

“嗯？”

夏耳猛地抬头。

像是有人撩动了她心头的音弦，她的呼吸突然有些急促，隐约预感到了陈岁接下来要说的话。

她努力平稳呼吸，等待着陈岁的下文。

他一脸沉思，像是下了很大决心才把话说出口。

“咱俩这么熟了，我总不能见死不救。”

“嗯……”

“那要不我就牺牲一下。”

夏耳心里的小兔子快要蹦出来，扑通扑通，她压不住自己的心跳了。

“什么……什么牺牲？”

“为了让你写出完美作品，我呢，可以考虑为艺术献身一次。”

陈岁单手撑着桌案，微微俯身，视线与夏耳齐平。

一掌宽的距离，那张过分帅气的脸，竟有几分蛊惑人的意味。

他用那种分外蛊惑人的语气问她：“你呢？愿意跟我谈恋爱吗？”

愿意跟陈岁谈恋爱吗？

夏耳想起高中时，得知陈岁从安城回来，她想见他，又别扭地不肯主动见他，就时刻墙外路人的脚步声，只为了远远看他一眼。

又想起那时候跟他相处，小心翼翼地藏住心思，又害怕藏不住那些心思，只敢在他注意不到的时候，才光明正大看他一眼。

想起自己多次猜想他的心思，纠结他到底喜不喜欢自己。

那些苦恼又甜蜜的情绪，持续到这一刻，终于修得了正果吗？

夏耳对上陈岁的眼神，瞧见他右眼皮上那颗小痣，才恍然意识到他们此刻的距离有多近。

她轻推陈岁的胸口，把他从面前推远，她受不了他隔着这么近的距离跟她说话。

“我觉得……”

“你至于思考这么久吗？”陈岁截过她的话头，用食指点点她的小脑袋瓜，摆出一副纯良的姿态来，“我也没别的意思，就只是单纯地想帮你模拟一下你书里那些剧情。”

“啊……”她喃喃应一声，有些没反应过来。

见她回答得犹豫，他敛起笑意，问道：“还是说，你不想跟我体验，想跟别人体验？”

夏耳起先疑惑，很快发现自己搞错了陈岁的意思。

她的问题就是没有恋爱体验，所以，他想跟她模拟恋爱，帮助她更好地创作。

还好，自己没有嘴快，否则这会儿一定丢人得要命。

夏耳心头微微一松，随之而来的，又有一些说不出来的失落。

虽然她刚才想让他再考虑考虑，并不打算直接答应，可发现他并没有那个意思，就显得她有些自作多情了。

夏耳压下心潮，装作一副被说服了的样子，勉为其难道："那好吧，我确实是比较急，不是这样的话，也不会麻烦你。"

陈岁点头，说："如果不是这样的情况，我一般也不会轻易献身。"

夏耳不知道该怎么接，胡乱地点点头："嗯嗯，我很荣幸。"

气氛一时有些微妙。

两个人在案台边站着，肩并着肩，一个看左边，一个看右边，两个人的嘴角，都在对方看不见的地方不受控地上翘。

夏耳控制了心绪，转回身，淡定地问："那我们从哪一段开始模拟？"

陈岁一本正经地说道："演戏也要给演员入戏的时间，感情戏这东西呢，力求自然，所以我们现在最重要的是要进入状态。"

"有道理。"夏耳深以为然，点点头，"可是，该怎么进入状态呢？"

陈岁摆出一副深思熟虑的架势，说道："事情决定得太突然，你一时入不了戏也是正常的。要不这样，今天我们都缓冲一下，从明天开始正式入戏，你觉得呢？"

夏耳很喜欢这种把问题抛给别人，就立刻能得到解决办法的感觉，好像一切都有了依靠。

她望着陈岁，偷偷在心里想：可真是奇怪啊，还没正式入戏呢，自己竟然对"可以依靠他"这件事萌生出了幸福的感觉。

"好的，听你的啦。"

回去之后，夏耳坐到电脑前，打开待修改的文稿，不住回想方才的事情。

明明是要帮他买鞋子的，怎么就……

她只要一停下来，满脑子都是陈岁。他俯下身问她，要不要跟他谈恋爱。

虽然，倒也不算谈。

可是吧，又好像正的在谈！

可能这就是薛定谔的恋爱吧！

夏耳给这场模拟恋爱下了个定义，不管怎么说，她跟他的关系，毕竟比之前更近了一步，她已经很知足了。

不过再开心，稿子还是要改的，程可鱼在催促确实不假，留给她的时间也不多了。

她把有想法修改的地方改掉，剩下的……

她在心底偷偷地说：剩下的，就交给陈岁了。

晚上，夏耳忙完所有事，躺在床上刷手机准备入睡。

她看到陈岁发了张图片过来。

收到他的消息，夏耳迫不及待地点了进去。他发的图是这一周的工作日程，夏耳粗略看完，没懂他什么意思，但也不想把话题终止，于是接了一句："你好忙哦。"

陈岁问："你的呢？"

夏耳把自己这周的安排也发了过去，说："我没那么忙啦，最近比较闲，等秋天树苗长起来，就有得忙了。"

她的消息发出去，陈岁一直没回。

夏耳等不到他的回复，就只好边刷手机边等，时不时还要切回来，怀疑是他明明回了消息，手机却偷懒，没有第一时间提醒她。

可是迟迟得不到回复，夏耳翻了个身，把自己刚发的那句话反复看了几遍，忍不住思考，难道是刚才那句话没有回复空间？她把天聊死了？

她斟酌着怎么才能继续聊下去，正思考着，屏幕下方突然出现了一条新消息。

陳："后天你有时间，我也有时间，我带你出去？"

夏耳感觉体内的血液循环都加速了，屏住呼吸，打字问："去哪里呀？"

陳："去约会。"

去约会。

这三个字像烟花一样，在夏耳的脑中炸开。她控制不住上扬的嘴角，放下手机，抱住被子在床上滚了两圈，这才重新拿起手机，故作淡定地回复："哦。"

她怕自己太冷淡，又赶紧补一句："好呀。"

陳："不想去？"

夏耳皱眉，他怎么会得出这样的结论？她明明都已经答应了呀？

Ear："没有呀，我很开心呢。"

陳："看着不太情愿。"

陳："能不能再给点儿反应，不然，我这心里没底。"

皱起的眉头瞬间舒展，她咬住下唇，侧过身子，把被子抱在怀里，换了个语气回复。

Ear："真的吗？那我也太幸福了吧！呜呜呜，怎么会有这么幸福的事情，我是上帝的宠儿吗？"

看着夏耳发过来的文字，屏幕这边的陈岁在深夜里轻笑出声。

陳："好了，可以了，再演就过了。"

Ear："那你心里有底了吗？"

陳："好像还是没什么底。"

陳：“要是多来几次的话，我就有底了。”

约会那天，夏耳早早起来洗了个头，把发尾吹卷，又在网上搜了一些“跟男神初次约会妆容”之类的，给自己化了个“心机”裸妆。

约会的衣服早就挑好了——学院风的连衣裙，配上一双黑色小皮鞋，背了一个布包。

夏耳翻出她最爱的香水，喷在手腕和耳后，又往空中喷了两下，整个人在香雾中转圈，让甜甜的西柚味道均匀地洒落在她的身上。

她嗅了嗅自己的手臂，确认身上的味道是清淡的，然后抓起手机，飞快地给陈岁发微信：“我换好衣服了！”

陳：“我在楼下。”

Ear：“？”

Ear：“你怎么在楼下？”

陳：“这样比较有接女朋友的仪式感。”

夏耳的目光在“女朋友”三个字上看了半天，耳根一红，把手机按在胸口上，生怕嘴角的笑容会被手机那边的人看到。

她深吸一口气，把手机放回包里，飞快地跑下楼。

陈岁在院子里等夏耳。他穿着一件宽大的黑T恤，锁骨和肩膀清瘦的线条明显，露出来的皮肤在阳光下白得晃眼。

已是夏天了，新疆这边的天蓝得浓墨重彩，院子里草木生长，因为陈岁的存在，使这个院子焕发浓烈的生机。

这就是她记忆中的少年啊。

夏耳不跑了，抓着胸前斜挎的包带，矜持地走到陈岁面前。

她微微仰头，看到陈岁轮廓分明的下颌线，再往上，是有些内双的眼睛。

她问：“你是不是等很久了啊？”

“没多久。”陈岁弯了嘴角，“等你的话，多久都等得起。”

夏耳控制不住愉悦，为了掩饰情绪，补了一句：“你这句话不错，我要写进小说里。”

陈岁没说什么，打开面包车的驾驶位车门，俯身从里面拿出一束花来，递给夏耳。

“送给你。”

浅黄色的纸包裹了几支新鲜的向日葵，点缀着叶片饱满的尤加利叶，灿烂鲜活。

夏耳有些意外，没想到陈岁还会送花给她。她不太熟练地接过这捧花，不知道该怎么面对这突如其来的惊喜。

她抚了抚黄色的花瓣，怕自己稍一用力，就会碰掉。

她问道：“你什么时候买的啊？”

“昨晚订的，今早刚送过来。”

“为什么是向日葵？”夏耳觉得新奇，她以为情侣间送花都要送玫瑰的。

陈岁回答得漫不经心：“现在就送玫瑰，以后怎么办？”

夏耳想了想，说：“也是。”

她抱着花，要往副驾驶那边走。

陈岁在后面问：“你去哪儿？”

“嗯？不上车吗？”她顿住脚步。

陈岁好笑地看着她：“会有人开面包车带女朋友约会吗？写进小说里，也会被读者耻笑吧。”

面包车是局里的配车，便宜，载的人多，平时出去都开它。

夏耳挠挠头，说：“我觉得还好呀……”

她已经坐习惯了。

“你不要面子，我还要面子。”陈岁把她拉回来，“坐巴士吧。”

夏耳没有意见，坐面包车也好，巴士也好，只要是跟着陈岁，怎样都好。

大巴一趟过来不算快，他们运气好，没等很久就等到了。

车上位置基本都被坐满了，他们只好站着。

巴士很旧，开起来摇摇晃晃，车里也有一股老旧车子的味道，空气并不太流通。

车内大部分乘客都不是汉族人，他们两个站在车上，不管是长相，还是穿衣风格都很突兀。

注意到周围人的眼神，夏耳缩了缩，抱紧怀里的向日葵。

陈岁注意到她的小动作，小声问道：“不舒服？”

夏耳摇摇头，说：“没有。”

她低下头，瞥见陈岁穿的鞋子，想起自己还没搞清楚他的鞋子尺码，思来想去，决定旁敲侧击一下。

她假装无意提起：“哎，陈岁，你个子这么高，为什么你的脚这么小啊？”

话题转得莫名，陈岁见她看着自己的鞋子，也低头看了一眼，说：“小吗？就是正常大小。”

“很小啊，你的脚看起来只有 38 或者 39 码的样子。对于你这个身高……不太合理吧？”夏耳信口胡诌。

“那你说多少合理，我听你的。”

夏耳有些无语："这怎么听我的？"

陈岁笑了，问道："听说过灰姑娘的姐姐吗？"

灰姑娘的姐姐们为了穿上水晶鞋，一个砍掉了脚趾，一个削掉了脚跟。

她一阵失言，心想陈岁不正经，也不上钩，这可怎么办才好。

正当她觉得苦恼，耳边忽然飘过一句细语："43码。"

"嗯？"夏耳猛地看他。

陈岁双眸微敛，里面盛着笑意，如同酒杯里微漾的勃艮第。

"下次你想知道什么，可以直接说。"

他居然看出来了！

夏耳脸颊染了色，不好意思地点点头，恨不得把头埋起来。

怎么会被看穿啊？

那她在他面前，岂不是一点秘密都没有了？

夏耳正苦恼着，道路前方突然蹿出两头羊，司机害怕撞到，猛踩了一脚刹车。

座位上的人因为惯性向前倾去，站着的夏耳更是直接被甩进了陈岁的怀里——他右手扶着扶手，怀抱恰好对夏耳敞开。

他下意识接住扑过来的人，紧紧抱住她的背，怕她会摔倒。一起袭过来的，还有她身上那股清新的柚子甜味。

并不浓，细闻又抓不住，只有一丝一缕，在她扑过来时，无声无息侵入他的心田。

"你身上好香。"

他用只有他们两个人能听见的声音说。

近距离的耳语令夏耳心尖微颤。

铺天盖地的男性气息包裹着她，隔着单薄的衣料，她能感受到他结实的胸膛，她贴着时，感觉自己格外娇小。

又因为自己娇小，所以格外想要多依靠他一点，让她在陌生异域有着很强的安全感。

但理智让她冷静了，她强迫自己从他怀中退出来，紧紧抓住扶手，假装说："有吗？我怎么没闻到啊？"

夏耳不想让陈岁知道她还喷了香水，好像……好像她很期待很重视他们的约会一样。

现在这一切都是假的，他们在做戏而已，她不能……至少不该。

又怕自己被他看穿，她厚着脸皮补了句："可、可能是女孩子的体香吧。"

过了会儿，车子又停了一站，乘客上上下下。

有股很淡的异味不知从哪里飘了过来，夏耳鼻子敏感，嗅了半天，不着痕迹地寻找源头，想稍微躲远一点。

可是半天也找不到，车上其他人倒是面色如常，她怀疑是不是自己太敏感了。

想了想，她掏出手机，在陈岁的微信对话框里打字。

“你有没有闻到什么奇怪味道？”

打好字，她把手机递到陈岁眼前。

陈岁扫了下屏幕，跟夏耳对视一眼，啧了声，说：“你怎么一点儿自觉都没有？”

“什么自觉？”

他接过手机，没有回复她的话，而是点进了自己的头像。

夏耳眼睁睁看着他似乎给自己加了个备注，接着返回来，给自己设置了消息置顶，然后熄屏，把手机重新交还给她。

一套动作行云流水，一气呵成。

夏耳拿回手机，想看看他给自己改了什么备注，那边陈岁掏出自己的手机，噼里啪啦打字。

一旁，夏耳刚要给手机解锁，屏幕就提示收到微信消息。

她点进去，只见微信消息列表里，置顶的人给她发了消息。

男朋友：“没有闻到奇怪味道。”

怎么会有人把自己的备注改成男朋友啊？

夏耳老脸一红，下一秒，又弹了一条消息。

男朋友：“倒是闻到了女朋友的体香。”

看到陈岁发来的那句话，夏耳飞快地按灭手机，羞恼地看了眼身旁的陈岁。

他垂眼，嘴角微微扬起。

夏耳被他注视，脸颊红透，小声嗔他：“你认真一点好不好！”

“怎么了。”陈岁一脸无辜，“我认不认真，也只闻到了你……”

夏耳赶紧捂住他的嘴。

对上他略显单薄的眼，她脸颊发热，生怕周围的人会注意到他们，好在并没有。

她放开他，低声警告：“不许你再乱说。”

说完，感觉周围的味道变重了一些，夏耳又掩住自己的鼻息。

“这么凶。”

陈岁倾身，把车窗开大了一些，新鲜空气灌进来，味道散了些许。

夏耳好受不少，把手放下来，说：“都跟你说了，我超凶的。”

“你这么凶，不怕把你以后的男朋友欺负跑了？”

“这么容易就跑了，看来也不是我的王子。”

陈岁“哦”了一声，说：“那这么看，还是我的抗压能力好一点。”

“什么？”

“就是……我还挺好欺负的。”

“啊？”

“这么多年，也没跑。”

“嗯。”

“基本上呢，初步具备了应聘王子的资格。”说到这儿，陈岁低头注视她，看不出是在开玩笑还是认真的，“这么一说，咱俩好像还挺配。”

夏耳听他说着，心跳都跟着加速。她不动声色地接了句：“会吗？我怎么没看出来？”

“你看，你这么凶。”陈岁一脸认真地分析，“刚好我呢，是个受虐狂。”

夏耳一个没忍住，猛地咳了起来。

“你是受虐狂？”

“现在不是，但我可以是。”

“……”

陈岁一本正经地说：“我觉得挺好，你看呢？”

夏耳不想再听他胡扯，手臂在他腹部狠狠捶了一下，说：“好你个头啦！”

夏耳跟陈岁在目的地下了车。

下车的地方很热闹，不像乡下到处都是高山树木，终于见到了一点市区繁华。

街上到处都是异族面孔，显得他们两个才是异族人。

夏耳把向日葵抱在怀里，侧头问陈岁：“我们去哪里啊？”

陈岁看了眼时间，说：“先找个地方吃饭吧。”

“好。”

两个人并肩走着，陈岁走在外侧，把夏耳护在里面，左手拿着手机，时不时看一眼地图。

两人离得近，手臂不可避免就会碰到，她的小指也会碰到他的手背。

每次无意的触碰，她的心都会不自觉提起。

只有她自己知道，她其实在期待着什么。

她偷偷看他，忍不住想：果然我们只是做戏，如果他真的喜欢我的话，早就跟我牵手了。

演得再怎么像，假的终归是假的，真不了。

夏耳有些失落，很快又在心底偷偷批评自己：既然知道是模拟恋爱，暗怀期待才是不该，明明是自己目的不纯，陈岁已经做了他该做的，还好心帮我体验恋爱，他已经做得够好了……

两人来到一个没有红绿灯的路口。路上的车辆飕飕驶过，要想过到对面，只能等车辆少的时候，或者等过马路的人变多，大家一起过去。

他们在路边等车流量变少，两分钟过去，又来了三两个人。

“车好多哦。”夏耳小声嘀咕。

“你怕车吗？”陈岁偏头问道。

“嗯？我还好。”

“不怕的话，”陈岁把手掌伸到她面前，掌心向上，手指纤长干净，“你能牵着我点儿吗？我还挺怕的。”

夏耳侧头，陈岁站在树荫下，手掌摊开，一副“我就是这么怕，你好意思不牵我吗”的表情，要多坦然有多坦然。

要不是知道陈岁车开得挺好的，夏耳差点就信了。

哪个怕车的人会学车啊？那不是自寻死路吗？

可是看见伸到面前的手掌，夏耳方才皱起的心池，忽然间就被这只手抚平了。

她搭上陈岁的手，煞有介事地说：“那好吧，我会保护你的。”

手指穿过指缝，她的指尖轻轻扣住他的手背，她小小的手掌被他的手完全覆盖。

这感觉是很异样的，一切感官都集中在了她的手心，她能触到他手背起伏的骨节，还有薄薄的皮肉，那种力量感和坚硬感，跟女孩子的手完全不同。

牵着他的手，就好像在无形之中，向他靠近了许多许多。

她站在他的身旁，夏日燥热的风吹动她的裙边，她转头迎着风，唇边的笑容都隐藏在了新疆的风里。

车流渐少，他们牵着手，跟其他人快速穿过了人行横道。

到了马路对面，陈岁半天没有抽回手，还这么牵着她。

虽说跟他牵手固然是高兴的，可是说好的只是过马路，要是继续被他牵着，会不会有点那个？

夏耳偷瞄一眼两人牵在一块儿的手，咬住嘴唇，故作坦荡地问：“现在已经没车了，你不用怕了吧？”

“哦，对。”

经她提醒，陈岁才意识到这件事。

交握的五指分开，掌心热度消散，她的心也在这一瞬变得空落落的。

夏耳垂下头，往前走了两步，只听陈岁又说：“但我们今天是来约会的，不牵手的话，约会就不完整了，你说呢？”

“嗯，你这样说，是有点道理。”

“那……”

陈岁的小指勾上她的小指，拉住她的手。

“我可以……继续牵你了吗？”

他握住她的手，举到二人身前，轻轻晃了晃，像是很绅士地在征求她的意见。

夏耳看到面前握在一起的手，脸瞬间变得绯红，小声说：“你这人怎么这样，都牵上了，还假惺惺问我。”

“我这不是先斩后奏。”

“那我要是不同意呢？”

“不同意。”陈岁似是被难住了，“那我就再想想办法。”

吃饭的地方是一家酒店，一楼二楼是餐厅，楼上可以入住。

在遍地新疆风味的地方能找到一家西餐厅，还挺稀奇的。

服务生热情地把他们带到座位处，夏耳坐下，把店内打量一圈，里面零星坐了几桌客人，皆是穿着讲究，店里装修风格也很雅致。

她不由得有些惊讶地说：“没想到你会带我吃西餐呢。”

陈岁接过服务生递来的厚厚的菜单，交给夏耳，自己又接下另一本，回道：“不然应该带你吃什么，大盘鸡？”

新疆这边的食物比较粗犷，盘子大，分量足，烤馕比盘子还大，肉也切得巨大，约会是浪漫的事，想象他们坐在一起吃什么馕炒肉、手抓饭的画面，确实跟情调二字不沾边儿。

想明白这些，夏耳发现自己问了一个跟“为什么不坐面包车”同样的问题，尴尬地把头埋进菜单里，假装自己是一只鹌鹑。

夏耳简单地翻了下菜单，虽然想过这里的消费不会低，可看到价格时还是微微惊了下，转念再想，陈岁为了带她约会，能选到这样的餐厅，显然是花了很多心思的。

没有女孩子不会为异性的用心而心动，夏耳也是同样，就算早知陈岁是个妥帖的人，可他的妥帖还是出乎了她的意料。

她选好了要点的菜品，放下菜单，陈岁也选好了。

陈岁点了份五分熟的牛排，夏耳点的是常规七分熟，又选了些别的小食和佐餐酒。

服务生带着菜单下去后，夏耳忍不住问：“五分熟会不会有点生啊？”

“我选的牛肉肉质比较嫩，太熟会影响口感。”

夏耳点点头，说：“那待会儿我能尝一下你的吗？我还没试过五分熟的牛排呢。”

陈岁笑道：“有一个办法，不用品尝也能知道每种熟度的口感。”

“什么办法？”

陈岁伸出手，说：“把手给我。”

夏耳手臂抬到一半，顿住了。

他不会是骗她的吧？

牛排是烤出来的，不用嘴巴尝，能有什么办法直观地知道口感？怎么听都像陈岁为了哄她随口编的。

她把手缩回来，语气带有怨念：“你又骗我。”

女孩子的心思的确难猜，陈岁摊开双臂，努力把自己展示给她看，说：“我什么都没做，就骗到你了？”

夏耳双手环抱，把手臂藏起来，说道：“我已经不是你说什么就信什么的小傻子了。”

她一本正经地声明，眼神认真，微卷的发尾垂在脸颊，可爱得让人想要掐一把。

他语调都跟着放柔：“那这样，我要是没有骗你，你就答应我一件事，可以吗？”

“那你要是骗我呢？”

“我也答应你一件事，任何事都可以。”

夏耳想了一下，虽然也没有什么事需要他答应，但总归没有吃亏就是了。

她缓缓地把手臂抽出来，伸到陈岁面前。

陈岁托住她的手，右手点了点她的大拇指：“这是一分熟。”又点食指，“三分熟。”

中指、无名指到小指，分别是五分熟、七分熟、九分熟。

他的手掌温热，指尖每点一处，就如蝴蝶吻过花瓣，蜻蜓掠过湖面，很轻一下，却像触电一般，在她心底留下涟漪。

同样是牵手，跟好朋友牵手，无意跟异性搭手，以及跟喜欢的人牵手，这感觉竟然大不相同。

夏耳心有些痒，面上却不动声色，问：“然后呢？”

“你用拇指去碰其他手指的指尖。”陈岁点了点她大拇指指腹，“这里的肌肉硬度，就是对应的牛排硬度。”

夏耳不信这世上会有这么神奇的事，她先用拇指跟食指触碰，发觉大拇指指腹确实硬了一些。而不同的手指，确实肌肉硬度也会有所变化。

夏耳惊讶地看着陈岁，说：“好神奇啊！”

她像是发现了什么新大陆，纤细的手指翻来绕去。

陈岁温柔地注视着她，原来看别人开心，竟会是比自己开心更让人开心的事情。

不知怎么，他的思绪突然飘回到二〇一一年的那个春节，夏耳在鞭炮声中叫住他，问他开不开心。

他当然是开心的，事实上他在曾经的岁月里，每一次开心都是因为她。

他记得，小姑娘听了他的话后，扬起一个明媚的笑。

她说：“希望你永远开心。”

原来是这样的心境吗?

陈岁在这一刻才明白，夏耳希望他开心并不是一句随口说的客套话，而是内心最真切的希望。

就是单纯地希望一个人拥有快乐，知道他快乐，她也会因此快乐。

他这才明白她那时的祝福意味着什么。

他笑着看她，说：“说了不骗你，愿赌服输，你记得要答应我一件事。”

不是他提起，她差点忘了这个，心情不禁有些微妙。

他会让她答应什么?

会不会是用来表白?

她悄悄红了脸，对她来说，她没有什么不能答应。

她点点头：“记得了。”

吃过饭，陈岁过去买单，夏耳无意扫到账单，看到上面的价格暗暗咋舌。

虽然她不缺钱，可也不习惯这样的消费，如果让她自己去吃这么贵的店，她肯定要犹豫一下。

从店里出来，陈岁自然地牵住她的手。

夏耳用向日葵挡住直射过来的阳光，心中还是有点消化不了那个数字。她侧过头，假装无意地提起：“刚刚的饭钱花了多少，我转给你吧?”

陈岁目视前方，扯了扯嘴角：“转来转去麻烦死了，下回你请我。”

他这个态度显然是没有把刚才的饭钱放在心上。

可夏耳还是有点不安：“虽然……我们名义上是恋爱，可毕竟是为了我写文，所以……”

“所以你要记住，跟男孩子约会，消费低于今天这一顿，就不必给他们第二次机会。”

陈岁不再说话了，继续往前走。

夏耳忍不住想，以后跟男孩子约会是什么意思？不应该是以后不要跟任何异性约会吗？

如果他喜欢她，是不会把她推向任何异性的吧？

也就是说，他没想过跟她有什么以后？

就像她现在，脑子里想的只有她跟他啊。

他怎么会去想她跟别人如何？

约会的喜悦在这一瞬间全都消弭，原来，今天都是她在自作多情。

夏耳胸口闷闷的，不知是不是心理作用，手里的向日葵也有些打蔫儿了。

她把向日葵拿下来，随意地握在手中。

陈岁见她低着头，情绪肉眼可见地不如刚才高昂，于是轻轻晃了晃她的手，问道：“怎么了？”

“没怎么。”

陈岁拉着她停下，俯身跟她视线齐平，非要看清她现在的表情似的。

“那你怎么一副失神的样子，想什么呢？”

夏耳憋了口气，说：“我在想以后要多跟人约会，每一顿都要比这一顿贵。”

陈岁见她偏着头，也不看他，他心头一松，直起腰身，眉眼弯弯。

“看来我得加把劲了。”

这话说得莫名，夏耳气鼓鼓地瞥他一眼，没好气道：“你加什么劲儿啊？”

“今天这顿还是花少了。我加把劲，把标准立高点儿。”

“干什么？”

“还能干什么。”陈岁弯唇，“我可不想给别人机会。”

面前飞快驶过一辆电动车，带得她手里的花瓣都跟着颤动。

夏耳低下头，逃避似的嗅了下手里的向日葵，清新味道扑鼻。

果然是错觉。

向日葵好好的，根本就没有打蔫儿嘛。

夏耳单手抱住向日葵，咬着嘴唇笑。

陈岁见到她在笑，就问：“你笑什么？”

“有吗？”她抚住脸颊，“可能是今天休息，心情好吧。”

说完，她看了眼陈岁，难得抓住他的把柄，问：“那你笑什么？”

“嗯？我笑了吗？”

夏耳把手机举到陈岁面前，说：“你自己看看喽。”

陈岁认真地看了看，说：“咦，还真的在笑啊。”

“我可没有冤枉你。”她收回手机，“哼”了一声，给自己澄清。

“可能跟美女约会就是这么开心吧。”

夏耳“嘁”了声，转过身，不再看他。

多年前深埋在心底的那颗种子，不知何时已破土而出，在她心上悄然开出了花来。

Chapter 15

/ 生日礼物 /

夏耳买了个玻璃花瓶，回到宿舍，给向日葵剪了枝，连同尤加利叶一齐插了进去。

她把花瓶摆在书桌上陈岁给的加湿器旁边，只要她写东西累了，休息时抬眼就看得到。

不知是鲜花给人的感觉太美好，还是旁的什么，只要看见这束花，她就会想到陈岁。等她回过神时，她发觉自己又在傻笑……

最近不知怎么了，大脑一旦放空下来，她就会不自觉傻笑；工作时无意跟陈岁对视，也会在他看不见的地方不自觉地咧开嘴；收到他发的微信，她第一时间也会不由自主地开心。

原本令她头痛的改稿，也因为她心情大好，修改起来文思如泉涌。她白天上班不忙，花了三个白天一口气全部改好，直接发给了程可鱼。

程可鱼收到稿子，还有点惊讶：“你这么快就改好了？”

她心里想着应该是改动不多，不过改了总比没改好。她抱着这个心态点进去，看到稿子里那些标红的文字直接惊了，鼠标往后滚了滚，看到后面大篇幅的修改，整个人惊掉下巴。

她快速而认真地把夏耳交的修改稿看了一遍，激动地给夏耳发消息。

咸鱼一条：“我算是知道你为什么会红了。”

咸鱼一条：“夏耳不红，天理难容！”

咸鱼一条：“牛！”

夏耳点开消息就看到三句跨站，弱弱地回了个问号。

咸鱼一条：“这么短时间你是怎么改完稿子的？很多对手戏基本

是重写了！就冲这种敬业精神，你就活该能红！”

咸鱼一条：“还有就是，你还改得这么好？”

咸鱼一条：“要不是时间太短，我都怀疑你偷偷去谈恋爱了。”

夏耳想了想，程可鱼不是别人，而且她还挺想跟好朋友分享一下这个喜悦的。

她打字回复：“差不多吧。”

一石激起千层浪。

程可鱼飞快地发来满屏问号。

“你谈恋爱了？跟谁？他多大了？家住哪里？父母干什么的？哪个大学毕业的？月薪过万了吗？有房有车吗？过往情史有吗？人品怎么样？”

夏耳被程可鱼一连串的消息吓到了，那边程可鱼并没有停，还在继续盘问。

Ear：“我们还没在一起。”

咸鱼一条：“吓死我了！还以为你这么快就跟人谈上了！找男朋友还是得仔细考查，不然分手了一地鸡毛，很麻烦的，你可别被人骗啊！”

Ear：“他不会骗我的。”

咸鱼一条：“不对，你怎么回事，怎么总向着他说话？而且你们没在一起，为什么说你们谈了？他不会是玩弄你的感情吧？你可千万别被花言巧语蒙蔽。”

程可鱼的消息一句一句地往外蹦，夏耳一边感叹程可鱼这个急脾气，一边跟她解释。

Ear：“是陈岁啦。”

屏幕上方的消息一条一条地被撤回，撤完后，程可鱼又是一轮拷问。

“你去新疆不是去搞动物保护的吗？不是为了新书创作采风的吗？你跟陈岁？陈岁不是走了吗？”

“你明白我现在的心情吗？就是你有两个一起长大的朋友，明明早就没什么联系了，突然有一天，其中一个朋友跟你说他们两个在一起了，你懂吗？我感觉我遭到了全世界的背叛。”

呃……

没这么严重吧？

夏耳跟着发了两个表情包，缓和了一下程可鱼的情绪，等她平复了，才跟她解释。

Ear：“陈岁也在新疆做动物保护工作，我也没想到他在这儿。”

咸鱼一条：“我明白了，青梅竹马久别重逢是不是？”

Ear：“……”

咸鱼一条：“不过你们怎么还没在一起啊？你们这种情况，不应该顺理成章、水到渠成吗？”

夏耳回复：“他还没表白。”

咸鱼一条：“陈岁怎么回事，搞什么呢还不表白？”

Ear：“我也不知道。”

“可能，还是没有那么喜欢我吧。”

咸鱼一条：“？”

“那他知道你喜欢他吗？”

Ear：“？”

夏耳看见这个问题，有些茫然。

陈岁知道她喜欢他吗？

她每次都竭力地掩藏自己，他会不会不知道她的心意？

夏耳一瞬间也有些不确定了，弱弱地回了句：“我不知道……”

咸鱼一条：“？”

咸鱼一条：“那你就告诉他啊！”

道理夏耳也懂，她颇为苦恼地回复：“可是，我怎么才能让他知道？总不能直说吧？”

咸鱼一条：“？”

Ear：“？”

咸鱼一条：“你暗示他啊！大家都这么忙，如果不是喜欢你的话，谁有空理你啊？”

看到屏幕上的话，夏耳思索了下。

怎么撩拨陈岁，她不清楚。

但是她忽然有点意识到，之前自己跟陈岁相处的时候，他是不是……时不时在撩拨她？

应该是吧！不然他干点什么不好，跟她搞这些，岂不是在浪费时间？

夏耳的心情忽然变得明朗起来，整个人拨云见日，眼前迷雾散去，大路明明就在眼前。

她回复程可鱼：“好的，我明白了，谢谢你！我会去试试的！”

咸鱼一条：“无语了，我一个单身人士还要教言情作者怎么谈恋爱，这像话吗？”

夏耳没撩拨过别人，她觉得自己是个闷葫芦，没什么情趣，就连女儿家的心思都喜欢藏在心里面，要是向别人敞开，一时半会儿还挺难的。

她又想，如果换成杜雨薇，行动起来肯定不难。

决定了要改变，就应该学着改变，她只是暗恋别人，又不是想暗杀别人，她应该让陈岁知晓一下自己的心意的。

这天午休，同事们一起出去吃饭。

之前杜雨薇为了跟陈岁靠近一点，吃饭都会跟陈岁他们坐一桌，自从上次给阿狸取名的事件，杜雨薇被陈岁呛了几句之后，可能是赌气吧，她已经很久没主动跟他坐一桌了。

夏耳从网上搜了些野生动物的图片，还没到吃饭的地方，就在路上问陈岁："哎，这种马你认识吗？"

陈岁看了眼她的手机屏，说："这个是普氏野马。"

"哦哦。"夏耳见陈岁没感觉什么不对劲，又追问，"你能再多说一点吗？我想写进书里，但是不太了解。"

她的理由太正当，谁都没有察觉出旁的东西，陈岁当然也是，把普氏野马的习性和分布都介绍了一遍。

夏耳听得认真，有些地方太有趣，还多问了几句。他们聊得投入，吃饭的时候顺势就坐到了一起。

夏耳悄悄松了口气，庆幸自己大功告成。

这家小店他们常来吃，老板跟他们都很熟了，小店的菜单都写在一块小黑板上，饮料也不用老板拿，全凭自助。

陈岁要去拿饮料，问夏耳喝什么。

夏耳站起来，说："没想好，我自己去看一下吧。"

"那也行。"

夏耳跟在陈岁身后，到了冷藏柜前，等陈岁先拿。

陈岁拿了瓶橙汁，夏耳看在眼里，等陈岁走后，她假装选了会儿，也拿了瓶橙汁。

点完饭，夏耳看陈岁喝了口饮料，她想到程可鱼的叮嘱，不由得百爪挠心。

机会就在眼前，她好不容易跟他坐到一起，不能错过。

见夏耳一直注视自己，陈岁动作一顿，问："你看什么呢？"

"啊。"夏耳应了一声，"你也喜欢喝橙汁啊，我也喜欢，好有缘。"

陈岁心里奇怪，但又说不出哪里奇怪，问："我帮你拧开？"

"哦，好，谢谢，这个盖子确实有点紧。"

她把瓶子递过去，陈岁稍微拧松盖子，还给她，看着一点力气都没费。

夏耳直觉这个时候应该说点什么，可是说什么呢？早知道这么难，她就应该跟程可鱼学一学。

憋了半天，她接过饮料，憋出一句："你拧瓶盖的样子还挺帅。"

此言一出，坐得近的同事一字不落地听进耳朵，顿时炸开了锅。

"扑哧……"

"这居然是夏耳说的话，我没听错吧？"

"这话说得不对，那是拧瓶盖帅吗？那是山夕哥本来就帅，不关瓶盖的事！"

在周围同事的哄闹声中，陈岁也带着笑意看向夏耳，她双手握着瓶子，脸颊红红的，有些窘。

她内心十分后悔，不应该这么草率的，这说的什么啊?

可是同事都在看她，她只能挺起胸膛，硬着头皮把话圆过去。

她往玻璃杯里倒饮料，这样就不用跟任何人对视了。

她小声嘟囔："你们看我做什么，陈岁帮我拧瓶盖，我恭维他几句还不准啊。"

其他同事说笑几句，话题就过去了。

夏耳松了口气，在心底暗暗自恼：追人怎么这么难啊，笨死我算了。

她郁闷地埋头喝饮料。

陈岁撑住双臂，身子微微向前，隔着桌子跟她拉近距离。

"原来只是恭维我啊，还以为你真觉得我帅呢。"

夏耳抬头看他一眼，见他眼神失望，也不想太打击他。

"一半一半吧，确实还是有点帅。"

"有点帅。"

陈岁着重重复了一遍这三个字，拿起旁边的饮料瓶，垂眼看着玻璃杯，把橙汁倒满。

"那以后，我每天都帮你拧。"

夏耳头顶冒出一个问号："呃，你干吗？"

"不干吗。"陈岁放下橙汁，"我总得试试吧，说不定哪天就把你迷倒了呢。"

他抬眼看人时，内双都变成了单眼皮，不笑时这样看人，就会显得有点冷冽。

被这样一双眼注视，她的心跳很难不加快。

都说自然生物里，越美丽的生物越危险，夏耳已经无从分辨她此刻的心跳究竟是因为意识到了他的危险而产生的吊桥效应，还是因为这猝不及防的对视产生的瞬间心动。

她只知道浑身血液在顷刻间加速了循环，整张脸从里到外红透。她想躲，躲到他看不见的地方去，好任由自己脸红。

怎么这样?

如果说从前她还有些迟钝的话，这会儿她已经彻彻底底地明白了。

陈岁在撩她。

而且，她是肯定撩不过他的，太拙劣了。

好在这时老板从后厨出来上菜，打断了这个暧昧氛围。

她喘了口气，没有刚才那么不能呼吸了。

吃了几口饭，夏耳说：“对了，你五号有事吗？”

“你找我，就没事。”

夏耳藏不住喜悦，眉眼弯弯地说：“五号你过生日，我给你准备了一点礼物。”

陈岁按亮手机，看了眼日期，说：“怎么还要好几天。”

夏耳笑道：“你好夸张，过两天不就是了。”

“主要是你都提前跟我说了。”陈岁又看了眼日历，“怎么办，好磨人。”

夏耳赶紧说：“也不是什么特别的礼物，你这么期待，我怕你会失望。”

陈岁拿起筷子继续吃饭，说：“不特别的话，我就不期待了，不然这几天还挺难受。”

见他这样，夏耳又有点急，补充道：“那也还是可以期待一下。”

陈岁大笑。

夏耳这才意识到自己又被他骗了，羞恼地捧起饭碗，在心里暗暗发誓再也不要理他了。

五号那天早上，陈岁洗完头回来，看到微信上夏耳的消息。

Ear：“在楼下等你哦。”

陈岁想到上回带她约会，他也是在楼下等她，不由得发笑，回了个问号。

陳：“？”

陳：“怎么跑楼下去了？”

Ear：“接男朋友呀。”

Ear：“主要是这样比较有仪式感嘛。”

几乎一样的对话，不一样的是两人说话的情形进行了对调。

这种体会还挺奇特，就是怀着期待去跟另一个人见面的心情。

陈岁眼底都是笑意，把手机扔到一边，用吹风机的最大风速将头发吹干，换好衣服下楼了。

夏耳背着个小包在院子里等，左看看，右看看。

陈岁看了眼天上的太阳，说：“你也不嫌晒。”

夏耳说：“等你嘛。”

她小跑着迎上来，像朵花儿一样明媚灿烂，仿佛永远不会枯萎，永远向着太阳而生。

陈岁一瞬间有些恍然，好像她说等他，就会永远等着他，让他陡然生出一股心安。

如果他是漂泊的船只，她就是灯塔长明的港岸，即使他身处茫然辨不清方向的迷途，她也永远可以帮他找回方向，任他停泊。

海浪拍打过来，一下一下，全部击在了他的心上。

他也走向她，低头问：“今天去哪儿？”

夏耳故意卖了个关子：“给你过生日嘛，你听我安排就是了。”

说完，夏耳拉起陈岁的手，说：“你今天什么都不用做，乖乖地跟着我就可以了。走吧！”

她也没给他说话的机会，拉着他向外走。她明明比他还矮一个头，却好像她才是那个可以给他保护和依赖的人。

外面停了一辆奔驰，事实上乡下出现这种张扬的豪车，多多少少有点罕见。

夏耳松开陈岁的手，颠颠地跑去开车门，充当车童，略显浮夸地做了个请的手势。

陈岁被她的姿态逗笑，没推辞，乖乖地接受她的“安排”。

上车后，夏耳坐在他旁边。

他想来想去，还是问道：“这车哪儿找的？”

夏耳挠挠头，不知道他这个态度是喜欢还是不喜欢，老实交代道：“车行租的。”

一般来西部旅游的人多，不少人喜欢包车出行，夏耳原本想随便租辆车，后来想想这毕竟是陈岁的生日，就租了辆张扬的大 G。

陈岁摸着下巴说：“我带你约会坐大巴，你带我出门坐奔驰，怎么回事？感觉自己在吃软饭。”

夏耳觉得好笑，随后又想，这个时候是不是撩回去比较好？

可她不如陈岁会撩，又笨嘴拙舌的，想了想，决定有样学样。

“那你要记得哦，以后跟女孩子出门约会，要是没有比奔驰更贵的车子来接你，就也别给第二次机会了。”

陈岁挺身，在车里到处找着什么，说道：“哪儿来的鹦鹉？”

夏耳气得捶他。

陈岁说：“你放心。”

夏耳听见这三个字，下意识想他会编什么甜言蜜语来哄她开心。

陈岁说：“我不跟别人约会。”

好吧！虽然是甜言蜜语，可是听起来确实是够让人开心的。

夏耳泛起笑容，嘴上矜持：“真的假的啊？”

“我对豪车不感兴趣。”

“那你对什么感兴趣？”她还蛮好奇的。

“鹦鹉。”

夏耳无语。

“会学舌的那种。”

夏耳红着脸坐到一边，对司机说：“师傅，麻烦把冷气开大点，可以吗？”

片刻后，车停在一家蛋糕店前。

陈岁不觉得很意外，过生日嘛，吃蛋糕早已是约定俗成的事情。

夏耳问他饿不饿，这么多年他吃饭都不规律，偶尔一顿不吃也不会饿，所以并没有什么饿的感觉。

夏耳拉着他走进了店里。

蛋糕店内总会有很好闻的西点味道，香香的，让人很有食欲。橱窗里陈列着各种款式的生日蛋糕，里面亮着灯，把蛋糕照得很好看。

不知道是不是客人不多，他们走进来后，半天都没有员工出来接待。

陈岁稍微提高声音：“有人在吗？”

夏耳指了指后面，说：“我去里面看看。”

“行。”

陈岁一个人在店里逛，看着柜台里各式各样的蛋糕，也不知道夏耳给他选了哪一款。他对这种甜食倒不是特别喜欢，不过想到夏耳为他挑选蛋糕的过程，心里头充满幸福的感觉。

他把每一款都仔细看了看，身后突然响起一个柔柔的声音。

“这位先生，请问您选中了哪一款蛋糕呢？”

陈岁直起腰身，回头，只见刚刚还是一身裙装的夏耳，这会儿身上系了一条淡蓝色的围裙，头发束在同颜色的发帽里，围裙镶着白色的木耳边，脸上戴了一个透明的塑料餐饮口罩。

竟然是简易的蛋糕店员工制服。

陈岁先是一怔，问：“你怎么穿了他们的工作服？”

夏耳露出甜甜的笑容，说：“因为今天我就是这里的员工呀，我把这里包下来了。”

陈岁彻底愣住了。

夏耳双手在身前交握，学着其他服务人员的模样，向陈岁点头致意：“顾客您好，我是您今天的专属甜品师夏耳，很高兴为您服务。

“我想来想去，还是想亲手给你做个蛋糕，希望你24岁生日快乐。

“虽然不知道你今后的生日会跟谁庆祝，怎样庆祝，但我希望你永远记得今天，希望多年之后你回忆起自己24岁的生日，永远带着笑容。”

宽敞明亮的蛋糕店内，飘着甜甜的烘焙香味，玻璃橱窗里，精致的蛋糕陈列在灯光下，成为这梦幻场景中完美的点缀。

陈岁望着夏耳，也不知望了多久，他想开口说些什么，却发现自己的喉咙艰涩，一张嘴，嗓音格外低哑。

“你……什么时候学的？”

他有很多话想说，到嘴边却只化为一个寻常的问题。

东方人一贯内敛，不像西方人情感外放，能以拥抱和亲吻表达感恩。

在这样的时刻，说感谢不够，说太多轻浮。

夏耳歪头思索：“啊……也没有很久，最近一周才开始学。”说完，她不好意思地吐吐舌头，“不过我都是纸上谈兵，也没有上手做过，不知道做得怎么样。”

“被你一说，我更期待了。”

夏耳有点紧张，问他：“你喜欢哪一款？”

陈岁看了一圈，最后指了个摆了不少水果的蛋糕，说：“这个吧。”

“咦，你爱吃水果啊。”夏耳掏出手机，给这个水果蛋糕拍了张照片，“那我出去买点水果，正好，新疆这边的水果还挺甜。”

陈岁没说什么，掏出手机，说：“我叫外卖送吧。”

“对哦，还有外卖。”夏耳拦住陈岁，“我来吧，你今天生日，怎么能让你花钱。”

“就一点水果。”

“那也不行。”

看夏耳这么认真，陈岁只好收起手机，对她投降：“好，都听你安排，公主大人。”

他惯会哄她，她想严肃都不能够了。

她瞋他一眼，到厨房去下单水果。

这几天里，她看了很多做蛋糕的视频，其实说难不难，就是有些麻烦。

不过她有耐心，把看视频学到的要点都记在了备忘录里，具体该怎么做她早已烂熟于心。

可毕竟是第一次上手，为求心安，她还是把手机备忘录打开了，然后去找店老板拿给她留下的食材和工具。

鸡蛋和奶油在冰箱里，其他的怕她找不见，都摆在台面上。

夏耳洗了手，小心地将蛋清和蛋黄分离，然后先后打发蛋清和蛋黄。

陈岁也进了厨房，站在一旁看夏耳操作。每做两步，她就按亮屏幕，看看备忘录的笔记，样子很是认真。

夏耳就算不看他，也能察觉到一直有人在看着自己。她抬头，问道：“你干吗老看着我啊？”

陈岁丝毫不避讳自己的目光，说：“怕你下毒，监视着点。”

“喊。”夏耳撇嘴，把混合的蛋黄跟蛋清倒入模具里，送入烤箱，嘴里振振有词，“我又不是巫婆，干吗要给你下毒。”

“谁知道。”陈岁说，“兴许是为了把我变成青蛙，变成睡美人什么的。”他漆黑的双眸闪烁，里面盛着细碎星光，“谁知道是不是你为了吻醒我，布的什么阴谋诡计。”

夏耳给烤箱设置好温度，转回身，抓起案板上的鸡蛋壳砸他，笑着说：“你想得美啦！我才不救你嘞！”

怎么会有这么讨厌的人啊！烦死了！

烤箱在烤蛋糕，点的外卖水果也到了。

陈岁接过来，到水池边去洗水果。

夏耳其实不想让他帮忙，平时就算了，今天是他生日，他负责开心就够了。

再一想，按陈岁的性子，要是什么都不让他做，他也安心不了，就没拦他。

她在这边打发奶油，发现烘焙这种事看着容易，上手了还挺累的，不过看着离成果越来越近，又觉得开心。

蛋糕烤好后，拿到一边放凉，脱模，然后放到裱花转台上继续放凉。

然后切一些水果，准备夹在蛋糕里。

她把蛋糕胚横切开，发现自己掌握不好力道，把蛋糕胚直接切歪了。

面对一边薄一边厚的蛋糕胚，陈岁很不给面子地笑出了声。

夏耳老脸一红，沮丧地放下刀，打开了冰箱门，又拿了几个鸡蛋出来。

陈岁问：“你拿鸡蛋干什么？”

夏耳闷闷地说：“这个没法吃了，重烤一个吧。”说着就要拿盆重新打鸡蛋。

“嗯？”陈岁走到蛋糕胚旁边闻了闻，“真下毒了？”

“下什么毒啊。”

“那怎么就没法吃了？”陈岁走到夏耳身边，从她手中夺走鸡蛋，“这不是挺香的，别的蛋糕店还没你这个味道好。”

夏耳被他哄着，也开心不起来，低着头说："我都给切坏了……"

"这有什么，味道又没坏。"

陈岁把从冰箱前推回来，安慰她："而且外面不是还有奶油吗，涂上去也没有人知道切坏了。"

"我自己知道。"

陈岁从小到大接触过最多的异性就是夏耳，无从领教女孩子诸多的可爱脾气，正因为这样，他现在一点办法都没有。

他哭笑不得地说："坏了就坏了，坏的我来吃，我就爱吃坏的，行不行？"

"不行。"夏耳没看他的脸，视线飘落在他的锁骨上，嘟囔着，"你也不能吃坏的。"

陈岁怎么都哄不好，只好投降："那你说怎么办，我听你的。"

"我重烤一个就好了……"

陈岁摸了摸她的脑袋，无奈地说："干吗对自己要求这么严格？真不用这么麻烦。"

"可是……"夏耳缓缓抬头，柔柔地注视着他，"今天是你生日，说了让你高兴的，我希望今天的每一件事都足够完美，不想让你回忆起来，有任何不好的地方。"

她的话软软的，却又那么有力量。

他的胸腔微微震动，喉结滚了滚，换了个轻松的语气："说起来可能有点土，但是对我来说，你能陪我过生日，我就很开心了，真的。

"有人早起开豪车接我，还有美女给我亲手做蛋糕，早早给我准备生日惊喜。这些事，我自己说出来都感觉我被人追。"

夏耳听到这儿，忍不住被他逗笑，笑完之后，发觉笼在心头的郁闷已经一扫而光。

陈岁见她终于笑了，也轻松地笑了，说："你第一次做，做成这样已经很厉害了。你看你蛋糕烤得这么好，奶油也打得这么好，就是蛋糕没切好而已。放到新东方，也称得上天才学员了，真的没有什么。"

"真的吗？"夏耳的眼睛亮了起来，很快又有些警惕，"你不会在哄我开心吧？"

"哄你开心是真的，但说的话也是真的。"

夏耳被哄开心了，也不郁闷了，说："那好吧，不烤了，我继续做。"

陈岁看向蛋糕坯，问："是还要切一刀吗？让我试试？"

"嗯……可以呀。"

得到准许，陈岁走过去，一只手轻按蛋糕坯，另一只手轻轻向里面切。他手稳，一边切一边转动裱花台，很快就平整地切下了一层。

“哇哦，好厉害！”

夏耳为他鼓掌，然后抹上一层奶油，铺好水果，把最上面一层蛋糕坯盖好，然后开始涂抹外层奶油。

一开始，她用面包刀一点一点涂抹，尽管已经很用心在涂抹，可奶油看起来还是很不均匀。

夏耳并不气馁，知道外层奶油是很难涂的。她俯身，一边转动裱花台，一边给蛋糕侧面也都涂上奶油。

全都涂好之后，夏耳站直一看。

蛋糕表面坑坑洼洼的。

夏耳愣住了。

怎么会这样?

夏耳气鼓鼓的，握着面包刀，转动裱花台，小心翼翼地抹平奶油，争取让它变得平滑。

但总是事与愿违。

不知道为什么，奶油怎么都抹不平，有坑的地方补奶油上去，再一抹，那里又变多了。

看着好掌控，实际上特别难。

直到这个时候，夏耳才终于明白，为什么陈岁在一众精致的蛋糕里，选了个堆满水果的蛋糕。

因为它仅有两个难度，只有抹平蛋糕和把水果摆得好看。

如果选了其他款，还需要做裱花等一系列需要技术的事，绝对不是她这个新手小白能搞得定的。

他的细致和温柔，总是藏在这些细枝末节的地方。

也许别人体会不到，但夏耳总能体会得到。

再次体会到这一点后，夏耳发现，今天的她又比昨天的她更喜欢陈岁了。

她平时干活不多，一直举着刀涂来涂去这么久，手臂早就酸了。她直起腰，甩甩手腕，开始担心蛋糕做出来太丑怎么办。

陈岁见夏耳又皱起了眉头，便绕过案板，走到夏耳身后，抓起面包刀，说：“你来转这个，我帮你涂。”

不待夏耳回话，陈岁已经握住她的左手腕，扶住了转台，右手握住刀，认真地涂了起来。

他身材偏瘦，但再怎么瘦，也是个男人，还是比娇小的她要高大许多。从后面俯下身时，他的下巴恰好在她的右肩处，像是把她整个人包裹住，她逃无可逃。

一瞬间，她想到了上次跟陈岁一起看过的那部韩国电影，她记得女主角也曾这样被男主角包围。

当时看片时十分窘迫，现在竟比当初还要窘。

她感觉四面八方都是男人的气息，带有很强的侵略性，她的神经越紧绷，就越能感受到男人胸膛的坚硬。她被他抱住，脸红得像旁边洗好的草莓，她快要不能呼吸了。

陈岁抓着她的手，她连用力都不会了，脑中一片空白，迷迷糊糊中，白色的奶油蛋糕一直转啊转。陈岁手稳，刀身倾斜，很快把奶油抹平了很多。

倒也没特别好，但是肯定比她抹得好。

“这样，可以吗？”

离得这么近，夏耳把体会到他讲话时胸腔震动，贴在她的背上，带起一片酥麻感。

她心慌意乱，人热得不行，声音软得像水：“可、可以……”

“那我去拿水果。”

“好……”

陈岁直起身，那股很强的男性的气息一同消失，一时间，夏耳竟生出一种失落感。

她发现自己并不抵触跟他亲密接触这件事，甚至……有些渴望。

想要跟他牵手，想要抱抱他，想要跟他在一起，每天都挨得很近很近。

虽然想到这些她会不自觉地脸红，但她并不羞于这些幻想。

陈岁端着切好的水果回来，拿起一片切好的草莓，喂进夏耳嘴里。

她都没反应过来，只是看到东西送到她嘴边，下意识地张了嘴。

“甜吗？”陈岁问道。

夏耳脸颊红红的，说：“可能是男朋友喂的吧，还挺甜。”

陈岁被她说得一愣，很快又笑了。

夏耳咬着嘴唇，不想被他看出来自己在笑，接过水果，转身摆盘去了。

她按照照片上的摆盘模样，一个一个地放水果，原来摆盘也很不容易，一个不小心就破坏了奶油的平整。

她隐约能感觉到陈岁在一旁看着自己，可是，看就看吧，她刚才说了那样的话，也不好意思看他。

等她摆完，对比一下，跟原图也就七八分像吧。

虽然不是十全十美，但已经很完美了。

夏耳成就感十足，去冰箱拿出红色的果酱来，装到裱花袋里，俯下身，一笔一画地在空白的中下方写了陈岁的名字。

写完后，她猛地站直身子，一脸担心地说："用红色果酱来写名字是不是不好？"

陈岁想不到有人在这种关头，会一本正经地担心这些，用傻形容都不够。

他说："没关系，要是有什么不好，吃生日蛋糕的都好不了。"

"哦哦，也是。"

被他一安慰，她顿时不担心了，俯下身，把剩下的内容写完。

"陈岁生日快乐"

写完最后一个字，夏耳高兴地站起来，摘掉脸上的塑料口罩，小心地捧起水果蛋糕，到外面的餐桌上放好。

她又拿了刀叉和小盘子，还有生日蜡烛，然后将生日帽戴在了陈岁的头上。

这家店平时除了蛋糕，还卖一些西点面包之类的，会有顾客在这里吃东西，所以摆了一些漂亮的桌椅。

陈岁有些抗拒，说："不戴了，好土。"

"土也就土一次，过生日嘛。"

她撒娇似的央求，他只得投降，把帽子戴好，看她往蛋糕上插蜡烛。

"就不插太多了，我怕蜡油滴下来，总觉得不健康。"夏耳解释，"有个仪式感就行。"

陈岁没什么意见，都听她的。

她插了两根长蜡烛、四根短蜡烛，寓意陈岁的二十四岁，随后把屋子里的灯全关了，玻璃柜台的灯也关了，可室内还是亮亮的。

新疆这边日出日落的时间跟内地不一样，等天黑比较不容易，回去就太晚了。

可这会儿天这么亮，一点氛围感都没有。

夏耳沉思了会儿，最终决定把卷帘门拉下来，挡住外面的光，再把厨房的门关上，这样，室内虽然没彻底黑下来，但起码没什么亮光了。

"好了，可以点蜡烛了。"

夏耳雀跃地走过来，想要点蜡烛，然后她突然发现，自己没有打火机。

"啊。"她喃喃念了声，"厨房应该有打火机吧，我去看看。"

"不用。"陈岁拉住她的手臂，暗沉沉的光线中，他去摸口袋，"我有，你忘了？"

他的手掌摊开，掌心躺着那一个通体漆黑的亚光打火机，看着微微有些旧。

夏耳一瞬间有些恍然，她记得十五岁那年夏天，她把它送给了陈岁。

那一天，也是陈岁的生日。

那个夜晚，她跟他走到一盏路灯下，周围是暗的，昏暗的路灯勉强把周围照亮一些，光线跟现在差不多。

她叫住了陈岁，然后把这个打火机送给了他。

也是这样的手势，摊开手掌，递给他。

连同那些藏住的，一直没能言说的爱意。

这么多年，她送给他的打火机一直被他用心珍藏。

就好像青春年少时，那些酸涩的爱恋，也被眼前的少年好好安放。

她忽然发现，陈岁在离开织女镇的那天，曾送过她的那袋橙子，那时品尝起来，只觉得每一瓣都是酸涩的味道。而在这一刻，跟过去记忆有所重合的一刻，那些咽下去的酸涩，忽然就在喉咙里有了回甘。

“不好意思……”夏耳收回情绪，低头接过打火机，“确实没反应过来。”

她先将两根长的彩蜡点上，又依次把剩下的四根点亮。

一时间，偌大的店内，只有这里亮着幽微的烛光。

她跟他隔着小圆桌对坐，隔着火光，在昏暗中对视。

“好了，许愿吧。”夏耳错开视线，把打火机推到陈岁面前，“我给你唱生日歌。”

“行。”

陈岁闭上眼睛，夏耳一边打拍子，一边用英文唱生日歌。

“吹蜡烛啦！要一口气吹完，愿望才会实现哦！”

陈岁被她哄小孩儿一样的语气逗笑，身子前倾，一口气吹灭了六根蜡烛。

夏耳站起来，开心地为他鼓掌。

“恭喜你哦，陈岁，欢迎你来到 24 岁的世界！”

她站起身，嗒嗒嗒地跑到收银台下面，俯身取了什么，很快嗒嗒嗒地跑回来，双手把纸袋子递到陈岁面前，笑着说：“给你的生日礼物！”

陈岁低头，虽然早就知道她会给他准备礼物，可亲眼看到她捧着礼物出现，那种被人祝福的喜悦还是染上了他的眉眼。

夏耳要去开灯，陈岁阻止了她。

“氛围这么好，就别开灯了。”

他点燃打火机，放在桌子上，打火机的亮光照亮周围，足以让他看清礼物。

他从夏耳手中接过袋子，看到里面的盒子，嘴角微微扬起，说：“怪不得你拐弯抹角打听我的鞋码。”

提起丢脸的事，夏耳又是老脸一红，岔开话题：“我也不知道你喜不喜欢，我觉得我眼光应该还可以。”

陈岁把盒子抽出来，看到里面的鞋子，眉头扬了起来，抬头看她，说道：“还说不是在追我。”

夏耳不理他的玩笑，紧张地问：“你觉得好看吗？”

陈岁把盒子盖上，重新装回袋子里，说：“好好的鞋子，可惜了。”

夏耳的心倏地提起来，问道：“为什么可惜？”

“这么漂亮的鞋子我怎么舍得穿，天天放起来，不能穿出去炫耀，不可惜吗？”

知道他是夸大事实，可夏耳还是被哄得很开心。

她说：“鞋子买来就是穿的啦，干吗不舍得穿，而且哪有你说得这么夸张。”

陈岁把袋子放好，问：“我可以切蛋糕了吗？想尝尝小耳朵的手艺了。”

“哦，对，我都忘了，你一直没吃东西。”

夏耳坐好，把刀和盘子递给他，说：“你来切，喜欢哪里切哪里。”

陈岁接过，先切了一块给夏耳，又给自己切了一块。

他用叉子插了一块下来，送进嘴里。

夏耳也插了一块水果，紧张得不敢吃，盯着陈岁，问道：“怎么样，还可以吗？”

陈岁蘸了点奶油，蹭在夏耳鼻尖上，说：“你以后要是不想写书了，可以直接去开蛋糕店。”

夏耳“啊”了声，也蘸了奶油，往陈岁的脸上抹，回道：“你真的很夸张，我看是你对我有滤镜。”

就算脸上有奶油，陈岁还是帅得不讲理，他一脸坦然地说：“怎么了？在男朋友的心里，当然是女朋友天下第一好。”

夏耳心里甜蜜，但还是故意端着：“那你心中的第二好、第三好是谁？”

“没有第二好，第三好。”

“你又哄我开心。”

“怎么就哄你开心？”陈岁挑眉，“我的心里，当然只有女朋友。”

夏耳耳根一红，眼神飘到别处去。

“不信，反正我们的恋爱也是假的，我不是你的女朋友，自然在你心里就没那么好，那说明你刚才的话还是哄我的。”

说完话，半天没得到陈岁的回应，她转回头，发现陈岁盯着面前的蛋糕，一脸沉思。

"喂，你怎么不说话啦？"

她忐忑地唤他，在想自己是不是哪里说错了话。

"夏耳。"

"啊？"

陈岁好久没这么一本正经地叫她名字，把她吓了一跳。

见她正襟危坐，陈岁眉目一弯，被她紧张的模样可爱到。

"没什么，你不用紧张，就是想跟你商量个事儿。"

"嗯？"

夏耳喃喃地应了一声，心里茫然，不知道陈岁有什么事情要跟自己商量。

"你看，都这么久了。"

"嗯……"

打火机幽微的光映在陈岁棱角分明的脸上，精致的下巴光洁，火光照不到的另一半侧脸掩藏在光影里，半明半暗。

"你能不能给我转个正？"

他不知何时凑过来，张扬帅气的五官在烛火下莫名显得有些勾人，他右眼皮上那颗精致的小痣也突然变得清晰。

"比起冒牌货，我还是更想当你男朋友。"

火光微动。

许是燃着的打火机分走了他们周遭的氧气，夏耳呼吸微滞，心跳的速度前所未有。

听见陈岁的话，夏耳先是喜悦，说不尽的喜悦，但是紧接着涌上来的，却是一股很强烈的想要大哭一场的冲动。

她想起高三那些艰苦刷题的夜晚。

每一次坚持不下去的时候，她都会抬起头，看到墙壁上贴着的复旦大学的照片。

她想，那里会有她爱的人等着她。

是陈岁支撑着她走过一个又一个难挨的夜晚。

可是当她辛辛苦苦考上复旦，却并没有在学校里找到陈岁，坚持了一年的信念突然崩塌，她几乎找不到自己努力的意义。

这么多年，连她自己都认为这辈子再也没有希望的时候，上天赐予他们相逢，让她得以以更好的样子出现在他面前。

她从十几岁就用心喜欢的人，终于有一天，也得到了他的回应。

陈岁等了半天都没等到夏耳的回应，他眉头微扬，问："你怎么不说话？是我哪里说错了吗？"

"没有。"

“那你怎么不理我？”陈岁微笑，“你不说话，我这心里还挺没底。”

夏耳摸了摸耳垂上的痣，小声说：“没底什么……”

“你不知道我心跳得有多快。”陈岁按住自己的心口，“我也是第一次跟人说这些，还挺……挺怕被人拒绝。”

“真的假的？”夏耳有些怀疑，“大学四年，你没有谈过恋爱吗？”

以陈岁的长相，不应该吧?

“真没谈。”

“不信。”

陈岁不执着于为自己辩解，而是问：“那你呢，大学谈过吗？”

完了，这该怎么说？要说谈过，是撒谎；可直说自己没谈，那也太没魅力了吧！

夏耳觉得自己还是有点虚荣的，也不想在陈岁面前丢这个脸。

可被陈岁注视着，她也来不及思量太久，只好说：“我不告诉你。”

“哦。”陈岁很平静地问，“那他们都是什么类型？我看看小耳朵喜欢什么样的。”

夏耳去哪里编那么多男生告诉他，只好把问题抛回去：“现在不是说这个的时候啦。”

“你总得给我个方向，让我看看我差在哪儿。”

夏耳低下头，一边用叉子戳奶油，一边问：“你就这么怕被我拒绝？”

“你才知道啊？”

夏耳垂眼，吃了一块水果，小声碎碎念：“你有什么好怕的。”

“怎么就不怕了？”陈岁把蛋糕上的蜡烛一一拔下来，“要是被拒绝，以后岂不是连朋友都没得做。”

他的每一句话都像蜜一样灌进她心里，说不出的甜蜜跟轻盈。

她问：“既然你这么害怕，那为什么还要表白啊？”

“你说呢？”

“我怎么知道。”

陈岁也不答，而是继续用那种极具引诱的语气追问：“你还没有回答我，行不行？”

“我……还没想好。”

在这段关系里，陈岁显得太游刃有余了，他会哄她开心，还那么有手段，她除了真心，什么都没有。

陈岁说没谈过，可不管怎么看，他都不像没有谈过的样子。

她倒是不介意他有没有谈过。

她害怕的是，他的喜欢，只是一时性起。

“我明白了。”

夏耳有些蒙，问道："明白什么？"

"如果还需要考虑，那就证明你还不喜欢我，我还是得努力。"

夏耳没想到陈岁会这样想，赶忙摆手解释："不是啊，我没有不喜欢你……"

"哦。"他得逞地笑，"没有不喜欢，那就是喜欢我？"

真相就这样从他口中说出来，一下让夏耳涨红了脸。

即便十分窘然，但她还是没有否认这件事。

她说："就是我们从小就认识了，你突然说要做我男朋友，我有点……没准备好。"

"你想怎么准备？"陈岁靠在椅子上，耐心十足地看着夏耳。

她不答，继续说下去："而且，万一谈了之后，你发现我没有那么好，或者，只是因为我们从小一起长大，你习惯了我……总之，我们都应该再考虑一下。"

"哦，你是想给我个实习期，再考查一下我？"陈岁做出总结陈词。

"如果你非要这么理解的话，也可以。"夏耳摸摸自己的鼻尖。

"只要能转正，你考查多久都可以。"陈岁眉目舒展，"我没什么后悔的，我说了喜欢你，就是喜欢你，不是因为别的什么，就是喜欢夏耳这个人，仅此而已。"

夏耳听他赤裸裸地告白，滚烫的心在身体里翻涌。

暗恋是属于一个人的世界，她在这个世界里独自花开花落，能够给予她养分的，只有他在她身上短暂停留的眼神，以及偶尔接触时，跟她说过的寥寥对白。

而在这一刻，那些苦涩全都开始化为甘露，她的世界，终于迎来了甜蜜。

Chapter 16

/ 新的邀约 /

夏耳跟陈岁吃了一些蛋糕。

剩下的吃不掉，他们打包回去，打算给局里的其他同事分一分。

最后，两人一起把蛋糕店的卫生打扫了一番，把用过的工具都洗干净、收好，倒了垃圾，然后一起离开。

怕单吃蛋糕不顶饱，夏耳又请陈岁去吃了别的。

像是终于弥补了过去的遗憾，夏耳非要给他花很多钱才舒坦。

因为她始终难忘十五岁买不起打火机的窘迫，以及杜雨薇那时送给陈岁的 PS3。

夏耳是后来上大学查过才知道，原来 PS3 是一款游戏机，要几千块，怪不得陈岁的朋友们那么疯狂，对杜雨薇那样追捧。

过去的夏耳耿耿于怀，但现在已经释然了。

杜雨薇就是有那样的条件，买个 PS3 对她来说并不算什么，只有买不起的自己才会觉得被比了下去，会觉得不如她。

但其实没什么的。

就像现在，她也有能力给陈岁制造各种各样的惊喜，不是在跟杜雨薇攀比，而是跟过去的自己比起来，她已经变得更好，更强大了。

她在回去的路上欣赏倒退的风景，突然，放在腿上的右手被人轻轻覆住。

夏耳转头，看到陈岁目光灼灼地瞧着她。

“你看着我干吗？”夏耳被看得不太好意思。

陈岁的手指分开她的指缝，扣上去，问道：“我们这样到底算在一起了，还是不算？”

夏耳回握住他的手掌，问他："嗯……那你说，实习期算不算入职？"

听见她这么说，陈岁轻笑一声，拉着她的手掌，放在自己的胸口上，说："这么看，我这生日过得还挺值。"

"为什么？"

"吃了好吃的蛋糕，收了喜欢的礼物，还赚了个漂亮的女朋友。"

夏耳红着耳根，软声嗔道："你又哄我。"

陈岁揉捏着她的小指指骨，说："忘了问你，我这实习期什么时候能结束？我也好有个盼头。"

"我还没想好。"夏耳仔细思量了下，"反正看你表现。"

"行。"陈岁不捏了，把她手握得更紧，说，"我会好好表现的。"

租的车子把他们送到宿舍，陈岁上去把夏耳送的鞋子放好，然后一起回到局里，给大家分蛋糕。

进去的时候，两人一直牵着手。同事们看到他们俩，还有他们手里拎的蛋糕，第一反应是过来接蛋糕。

"这么好，还有蛋糕吃？！"

同事关系融洽，听说有蛋糕吃，原本坐下的也都凑了过来。

都不用陈岁动手，大家自己就切了起来。

有一个男生幸福得快哭了："我都多少年没吃生日蛋糕了，都快要忘了它到底是啥味道。"

"这蛋糕是山夕哥买的吗？"

陈岁紧握夏耳的手，让两人的肩膀紧挨着，他微笑着说："不是，这是夏耳亲手做的。"

"哇哦，夏耳还会做蛋糕？太厉害了！"

夏耳被夸得有些害羞，说："其实很简单的，你们想学也学得会。"

这时有个同事突然反应过来："不对，不对！"

"什么不对？"另一个同事有点蒙。

"夏耳为什么要给陈岁做蛋糕？而且……"他伸手一指，"他们两个牵手半天了，你们都没发现吗？"

他一说，其他人纷纷看过来，见陈岁跟夏耳相扣的十指，神情顿时暧昧了起来。

"好家伙，原来不是来送蛋糕的，是来发'狗粮'的。"

"我就说嘛！你们两个整天腻在一起，一开始就不对劲！杜雨薇说你们青梅竹马，早就认识，我还以为我想多了，果然啊！你们两个就是有问题！"

"山夕哥行啊，闷声干大事，平时看着不近女色，结果成了我们这群光棍里第一个有女朋友的。”

一群人半是吐槽地开陈岁跟夏耳的玩笑，夏耳从小脸皮薄，谁逗她都会害羞，今天却没躲，就是一直抓着陈岁的胳膊，脸比苹果还红。

陈岁揽着夏耳的肩，把她护在怀里，抬头对同事们说:“差不多行了，夏耳脸皮薄，你们少说几句。”

曾经，她跟陈岁站在一起，被人开玩笑的时候，她总要慌忙否认，生怕别人误会，怕陈岁发现。

而现在……

她在心里悄悄松了口气。

她终于可以光明正大地承认——

是的，夏耳喜欢陈岁。

是他的女朋友。

“哗啦——”

瓷器在地上摔裂的声音响在众人背后，所有人闻声回头，只见门口散了一地碎片，而碎片中间站了一个高挑的女孩，马尾高高竖起，正是杜雨薇。

她站在门口，像是学生时代进错教室的隔壁女同学，误入了不属于她的世界。

大家都在开陈岁跟夏耳的玩笑，以至于他们都忘记了局里还有另一个喜欢陈岁的同事。

“啊，雨薇回来了，你怎么这么不小心？没割破手吧？”

一直喜欢杜雨薇的男同事从人群中钻出来，走到杜雨薇身边，殷切地检查她的手指。

“没事。”

杜雨薇抽回自己的手，弯腰一一捡起地上的碎片。

那男同事跟着蹲下，帮忙一起捡。

夏耳从角落里拿过笤帚，递给杜雨薇，说：“用这个吧。”

杜雨薇当没听见，瓷杯的碎块儿很大，几下就捡完了。她按大小块叠在手里，又从那男同事手里接过其他碎片，说了句“谢谢”，就这么出了办公室。

如果不是地上还有碎瓷片，一切快得就像什么都没发生过。

那男同事看着杜雨薇走远，又回头看看大家伙儿，说：“我去看看雨薇。”

说完，快步朝杜雨薇追了上去。

夏耳拿来笤帚，也没派上用场。

陈岁走过去，从她手中接过笤帚，说：“给我吧。”

夏耳乖乖地递给他，面对刚才的事情，心里面并没有觉得痛快。

也许在陈岁十七岁生日里的那场硝烟中，夏耳是输家。

可在今天，夏耳并没有什么成为赢家的痛快感。

因为杜雨薇今日的心情，她早就体会过了。

发现自己不被喜欢的滋味，并不好受。

那些可笑的自作多情会一遍遍在脑海中回放，反复折磨自己，不被爱和不被选择总是可怜的。

她也没有觉得杜雨薇有多讨厌，毕竟她们都一样，都只是想要被爱神眷顾的小女孩罢了。

比起白天的燥热，新疆的夜晚凉了许多，杜雨薇喜欢这样的温度，不觉得皮肤烫人，穿短裤背心也可以很惬意。

她站在院外，抚了抚手臂，听见院中传来的脚步声，回过头，看到陈岁的身影被月光拉长，随着他的走近，影子一点一点缩短。

“你找我什么事？”陈岁声音冷淡，一如既往。

杜雨薇驱散周围的蚊子，若无其事地说：“今天你生日，还没祝你生日快乐。”

“谢谢。”

“我本来订了个杯子想送你，但是白天被我失手打碎了。我又订了一个，从国外运回来可能要一个月，只能再等等了。”

陈岁闻言，抬眼看她，说：“把杯子退了吧，碎了就碎了，不用这么麻烦。”

“还有，这些话你在微信上也可以跟我说，不用非要把我喊出来。”他看了眼时间，“没什么事的话，我就回去了，我还要陪夏耳。”

杜雨薇叫住他，说：“不，我其实……只想问你一句话。”

“什么？”陈岁停步。

“我想问，我到底哪里不如夏耳？”

陈岁听见这句话，身形一顿，转过身，看向杜雨薇。

这么多年老同学了，杜雨薇的骄傲他不是不知道，能让她问出这样的话，可见她一定经历了什么。

杜雨薇屏住呼吸，静静等待着面前的男人宣判自己死刑。

半晌，陈岁开了口。

“没有，你很好，真诚热情，敢爱敢恨，人也漂亮，很多人都喜欢你。”

能从陈岁口中得到这么多夸奖，杜雨薇心头微松，觉得好过很多。

“谢谢。”

“只是在我心里，没有人比得上夏耳。”

这句话就如针一样扎在杜雨薇的心上。

她痛苦得眉毛拧在一起，说：“我不明白。”

不明白？

陈岁嘴角动了动，说：“我不喜欢性格强势的女生，但如果强势的人是夏耳，我愿意宠，这就是区别。”

说完，陈岁懒得再解释，转身回了宿舍。

杜雨薇听见这句话，仿佛失了支撑，缓缓地抱住肩膀。

为什么，新疆晚上会这么冷啊？

她想回内地了，那里就算晚上的风也是热熏熏的，起码不会让她感到寒冷。

杜雨薇决定要走，对于这个消息，众人意外也不意外。

她喜欢陈岁的事情尽人皆知，如今陈岁跟夏耳的事情局里也传开了，她本就是为陈岁而来，自然没有再留下来的必要。

杜雨薇收拾东西那天，仅有的几个女同事都去她的宿舍跟她道别了。夏耳不知道要不要去，犹豫了下，还是去了。

杜雨薇欢不欢迎，是她的事；而夏耳去不去，就是自己的事。

夏耳敲门，只见杜雨薇的行李箱摊在地上，桌上和床上都堆了一堆东西待整理，另外两个女同事在跟她聊天。

夏耳来了，另外两个女同事很有眼力见儿，说自己还有事，手拉手就回去了。

宿舍里只剩下她们两个。

夏耳没想到她们会走，感觉自己的到来好像打断了她们聊天。她问道：“那个，有什么需要帮忙的地方吗？”

杜雨薇继续叠衣服，头也没抬，回道：“不用，我自己能收拾。”

听起来明显不欢迎夏耳。

“哦，好，祝你一路顺风。”

夏耳并非不识趣，道完别，转身要走。

身后的杜雨薇突然开口：“对不起啊，我以前不应该针对你。”

夏耳愣住，没想到会听到杜雨薇跟自己道歉。

“那天在巴依家里，其实我没睡着。”杜雨薇又说，“也不能这么说，本来是睡了，又醒了。

“我第一次到陈岁的家乡，就看到他带着你。你知道吗，在看到你之前，我一直以为我对陈岁是特别的，见到你，才知道不是。

“那天晚上，我听到陈岁跟你说话，我又一次明白了，他永远都不会那样跟我说话。”

夏耳张了张嘴，发现自己不知道该说什么。

“没关系，那些我都没有放在心上。”

杜雨薇笑了声，说:“你知道吗，陈岁最残忍的地方，就是他的温柔。我上高中的时候，有一次陈岁为我打架。

“那时候我们是同桌，我趴在桌子上哭，第二天上学，别人来告诉我，说陈岁打了欺负我的男生。

“我到现在都想不明白，他为什么会为我打架，我问过他很多次，他什么都没说。”

夏耳记得，也正是因为打架的事陈岁才会被开除，他才从安城回来。

她眉头微微蹙起，有一种微妙的不舒服。

“我一直以为我对他来说足够特别，现在想想，也许陈岁只是单纯的人比较好。但我宁愿他不好。”

话说到这儿，杜雨薇走到桌边，开始收拾桌子上的杂物，背对着夏耳，语气轻快：“这些话我也不知道该跟谁说，跟朋友说，失恋还挺丢脸的，我这么要面子的人，可不想被人看了笑话。

“好了，你走吧，带着我的祝福走开，好吗？我可不想再闻爱情的酸臭味了。”

杜雨薇用玩笑的语气说出这些话，夏耳也回以善意的笑容。

“好，你也要幸福呀。”

杜雨薇走后，夏耳很长一段时间都在想她说的那番话。

陈岁为杜雨薇打架，到底为什么会为她打架？

夏耳想不通。

是喜欢吗？还是别的事情？

夏耳知道陈岁喜欢自己，她没有怀疑，高中时的事情，现在再去计较，是不是有些不应该？

而且，杜雨薇身为当事人去问陈岁，他都没有说，她一个外人去问，他会说吗？

夏耳犹豫再三，决定忘记这件事。反正真相如何，并没有影响到他们的感情。

所以她决定不再去想。

八月，程可鱼联系夏耳，她的第一部作品再版上市，公司希望她能回海城做一个签售。

夏耳一贯不喜欢露脸，在想要不要拒绝。

程可鱼又发了消息。

“还有，你新书的影视权也卖掉啦！你知道卖给谁了吗？”

Ear：“谁？”

咸鱼一条：“华瑞啊！”

华瑞是国内一线的影视公司，参与并制作了很多高口碑的电影作品、剧作品等，比她之前的合作公司还要大牌。

能跟这样的公司合作，夏耳当然开心。

咸鱼一条：“这次签售，华瑞希望你能在签售的时候，对新书进行一个预热宣传。”

咸鱼一条：“我知道你喜欢低调，但是签售的好处是利大于弊的。对你的销量、人气、热度，都有一个很好的维持。而且，你就不想跟喜欢你的读者见见面吗？”

夏耳思考半天，想了想，还是同意了。

Ear：“好吧，我同意签售。”

咸鱼一条：“太好了！我这就去跟各方沟通！”

咸鱼一条：“对了，还有一件事，你要是回海城，刚好可以跟华瑞的总裁见个面。”

Ear：“为什么要见面呀？”

咸鱼一条：“好像，华瑞的总裁还挺喜欢你这本书的。我们的策划书递过去才三天，他们的版权部就联系我要签合同。”

咸鱼一条：“他还问能不能跟作者见个面，我说你在新疆，就给拒绝了。”

Ear：“好奇怪，为什么要跟作者见面？”

咸鱼一条：“不知道。”

咸鱼一条：“不过，能见还是见一下吧，我觉得华瑞这个总裁年轻、帅气又多金，我那天去华瑞公司签合同，一见到他本人，我以为小说男主角从书里出来了。”

Ear：“你好夸张。”

咸鱼一条：“你还别不信，真的，你见了就知道了。”

Ear：“不会的。”

想了想，夏耳又补了一句。

“陈岁才是最帅的。”

签售时间定下来后，夏耳得跟局里请假。

跟局里请假可以撒个谎，但面对陈岁，她不想瞒他。

这天下了班后，夏耳到陈岁的宿舍一起看美剧。

陈岁有一部投影仪，跟大多数投影仪的命运一样，一开始图个新鲜，后来就积灰了，刚好夏耳喜欢，才免于它继续积灰的命运。

看剧的时候，夏耳心不在焉，一直在找机会跟陈岁开口。

但是不管怎么开口，都好奇怪吧？

要么一瞒到底，要么一早坦白，现在开口算怎么回事啊？

夏耳十分懊恼，可要说隐瞒，她又想跟陈岁分享，希望他也能为自己高兴。

“你想什么呢？”见她木头似的，陈岁伸手，轻轻戳她软软的脸颊。

思绪被打断，夏耳侧头，见靠坐在一旁的陈岁垂头看她，眉头微扬。

“嗯？没想什么，我在看剧呀。”夏耳往背后靠了靠，厚着脸皮说。

“没想什么？”陈岁回忆着，“那你为什么一会儿看看剧，一会儿看看我？”

啊！有这么明显？

夏耳心虚地拿过一个抱枕，抱在怀里，眼神闪躲，说道：“想看看你还不行啊？”

“哦——”陈岁长长地应了声。

他身子微侧，一手撑着床，突然倾身拉近他们之间的距离，那张帅气的脸凑到夏耳面前，鼻尖几乎快要相撞。

她吓了一跳，怔怔抬眼看他，脸颊肉眼可见地一点点变红。

美剧里吵闹的台词成了背景音，他们之间的距离太近，不用他靠过来，她就能感受到他身上的热度，更何况还有倾洒过来的呼吸……

扑通、扑通——

她受不了被他这样看，抬手捂住陈岁的眼睛，软软地嗔他：“你干吗啦？”

“不是要看我吗？”他移开她的手腕，浓密的眉毛轻挑，“这样看，够不够？”

夏耳想把手抽回来，发现怎么也抽不回来，急得快哭了：“你先让开，你挡到我了。”

陈岁见她娇羞万分的样子，心神不由得一荡，身体前倾，几乎快要贴近她，轻声说：“刚才你还说要看我，这么快又变心？怎么这样？”

夏耳哪里招架得住，扭身躲开他的视线，鸵鸟一样埋到他怀里，闷闷的声音从他胸前传来：“你不要再这样看着我啦！我有事情要跟你说！”

只要她藏起来不看他，她就不会被他看到。

陈岁看着钻进怀里的小女生，心里升了股燥意，正是夏季，衣裳穿得薄，隔着衣料都能感受到的密切接触，很难让他忽略。

他不再招惹她，按着她的肩膀把她从怀中推起来，坐到一边去，歪斜着身子看她，问道："什么事还犹犹豫豫的？"

"就是……就是……"夏耳坐好，抱紧抱枕，既然开了话头，就没道理隐瞒，"我可能要离开新疆几天。"

"嗯，去哪儿？"陈岁很平静。

"海城。"夏耳没等他问，继续往下说，"我跟你说过我写东西，然后，之前写过的一本书，编辑……希望我能过去签售。"

陈岁挑眉，揉揉她的脑袋，宠溺地说："小耳朵这么厉害！"

被他这么鼓励，她轻轻"嗯"了一声，没那么紧张了，也微微笑起来，说道："我、我还挺红的。"

说完，她觉得有自卖自夸的嫌疑，不好意思地红了脸。

陈岁被夏耳逗得大笑，把她抱进怀里，狠狠地搂了一下，感叹道："你怎么这么可爱啊！"

他只搂了一下，很快就放开了。

她被夸得不明所以，问："我瞒了你这么久，你不要生我气哦。因为我不喜欢张扬，说了还挺奇怪的……但我现在不想瞒你，也不想对你有秘密。"

"为什么要生气？我很骄傲啊，小耳朵这么棒。"陈岁拉着她的手，"你不想说，肯定有你的顾虑，瞒我没关系，我只讨厌别人骗我。"

他这么说，夏耳又想起杜雨薇临走前说过的话。

陈岁为什么会帮她打架，他选择不说，肯定有不说的原因。

想到这儿，夏耳晃了晃他的手，问道："那你要陪我去吗？"

陈岁笑了："你希望我陪你去吗？"

"我在问你呀，干吗要把问题抛回来啦？"

"我听你的。"陈岁一副凛然的样子，说，"你不让我去，我就乖乖地等你回来。"

夏耳知道他想听什么，她不想让他如愿。

"那你就等我吧，我会很快回来的。"

夏耳说完，煞有介事地摸了摸他的脑袋，哄小孩一样。

"嗯？什么？要我陪你去？"陈岁假装风大听不清，"那好吧！既然小耳朵这么离不开我，我答应你就是了。"

"什么啊！谁说……"夏耳被他气得不轻，从床上下来，坐到一旁的椅子上去，"谁说离不开你了，我现在就离开给你看。"

陈岁起身，把她从椅子上打横抱起，放回床上。

"你要是离开我，不论多少次，"他看着她，"我都会像这样，亲自把你抱回来。"

去新疆时是一个人，落地海城，却带回了陈岁。

夏耳之前从没想过这件事，如今，居然轻而易举地实现了。

她觉得这是老天眷顾。

陈岁回了海城也没有回家，他跟陈广的关系，夏耳能理解。

倘若他跟家里关系真的和谐，他当初就不会选择去西北读大学。

夏耳也没回自己租的房子，因为不想跟陈岁分开。

他们在签售地附近找了家酒店，订了两间房。

程可鱼知道夏耳回海城，下了班直接过来找她，专门请她跟陈岁吃了顿饭。

主要是谴责他们两个偷偷在一起，一点音信都没有。

夏耳不想让程可鱼请客，但程可鱼一直住在夏耳租的房子里，给房租夏耳也不要，她过意不去。

而且程可鱼连工作都是夏耳帮忙介绍才找到的，如今干了半年，于情于理都该感谢夏耳。

签售时间在后天。

回来的第二天，程可鱼带夏耳去了华瑞影视公司，跟那边负责项目的人见面，同时还有一直想见夏耳的华瑞老总。

华瑞成立多年，坐落于海城繁华地段，在一众高耸入云的写字楼里，华瑞的大楼仍然是最为瞩目的。

进入大楼后，程可鱼不断感叹："要不是华瑞太难进，真想跳槽来这边，看看人家这工作环境。"

夏耳思考了一下，说："如果你真的很想进，可以先去别的影视公司过渡，积攒一些工作经验再跳过来。"

"你不要这么认真好不好！我随便感叹一下啦，怎么可能真的跳槽，想都不敢想。"

这其中花费的时间跟精力，真的不是一句"想"就可以做到的。

夏耳不想那么老气横秋，但面对朋友，还是把心里话如实地讲了出来。

"我觉得人有做梦的权利，也要敢于做梦。"

曾经的她，为了跟陈岁在一起，做了个大胆的梦。出身小镇，一直以为自己只能考上普通本科的她，痴人说梦一般，把目标定在了她从前想都不敢想的复旦。

虽然她没有在复旦见到陈岁，但在某些程度上，改变了她生活的阶层和轨迹。

就算她没有从事自己喜欢的事业，但她凭着傲人的学历一样可以迎来大好人生。

在教育资源不足的小镇里，一个从出生就注定要泯然大众的普通人，不做梦，就只能认命。

可她不想认命。

从海城到新疆，三千多公里。水泥地面的宿舍、二十平方米都没有的屋子、手机经常没有信号、时不时还会停电，这就是这么长时间夏耳的生活环境。

如果不是因为有梦，她为什么吃这些苦？

如果不是她敢于做梦，又怎么会有苦尽甘来的今天？

夏耳看着程可鱼，声音虽软，眼神却十分坚定。

“心中有梦，为什么不试试让它成真呢？”

话音落下，只听电梯“叮”一声，到了华瑞专门接见宾客的楼层。

程可鱼被夏耳的话镇住，听见电梯声才醒过神来。

她跟上夏耳的脚步，小声说：“夏耳，我真的觉得你好不一样。”

夏耳疑惑道：“有什么不一样啊？”

“你看起来这么可爱天真烂漫，但你总有股说不出来的力量，很能感染别人。”

“感染不了别人，说明我很‘失职’呀！”

交谈到这儿，华瑞的工作人员从会客室出来，跟他们打招呼：“一条老师，上来怎么没打招呼，我应该到楼下去接你的。”

“一条”是程可鱼的编辑昵称，听到这儿夏耳才反应过来，怪不得程可鱼的微信叫“咸鱼一条”，原来重点不是“咸鱼”，而是“一条”。

工作人员又笑着跟夏耳打招呼：“这位就是原著老师吧？好漂亮啊，看书的时候一直在想您的样子，您跟想象中完全不一样。”

程可鱼给夏耳介绍：“这位是策划老师。”

“策划老师您好。”

策划引着她们进了会客室，里面坐了其他的工作人员，策划挨个介绍了下，最后说：“我们钟总在开会，等他开完会就过来。”

夏耳想起华瑞的老总要见她，这个钟总应该就是了。

这些人都是负责她的电影项目的，见面主要是一起聊一聊这部电影的制作计划、概念等一些想法，同时也问问原著老师有没有什么意见。

他们对夏耳很热情，也很尊重，不知不觉，时间就过去了很久。

正聊着，策划的手机突然来了条消息，她拿起手机一看，站起来说：“钟总开完会了，已经进了电梯。”

夏耳没想到国内顶尖影视公司的老总会这么敬业，连见原著作者也要亲力亲为，而且老总这种级别和年龄还能对青春市场感兴趣，果然能做到行业顶尖的人，眼光是不会受年龄局限的。

夏耳心里正乱七八糟地想着，“呼啦”一下，周围的人都站了起来，先后打招呼道：

“钟总。”

“钟总好。”

“钟总。”

夏耳发现只有自己还坐着，也跟着站起来，向门口的人看去。

来人上身穿了件白衬衫，袖口卷到手肘处，穿了条灰色西装裤和黑色皮鞋。

与想象中人到中年的模样不同，这张脸是与年纪不符的年轻，根据周身气质来看，夏耳猜他只有三十岁。

脸再年轻，那种常年身居高位带来的自信，是怎么也掩饰不掉的。

他身后跟了一个漂亮的女秘书，听到这些人跟他打招呼，他象征性地点点头。

目光扫到夏耳，他回头对女秘书说了什么，秘书点头，转身走了。

看清钟彦的长相后，夏耳也不得不在心里称赞一声：好帅的男人。

不知是衣着的原因，还是别的什么，这人身上有很强的精英感。

你也许会看到他上财经杂志，或者出现在荧屏上、头条新闻里，那是一种一丝不苟的干练。

夏耳没想到华瑞这么大的公司，居然被这么年轻的男人掌管。

心思流转间，这位钟总已经走到夏耳面前，对她伸出手，说：“你好，夏老师，我叫钟彦，很高兴见到你。”

“钟总，您客气了。”夏耳受宠若惊，小心地跟他握了下，快速收回来。

钟彦收回手，转头看向其他人，问道：“你们聊完了吗？要是还没聊完，你们先继续。”

策划说：“已经聊得差不多了。”

钟彦点头说：“那今天先到这儿，刚好，我跟夏老师单独聊聊。”

“好的，钟总，那我们就先回去了。”

“嗯。”

这些员工跟钟彦打了招呼，抱着笔记本离开，一时间，会客室只剩夏耳、程可鱼，还有钟彦。

夏耳虽然不是第一次跟影视公司的人见面，但还是第一次跟身份这么尊贵的人交谈，心中不可避免有些紧张，坐姿都不太自然了。

钟彦看向夏耳，深邃的眉眼染上笑意，说道：“夏老师不用紧张，我们的见面是属于私人性质，跟公司完全没关系。”

“私人性质？”

夏耳左右看了看，这都在他公司了，居然还是私人性质的会面吗？

钟彦换了个放松的坐姿，意在让夏耳也摆脱拘谨。

他双手交叠，说：“直白点说，我见你，并不是代表华瑞，仅代表我个人意愿。”

夏耳有些摸不着头脑了，她并不认识这位钟总，更别提有什么交集，他见她做什么？

钟彦继续道：“是这样。因为你之前的作品票房都很优秀，身为业内人员，我也观摩学习了一下。看完之后呢，对你的作品非常喜欢，就把原著也买回来看了一遍，可以说，我是你的书迷。”

夏耳的脸一瞬间通红，有种难以言喻的羞耻感。

她说：“想不到您这样的身份，也会阅读言情小说。”

钟彦挑了挑眉：“言情小说怎么了？”

“呃，没有，我以为您会看一些……”夏耳想了半天，没找到合适的词，为难地挠了挠脸。

钟彦适时补充：“厚黑学？”

“扑哧……”程可鱼没忍住笑喷了。

夏耳听到他的玩笑，肩膀微微松弛，不再那么紧张了。

她说：“我以为您不会阅读这么浅薄的作品。”

钟彦不认可地摇头，说：“无论古今中外，爱情才是人类永恒的话题。就算在影视行业，以爱情为主题的作品也是市场的主要需求，按你这样说，岂不是……”

“没有，没有！”夏耳疯狂地摆手，顾不上什么礼貌不礼貌，截断他的话，“我没有这个意思！请您不要误会！”

钟彦见她这样，故意蹙起的眉头一松，微笑着说道：“我说过了，夏老师不必紧张。”

先前离开的美女秘书重新回来，手里抱了几本书。

她把书放到钟彦面前，并放了一支笔，唤了句“钟总”。

钟彦点点头，把书推到夏耳面前，问：“夏老师可以签个名吗？”

夏耳专门注意了下，这书有翻看过的痕迹，并不是最近才买来，他没有骗她。

可她更拘谨了，总觉得自己正在被检验。

她接过钟彦递来的签字笔，在每本书的书页上签下自己的笔名。

钟彦接过来一看，嘴角笑容加深。他把书合上，问了夏耳几个创作的问题，比如那些书的灵感来源，什么样的契机决定写作，以及对自己的作品改编成功后的相关看法等等。

说到自己的“职业”，夏耳的话多了起来，加上钟彦是一个很好的交谈对象，倾听的时候全神贯注，像是会认真对待你说的每句话。

钟彦点点头，突然问：“夏老师有没有意向加入华瑞?

“我很欣赏夏老师您的才华，想邀请你来我司担任内容总监，薪资待遇任你提。”

“内容总监？”

“是的，影视行业的市场逐渐年轻化，人们的追剧方式已经从电视过度到了视频网站。这两年，很多网剧因为受到年轻人的喜爱在网络火爆，恐怕未来低投入高回报的网剧才是影视主体，传统而沉重的剧情不一定是观众喜爱的内容，换言之，我们也需要走出舒适区。”

“那钟总认为什么才是网剧的新风向？悬疑？盗墓？”

这两年，受欢迎的网剧基本都是这两种题材。

钟彦摇了摇头，说：“恋爱剧永不过时。”

对话进行到这儿，夏耳明白了钟彦要见她的真正用意。

他们公司想试水做网剧，目标市场清晰，是年轻观众，夏耳的书能在青春市场占有一席之地，钟彦便看中了她，想聘请她为内容总监。

夏耳又回顾了一下方才钟彦问过她的问题，其实很多问题看似在询问，其实是在考察她对市场的看法。

也就是说，刚刚在无形之中，钟彦对她进行了一场面试。

而他之所以开这个口，就代表他对这场面试的结果比较满意。

假如他并不满意面试结果的话，他在一开始就说过这是私人性质的会面，他的那些问题，就只是普通的闲聊而已。

果然，以钟彦这个身份和地位，每分钟收入以万记，怎么会平白牺牲时间来跟她会面。

想清楚这些，夏耳彻彻底底不紧张了。

钟彦这一招对其他人或许有效，但对夏耳来说，比起利益所图，这种私人性质反而更让她不知所措。

他并不了解她。

夏耳认真谢过钟彦后说：“抱歉钟总，我的特长是写作，以我目前的能力，恐怕没法胜任这份工作，实在不好意思。”

钟彦眉头一扬，他见过形形色色的人，而眼前的女孩，明明先前还有些局促，但在面对他开出的条件时，竟然宠辱不惊，丝毫不像一个大学刚毕业的小姑娘。

他心中迅速斟酌一番，脸上的笑容却毫无波澜，就好像他刚才那句话只是临时起意，所以随口一提。

“那真是太可惜了，可以跟夏老师加个微信吗？交个朋友。”

夏耳刚拒绝了他一次，自然不会再拒绝第二次。她调出二维码来，递过去，微笑道：“好呀。”

“啊啊啊……你为什么不答应他？那可是华瑞呢！你知道多少人削尖了脑袋才能进去吗？！”

一出华瑞大楼，程可鱼立即抓住夏耳的胳膊摇晃。

夏耳要被她晃晕了，连连求饶。

程可鱼手上放过夏耳，嘴上还在滔滔不绝。

“而且你进了华瑞，对你自己的项目也有好处啊！今后你完全可以把你的作品直接卖给华瑞，今后你就不愁了知道吗？这么好的机会，你怎么就拒绝了？

“等等，你不会是为了陈岁吧？你怕你在海城会异地，所以才拒绝华瑞？”程可鱼想到这点，语气顿时严肃了，“不可以！”

“为什么不可以？”夏耳反问。

“机不可失啊！你现在为了陈岁拒绝这份工作，万一将来分手，你再想有这么好的机会就难了。总监的位置不可能一直为你留着，你信不信你今天出了这个门，明天过来求职的人就能踏破华瑞门槛？”

程可鱼想进华瑞，看到大好的机会从眼前流走，她恨不能替夏耳答应。

夏耳听完她的话，点点头，说：“你说得对，不过，我拒绝不是因为陈岁。”

不是？

程可鱼安静下来，不解地问：“那是为什么？”

夏耳从路边招了辆出租车，上车后才回答：“华瑞招人是看中网剧市场，想做出爆款网剧。我是作者，不是影视行业的专业人士，隔行如隔山，我没有资格去指点别人。”

程可鱼一听，上头的情绪逐渐冷静下来，发现确实是这个道理。

就像她身为图书编辑，想跳到影视行业，也要从基层往上慢慢学习。

夏耳继续说：“而且华瑞这种体量的公司，下面那么多员工，搞不好有多少派系争斗，我一个没有任何职场经验的新人，怎么坐得稳这个位置？就不说华瑞，假如明天你们公司来一个毫无经验的总编，你会服她吗？

“如果只是为了眼前利益就答应，将来我带的项目扑了，我被口水淹死怎么办？”

“对哦……”程可鱼想了一下，“你这样一说，确实有道理，我只想着进华瑞，没想过你是去把控项目，压力跟我这种底层社畜不一样。”

“没关系，主要我确实对这些不感兴趣。如果我想进影视行业，肯定也会抓住机会，你也是为我好。”

夏耳圆了程可鱼的话，给了她一个合适的台阶。

程可鱼明白夏耳的体贴，在心中感动得痛哭流涕。

说话间，夏耳收到了钟彦的微信消息。

钟彦：“这次见面太匆忙，夏老师再来海城，有空一起吃个饭。”

钟彦：“关于你的项目，有问题都可以问我。”

夏耳没想到钟彦居然这么客气，但还是礼貌地回复了。

Ear：“好的，谢谢钟总。”

签售那天，具体的活动时间只有中午的十二点到两点。

夏耳起床后，看到陈岁给他发消息，说要带她吃早餐。

她看了眼时间，已经十点多了，她怕签售迟到，问：“远吗？”

陳：“就在附近。”

Ear：“那等我一下，很快就好。”

她飞快地洗漱完，给自己化了个淡妆，出门刚好十一点。她出门时，陈岁已经在门口等着了。

夏耳道歉：“不好意思，你等很久了吧？”

陈岁揉揉她的小脑袋，说：“说什么傻话，等女朋友，多少人羡都羡慕不来的福气。”

夏耳被他哄得开心，笑着伸出食指，在他唇上点了点，说道：“小嘴抹了蜜哦。”

“嗯？”陈岁偏头思索，“也没亲过你啊。”

陈岁带她去的店在一条弄堂里。

店不大，但坐了不少人，开店的是一对夫妻。陈岁坐下，点了两碗馄饨，又点了一屉小笼包。

夏耳也没什么另外想吃的。

馄饨上得很快，夏耳没想着馄饨能有多特别，而且海城的小馄饨她吃过不少，然而一入口，她还是惊艳到了。

皮是薄的，馅料包得不大，却很饱满，汤鲜味美，热热的吃到胃里，十分熨帖。

吃到美食，人的心情也会跟着愉悦，夏耳眉头微扬，抬头问陈岁：“你怎么找到这家店的？好好吃哦，我在海城这……这么长时间，都没吃过呢。”

她本想说，她在海城这么久了，都没找到这么好吃的小馄饨，怪不得这么多人。

可她还没告诉陈岁，她大学读的是复旦，所以连忙急刹车。

这店不在闹市街区，位置还算隐蔽的，不是本地人都找不到。

“我也很多年没吃过了，所以在等你的时候偷偷搜了路线，怕找不到路，在女朋友面前丢脸。”

“我怎么会笑话你？”

“那我也得给自己挣点面子。”

夏耳暗笑，问：“你以前来过啊？”

“嗯，以前在这边上学，会过来吃早餐。”他指了指墙上贴的菜单，“我基本上都吃过。”

“你好厉害呀，陈岁，这都能被你找得到。”

就只是一件寻常小事而已，这也能找到夸点吗？在她眼里，他做的再小的事，也得到她真心的称赞。

恐怕也只有她会这样了。

陈岁不自觉地笑了，说：“刚好住在这附近，就带你来了。也不知道为什么，很想把以前去过的地方，都带你去一遍。”

也许喜欢一个人就是这样吧，想让对方参与自己的一切，记忆中那些美好的部分，都想跟对方一起分享。

“好呀。”夏耳答应得很快，“正好我也想看看。”

看看你离开的那些年，你都在怎样生活。

他们对视一眼，谁都没有多说，暖意在二人中间游荡，无声的默契将他们的心拉得更近。

夏耳问：“那你高三时，就天天出来吃早饭，没有人给你做早饭吗？”

“我爸不会做，小姨没比我大几岁，我上学早，他们都还没起床。”

“小姨……”

“嗯。”陈岁声音淡淡的，“我爸结婚了。”

“哦哦，那你……”她轻轻问他，“你的那位小姨，对你好吗？”

“挺好的吧。”陈岁说到这儿，自己都笑了，“什么样算好？我亲生爸妈那样的？她什么都不要求我，见面能说两句话，这样就挺好。”

夏耳定定看了他一会儿，问：“她不喜欢你？”

陈岁哑然，他知道夏耳是细腻的，可他没想到夏耳竟细腻到这个地步，连他随口说的话，也能分辨出他内里的情绪来。

他夹了个小笼包，放到她面前的碟子里，说：“她喜不喜欢，不重要。

“我有你喜欢就行了。”

Chapter 17

/ 爱情鸟 /

从馄饨店走到签售书店，只需要步行几分钟。

等待签售的读者已经排了长队，大部分都还是学生，也有一些成年人，都是看了电影来的，其余的就完全是路人排队凑热闹。

程可鱼带着他们从后门进去。

夏耳补了个妆，估摸两个小时还挺长的，便对陈岁说：“你先回酒店等我吧，等签售结束了你再来接我，我怕你无聊。”

陈岁看了眼时间，点点头，说：“行，我两点准时接你。”

说完，他过去亲了下夏耳的脸颊便出去了。

程可鱼目送陈岁出去后，悄声对夏耳说：“你家教有方啊。”

“什么啦？”

“陈岁呗，不过也是，从小到大他都只听你的话，我到现在都不明白为什么。”

同来的工作人员提醒程可鱼做准备，她没再追问，带夏耳到外面去了，直到台上的主持人提到“飞鸟”，她才带夏耳从后面出来。

签名区铺了红毯，两米长的活动背板上印着飞鸟再版的新书封面和签售活动介绍，背板前放了一张铺了桌布的长桌，桌上的三角名牌上印着夏耳的笔名。

签名区外，书店的工作人员拉着警戒线，排队的读者人山人海，人人拿着飞鸟的再版书张望着。

“飞鸟大大出来了！”

“哪个哪个！”

不知是谁喊了一声，顿时引起骚动，排队的人们急着向前张望，挤得警戒线都跟着后退了半米。

“都别挤！往后退，往后退！”

工作人员辛苦地维持秩序，现场乱糟糟的，不少人都举起手机，对签名区的夏耳拍个不停。

夏耳第一次出席这种场合，心中不免紧张。她坐到椅子上，对排队的读者们露出微笑。

从隔壁市过来的读者彤彤，跟同学一早赶高铁，再倒地铁过来的。

她们到书店时，店里的人还没多少。她们不仅买了新版的书，还把旧版的书和其他书一起带了过来，希望借这次机会飞鸟全都能签一个名，不知道这个要求会不会很过分呢？

听见飞鸟大大出来了，彤彤激动地张望，跟身边的同学讨论：“你说哪个才是飞鸟大大？”

“应该是穿裙子的那个吧，她好可爱，气质也很不一样。”

“也不知道我拿了这么多书想签名，她会不会给签，万一拒绝好尴尬的吧？”

“我感觉比较难，你看排了这么多人，一共才两个小时，肯定会拒绝的。”

说话间，工作人员已经拉开了警戒线，站在第一位的彤彤和她的同学顾不上说话，激动地加快步伐，上了签名区。

彤彤的眼睛一直落在夏耳身上。

夏耳安静坐在桌子后面，样子乖乖的，看见几个女生走过来，她先笑着点点头，说：“你好呀，等了很长时间吧？”

彤彤血流都加速了，她手忙脚乱地从背在胸前的书包里拿出再版书来，递过去，说：“飞鸟大大，我喜欢您好久了，可以帮我写个 to 签吗？”

“好的，to 什么？”

夏耳拔掉笔帽，纤细手指按住书页，轻轻抬头跟眼前的小读者对视。

“彤彤，红彤彤的彤。”说完，彤彤摸到书包里沉甸甸的分量，等作者签名的时间，她飞快地问，“飞鸟大大，我还带了你的其他书，可以请您签、签一下吗？”

“嗯？好呀。”夏耳歪头看一眼后面的队伍，“不过排队的人很多，我只签名可以吗？”

“可以可以！”彤彤激动地把其他书都拿出来，不愧是她从初中喜欢到现在的作者，真的好温柔，声音也好好听，呜呜呜。

夏耳签完所有的书，还说了句：“谢谢你买我的书。”

彤彤接过那些被签过的书，幸福得快要晕过去。

像彤彤一样的读者还有很多，每个人都得到了夏耳春风般的温柔对待，就算不认识夏耳的路人，见到她长得漂亮，也被吸引而来。

吸引过来后发现她就是当年爆红的电影原著作者，大家赶紧把她拍下来，发到了微博上。

夏耳签售这件事还上了热搜。

而正在签售的夏耳本人对此并不知情。

她更不知情的是，远在新疆的动物保护局的同事们此时已经炸开了锅……

首先被打爆的是陈岁的电话。

“山夕哥，夏耳就是飞鸟这个事你是不是早就知道了？你跟她去上海是不是为了陪她去签售会？”

孙昊的电话打过来，劈头盖脸就是一通质问。

陈岁明明答应了夏耳回酒店等她，到底没舍得。

这么重要的时刻，他不想缺席，哪怕只是远远地看着她。

陈岁看了眼被读者包围的夏耳，弯起嘴角轻笑了下，转回身靠在书架上，说：“我也是最近才知道，你信吗？”

“少来！你都跟她谈恋爱了，你会不知道？”孙昊仍然冷静不下来，“这么大的事你都不告诉大伙儿，你可真不够意思！”

“做人嘴巴不要太大。”

“你都不知道，山夕哥，现在局里已经疯了。尤其大霖，你知道吗，他还当着夏耳的面说过飞鸟的坏话……现在大霖已经准备去死了。”

“说什么了？”

“呃……他说夏耳的新书是不是卖不出去了，在微博给自己招商。”

“去死倒是不用，主动给夏耳道个歉就行。”

之后陈岁又接了好几个电话，连局长都打电话来问了，他一一应付过去，看向台上还在签售的女孩，又看着这么多从各地赶来专门见她的读者，他的心忽然变得很轻。

说不出什么样的感觉，喜悦？骄傲？

他不禁想起小时候，夏耳总拉着他去她家吃饭的模样，她那时羞怯可爱，一逗就会脸红。

如今那个总会脸红的小女孩真的长大了，她被人群包围着，有了一定的名气，收获大批读者的喜欢，坐在那儿像会发光一样。

这么优秀的小姑娘，不仅是他青梅竹马的玩伴，居然还是他女朋友？

他可真是捡到宝了。

签售会结束后，夏耳到程可鱼她们公司去了一趟，商议了一下新书的事，之后主编请夏耳吃饭，吃饭地点就在华瑞附近。

夏耳的手机快没电了，主编也没带充电宝，吃了饭出来，外面已经开始下雨了。夏耳准备打车回去，然而百分之一的电量根本不足以支撑她到家，更别说付钱。

这一年，共享充电宝还没有出现。

夏耳看着闪闪发光的华瑞大楼，犹豫再三，还是给钟彦发了个微信。

“钟总，您在吗？我在您公司附近，我手机电量不够了，也没带充电器，方便找您给手机充下电吗？”

过了两分钟，收到钟彦言简意赅的两个字回复：“进来。”

夏耳没想到他回复得如此简洁，进了华瑞大楼，钟彦那位漂亮的女秘书正在一楼大厅里等她。

夏耳受宠若惊：钟彦居然让秘书下楼来接我？

秘书倒是和和气气的，亲切地把夏耳带到茶水间去，还拿了零食和饮料给她，亲自帮她充好电。

夏耳太不好意思了，她这么大的人，哪里用得着秘书这么照顾，再三谢过秘书后，让秘书不必再顾及她，去忙自己的工作便好。

她给陈岁发了微信，把手机没电过来充电，被大雨困在华瑞的事情告诉他，还说会晚点回去。

陈岁不放心，让她在华瑞等着，他现在打车过来接她。

夏耳看了看外面的雨，担忧地回复：“不要了吧，外面雨好大。”

陳：“下刀子也接你。”

Ear：“……”

陳：“六个小时没见了。”

陳：“再见不到你，人就疯了。”

夏耳看了眼那句“下刀子也接你”，觉得陈岁确实是疯了。

可是嘴角怎么都控制不住，疯狂上扬起来。

没想到，秘书上去没多久，钟彦居然亲自下来了。

夏耳这下是真的坐立难安了，她站起来，跟钟彦打招呼：“钟总。”

“嗯。”

外面的天阴滚滚，即使坐落在海城最好的位置，这个时候向外面看去，视野也并不那么美丽。

夏耳声音弱弱的：“您怎么亲自下来了？”

“说好的下次见面请你吃饭，机不可失。”

钟彦在一旁的椅子上坐下，跟夏耳隔了一个位置，保持了让异性舒适的安全距离。

夏耳承认，这一个微小的举动，没有让她那么不自在了。

“啊，好像不太巧哦，我刚跟主编吃过，只能等下一次了。”夏耳抱歉道。

“这样吗？那确实不太巧。”

夏耳看出钟彦不相信，也没多解释。

“上次的职位，夏老师真的不考虑吗？”

“不了，我还是更喜欢写作一些。”

“可惜了，如果是写作方面的职务，夏老师应该就不会拒绝了。”

夏耳已经拒绝过一次，不好再驳人面子，只得应道：“是啊，术业有专攻嘛。”

“那编剧呢？”钟彦看着夏耳，“你有没有考虑过自己改编自己的电影剧本？”

“我还没有这方面的经验，自然也就没有考虑过。”

“那你现在考虑一下。”

见夏耳停下来思索，钟彦继续说：“找编剧不费力，但我想只有原作者才能保留作品最精华的部分。而且我了解过，夏老师为了这本书专程到新疆采风，关于细节部分，我想夏老师肯定比其他编剧更得心应手一些。”

不得不说，钟彦这点确实说到了她的心坎里。

对作者来说，自己的作品当然是自己操刀改编更放心。

而且创作一部小说，跟创作一部电影，那种成就感和意义是完全不一样的。

没有人不想往上走。

说话间，陈岁给夏耳发了微信。

“我在楼下。”

夏耳拔掉充电器，站起身，说道：“谢谢钟总，我充好电了，就先回去了。”

钟彦也跟着站起来，说：“外面雨这么大，应该不好打车，我送你回去。”

“哦，不不，谢谢您！总这么麻烦您太不好意思了，我男朋友已经来接我了。”夏耳连连摆手，背好包向下走。

“这样，那我送一送夏老师。”

夏耳百般拒绝不成，只好答应。

公司备了很多公用雨伞，钟彦随手拿了一把，乘电梯送夏耳下楼。

“关于我今天的提议，希望夏老师回去后能好好考虑一下。接触影视圈，了解电影制作背后的故事，对您之后的写作也有帮助。”

夏耳并不否认自己的兴趣，回道：“我会给你答复的。”

“希望是一个满意的答复。”

电梯门打开，钟彦送夏耳出了大楼，外面细雨斜飞，钟彦撑开手中的伞，举在夏耳头顶。

伞很大，钟彦撑过来时，跟她保留了一臂的安全距离，贴心而有分寸。

“我很欣赏夏老师的才华，所以十分希望能与您合作。”

夏耳正在到处找陈岁，听见这话，她回过头，笑着对钟彦说：“您太抬举我了，您是伯乐，我可不算什么千里马。”

“夏耳——”

冷冷的雨水浇在伞上，夏耳听见这个熟悉的声音，飞快转头寻找声音来源。

陈岁站在不远处，即使身在人群中，他优越的比例和出众的外貌，使他成为一眼就能看得到的存在。

他身上宽大的T恤衬得他身形瘦削，脚下的AJ鞋边已经湿了，他举了一把从路边便利店随便买的透明伞，隔着广场上许多行色匆匆的路人，平静地看了过来。

看见陈岁，夏耳从心底冒出喜悦，眉眼开心地眯起来，对钟彦说：“我男朋友来了，钟总再见。”

“再见。”

夏耳从钟彦的伞下钻出，飞快跑进陈岁怀里。

“陈岁！”透明雨伞隔绝雨线，她抱住他的手臂，抬头看他，“你来得好快呀，我在这边想打车都打不到。”

陈岁的视线从钟彦身上收回来，落在眼前这张娇憨可爱的小脸上，淡淡地说：“嗯，本来很多人在打车，我说我要接女朋友，他们说这可耽误不得，就把车让给我了。”

哪怕知道他在胡诌，夏耳还是忍不住笑，说：“那我们回去打不到车怎么办，你还能去跟别人说说吗？”

“恐怕下场会很惨。”

“为什么？”

“因为我女朋友太漂亮了，别人看到会因妒生恨。”

“什么鬼啦！”

夏耳笑个不停，去打他的胳膊。

陈岁也不躲，没什么情绪，乖乖任她打。

她点开打车软件，看到前面排队人数有几十人，又看了看一辆辆从面前飞驰的满载出租车，还不知道要等到什么时候。

“要不……”夏耳晃了晃他的手臂，“我们坐公交车回去吧？”

“可以。”陈岁语气平淡，“早点回去。”

夏耳大学时就来过这边，知道该坐哪路公交车，她牵着陈岁的手，带他往前面走。

见陈岁回头，夏耳顺着他的视线看过去，背后只有华瑞的大楼，好奇地问：“你在看什么呀？”

“没什么。”陈岁回过头，表情寡淡，“走吧。”

“哦。”

夏耳暗暗拧眉，感觉陈岁哪里不对。

这个时间等公交车的人也不少，宽阔的街道上车水马龙，车轮飞速碾过水面，带起一片水声。

海城绿化很好，路边种满了香樟树，绿叶经雨水冲刷，更显绿意盎然。

自行车道上穿着雨衣的外卖骑手、冒雨骑共享单车的上班族、赶着送快递的电动三轮车……看到他们，你可以清晰地感受到城市是因为什么得以运转。

等车的路人站在雨棚下面举伞玩手机，偶有公交车过来，人们赶紧收起手机，有序排成一队。

公交停下，举伞的人上去一批，又下来一批。

人人脸上都写繁忙和淡漠。

在这座繁华的城市里，容纳了形形色色的人，有人富有，有人贫穷，有人心怀梦想，有人为生计拼搏。

夏耳开始享受这种冷漠感，没有人认识你，也没有人会注意你，排斥又包容。

要等的公交车不久就来了，夏耳跟陈岁上车，没有座位是意料之中的事。他们找了个靠窗的位置站在一处，车厢里不算挤，陈岁扶着吊环，夏耳抱住陈岁的手臂。

车子启动，她听着公交车报站，兴致勃勃地踮脚，在陈岁耳边小声说：“我第一次在海城坐公交车，听见公交车用海城话报站，我听不懂，还以为是在用英语报站。

“后来才听出来是海城话，觉得好有趣哦，报站都要用三种语言。再一想，也许这就是大城市吧，便民且文明。”

夏耳跟陈岁分享今日份毫无营养的废话，陈岁静静听着，也没回应。

“对了，你是不是还没有吃饭？待会儿下车先陪你吃点什么吧。”

“出来之前吃过了。”

“真的吗？你都没给我说。”夏耳很感兴趣，“你吃的什么？”

“随便吃的。”

陈岁很少给她这种模糊的答案，夏耳觉得哪里怪异，难道是她今天下午一直没陪他，他不开心了吗?

想到这儿，夏耳稍微松开他的胳膊，改成环住他的腰，紧紧地抱住他。

多抱抱他，总该行了吧?

陈岁身子一僵，他松开吊环，把她的手从腰上拿下来，说道：“我身上湿。”

“啊。”夏耳听话地站在一边，不抱了。

夏耳想着他身上衣服确实微微潮，说：“这伞太小了，你该买大点儿的。”

他不让抱，她就真不抱了，陈岁血流不畅，说话不觉沾了些刻薄：“多大够大，要不我去跟刚才那男人换换?”

“啊?”

夏耳怎么都没把“那男人”这个称呼跟钟彦联系起来，毕竟也不会有人这样称呼钟彦。所以她下意识就以为陈岁说的是别人，比如方才等公交车时看到的某个路人。

她搞不懂陈岁怎么语气突然就这么冲，可能是心情不好吧，也是，下大雨还要打车接人，心情肯定好不了。

她压下心底那一点点委屈，说：“待会儿下车要是雨还没停，就再买一把吧，我们一人一把，你就不会淋湿了。”

陈岁没吭声，只是站在那里。

夏耳摸不着头脑，不懂他今天怎么这么冷淡，想着他可能需要一个人静静，于是就没再去抱着他的胳膊，改成抓起了旁边的栏杆。

后半程谁都没再说话。

到站后，二人先后下车，雨果然还在下，甚至还大了不少。

夏耳站在雨棚里，指着不远处的便利店，说：“我去再买把伞吧。”

她刚要走，陈岁一把扯住她的手腕，把她扯到身前。

他单手搂住她的肩头，撑伞带她往酒店的方向走。

“哎哎哎！”夏耳莫名，余光见到透明雨伞倾斜，她被完好地遮挡在雨伞之下。陈岁的大半肩头露在外面，才走了这么几步，他的肩膀就已经有些湿了。

她把他的手臂推回去，雨伞也因此平衡，她不由得拧眉：“你干吗啦?”

“怎么，我给你打伞都不行?”

“这伞太小了，我们两个人不够撑，我再去买一把。”

“呵，都不想跟我在一把伞下了是吧？”

“你好莫名其妙。”

雨势渐急，雨伞被浇得哗哗作响，他不动声色把伞移向她那边，抿了抿唇，说：“你不跟我打一把伞，却能跟别人打一把伞？”

“那你这伞不是太小了？”

“你就不能抱紧点？”

夏耳有点委屈地看着他，小声说：“你不是不让我抱……”

陈岁狠狠噎住，体会了一把什么叫搬起石头砸自己的脚。

他把伞塞进夏耳怀里，转身走进雨幕中。

“哎！”夏耳急了，举着雨伞去追他，把伞举过他的头顶，“你别这样，淋湿了会感冒的。”

陈岁见她一味给自己打伞，于是推开她的手腕，让伞倾向她那边。

夏耳受不了他的冷脸，心里有点难受，直接把伞丢了，让两个人都淋在雨里。

“现在行不行？我们公平一点，谁都不打伞。”

雨伞向上，像一只透明的敞口大碗，很快蓄了浅浅一层雨水。

见她额前的刘海都被打湿了，陈岁不忍心，把伞捡起来，撑在她头顶，说道：“是我不好，你别不高兴。”

听见他哄她，她那股委屈劲儿一下子涌上来了：“那你为什么不高兴？我也没做什么，我只是担心你会被淋到，想着我们一人一把伞会好一点，你干吗那样……”

“我想让你跟我打一把伞。”

“我不是说了你的伞太小……”

“那你为什么跟那男人打一把伞，因为他伞大？”

“什么那男人……”夏耳刚要反驳，突然想起自己刚才在华瑞楼下是在别人的伞里，便实话实说，“可是他的伞就是很大，而且我和他是有距离的。”

陈岁血液凝滞，呼吸不畅到了极点，沉声道：“所以你就跟他打一把伞吗？他无缘无故为什么要给你打伞？无事献殷勤，肯定有问题。”

“我也没想到他会给我打伞，我以为他是给他自己拿的啊。而且他离我那么远，一直很绅士，真的不是你想的那样。”

“绅士？他不绅士一点，怎么让你放松警惕？”

“你不要把别人想得那么坏好不好？”

陈岁气得快疯了，不自觉提高了音量：“你还护着他？”

夏耳没想到陈岁居然这么不可理喻，她噎了下，积压在心底的话借着现在上头的机会一股脑地涌了上来。

她眼眶微热，微微仰头看陈岁："我怎么护他了？我只是实话实说。而且我这叫护吗？你还帮杜雨薇打架，你才更护着她吧？你为了她被开除了都没说什么，我只是说两句实话而已。"

"这跟杜雨薇有什么关系？"

"可是本来就是事实啊，要不是你护着她，她也不会喜欢你，还追你追到大西北去。跟杜雨薇比，钟总只是出于绅士风度帮我撑伞而已，算得了什么？"

"这是两码事。"

"确实是两码事，杜雨薇喜欢你，钟总才没有喜欢我。"

"那男人既然绅士，为什么不再另拿一把伞给你？非要跟你撑一把？"

"那你呢，你为什么帮杜雨薇打架？跟你完全没有关系不是吗？"

"我动手跟杜雨薇没关系。"雨水浇在陈岁的睫毛上，他静静在雨中解释，"我那时发现陈广又在出轨，他以前说他会断掉这些关系，不再做这种事，可是他骗我。我妈妈每天等他等到很晚，有天我早上起来上学，看到我妈妈睡在沙发上，她在客厅等了一夜。

"我到学校听见杜雨薇在哭，后来听人说是有人欺负她，我听得来气，把那个男生当陈广给打了，就这样。"

夏耳心头一松，她本想说那杜雨薇问他的时候，他为什么不说，但转念一想，陈广这事毕竟不光彩。他回织女镇后，连差点撞破陈广好事的自己都没说，又怎么会跟杜雨薇说？

压在心底的大石头被人轻轻移开，那些不高兴的情绪全都没有了。

她回过神，见陈岁还在雨中淋着，她扑上去一把抱住湿透的他。

"我知道了，陈岁，你别不高兴。"她把头埋在他的胸口，在他身前小声哄他，有些心疼，"别人的伞就算再大，有沙滩伞那么大，不是你的伞，我都不喜欢。

"我只喜欢你的伞。只要是你撑伞，儿童伞我也喜欢。"

她身上热乎乎的，一靠近，他就忍不住想要抱紧。

陈岁用伞罩住他们两个，看着八爪鱼一样粘在自己身上的娇软身躯，说："我的伞可遮不住两个人。"

"哦。"夏耳从他怀里抬起头，乌润的双眸盈盈望着他，"那我就贴紧点儿嘛。"

说完话，她手臂用力，搂得更紧了。

"唔，跟男朋友贴贴，谁都分不开……"

撒娇是女孩子的神兵利器，尤其心上人使出这一招，效果更是翻倍。

陈岁的心再硬，也被她这一通撒娇给融成了水。

“别贴了，要饿死了。”

“你不是说你吃过了吗？”

“嗯，看自己女朋友跟别的男人挨那么近，我吃狗粮吃饱了。”

夏耳还是忍不住辩解：“也没很近吧，社交距离啊……”

“你……”

夏耳赶紧改口：“不像我跟男朋友，每天都贴这么近呢，疯狂贴贴！”

陈岁举着伞，搂着怀里的黏人精走在雨中。

“前面有麦当劳，你陪我吃一口。”

“嗯嗯！吃饭也要贴贴。”

“可以不用贴。”

“不行哦，我是你随身贴。”

“狗皮膏药。”

“创可贴。”

“狗皮膏药。”

“风湿贴。”

“狗皮膏药。”

夏耳争不过他，不争了。

她仰头，笑嘻嘻地用食指戳了戳他的脸颊。

“就算是狗皮膏药，也是你一个人的狗皮膏药。

“你甩不掉的哦。”

在海城的事情忙完，陈岁跟夏耳买了返程机票，准备一起回新疆。

虽是夏天，但新疆不比内地，再过两个月季节更迭，还需要增加衣服。

陈岁难得回海城，所以在起飞之前，刚好借着这次机会回一趟家，取一些衣服，省去邮寄的麻烦。

夏耳是陪他一起回去的。

夏耳跟他进了小区，只在楼下等着，没上楼。

这个时间，陈广应该不在家，但陈广后娶的女人在，夏耳想着上去尴尬，就在楼下等。

陈岁打开电子门锁，一进门，看到鞋架上没有男士拖鞋，他的心顿时一沉。

陈广在家。

某间卧室里传来女声教习孩童学英文的声音。

“大象，elephant……”

他俯身从鞋架上翻出自己那许久没穿过的拖鞋，正换鞋时，请来的阿姨从厨房出来，她系着围裙，手里拿着个煮汤的勺子，面带疑惑地看着陈岁："你是……"

陈岁轻轻一哂，他回自己的家，却不知道如何解释自己的身份。

许是外面的声音传进了卧室，其中一间卧室门打开，陈广单手抱着一个四岁左右的漂亮小男孩出来，一边逗着怀里的小孩，一边笑呵呵地说："跟爸爸一起看看是谁来了好不好？"

他的视线从小男孩可爱的脸上移开，落到门口来人身上。

陈岁就站在玄关，隔着几十平方米的空旷客厅，与陈广对视。

陈广脸上的笑容一点点凝固。

"回来了。"陈广说。

"嗯。"陈岁应了一声，向自己的卧室走去。

陈广把小儿子放下，一拍他的屁股，说："年年，去，妈妈在叫你。"

小梓年不愿去妈妈身边，身子一扭，从陈广腿边嗒嗒小跑到陈岁跟前，仰起小脸，好奇地看他，问道："你是哥哥吗？"

"年年，回来！"

年年妈妈从卧室出来，女人年轻漂亮，年近三十的她因为常年养尊处优，看着跟陈岁差不多大。

他们都在紧张什么呢？

陈岁心里嗤笑一声，没理这个小孩儿，拉开衣柜从里面拿衣服。

陈广走过来，拉着小梓年的手，要把他从陈岁的房间里拉出去。

小梓年一手扒着门框，喊叫着："不要，我要跟哥哥玩！"

年轻女人也过来，直接把小梓年抱走，说道："我们先回房间，把单词读完再来玩，好不好？"

"真的吗？那我要快点读。"

卧室门被轻轻阖上，掩去门内幼儿学语的声音。

陈广转回头来，看着陈岁的动作，淡淡地问："什么时候回来的？"

"一周前。"

陈广表情有些严肃地说："那怎么没回家里吃个饭？"

"工作太忙，没来得及。"

陈广皱起眉头，满脸不认同，语气更冷："你还在新疆保护个什么动物？"

"是。"

看着陈岁一件一件把衣服叠进行李箱，陈广冷声道："你在新疆做那份工作能有什么前途？就算让你干十年，你又能干出什么名堂？"

陈岁一声不吭，专注叠衣服，像没听见一样。

“早就跟你说过毕业后回到海城来，我已经给你安排好了工作。你在新疆干十年，都抵不上这边一年的年薪。大好前程你不要，非到那穷乡僻壤去，你保护那些动物有什么用？你先保护保护你自己吧！

“你也不想想，你干这份工作将来谁瞧得上你。放着好好的办公室不坐，非去受人指使，给人当苦力，将来你成了家，你拿什么养老婆，养孩子？不说你能不能成家，就没有女孩子能看上你！

“我出去吃饭，别人问我你在做什么工作，我都开不了口，只能骗人家你在考研！你以为你现在很好？等十年后同学聚会再看，我告诉你，你一事无成！”

陈岁装好衣服，蹲下拉好行李箱。

陈广骂了半天，骂不动了，他喘匀了气，又问：“还有钱吗？爸爸再给你打点？”

“不用。”

陈岁起身，关好衣柜门，拖着行李箱向外走。

陈广跟着问：“你现在就走？不留下吃饭？哪天的机票？”

“今晚。”陈岁随口编道。

“你不跑到新疆去，至于一年都回不来一次吗？趁早把那丢人现眼的工作辞了，听到没？”

陈岁换好鞋，把拖鞋放回原来的位置，回头扔了句：“你要嫌丢人，可以当没我这个儿子。”

说完话，陈岁拧开门，走了。

年轻女人从卧室里出来，说：“老公，别生气，他年轻气盛，不懂你是为他好。梓年已经把单词都念完了。”

提起小儿子，陈广眉头一松，说道：“要是陈岁能有梓年一半听话就好了。算了，不管他。”

陈岁没把回家后发生的事说给夏耳听，只说家里没有人，夏耳也没多问，这事就这么过去。

回新疆的旅途漫长，机舱里，夏耳手捧一本书，看得心不在焉。

良久，她把书倒扣在腿上，侧身戳了戳陈岁的手臂。

“嗯？”陈岁靠过来，抓住她的手，跟她十指相扣，轻晃着问，“想我了？”

“没啦，我是有事情想问你。”

“什么？”

夏耳小心地观察的表情，问道：“就是……你能接受异地恋吗？”

“应该不会有人想要异地吧？”

“如果呢？”

“怎么，你想跑到哪儿去？”

陈岁面向她，挑了挑眉，一副不管你跑到哪儿我都不会放过你的表情。

“我没有跑，是我的新书要改编电影，然后版权方想让我做编剧。如果同意的话，我可能就得全职跟公司这边，甚至开拍后还要跟组……”

她小心翼翼地跟他解释清她要做的事，争取让他理解，明白一旦分开是真的会有一段时间见不到面。

她话还没说完，就被陈岁截断：“没问题。”

“你听我说完。”夏耳觉得陈岁并没有想清楚，“影视项目前期筹备到拍摄会经历很长的时间，你……”

陈岁再次打断了她：“你有没有听过一句话。”

“什么？”

陈岁凝视着她的眼睛，嗓音低沉温柔，含着几分调情的笑意：“两情若是久长时，又岂在朝朝暮暮。”

高中时大家都说陈岁这张脸很薄情，但不知是不是夏耳太喜欢他的缘故，她总觉得他这双眼是深情的。

起码在看她的时候是这样。

他眼底的深情大抵是有力量的，略略拂过她的心池，她的平静就被搅乱了。

夏耳突然发现，原来爱情不是一个永久性的词语，它是当下的，流动的，比如她知道自己喜欢陈岁，但是在喜欢之上，还可以在某个瞬间再一次更深地喜欢上他。

夏耳搂住陈岁的脖子，在他下巴上亲了一口。

一个简单干净的亲吻，像鸟儿互相啄羽，大象用鼻子抚慰人类，或者像人类亲吻小狗，都是某一瞬间的情不自禁。

夏耳坐回去的时候，陈岁还怔怔的，停留在刚才那一个轻吻中，仿佛还在回味。

良久，他抚了抚下巴，眼里含着品尝糖果的笑意，凑近脸颊绯红的女孩，问：“怎么不往上点儿？”

陈岁特意坐矮了一些，问道：“可能是我刚才坐得太高了，要不再试一次？”

“没有这种好事，你想都别想。”夏耳红着脸拒绝。

陈岁遗憾地把脸收回来，说：“好吧。”

夏耳不跟他闹，问他：“你真的不介意吗？”

“你想听真话还是假话？”

听他这么说，夏耳立即意会：“好吧，我明白了。”

他肯定还是介意的，刚刚陷入热恋的情侣就要分隔两地，谁都接受不了。

“但我不想束缚你。”陈岁神情认真，“我明白什么对你来说是重要的，虽然我确实不想跟你分开，但从长远来看，这样选才是最正确的，不是吗？”

他从来没有考虑自己，他一直在以她的角度考虑。

“我刚才说的那句话，不是在劝你，而是在劝我自己。既然以后有那么长的时间在一起，何必在意眼前这一年半载。再说，你不是飞鸟嘛？”

“嗯？”

突然被人说出了笔名，还挺尴尬的。

陈岁点了点她的鼻尖：“你这只小鸟，就应该飞往更高的地方去，不是吗？”

他居然是这样理解她的笔名的吗？

夏耳摸了摸耳垂的小痣，抬头问他：“我若是只爱情鸟呢？”

“爱情鸟？”陈岁咀嚼了一下这个名字，笑着问她，“怎么就是爱情鸟了？”

“就是一生都在寻找爱情，只为爱情奔赴，守在爱人身边。”

“可你跟其他爱情鸟不一样，你已经找到了。

“所以，我们小耳朵也该继续往前飞了。”

听他这样说完，夏耳觉得自己好像又喜欢了陈岁一点。

“我一定会快点飞回来的。”

“真的，这么乖啊？”

“嗯啊，我是爱情鸟嘛，爱情鸟要是没了爱情会死的。”

陈岁失笑，揉揉她的小脑袋。

末了，他又问：“你去哪里写剧本？”

夏耳长长“呃”了一声：“华瑞。”

“我现在收回刚才的话还来得及吗？”

“来得及。不过，你为什么要讨厌华瑞？他们毁过哪个 IP 吗？”

陈岁的鼻息发出很轻的气音，别过脸去：“上次那个男人，他是不是华瑞的？”

夏耳大方承认：“是呀，他是华瑞的老板，上次就是在跟我聊电影改编的事。”

“假公济私。”

“哪有你说的这样，我们在谈正事。”

陈岁沉着一张脸，表情不太好看。

夏耳也不知道该怎么说，她怕自己说了话什么火上浇油，陈岁再真的反悔，于是把腿上的书重新捧起来，用看书来逃避。

过了会儿，陈岁面无表情地说道："等回去后，我把充电宝都给你带走。"

"嗯？为什么？"

"省得你找别人充电。"

夏耳先前请假，手里的活就都交给了别人，这会儿回来提离职，一时也没多少工作需要交接，还是很顺利的。

只是她就是作家飞鸟的事局里都知道了，大家再看她的眼神，就跟先前不一样了。

先前是同事之情，现在除了同事情外，又多了几分说不清道不明白的敬重。

魏局对她的隐瞒也予以了某种程度的谴责："你是出名的大作家，你来我们这边捐款，这是可以登新闻的好事，好事你还掖着藏着？现在的年轻人啊，真是……"

夏耳说："对不起，魏局，我不该瞒着大家，但我没想过上什么新闻。这笔钱对我来说只是数字，但对河狸来说，可以重建他们的家园，在我看来，这才是最重要的意义。"

"你能这样想，很难得。"魏局感叹，"现在已经很少有人会有这样的想法了。当然，也祝你今后多出书，多赚大钱，越来越红，好吧？"

"谢谢局长，借您吉言！"

夏耳回工位上收拾东西，其他人都跟着帮忙。

夏耳余光见到一米外站着个人，脸色憋得红红的，一副很想上前又不知道怎么上前的样子。

正是先前当她面说她坏话的大霖。

他不说话，夏耳就装不知道。

等夏耳的东西都收拾完了，他突然上前来，说："我帮你拿吧。"

也不等夏耳答应，他直接把装东西的纸箱抱了起来。

"不用，我自己来就好了。"夏耳要接回来。

大霖抱起来纸箱就往外走，夏耳不得不去追。

出了动物保护局的院子，夏耳在院子里喊他："回来！抱到车上就行。"

大霖本来都走到大马路上了，听见夏耳喊他，又尴尬地把纸箱子抱了回来。

在夏耳的指挥下，他把东西放到了车上。

他掸了掸手，挺大个汉子，比夏耳还高那么多，在夏耳面前紧张又局促。

“那个，我……对不住，我之前不应该那么说你，挺不好意思的，我就嘴贱，你别往心里去，你当我傻。”

夏耳看着他，说：“其实我没有放在心上，但你要是真的感到抱歉的话，就去支持一下我的书吧。”

她半开玩笑地说：“毕竟都要卖不出去了，你买一本帮帮忙。”

“买买买！我全都买！”

临走之前，夏耳想起阿狸，又专门去医护室看了眼小家伙。

河狸打架的伤口还在恢复中，除此之外，兽医说它体内还有其他病症，都在观察治疗中。

夏耳给小阿狸喂了些柳条，不知是不是这阵子常跟人接触的缘故，小阿狸没有那么怕人了，趴在笼子里，咔嚓咔嚓地啃柳条。

夏耳趁机摸它，一边摸一边念：“阿狸，你要好好替我陪着陈岁哦，我把他交给你啦。”

阿狸眼睛滴溜溜地转，不知是听懂了还是没听懂。

夏耳又放了几根柳条，说道：“你也要快点好起来，然后回到大自然去，建立你自己的家族啊。”

看着阿狸吃完那几根柳条，夏耳才坐面包车回到宿舍楼去。

她自己倒是轻装简行，只拿了个小行李箱，别的东西都发的快递，她不想很喜欢提行李。

临行前的一晚，夏耳到陈岁的宿舍跟他看了部电影，见时间不早了，夏耳就准备回去了。

陈岁把夏耳送到她的宿舍。

到了门口，不知是不是明天就要分别的缘故，她没有进去，他也没有走。

两个人就站在门口，她看他，他也看她。

走廊的感应灯因为有人走过而亮起，夏耳的双手背在身后，咬着下嘴唇，说：“我到了，你……回去吧。”

陈岁垂头，他比她高了很多，视线停留在她浅浅的眼窝、羞怯的脸颊和轻咬的唇上。他每看一处，她都像能感应到似的，脸就更加红一分。

他喉结滚动，“嗯”了声：“我加湿器还在你这儿。”

“那，我进去取下，你等我。”

夏耳转身，快速推开门，把门轻轻掩上，连同走廊昏暗的光以及陈岁的视线一齐被隔绝门外。

夏耳拔了电线，把加湿器中的水倒掉，擦干净外表的水，随后打开房门。

陈岁还在走廊里站着，若无其事地等。

他腰身劲瘦，四肢纤长，站在走廊里，像是专门过来在破旧环境里拍片的时尚模特。

她怕陈岁会看见她凌乱的房间，顺手就把门掩上了。

“给你。”她把加湿器递过去。

陈岁从她手中接过缠绕好的物件，发现她的手指又白又好看。

夏耳忍不住去看他的脸，棱角干净分明，单薄的眼皮微敛，眼皮上的小痣清晰，为这张脸平添了一分精致。

他察觉到她在看他，迅速抬眼去捕捉她的眼神。她先他一步觉察，慌忙别开头回避。

“嗒”的一声，走廊的感应灯自动熄灭。

陈岁轻咳一声，灯光重新亮起。他拿到了东西，他本该走的，可他却不舍得。

他捏着充电线，忽地笑了下，打破这个沉默的氛围：“有点后悔放你走了。”

夏耳别了下耳边的碎发，说：“来不及了哦，我已经答应了。”

“说说还不行？我看你是去意坚决。”

“我也不想坚决。”夏耳顿了顿，“但是不坚决点儿，我都怕自己会反悔。”

陈岁的眸里染了明显笑意：“你这么说，显得我像祸水。”

夏耳自下而上把他全身扫了个遍，最后落到他的脸上，耳根热热地说：“你还是有这个资本的。”

“有吗？”

“有啊。”夏耳点头，“以你的姿色，在古代的话，一个人能撑起一座青楼的。”

陈岁歪头想了一下：“那我还挺卖力的。”

“是得卖力点儿。”夏耳一本正经地顺着这个思路说下去，“不然全楼的业绩都在你身上，不多想办法讨人喜欢，日子就不好过了。”

她在这边说话，陈岁在她面前低笑。

夏耳感到奇怪：“你笑什么呀……唔！”

走廊的感应灯骤然熄灭，在陷入黑暗的瞬间，陈岁突然俯身，封住她的嘴唇。

他的手掌托住她的后脑，身子前倾，把她压在墙壁上。

有他的手托着，她的后脑免去了和墙面的碰撞，可她仍然听到了“咚”一声响，像一块大石头投进湖水里，那是黑暗中沉闷的心跳声。

这一切发生得猝不及防，夏耳心跳加速，她嗅着他身上干净的味道，隔着衣物，感受着另一个人的体温。

可她没有推开他，双手抵在他胸口处，闭上眼睛，全身心去感受与他唇齿缠绕的柔软。

这个吻并不急，是带着柔情的，缓慢的，以一个生物最原始的方式，品尝着彼此的爱意。

夏耳忽然间在脑中浮想，十五岁再见陈岁的那个夏天究竟是什么味道呢？也许就是现下这样吧，燥热、眩晕、梦幻，她想抓住什么，又什么都抓不住，只能对一切听之任之，把所有声音藏在喉咙里。

她枯燥的青春在陈岁出现后开始焕发生机，他是滋养万物的春雨。

不知过了多久，这场突如其来的春雨终于开始收势。

分开时，夏耳晕乎乎地窝在陈岁怀里，双眸染了层水雾，她不敢看他的眼睛，把脸埋在了他的胸膛。

“你……”夏耳想嗔他，偏又说不出什么，隔着他单薄的T恤感受他发烫的体温，她快被灼伤了。

陈岁轻笑了声，在他脸颊处吻亲了下，压低嗓音问：“怎么样，刚才够卖力吗？”

夏耳离开新疆的时候，陈岁还惦记充电宝那事，非把自己的充电宝塞给她。

夏耳不要，陈岁沉着脸硬塞给她，最后夏耳在他怀里哄了他半天，才勉强把他哄好。

他最终被她哄笑了。

两人在机场安检口黏黏糊糊，难舍难分，但终归是要分开的。

夏耳看了眼时间，跟他挥挥手，说道：“我去安检啦！”

“嗯。”陈岁不舍地把手收回来，“快去吧。”

夏耳在队伍末尾排了会儿，一边排一边回头看陈岁，每次回头，陈岁都会跟她挥挥手。

夏耳嘴角的笑容掩也掩不住。

她见陈岁一个人站在人来人往的安检口外，高挑出众的帅气模样，想着可能会有几个月见不到他，心里突然涌上一抹难过，顾不上检票柜员那句“你好”，她转过身，奋不顾身扑冲出安检区，扑进了陈岁的怀里。

陈岁没想到她会突然折回来，即使做好准备张开怀抱迎接她，也被她撞得后退了两步。

机场安检口突如其来的情侣分别戏码让不少人暗暗侧目。

覆盖整个机场的广播一遍一遍地播报航班信息，行李箱滚轮在地砖上发出声响，停机坪的飞机滑行起飞，一切声音都成了背景音，夏耳什么都注意不到了。

她知道自己正在被人以那样的眼神注视，可她太害怕分别了，每次跟陈岁分开，下一次都不知何时才能再见，她不想、不敢，也经受不住这样的分别，她完全顾不上别人怎么看，也不在乎了。

她就是喜欢他，舍不得他，别人怎么看，怎么想，怎么取笑她，那就随他们去。

爱情本就是破格的情感，不是吗?

她紧紧抱住陈岁劲瘦紧实的腰，那么有安全感，她隔着衣物感受他的体温，用力吸了一口他身上的味道。

“你要每天都想我，陈岁。

“因为我也会每天都想你的。”

“当然。”陈岁抚上她的背，穿过她细软的头发，抱住怀里娇小的女孩，“不只是分开，见面也会想你，比如现在。”

“我也是。”夏耳声音闷闷的，“好奇怪哦，我明明在抱着你，我却在想什么时候能再见面，我的心里脑子里都是你，你能不能想想办法，把你自己从我脑子里抽出去，我现在既痛苦又幸福，这好折磨。”

“如果我有办法，我就不会一直想你了。”陈岁摸了摸她的背，“快点，去安检，再不去，我就不让你走了。”

夏耳抬起头，说道：“我有点后悔，怎么办？”

“不许后悔。”陈岁低头在她唇上碰了一下，很轻，是不沾任何欲望的安抚，“你好好赚钱，然后回来包养我。”

夏耳被他说得啼笑皆非，什么忧愁的心都没了，她从他怀里退出来，说：“好吧，我会努力的。”

陈岁在她屁股上拍了下，催促道：“去吧，再不去安检，等下整个机场都知道你没登机了。等下人家一看，哦，原来有人不登机，是在这里谈情说爱。”

“我才不管别人。”

“好好好。”陈岁妥协，“快去吧，从安检口到登机口也要走很久。”

“好吧。”

夏耳捏着登机牌跟身份证，跟陈岁挥挥手。

“你回去开车注意安全。”

“你也是，落地平安。”

Chapter 18

/ 岂在朝朝暮暮 /

夏耳正式加入自己的电影项目组，项目最终定名《乌苏》。

为了向电影靠拢，她还没定下来的书名，也跟电影保持一致，都叫《乌苏》。

乌苏是新疆一个市的名字，也是一种新疆啤酒的牌子，因为她的新书讲的是动物保护的故事，地点在新疆，于是名字就定成了这个。

进项目组后，夏耳每天都在开剧本会。

关于预算、开机时间，还有制作时间等等，这些都在开会中定下来。之后的剧本会，关于怎么提炼剧情主线，保留哪些情节，删掉哪些情节之类，导演提了很多意见。

夏耳初次写剧本，有很多一头雾水的地方，她买了一些工具书，白天开会，晚上学习编剧技巧。

她每天会抽空跟陈岁发一些消息，互相分享生活，吃了什么饭，做了什么工作，有没有想对方，虽然很少能够及时地聊天，但打开手机就能看到来自对方的未读消息，就已经很开心了。

然而恋爱的快乐对于繁忙的创作来说，只能算是调剂，事实上，贸然转行对夏耳来说，并没有她想的那么顺利。

小说是作者创造世界，然而剧作却是各方共同努力的结果。夏耳情况稍好，她是改编自己的项目，大方向已经定下，不像其他项目需要一遍又一遍开会确认方向。

然而她却需要照顾导演的个人风格，比方说某一场戏，夏耳更偏向塑造人物与人物之间直接的冲突，导演却更追求氛围，用光影和场景去展示冲突。

类似的磨合有很多。

有一天下会后，导演告诉她："小夏，你的思路没问题，但我们拍的是青春电影，不是商业大片，所以我才会更注重情绪表达。别灰心，你的剧本写得很好。"

虽然有导演的鼓励，但是翻来覆去地改稿仍旧让夏耳身心俱疲，忙起来的时候经常没时间回消息。

她愧疚得不行，晚上回到家忙完之后，坐在飘窗前，给陈岁打了个视频电话，专程道歉。

"对不起哦，白天一直在开会，导演说有几个地方分场不行，需要重新想，我头都想痛了。"

"你们导演这么有想法，他怎么不自己想？"

夏耳扑哧一笑，一脚踩在了坐垫上，下巴垫着膝盖，说道："因为他是导演啊！人家是专业的，我要听他的。"

"你是原著作者，他更应该听原著的，是他不对。"

听见陈岁这样偏爱自己，夏耳却并不怎么开心。

她瘪了瘪嘴，眼睫低垂，小声诉苦："每次很累的时候，我都有点点后悔，我不应该跟你分开的，也不知道什么时候才能再见到你。"

陈岁站在走廊的窗边，把手伸到窗外去，修长手指弹了弹烟灰，说："很累的话，说明你正在上坡。走下坡才会轻松，不是吗？"

他这样柔声安慰，更让夏耳想要扑进陈岁怀里，好好地抱抱他。

可惜距离让他们无法在最需要彼此的时候相拥。

夏耳孤独地抱住膝头，微微偏头枕在自己的膝盖上，喃喃道："好想你，陈岁。"

"嗯，我也想你。"

得他这样的一句甜言蜜语，夏耳那些短暂的难过一扫而光，又开心了。

"这阵子我也在忙，可能没法像以前那样找你说话了，但我有时间一定会跟你聊天。"

夏耳想了下现在的时间，问："是不是灌木柳长好了？"

"嗯，最近正忙着检验存活率，考虑补种问题，还有牧民的奖励金也要发放，事情赶一块儿了。"

"真好，那河狸呢？"

"还在统计家族数量，不知道今年能不能增加。"

"肯定可以，大家都做得那么好。

"阿狸还记得我吗？"

"记得，我每天都在跟它说，它说它跟我一样想你。"

陈岁哄得她开心，她觉得在爱情面前，所有的烦恼都不算烦恼了。

她看了眼时间，让他早点去睡。

陈岁“嗯”了声，挂视频前还不忘叮嘱：“让那个男人离你远点。”

夏耳明白他说的是钟彦，觉得陈岁怎么这么记仇。

“我很久没跟他见面了，平时都在开会，很少见到的。人家是老板，不是保洁阿姨呢。”

“那就行。”

之后的日子，夏耳时刻记得陈岁说的那句话。

当你感到很累，撑不下去的时候，记得自己是在上坡。

她秉着这个信念，在项目组一遍遍的返稿中，终于把剧本初稿定了下来。

但是因为双方都太忙碌，联系一天天变少，从开始的互诉思念，到最后只有简单的早安晚安，还有每天做了什么事，寥寥数句，有时候随便一屏的聊天，其实是两天的问安内容。

她觉得这样下去恐怕会不好，但她的生活被工作充斥，能分享的都是工作上的内容，她又不想把工作带到感情中去，最后只能继续维持现状。

她只能告诉自己，即使联系变少，也没有什么的。

初稿定下来后，整个项目组都松了口气，开始申请影视立项。

进度反馈到老板那里之后，老板也很高兴，大手一挥，请整个《乌苏》制作组吃饭。

夏耳也去了，连日来的劳累，确实需要吃一顿好的犒赏自己。吃饭的时候不可避免地需要喝酒，她尽可能地推拒了一些，但也有一些推拒不掉。

她多多少少也喝了些。

《乌苏》的导演喝得最多，他是有经验的导演，三十二岁拍文艺片出道就拿奖，之后的几年拍的电影有好有烂，因为都很小众，票房称不上好，但技术是有的。

要说没成就吧，他身上带奖；要说有，确实不是什么特别牛的成绩，所以他身上有种年少得志的狂妄，又掺了些郁郁不得志的颓废，平时不喝酒客客气气一文青儿，喝了酒就把两种特质放大得特明显。

《乌苏》是他从文艺片转型的作品，风格文艺，但又面向市场，他对这部作品抱了很大期待，所以席间他喝多了，好几次过来搂夏耳的肩，跟她道歉，说他也不想那么严格，但他拿不准，就想在剧本上多试试几种可能，可能折腾了点儿，希望她别介意。

听见导演这么说，夏耳心底那些改稿的不快也少了很多，心想都不容易。

钟彦把导演扯开了，挡在夏耳身前，说："人就一小姑娘，哪喝得过你这老酒鬼，差不多得了。"

其他人见钟彦开口，就把导演拉走喝酒去了。

夏耳喝得脸红红的，说："谢谢钟总。"

"没事，女孩儿在外面还是少喝点酒。"

夏耳觉得钟彦很好，是个很有风度的老板。

聚餐过后，不少人已经喝晕了，于是清醒的人就负责送不清醒的人回家。

大家互相报了住址，顺路的就直接把人带回去。

夏耳报完住址后，有两个同事说："哎？我们刚好顺路，一道走吧。"

这么晚了，夏耳也担心一个人打车不安全，就说："好啊。"

有个清醒的同事开玩笑说："我记得钟总顺路，不如钟总送我们吧。"

其他人一下子兴奋了起来："真的吗，我能有幸坐一下钟总的保时捷吗？"

没想到钟彦居然同意了："可以，走吧。"

夏耳来华瑞才几个月，跟其他同事比起来，她跟钟彦之间的上司下属情显然没有那么深，还是比较不好意思坐的。

可先前答应了一起，现在又反悔说不坐，好像在针对老板。

反正人多，也没什么。

这样想，夏耳也就同意了。

夏耳跟其他人一起坐在后排，副驾驶是另一个男同事。

钟彦滴酒未沾，他开车送大家确实是合适的，而且这么晚了，海城打车有点贵，有车蹭，大家都很开心。

这期间，陈岁给夏耳发了个微信，问她在做什么。

她要是说钟彦在送她回家，陈岁肯定会吃醋，于是她撒了个小谎，说自己在跟程可鱼一起回家。

陈岁问她还有多久到家，夏耳说快了。

陈岁让她注意安全。

不过夏耳没想到，别的同事都陆续到家了，车里最后就剩下她一个。

她坐在后排，好像钟彦是她的顺风车司机一样，怪尴尬的。

不过钟彦只是寒暄了几句，问她在公司待得怎么样，剧本写得开不开心之类的。

夏耳也说了些场面话，感谢钟总赏识云云。

到了她小区门口，她让钟彦在路边停下就好。钟彦说现在夜晚不安全，怕小区里出现什么坏人，最好把她送到楼下他才能放心。

夏耳感谢钟彦的贴心，就同意了他送到楼下的提议。

到了楼下，夏耳从车子里出来，背着包跟钟彦摆手。

"谢谢老板送我回家。"

钟彦降下车窗，英俊面容温和地抿唇微笑，说："你安全到家就好，上去吧。"

"再见。"

"再见。"

夏耳目送钟彦开车离开，转身准备走进单元门，忽然注意到单元楼的阴影处有个人影在那儿抽烟。

那人刚好在光影的死角，夏耳只能隐隐约约见到个人影，却看不清脸。

夏耳的心被吓得猛地一跳，这个人好端端为什么要站在这儿？她有些不敢上楼，怕这个人会尾随。

于是她抓紧包带，假装住在另一栋，等过一会儿再看看这人有没有走。

夏耳佯作淡定，转身就走。

不料刚迈出两步，身后突然传来脚步声，她走得更快了，身后的人一把抓住她的手腕，她的心脏瞬间一缩，刚准备叫，一只手从背后捂住她的嘴，她整个人都陷入一个宽大的怀抱里。

已经是冬天了，这人身上很凉，他冰凉的手指触到她脸上细嫩的肌肤，她被冰得一颤。

他手指上沾了些烟草味，因为走得过快，身上味道被风吹散了很多，闻起来淡淡的，很有男人味。

让人害怕，又让人着迷。

这人在她的耳边低声告诫："别叫，想我了吗？"

听见他的声音，夏耳紧绷的身体一松，肌肉一点点放软。她几乎控制不住奔涌而出的喜悦，拿掉捂住自己的手，转身狠狠扑进他的怀里，整个人都挂到了他的身上。

"陈岁，你讨厌，你吓死我了！呜呜呜……"

"好，对不起，我不该吓你，我向你道歉。"

夏耳哭了会儿，这才反应过来陈岁的外套还是冷的，说不定他在楼下等了她很久。她赶紧从他怀里退出来，仰头问道："你冷不冷啊？我们上去吧。"

“不了。”陈岁拒绝，“程可鱼跟你住一起，我上去不方便。”

“哦，对，我都忘了。”夏耳懊恼地拍了下额头，又问，“你怎么突然回海城啦？是有什么事吗？”

他抬手，理过她耳边碎发，若无其事地说：“没，就是太想你了，过来看看你。”

不像在说情话，而是在阐述一件再正常不过的事情。

夏耳在寒夜里微微哽住。

“那，你待多久？我剧本初稿已经交了，最近应该闲一点，我请假陪陪你吧。”

“好啊。”

夏耳在室外站久了，不由得有些冷，可她难得跟陈岁见到，并不舍得跟他分开。

她犹豫了下，说：“你住在哪儿，我这几天过去陪你吧。”

陈岁弯唇微笑，回道：“不用，你别乱折腾。”

“没。”夏耳摇摇头。

他特意从新疆飞回来找她，舟车劳顿，要论折腾，还是他要更折腾，可他什么都没说。

“我想跟你在一起。”

陈岁凝视她片刻，大抵是看到她的眼神太坚定，不由得喉结动了动，问：“今晚？”

“你陪我上去，我取点东西就好。”

“程可鱼呢？”

“她还没回来，你在门口等我，没关系。”

“行。”

夏耳上去拿了些洗漱用品和衣物，再下楼，跟陈岁打了个车回酒店。

酒店离这里不远。

一路上，陈岁都牵着夏耳的手，握得很紧。

这是她许久未曾有过的安定，嘴角自打翘起，就没落下来过。

到了酒店，陈岁给她开了间房，她把东西放好，就跑到了陈岁的房里。

陈岁脱了外套，里面是宽大的灰色卫衣，他正在窗边用遥控器调试窗帘。

夏耳扑上去就是一个贴贴。

陈岁接住她，手里的遥控器一松，落在了地毯上。他捧住她的脸，低头吻了下来。

他的唇是凉的，她温软的唇瓣碰到他的，整个人在心底发出一声舒服的喟叹，这久违的、被爱人紧紧拥住，互相索取爱意的感觉。

她承认，她偷偷怀念过走廊感应灯下的那个拥吻无数次。

此刻，她终于得以重温。

陈岁吻她，从窗边吻到床上，她整个人陷入柔软的大床里，抚着他的背。

她的体温渐渐升高，他的手探进她的针织衫，覆住她最贴近心脏的地方，用手掌去尝试它可能成为的形状。

夏耳的脸红得快要滴出血来，奇妙的感觉在她体内游走，她下意识地隔着衣物握住他的手，示意他不要。

陈岁没再用力，把手从她的衣服里退出来，指尖带着她的体温，去摸她的耳朵。

良久，陈岁缓缓放开她，其实也没完全放开，而是在床上轻轻拥着她。

夏耳跟他躺在一处，听着自己咚咚的心跳声，以及他粗重的呼吸声。

时间在拥抱中流淌，房间光线很暗，也很安静。

夏耳想：如果将幸福具体描绘，也不过是现在的模样。

“你喝了多少酒？”陈岁抚着她的脑瓜儿，问。

“就一点点。”她微微抬头，“是熏到你了吗？”

“没，更可口了。”

他随意地说着玩笑话逗她，把她逗得面红耳赤。

夏耳扎进他的怀里，小声说：“早知道就刷牙再过来了。”

“怎么，你早有预谋啊？”

“什么啊！”夏耳气得打他，“那我不刷了，以后都不刷了。”

陈岁很无辜：“刷了牙，你想干什么？”

她不上他的当，鸵鸟一样把头埋进去，不吭声。

过了会儿，夏耳想起什么似的，问：“你晚上吃饭没？”

“没。”

夏耳如梦初醒，眉目染了些焦急的神色：“怎么不吃饭，饿坏了怎么办呀？咦，我手机呢？现在点个外卖给你，你想吃什么？”

她的手机老远，要取得起身，陈岁一把按住坐起来的她，反身把自己的手机拿过来，递给她：“你看你想吃什么就点什么，我都可以。”

夏耳接过来，晚上明明吃了东西，可这会儿又想吃了，她看了看外卖，这个时间有的店都关门了，她选来选去，不想晚上吃得太油腻，就点了两份馄饨。

过了会儿馄饨送来，两人就坐到窗边的沙发椅上一起吃。

夏耳跟陈岁分享没来得及在微信上分享的工作生活——她的剧本、她的项目，还有导演、资方八卦等等，又说如果顺利的话，她的电影后年就可以上映，可能在五一档，也可能在七夕档。

陈岁问：“写电影有那么多不开心，还要继续写吗？”

夏耳想了想，说道：“还是要的。

“我觉得人能找到自己热爱的事情，并坚持下去，是很重要的。”

“那你以后留在海城吗？”

“当然。”夏耳从馄饨碗里抬头，“我觉得海城很好。它很大，很拥挤，也让我变得渺小，在这里，我总找不到跟世界的联系。但这样的感觉又会给我安全感，让我觉得我有无限可能。”

“嗯。”陈岁应了一声，没再说什么。

吃完馄饨，夏耳收拾收拾回到房间，在手机上跟陈岁道了晚安，躺在床上准备入睡。

馄饨热热的，吃到胃里暖暖的，她整个人都热乎乎的。

“嘿嘿。”她在被子里傻笑，也不知道在笑什么。

她关了灯，闭上眼睛，酝酿睡意，想着明天该怎么陪陈岁才好。想着想着，她突然想起今晚钟彦送她回来，陈岁在楼下等她，那他应该是看到了的。

他怎么没反应？？？

尤其她还骗了他，说自己是跟程可鱼一起回来的，可最后却从钟彦车上下来，这怎么说都说不过去吧？

夏耳不安地坐起来，抓起手机想说点什么，可是她能说什么呢？她确实骗了他，怎么解释都说不对吧？

好在陈岁没有跟她计较，应该是太想她，所以忘了。

他不提，那她也装傻算了，多一事不如少一事。

她把手机扔到一边，带着笑意跌入到甜蜜的梦境里。

然而夏耳最终还是没能好好陪陈岁。

跟他一起出去玩，项目群消息总是会响，有时候还会有人跟她说一些关于剧本需要加入的新想法，她都要拿手机记下来。

倒是不累，只是时不时就要分神去照顾工作，吃饭时也是，手机在手里就没放下来过。

陈岁倒是没说什么，只是告诉她工作要紧。但是夏耳很愧疚，她本就因为异地不能好好跟她聊天，见面了也没能多陪陪他，她觉得自己是个差劲的女朋友。

以为初稿定下就可以稍微休息，这是个理想化的想法，事实上导演这么多年总算拿到一个满意的项目，他想借着这个项目来完成自己的票房，证明自己的野心。

好几次，就算在晚上，夏耳也会接到导演的电话，跟她继续打磨剧本。某一场戏如何更好地利用场景和画面去体现人物的情感，夏耳都要去想、去记，大概都是搞艺术的缘故，她能理解导演的疯狂。

前一晚，夏耳发誓第二天绝对不会再理会工作消息，然而第二天上午，她刚准备跟陈岁出去逛街，突然就接到钟彦的电话，说是他看完了初稿，修改意见出来了，要她今天回公司一趟。

一般剧本需要统筹的是导演和资方的意见，钟彦身为制片公司老板，他的意见是万万不能不听的。

整个项目都在向前推进，夏耳不好因为个人原因耽误进度。

挂掉电话，夏耳再三跟陈岁道歉。陈岁仍旧没有多说，还嘱咐她工作要紧，给她叫了个车，让她快去公司。

夏耳亲了亲他的脸颊，说晚上回来再陪他吃饭，然后就走了。

夏耳在会上看到了钟彦的修改意见，不愧是老制片人了，从商业角度给的意见就是要老辣独到，让夏耳觉得自己就是个行业小白。

写剧本最大的压力是没有那么多时间等你改好剧本，基本上给出了修改意见就要你在最快最短时间内给出修改方案，这也是夏耳必须来公司的原因。

这一修，就修到了晚上。

会议结束，钟彦跟夏耳出来，一起向电梯间走。

钟彦看了看她，说道："你好像有点沮丧。"

"因为要修改的地方好多，感觉自己很失败。"

钟彦眉头一松，安慰道："不是你写得不好，而是我们要考虑的地方太多。毕竟你写的每一个字，对我们来说都是拍摄成本。"

夏耳想了一下，也是，因为电影拍摄地点在新疆，不像她之前改编的电影都在市区、校园那么好取景，故而这应该是她改编的作品里投资最大的一部，如果她是制片人，她肯定也会谨慎再谨慎。

任何一场戏写得不够好都会影响成片质量，她的剧本不能拿来试错。

夏耳的心轻松了不少，感激地对钟彦笑了笑："谢谢钟总。"

"不客气，加油。这么晚了，要送你回去吗？"

"不用不用。"夏耳连连摆手，半开玩笑地拒绝，"上次钟总送我被我男朋友看到，生气好久，我可不想再让我男朋友生气了。"

已经到了电梯间，钟彦按下按钮，夏耳跟她一起等。

钟彦回忆了下，问："上次我见到的那个？"

“是的。”

“大学谈的？”

“不是，我们是青梅竹马。”

钟彦毫不掩饰自己的惊讶：“很少见，我以为青梅竹马是不会在一起的，因为太熟悉，会失去男女之间最重要的神秘感。”

“嗯，但我们聚少离多，其实很多年没见过了，也是大学毕业后才在一起的。”夏耳笑眯眯地解释。

“让我猜猜。”钟彦抚着下巴，“《乌苏》原型？”

夏耳不否认：“切身体验，创作出的感情才更深刻。”

“他也在做动物保护？”

“是。”

电梯门打开，两人进入电梯，不知是不是空间太小，拉近了两个人的距离，让钟彦说出口的话听起来沾了些真诚的意味。

“这是一份高尚的工作，但从现实层面来说，你们之间总要有一个人妥协。”

“嗯？”夏耳没懂。

“除非你放弃海城的生活，跟他一辈子在新疆做动物保护，或者他放弃他的工作，回海城陪你，你们总不能一直分隔两地。”

夏耳从没考虑过这样的事，一时怔住了。

“且不说以他的收入能不能给你想要的婚姻生活，难道你跟他就打算一辈子这样过下去吗？现实不是童话，不是公主和王子在一起就是结局。当然，如果还没考虑到以后，你就当我今天话太多了吧。”

“叮”一声，电梯停到一楼，夏耳按的楼层到了。

她呆呆跟钟彦道了个别，低头走出电梯。

钟彦没再说什么，手指按下关门键，隔断自己的视线。

夏耳打车回到酒店，刷卡进去，发现床上的被子被整理客房的阿姨叠得整整齐齐，房间里丝毫没有人住过的痕迹。

她以为自己进了自己的房间，于是退出去，见门口的房间号确实是陈岁的房间没错，她忙完后给陈岁发的消息还没回，于是直接给他打了个电话。

电话提示关机了。

怎么会关机，难道是出什么事了？

夏耳去问酒店前台，前台已经换班了，并不知道怎么回事。

夏耳有点慌，她安慰自己，陈岁已经是成年人了，他可以为自己的行为负责，说不定是出去了，没有告诉她而已。

可不知怎么，她总是在想自己白天跟他说她要出去的时候，他是那么平静，一点责怪的情绪都没有。

也许是他人好，他包容她，可他真的不生气吗？

夏耳给程可鱼打电话，说了这个事。

程可鱼听完沉默了一会儿，说："陈岁脾气真好。

"不对，应该说，陈岁对你脾气真好。"

"有吗？"

"有，如果是我千里迢迢去找我男朋友，他总这样放我鸽子，还一声不吭把我留在酒店自己去忙工作了，我会当场分手。"

夏耳被她说得心慌了，说："我也是没办法，《乌苏》那边走不开。"

"我知道。"程可鱼叹了一声，"所以我没有怪你，但也不能怪陈岁，这就是一个没办法的事情。"

"那我该怎么办？"

"能怎么办，只能哄了。"

"可我联系不上他，你说他会去哪儿呢？"

"可能不开心，不想理会世界，就把手机关机了吧，我也总这样，劲儿过去就好了。"

程可鱼也给不了什么建设性意见，夏耳不指望她了，挂断电话后，她反思了一下自己的行为，的确是有点过分，等重新联系上陈岁，她一定要好好表示下歉意。

然而她没等到陈岁的手机开机，自己就先躺在床上睡着了，醒来时已经是第二天天明。她身上衣服没换，被子也没盖，昨天回来什么样，现在还是什么样。

她打开手机，看到陈岁在微信上给她回了消息。

陳："我回新疆了。"

陳："昨晚在飞机上，没开机，抱歉。"

陳："现在太晚，就不给你回电话了，早安。"

夏耳看着那句"我回新疆了"和"抱歉"，力气一阵阵被抽干。

陈岁居然一声不吭地走了，他一个字都没有对她说。

她一直盯着这几段字，总觉得怎么看怎么冷冰冰，像是已经把最后的爱意耗尽，只剩下失望的克制和疏离。

也他怎么就回去了？他为什么不能再等等她？他是不是对自己失望了？

夏耳发现屏幕上的字越来越模糊，什么都看不清了，直到两滴液体砸在手背上，她才意识到自己已经哭了。

她抹掉眼泪，不想再管现在新疆的天是不是还没亮，不想管陈岁醒着还是在睡着，她直接拨通了他的电话。

两声之后，电话被人接听。

陈岁的嗓音带着些未能完全清醒的混沌：“嗯？”

听见他的声音，夏耳很想问：

你是不是在对我失望？

是不是讨厌我了？

是不是已经开始把我当成了陌生人？

是不是不要我了？

可这些话她没有问出口，她知道有些话在这个时候不能说，她怕听到肯定的回答，她没有办法承受。

她听见自己很轻很轻地问：“陈岁，你是不是生我气了？”

陈岁的沉默了几秒，语气很淡：“没有。”

“你骗我。”

“没有。”

“对不起，陈岁，我食言了，我答应要好好陪你，我不应该撇下你去工作，你别生我气。”

听出她嗓音中压不住的涩意，他到底不忍，开口哄她：“没生气，你也没有什么不对，你忙工作很好，工作才是重要的。你选择回海城，也是我当初接受的，你不用跟我道歉。”

“那现在呢？”

“什么？”

“现在还接受吗？”

夏耳蹲在床边，一边说一边掉眼泪：“如果早知道会这样，我一定不会回来的。你再等等我，剧本结束我立即回新疆找你，我们再也不分开了，陈岁，我再也不要和你分开了。”

陈岁静静地说：“夏耳，爱情不是生活的全部，我们不应该被眼前的事情蒙蔽，剔除爱情来看你的选择，它就是你最正确的选择。”

夏耳握着手机，怔怔看着前方，问道：“那你为什么要回新疆？”

“局长突然找我回去，这几天的机票都卖光了，只有昨天当天的票，走得比较急，确实忘了告诉你。”

“真的吗？不要骗我。”

她没等到陈岁的回答，而是收到陈岁发来的微信消息，是他最近通话的截图——昨天在她走后，魏局给他打了个两分钟的电话。

夏耳看着这张图，眼泪渐渐止住了。

“好吧……那你现在在哪里？”

“我在大巴上。”

“这么早的车次？那岂不是所有人都在睡觉？”

“是啊，还有人总回头看我。”

夏耳意识到自己打扰到了别人休息，赶忙说：“那先不说了，你继续睡觉吧，到了告诉我一声。”

“你也要好好加油，照顾好自己。”

挂断电话，夏耳握着手机，心里的大石头明明已经移走，可为什么，还是会让她感觉胸口发闷？

在这之后，夏耳的电影项目并没有松弛多少。

前期打磨是最重要的，好比盖房子，地基打不好，外表再花里胡哨也是徒有其表，留不住人。

但是相应地，陈岁那边也开始忙了起来，他们聊天的频率只减不增。她会刻意找话题跟他聊天，分享她的三餐，当然，熬夜的时候会变成四餐，不过得到的回复也是只言片语。

有时夏耳在夜晚打视频电话回去，陈岁也没有接，等他把电话回过来，她又会因为这样那样的原因错过，譬如手机静音，譬如在忙，譬如洗澡……

夏耳忙得焦头烂额，但是她咬牙告诉自己，只要撑过这段时间就好了。

撑过去，项目忙完，她就第一时间到新疆找他。

两情若是久长时，又岂在朝朝暮暮，他不是说过的吗？

可是很忙很累的时候，她又会忍不住疑惑：这样坚持真的是有意义的吗？我在坚持，陈岁还在坚持吗？会不会只有我自己在努力，陈岁根本没有放在心上？

他那天说过，爱情不是生活的全部，所以他可以放得下，可以不回应她的消息，甚至开始忽略她。

如果他们不应该被眼前的事情蒙蔽，那么没了蒙蔽他的东西，什么才是他另外的追求？

这些问题，没有人可以回答，她只能在心底自己给自己答案。

一晃忙到十二月下旬。

《乌苏》的剧本终于告一段落，除非大问题，基本不会再用到夏耳，她可以彻底从这个项目中解放了。

她立即订了飞往阿勒泰的机票，要去给陈岁一个惊喜。

她怀着满满的期待，想着见到他之后，一定要跟他贴贴很久，要黏着他不放开，他赶她都不走。

尝到过分离的滋味之后，就再也不想分开了。

飞机加大巴，新疆地广，想到青河县需要不断转车。夏耳乏得不行，但是一直神采奕奕的。

一想到要见到陈岁就很开心。

等终于到了动物保护局，再见到曾经的同事，夏耳很开心。

只是……

孙昊一头雾水地说："陈岁不在局里呀，他请了五天的假，说是去海城了。"

夏耳像是被当头打了一闷棍，眼前一阵阵发晕，喃喃道："我不知道，他没有跟我说过……"

"我们还以为他是去找你了，结果连你都不知道他去干什么了吗？"

大霖见夏耳脸色不对，赶紧说："我知道了，肯定是他想给你一个惊喜，没想到你也给他送惊喜来了。现在倒好，惊喜变惊吓。"

夏耳听着大霖的玩笑，却没什么心情笑。她给陈岁打电话，陈岁的手机是关机状态。

她赶紧买了第二天的机票，打算回到海城去找陈岁说清楚。

买完票后，就是一阵难言的无力。

说不清为什么。

也许是因为错过。

她想起杜雨薇说的，不期而遇才是缘，强行争取来的，老天都不认你这份。

果然，她强行争取了一次，老天真的不认呢。

孙昊见夏耳状态不佳，拉着夏耳说："走走，带你看看我们的新成果……"

灌木柳生长得很好，明年春天可以继续开发补种，河狸家族的数量也有所增长，按照这个模式发展下去，只会越来越好。

现在互联网新兴直播，他们也打算借这个风，直播一下救助情况，还有河狸吃播等等。

"对了，我们又救了一只打架受伤的河狸，不过这只伤势要比阿狸轻多了，可惜阿狸……"说到这儿，孙昊顿了顿，"算了，不提了。"

他这样说，夏耳立即意识到不对，她停下来，问道："阿狸怎么了？"

"陈岁没告诉你吗？"走廊里，孙昊表情一黯，"阿狸一个多月前死了，它皮厚，伤口太深，里面都烂了也没发现，加上之前灌木柳不够吃，阿狸就一直不太好。你走之后，医生一直很努力救治，没想到还是……"

一个多月前……

夏耳猛地想起了什么。

一个多月前，陈岁突然去海城找她，她问为什么突然去海城。

他说就是太想你了，过来看看你。

那时候，新疆没有了阿狸，唯一一个跟她有联系的，能陪伴他的小家伙已经不在了，他在新疆谁都没有了。

他一定是很难过才会来找她的吧?

可是她当时在做什么呢？她一直在处理剧本的事，连一顿好饭都没有一起吃过，忙起来甚至还要委屈他陪自己在酒店吃外卖，即使这样，她也没有放下手机。

甚至那天，她直接把他一个人扔在酒店里。

他那么需要陪伴，她却抛下他一个人。

像是有一滴水，轻轻滴在了纸巾之上。她的心就是那张纸，愧疚的感觉如同晕开的水，从心脏开始向四肢百骸蔓延。

她知道自己不是故意的，甚至重来一次她也没有办法避免。

可她还是感到抱歉。

抱歉，陈岁，抱歉没能在你最需要的时候，陪在你身边。

第二天，夏耳直接飞回了海城。

她在落地后才给陈岁打电话，电话仍然没接，便直接打车往市里赶，等到了下午时分，她才收到陈岁的微信消息。

陳：“手机关机了，怎么了？”

Ear：“我刚从新疆回来，知道你在海城。你在哪里？我现在去找你。”

一分钟后，陈岁发了个酒店的定位过来，并附上一个数字：1012。

发完，陈岁又附了一句：“我不在酒店，你直接问前台要房卡，已经跟前台打过招呼了。”

Ear：“好的。”

夏耳不知为何，心里十分忐忑，她甚至描述不清他们的感情到底出了什么问题。

她抬头跟司机报了酒店的名字，更改目的地之后，心里乱乱的，也没个主意。

想来想去，她觉得自己应该是当局者迷，于是就点开了程可鱼的微信，把最近跟陈岁的情况一股脑地倾诉了一下，就从她到华瑞写剧本开始。

然后，夏耳求助地发问：“我现在应该怎么办？”

咸鱼一条：“好长，我终于看完了。”

咸鱼一条：“我觉得错不在你。”

咸鱼一条：“感情这玩意也不分对错吧？”

Ear：“可是我总觉得我做错了，他肯定在生我气。”

咸鱼一条：“那确实。”

咸鱼一条：“都说了，如果是我男朋友做出这样的事，虽然情有可原，但我也得要他狠狠哄哄我才行。”

夏耳有些没主意。

Ear：“那我怎么办？”

Ear：“要不待会儿我狠狠哄下他试试？”

看到程可鱼在那边不断地正在输入中，夏耳还以为她是打了多长一段字，没想到只有一句。

夏耳却从这一句话中看出了程可鱼打字时的犹豫。

咸鱼一条：“其实要我说，也没那么复杂。”

夏耳眼睛都亮了：“真的吗？你有什么办法，快说快说。”

咸鱼一条：“男哄女，才需要狠狠地哄，我们女的就吃这套。”

Ear：“那女哄男呢？”

咸鱼一条：“这还不简单？你懂的！”

Ear：“……”

夏耳坐在出租车上，脸唰一下红了个透，心跳之快，连打字的手都在抖。

Ear：“你能不能正经点啊！”

咸鱼一条：“怎么了，我很正经啊？”

咸鱼一条：“我跟你讲，当务之急，就是得这样做。”

Ear：“？”

咸鱼一条：“怎么样？难道你还有其他办法？”

夏耳红着脸右滑对话框，把程可鱼从微信里狠狠地给删了。

Chapter 19

/嗯，我也喜欢你/

司机很快开到陈岁定位的酒店。

夏耳下车，到前台要了房卡，到电梯间去等电梯。

一同等电梯的还有好多背包的学生，七嘴八舌讨论今天的考试内容，夏耳没心情听这些，直接上了十楼，进了1012号房间。

进到房间后，陈岁果然不在，里面有很明显的被打扫过的痕迹，说明陈岁这一天都不在酒店里。

夏耳把背包放下，到卫生间洗了个热水澡。

程可鱼说的话在她脑海里怎么也挥散不去。

她好好跟陈岁道个歉，说一说，陈岁应该会原谅她的吧?

夏耳心里有点没底。或许对陈岁来说，爱情的确不是生活的全部，但对她来说不是的。

从十几岁就喜欢的人，怎么会不是她的全部?

可是她真的不知道怎么做才能修复他们的感情，弥补自己无心的过错。

令人羞耻的主意像花洒突然喷出来的热水，烫得夏耳心头一颤，她逃避地闭上眼睛，不断劝诫自己：没什么的，成年男女，互相喜欢，早晚会发生这一步的不是吗?

夏耳从头到脚仔仔细细洗了个遍，似乎对今晚会发生的事情心知肚明，她全程红着脸，花了半个小时才从浴室出来。

她从包里找出干净的内衣换上，给陈岁发了条消息，告诉他自己已经到了，再然后，她把手机放到床头，掀开被子的一角，乖乖躺了进去。

陈岁刷卡进来时，房间里没开灯，窗帘也拉得严严实实的，安静得一点声音都没有，要不是他看到门口摆得整齐的鞋子，他还以为房间里面没有人。

他“啪”一声按开门口的廊灯，摘掉肩上的包，顺手放到桌子上。

就这么无意一瞥，借着廊灯的光，他看到被子有一处鼓起，床下摆了双一次性拖鞋。

陈岁眉头轻蹙，夏耳把自己盖得这么严，那么久呼吸不到新鲜氧气，也不怕闷坏。

他走上前，轻轻拉开被角，把夏耳的小脑袋露出来。

光线昏暗，夏耳秀致饱满的脸部线条映在陈岁眼底。

她似乎睡得正酣。

太久没有见到她，陈岁坐在一旁，垂眸注视她的睡颜。

房间只有他们二人极轻的呼吸声。

夏耳知道陈岁正在看她，事实上，她并没有睡。

听见门卡刷开房门的声音，她就立即把自己藏进了被子里，不然她恐怕没有办法好好装下去。

也的确是装不下去。即使没有睁眼，她也能感受到他的视线，这种感觉很奇异，像是有红外线在你脸上扫来扫去，扫得她心里很痒。

装睡是一件很难的事情，尤其当有一个人在看你的时候，而且那个人还是你喜欢的人，你会情不自禁去担心自己的睡相够不够好看，会不会有哪里的缺陷被他注意到。何况是在醒着的状态下，很长时间保持一个姿势不能动，也是非常煎熬的事情。

她装睡只是不想被陈岁注意，没想到他竟然会过来看她睡觉。

怎么办?

夏耳的大脑飞速运转，指望陈岁离开是不可能了，她只能靠自己打破这个僵局。

她轻轻吸了口气，眉头轻轻拧起，装作深眠后自然翻身悠悠转醒的样子，再然后，非常“不小心”地发现了陈岁。

夏耳从睡梦中“惊醒”，茫然地揉了揉眼睛，声音刻意慵懒：“你回来了啊，陈岁。”

“嗯，睡醒了？”

夏耳点了点头，然后面带歉意地说：“抱歉，今天一直在赶车，洗完澡没忍住就睡了。”

“没关系。”

床边只有廊灯，暗得陈岁只剩下一个模糊的影子。

夏耳想起程可鱼的话，记得自己还要把这个恩仇泯掉。她在被子下面打气地握了握拳，问：“那……你困不困，要不要上来躺一下？”

“不了。”

说完这话，陈岁站起身，走到远处去喝水。

夏耳望着他又高又帅的背影，想着不成功便成仁，总得试一试吧。

她心一横，小声说：“陈岁，你能不能过来一下？被子里面好像有什么东西扎到我了，你帮我看看。”

她声音软软的，像小奶猫一样，听得人心里很痒。

陈岁闻言身子一顿，他放下手里的水，回身走到床边。

“哪里？”

“就……被子里。”

夏耳脸色微红，看起来很是难为情。陈岁不疑有他，只当她是被扎得难受。

他微微俯身，掀起夏耳身上的被子。

暖暖的温度消失，夏耳整个人暴露在空气中，身上再无任何遮挡。

她身穿白色蕾丝内衣，纤瘦身材一览无余，说不出的漂亮细致。

陈岁的大脑当场充血，他猛地直起身，手中一松，被子整整齐齐盖过夏耳头顶。

空气一下子变得很热，似乎连地毯都是烫的，陈岁一秒都不敢多站，到门口背过身去。

床上的夏耳被被子盖得很严实，比她自己先前盖得还要严实那种。

她愣愣地躺在被子里，不知道这是怎么了。

他这是什么反应？

有必要这么嫌弃她吗？

夏耳想不明白，只觉得他已经讨厌她讨厌到都不愿意多看她一眼。夏耳心里一酸，觉得自己受了很大的侮辱，试想自己几乎快脱光了站在喜欢的人面前，对方却避之不及直接跑开，这等同于在否认自己的女性魅力。

她掀开被子坐起来，膝盖蜷起，想开口对玄关处的人说点什么，可一开口，嗓子不由得一哑，说话都带着哭腔：“陈岁，你是不是不喜欢我了？”

陈岁没有回头，可听见她无限委屈的声音，他还是微微偏头，露出半张脸来：“谁说不喜欢你了？”

“可你……可你……”

羞耻感让夏耳没法说出那些话，索性不说了，她的眼泪默默流了下来：“那你为什么要躲，你就这么不想见到我吗？”

陈岁不知道夏耳的小脑袋在想什么，无奈地解释：“你没穿衣服。”

“我又不介意……”

“夏耳，我是男人。”

他话语里隐含的那一层含义，让夏耳一点点止住了哭意。

她拉过被子，把自己紧紧裹住，看着洁白的被子，低声道歉：“我昨天去新疆找你，才知道阿狸已经不在了，你上次来找我，是我没能好好陪你，对不起。”

说到这儿，她顿了顿，抱住身前的被子，继续说：“我去新疆本来是想给你个惊喜，但是听说你回了海城，你也没有告诉我。如果你想分手，你可以告诉我，我现在就走，不会纠缠你。”

陈岁在玄关处转回身，看着用被子把自己裹成一团的女孩，房间里没开灯，她在暗处，他站在光影里。

陈岁在心底叹息一声，从小到大，她都有百炼钢化为绕指柔的本领，她就是他的弱点，他的软肋，他缴械投降的命门。

他走到床边，伸手一揽，轻轻把她抱在怀里。

夏耳身子一僵，没挣扎，乖乖靠了过去。

“真是个小傻子。”

听见他这样说，夏耳鼻子又一酸，小声说：“是你先不理我的……”

“我最近也很忙，没有告诉你，是我不好。”

“那、那你忙完了没？”

“今天过去，就忙完了。”

什么事，刚好忙到今天？

夏耳本来不想问，现在是真的忍不住了：“你在忙什么？”

“考研。”

夏耳整个傻掉，考研？

见夏耳呆愣在那里，陈岁在床上与她面对面坐下，悉心解释：“我这段时间一直在想，以后是不是要一辈子留在新疆，跟你分开得越久，就越坚定我要离开的想法。”

“那你……不做动物保护了吗？”

“正因为要做，才决定考研。”

“为什么？”

“需要保护的野生动物很多，而我在新疆做得再多，又能救助多少？一个人的力量始终有限，我想做点更有意义的事情。”

想要更长远地、更有效地去从事这份工作。

夏耳想起等电梯时，在楼下看到的那些讨论考试的学生。

算一算时间，这几天确实是考研日期。

夏耳彻底不难过了，她抹掉脸上未干的泪痕，问：“那你怎么没告诉我？”

“这不是想着考上再告诉你。万一考不上，我也很丢脸。”

夏耳破涕为笑，说：“那你现在告诉我，就不怕丢脸啦？”

“我更怕你哭。”

她一哭，他就束手无策，就算她想要星星月亮，他也能给她摘下来。

夏耳隔着被子扑到他怀里，轻轻地说：“你知道吗，陈岁，我前天刚打算过，以后不再写剧本了，到新疆跟你在一起，你走到哪儿，我跟到哪儿。”

陈岁抱着她，不禁笑了一下。

夏耳也嘿嘿地笑。

“以后不要再这样了。”陈岁在她唇上亲了下，“应该是我来找你。”

“其实我没关系的……”

“不，我不想你跟我吃苦。你一个娇滴滴的姑娘，天天跟我跑到西部风吹日晒，你爸妈舍得我都不舍得。”

“可是跟你在一起就是很开心啊，吃饭开心，走路开心，牵手开心，抱抱开心，只要看到你，我就很开心。”

“真巧。”陈岁说，“我也是。”

“那你不生我气了吧？”

“本来也没生气。”

“那以后不开心都要跟我说。”

“好的，跟你说。”

夏耳心里面的不开心全都烟消云散，剩下的，尽数被甜蜜填满。

她在他怀里仰头，用手臂搂住他的脖颈，红着脸颊唤他：“陈岁。”

“嗯。”

“今天也很喜欢你。”

今天也很喜欢你。

明天的我会比今天更加喜欢你。

她的喜欢热烈而直接，全都捧到了他的面前。

像太阳一样温暖夺目，以至于让他靠近，再靠近，他吝啬地想把这束光拥入怀中，私藏起来。

真好啊。

即使是无人怜爱的车前草，也会迎来阳光照耀，他将不再生活在烂泥里。

陈岁拥住夏耳，双臂收紧，把她紧紧搂在怀里，将下巴搭在她的肩上，轻轻闭上眼睛。

“嗯，我也喜欢你。”

二〇一八年春，陈岁以极其优异的成绩成功考入中国科学院动物研究所，辞去新疆动物保护局的工作后，于同年秋季开启了他的研究生生涯。

夏耳的电影《乌苏》已经顺利开机，主演请的是新晋影坛小花小生，正处于事业上升期，需要优秀作品稳定票房和地位的那种。

夏耳去片场探班，第一次接触拍摄现场的她十分新奇，一直围在机器后面看个不停。

然而看了才知道，拍戏的过程是很无聊的，为了让导演得到心中最佳的影片效果，一段剧情要反复演上好多遍，枯燥且累。

夏耳探班时间不长，拍戏是件很辛苦的事情，她吃不了这个苦头，所以三五天就回来了。

陈岁的研究所在京城，夏耳就到京城租了个房子，白天写稿，晚上跟陈岁在一起，黏得不行。

搞科研的无一不是学霸，越把学术钻研到顶尖，就越不在乎身外物，换句话说，多多少少有点不修边幅。

对眼里只有学术的学霸们来说，外貌根本不重要。

正因为此，陈岁考入研究所，就像所里来了个“异类”。陈岁入学那天，引得整个研究所的人都来围观。

不到一周，学院就传遍了，动物研究所那边来了个大帅哥，帅得惊为天人！

整个学院轰动，胆大的女生纷纷开始追求，直到有天陈岁干脆带着夏耳来上课。

看到大帅哥有了女朋友，而且看起来还那么般配，那些蠢蠢欲动的女生们才不情不愿作罢。

虽然追陈岁的声势小了很多，但是避免麻烦，陈岁还是从夏耳那儿拿了根细细的头绳绑在了手腕上。

夏耳不解，问：“你戴这个干什么？”

又小气地想，不会是给哪个女同学带的吧？

陈岁掐她的脸，说：“小傻子。”

等陈岁走了，夏耳把这件事告诉给了程可鱼，程可鱼感觉快要崩溃。

咸鱼一条：“求你给我们单身狗一条活路吧，行吗？”

Ear：“？”

咸鱼一条：“男生在手腕上绑头绳，是表示他有对象！他在学校戴这个，还能是为了什么，你说呢？”

咸鱼一条："我最近跟主编跳槽到影视公司，每天很忙好吗，本来还以为你是找我摸鱼吐槽，结果你来屠狗，你还是人吗！"

Ear："……对不起。"

夏耳想起陈岁早上走时掐她脸蛋的样子，还有无奈又宠溺的眼神，一上午的烦闷顿时一扫而光。

Ear："鱼鱼，你真厉害，什么都知道！"

咸鱼一条："呵呵，我宁愿不知道，总好过被你杀疯了。"

Ear："……"

夏耳慢慢把跟陈岁交往的事情告诉了家里。

爸爸倒是很高兴，但徐凤琴多少有点不太开心。

母亲称不上支持的态度，让夏耳有些难过和不解。

没有人谈恋爱不想得到祝福。

夏耳没有把徐凤琴的不支持告诉陈岁，她觉得这跟陈岁没有关系。

不过徐凤琴虽不支持，倒也没有明确提出反对，要求他们分手什么的，只说让他们谈谈看。

反正只是恋爱，最后不见得就会结婚，徐凤琴也不想过度阻拦，伤女儿的心。

《乌苏》拍摄结束后，后续还要经过漫长的制作期，比如剪片、配音、配乐、剪辑等等一系列工序，还要送审拿批号，宣传发行等等。

原计划二〇一九年上映的电影，最后因为一些客观原因，排到了二〇二〇年，也就是陈岁研究生毕业这一年的暑假档上映。

两年的研究生时光弹指一挥间。

研究生毕业后，陈岁将会继续留在中科院，进一步从事动物保护方向，完成他未完的理想。

陈广得知陈岁去中科院读研，兴奋得不行，整个人都容光焕发了起来，甚至专门发了个朋友圈——在他满是小儿子照片的朋友圈，终于有了大儿子的身影。

陈广对陈岁读研这件事百分百赞成，大有一种"儿子终于开窍了"的老父亲欣慰。能培养了一个学霸儿子，让陈广面子倍增。

也因此，他给陈岁打钱也是大把大把，逢年过节还会主动给陈岁打电话，象征性关怀几句。

不论如何，父子关系终究暂时恢复了一些，不再像从前那样僵硬了。

陈岁的研究生毕业典礼在六月底，毕业生的亲友也可以前来观礼，一同见证。

在典礼的前几天，陈岁突然收到了陈广的电话。

他以为是陈广打电话是为了观礼的事，想着别的同学父母都会来，如果陈广要是也能来，不管怎么说，看起来也不会太惨淡。

抱着这样的想法，陈岁走到阳台，接听了电话。

“爸。”他主动叫了一声。

“哎，儿子。”陈广高高兴兴应了一声，“28号有时间吗？”

28号正是陈岁参加毕业典礼的那天。

他抿了抿唇，问：“什么事？”

陈广的语气很轻松：“也没什么事，就是年年28号幼儿园毕业，幼儿园办了个毕业典礼，要求家长都去参加。年年说，希望哥哥也来。你看年年这么想你，你要是有空就回来一趟，到时咱们一家团聚，再好好给年年庆祝一下……”

陈广一点点说完他打电话的来意，陈岁眼底的光也一点点暗淡下去。

他在期待什么？

早就已经明白了的，不是吗？

他弟弟的幼儿园毕业礼，陈广可以大张旗鼓地庆祝。

那他呢？

陈岁甚至怀疑陈广连他研究生毕业了都不知道。

他故意撒了个谎：“不了，最近有论文要写，马上升研三，要跟新项目。”

陈广赶忙说：“哦哦，那还是你的学业要紧，学业要紧！不来也没事儿，以后想聚有的是时间。”

“嗯，挂了。”

放下手机，陈岁突然有点想抽烟，他准备去客厅找烟盒，一转身，看到了书房门口的夏耳。

陈岁的喉结动了下，嘴里有些干。

两人隔着客厅遥遥相望。

客厅洒满正午的阳光，折射着一股热意。

夏耳什么都没说，走到阳台上，轻轻抱住陈岁。

陈岁也没说话，静静回抱住她。

像是回到了十七岁的那个暑假。

美满的家庭破碎，母亲离开，父亲消失，家里只剩他一个。

没人要，也没人管。

跟被弃养的小狗没什么两样。

小狗摇摇尾巴，还有好心的路人被其可爱的样貌吸引，把它们带回家去领养。

他呢？

听说他的妈妈有了新的家庭，爸爸也有了乖巧可爱的儿子，他们在离婚后都迎来了更好的生活。

那他呢？

虽然他早就接受了自己的命运，也习惯了无家可归的生活，可真的发生被选择的事情，他又成了被忽视被抛弃那个，为什么他还会觉得难过啊？

到底要什么时候才能不被这些伤害呢？

陈岁搂紧怀里的女孩，深深吸了一口气。

满是橙子味的清香。

是梦吗？

他居然还能拥有这么温暖的拥抱，抑或是幸福的实体模样。

夏耳听见陈岁的电话，猜到是陈广打来的，听他说什么研三就知道他在撒谎，他的研究生只需要读两年。

一个父亲连自己儿子研究生毕业都不知道，陈岁肯定很难过吧。

夏耳轻拍他的背，软声安慰：“没关系，那个家我们不要了。

“我给你一个新的，好不好？”

属于夏耳和陈岁的家。

全新的家。

陈岁的胸腔轻轻一震。

有夏耳的家一定很温暖吧？她会在家里摆满鲜花，摆在卧室床头，摆在客厅，摆满她的工作台；他们会有一个观影室，因为她喜欢用大屏看电影。

还要有很大的书柜。她喜欢买书，书柜买大一点，放满她的书，这样她会开心，就算跟他生气，她也会因为书都在家里不舍得扔下他就走。

就算不牵挂他，也可以牵挂她的书。

厨房一定要宽敞明亮，橱柜也要买大一点，她喜欢漂亮的餐具，森系的，她说看着可爱的碗碟，用餐时心情也会变好。

还要买大大的豆袋，就摆在客厅里，颜色也要选她喜欢的颜色。

他甚至可以想到，他每天下班回来，都会看到她陷在豆袋里，她想站起来抱他，可是半天都起不来，她就会笑着跟他撒娇，央求他拉她一把。

是的，家里的每一处都会跟她有关，按照她喜欢的风格去设计，生活里处处都是跟夏耳有关的细节，才会让他拥有安全感。

想到这里，陈岁忽然觉得自己真是荒唐得可笑。

还没真正拥有，他就已经想象起了家的模样。

他轻轻阖上眼睛，覆住眼底的热意。

“好，有家了。”

研究生毕业典礼于6月28日举行。

中科院以及研究所的各大领导纷纷出席参加这一届百余名研究生的毕业典礼以及学位授予仪式。

夏耳坐在亲友席观礼，看着陈岁被授予学位，为他热烈鼓掌。

仪式结束后，夏耳亲自送了一束向日葵给陈岁。

“恭喜毕业，迎接全新的人生吧！”

陈岁接过鲜花微笑，说道：“是有你的人生。”

眼看暑假在即，夏耳的新电影《乌苏》也即将上映。

钟彦找到夏耳，问她愿不愿意配合宣传。

夏耳问：“宣传什么？”

“宣发那边找到我，说电影的噱头还不够。暑假档竞争大，要是能打着真实故事改编的旗号宣传，票房会更好一点。”

夏耳想了想，说：“算了，虽然的确有原型，但恐怕有的观众会产生抵触情绪。”

“你不愿意？”

“我不想拿这个炒作，感情是感情，电影是电影，我希望去看电影的人是因为故事，而不是别的。”

钟彦不死心，又以商业的角度劝说了一番，不过都被夏耳拒绝了。

她半开玩笑地说：“麻烦尊重一下文人的清高吧。”

本人不愿意，钟彦只能选择尊重。

电影上映后，陈岁跟夏耳买了午夜场，她特意早去了二十分钟，想观察一下上座率如何。

毕竟是自己写的第一部电影，夏耳还是很在意票房的。

好在华瑞找的宣发公司给力，来了很多年轻人观看，有不少都是看过夏耳之前作品的路人，还有一些是夏耳的书迷，以及一些被宣发吸引来的纯观众，上座率趋近百分百。

《乌苏》成片后，夏耳早就看过粗剪，不过毕竟是粗剪，终归不如成片细致。

导演是很有文艺气息的，拍的画面很唯美，新疆风景天然，地貌独特，雪山辽阔，光是看风景就已经是绝佳的视觉享受。

随着主角浪漫的感情发展，到中后段主角面临分别时，夏耳明显听见了啜泣的声音。

夏耳悬起的心落了大半。对爱情电影来说，能让人落泪，就约等于成功。

至于后面的内容，夏耳彻底放下心来，只等着首日票房数据。

从电影院出来时，夏耳刻意走得很慢，留心注意了一下身边人的评价。

有说新疆很美想去旅游的，有说想给公益组织捐钱的，但是大部分观众也说不出什么，只能给出最直白且客观的评价——这电影挺好看的。

见大部分人都给出了好评，夏耳终于放下心来。

电影院在他们住的地方附近。从影院出来，只需要步行十分钟左右就能到家。

凌晨两点多，向来热闹的京城街头终于安静了许多。

偶有车子驶过，带起一阵凉风。

他们手牵着手走在街上。

路灯把他们并肩的影子拉长。

“电影好看吗？”夏耳侧过头，兴致勃勃地问。

“我认为导演从明天开始可以睡个好觉了。”

夏耳笑成一团：“不过今晚应该没人睡得着，除非首日票房数据出来。”

陈岁也跟着笑，但很快他又看着夏耳，有些支支吾吾：“不过……”

“不过什么？”

“我为什么觉得里面有些剧情有点眼熟？”

夏耳一时不知如何回答。

陈岁看着前方，继续道：“女主角喜欢男主角，他们分开，在新疆重逢……我怎么觉得，有点像你跟我？”

被看出来了吗？

那些藏在故事情节里的，关于他的影子和痕迹。

夏耳表情复杂，笑不出，又不想那么僵硬，只好低下头，看着脚下的路。

陈岁没察觉到她的情绪变化，一只手揣在口袋里，另一只手拉着她，语气懒懒散散：“这么一想，你以前一看我就脸红，还老躲躲闪闪的，是有点不对劲。”

“……”

陈岁停下来，故意凑近她，跟她对视，小声问：“你不会……真的喜欢我吧？”

不是的。

没有的。

我……

那些熟悉的、否认的话，在青春期说过无数次，明明一开口就能说出很多来，可这一刻，不知怎么，也许是看过电影后情之所至，也许是真的被他说中了心思，夏耳忽然不想再否认了。

否认了这么多年，藏了这么多年，她的喜欢，不可以见光吗？

对所有人都在否认的喜欢，过去这么久，是不是也该有一个承认的机会？

“如果是真的呢？”

她直视陈岁，没有再躲。

她的睫毛浓密，可爱的脸颊上此时写满了认真。

不是他的戏谑和玩味。

而是坦荡郑重，是选择和盘托出的真挚和磊落。

这下轮到陈岁愣住了。

他的笑容一点点僵在她的话语里。

“你……我开玩笑的，我知道你就是内向的性格……”

“我不是在开玩笑。”

夜风轻轻吹拂，把她的话吹进他的耳朵里。

“我喜欢你，十五岁就在喜欢。我总是想见你，所以会找借口故意去你家里；你那时总故意跳上我的车子，我假装很生气，其实会开心很久；每次你跟其他人一起骑车从我身旁路过，我都期盼你能跳上我的车，因为那是我一天中为数不多能跟你正大光明接触的机会。

“我送你的打火机也是我特意去买的，可杜雨薇当时送了你很贵的游戏机，我不想丢脸，才骗你说是随便买的。”

陈岁嗓音哑了些：“夏耳……”

她摇摇头，继续说：“我也没有那么好。每次你爸妈不在家，我甚至希望他们少回来一点，这样你就能在我家吃饭，跟我一起写作业；我还偷偷想过，要是你爸妈真的不要你了，那也很好，这样你就能一直住在我家，我可以跟你一起长大。

“我知道你想考复旦，你走之后，我不想这么跟你断了联系，所以我也把复旦当成我的目标。我想在复旦开学那天假装偶遇你，然后对你说，这么巧，陈岁，你也在复旦啊。可惜我不是天才，我只是一个普通人，总是学着学着就想放弃，恨自己没用，但是一想到你在复旦等我，我就再次充满动力。

“可你不在复旦，我也没有遇到你。

“我不甘心，所以我才开始写书，我很想红，因为我把我们之间那些小事都藏在了故事里，我希望红到有一天你在逛书店时能够看到我，因为感兴趣或是其他人的推荐拿起我的书，然后认出我，找到我。

“你说觉得这个剧情眼熟，是的，你是我每一本书的原型，是我所有故事的灵感。我也没有那么有才华，书里那些动人的感情都是你赋予我的，甚至连我这个奇怪的笔名也是为了你。

“我不敢光明正大地写你的名字，怕被人看到，所以我把你的名字藏在了诗里。”

陈岁本想问什么诗，他想起自己的名字，又想起她的笔名，几乎是脱口而出。

“山气日夕佳，飞鸟相与还。”

她亲口说过的，她是爱情鸟啊。

“我本来不想告诉你的，但是这么多年，我一直都很后悔。我以前不够勇敢，总是否认对你的喜欢，我在想但凡我能够勇敢一点，我们之间是不是就会不一样，我也不用那么受折磨。

“我以前不够好，有一些称不上磊落的小心思，但我对你的喜欢是干净的。你今天问我以前喜欢你吗，是的，陈岁，我喜欢你。

“我说的每一句喜欢你，都比你以为的要更喜欢你。”

眼泪不知何时涌了出来，夏耳说着说着，才发现自己哭出来了。

她不想哭的，她本来想洒脱一点的。

“夏耳……”

陈岁的喉结用力滚了滚，他拉住她的手，狠狠将她拥入怀里。

疾驰而过的车辆带起的风吹动她的发丝，她被他抱了个满怀，像是要把她揉进骨血里，与他合二为一。

“对不起，都是我不好。”

情绪上涌到喉咙，第一次，陈岁觉得连说话都艰难。

“怎么又道歉？”夏耳的声音闷闷的，沾了点鼻音，“你才是小傻子，这有什么好道歉的。”

“我太笨了，居然现在才知道这些，让我的宝贝受了这么多委屈。”

“没。”夏耳赶忙说，“没觉得委屈。”

喜欢你，是一件开心的事情。

“还有，不要再说自己不够好。

“这个世界上，再没有比你更好的了。

“好到，连我自己都觉得我不配。”

夏耳听他哄着，在他怀里又哭又笑。

“当然，我还欠我们耳朵一句对不起。”

“什么？”

“对不起，我没去复旦等你。”

他的话一出，夏耳的鼻子又是一酸。

“我明白的，你不是故意的，我没有怪你。”她回抱住他，“我那时觉得命运对我好差。”

“但是命运对我很好。”陈岁放开她，擦掉她脸上的眼泪，“能跟你在一起，是我从前想都不敢想的事情。”

《乌苏》的首日票房就已过亿，华瑞上下喜成一片，庆功宴不断。

前三日票房持续走高，之后的日子，票房虽有浮动，但也一直没跌太多。

《乌苏》成为暑假档票房最高的电影，口碑票房俱佳，导演在各大影评人笔下收获了一片好评，夸他这么多年不温不火之后，终于打了一次漂亮的翻身仗。

高票房带动的，除了新疆旅游热之外，还有飞鸟作品的销量。

只要一进各大书店，摆在门口最显眼位置的，一定是飞鸟的作品。

飞鸟的名气也跟着水涨船高。

但令夏耳万万没想到的，是她有一天居然在热搜上看见了自己。

热搜内容：“电影乌苏是真实故事改编。”

夏耳点进去看，发现营销号截图了豆瓣的热帖，标题是：《震惊，乌苏编剧为了写剧本，居然真的跑去新疆动物保护局》。

内容是说楼主看完电影，发现编剧是原著，于是翻了原著作者的微博，发现她之前在微博上发过河狸的照片，还有一些新疆有关的东西，很明显就是在新疆工作过。

就算不是工作，那也亲自去采过风。

第二张图，是关于这个帖子的回帖。

热门回帖第一是这样回的。

“我是阿勒泰动物保护局的，也是编剧的前同事，说一下吧。我们之前展开的蒙新河狸公益活动，编剧直接捐了一百万给我们，我以为她是个白富美小姐姐，后来她突然到我们局来工作了，我还以为她是有钱人体验生活。后来她就跟我们局的局草在一起了，还是听另一个同事说才知道他俩早就认识，还是青梅竹马。再后来，前两年飞鸟签售，我看热搜才知道她就是作家飞鸟。最近电影上了，我跟女朋友去看电影，发现不就是飞鸟跟我们局草的故事嘛！电影剧情竟在我身边！说真的，我第一次感觉自己离明星这么近，现在还有点不真实。”

夏耳：“……”

这到底是哪个同事，怎么全给八卦出来了？

她关掉图片，翻了一下评论和转发，差点昏过去。

热评第一：“@黑色经典图来了！上次签售结束，在街上逛街，没想到看到了飞鸟大大和她的男朋友！因为太养眼就偷拍了一张，本来是自己偷偷看的，既然大家都在嗑，我就发出来给大家养养眼吧。”

夏耳点开图片，发现正是自己跟陈岁，那时她头上沾了个东西，陈岁低头帮她拿掉。

看着倒是确实很般配啦！

可是出现在热搜里被这么多人看到很尴尬啊！

这条热评被其他网友纷纷转发，一下子转了两万多条。很快，夏耳认识的人都给她发来消息，问她是不是飞鸟，电影《乌苏》到底是不是她自己改编的故事……

夏耳第一时间把微博分享到电影项目群里，聊天记录还停留在导演庆祝电影大卖发的一个又一个大红包上。

她分享完消息，问：“怎么会这样？”

策划出来开玩笑：“我也看到了，这热搜，钟总狂喜。”

其他人也冒出来，说：“多好的事儿啊！免费的热搜，不上白不上！你就当给电影宣传了吧！让钟总把宣传费结给你。”

过了两分钟，钟彦也冒头：“挺好，原打算花钱营销，现在不用了。”

Ear：“可以不要把快乐建立在我的社死之上吗？”

因为热搜的关系，原本一些对这部电影不感兴趣的观众，也为了这个热搜走入了电影院，好奇真实故事改编的电影究竟是什么样。

一般来说，一部电影的票房只有首周的前三天票房最高，借着这个热搜，《乌苏》成了唯一一部过了首周后，票房比首周还要高的电影。

现在所有人都知道了夏耳跟陈岁的恋爱故事。

有的时候他们走在街上，还会被人认出来。

真是甜蜜又困扰。

陈岁也成了中科院的“大明星”，原本是因为他长得太帅，现在却是因为电影。

不过好在所有人都在祝福他们两个。

也因此，陈岁跟所里请假领证，也请得相当顺利。

领证是顺理成章的决定，对他们而言，并不是什么大事，而是爱情里水到渠成的一步。

陈广对夏耳也是满意的，所以陈岁回家去取户口本，陈广转身就给拿了出来。

夏耳和陈岁决定回织女镇去领证。

织女镇是他们的户籍所在地，而且夏耳也想让家里人见见陈岁。

这么大的事情总要跟家里商量。

虽然商不商量，结果都一样。

热搜的事情离这个小镇始终是有点远的，那里除了熟人，没有人认得他们。

夏耳带陈岁回了家，看到熟悉的街道，夏耳和陈岁都是感慨万千。

徐凤琴得知夏耳要跟陈岁结婚，到底还是叹了口气。

她偷偷看了一眼屋内，见夏爸爸还在跟陈岁说话，她放下心来，在厨房悄悄跟夏耳说话。

“陈岁这孩子倒是没什么，可他爸当初闹的那事儿……我怕陈岁将来万一……而且他以前那么爱打架，就算他再有出息，妈还是担心他有什么暴力倾向。妈听人说过，单亲家庭的孩子，性子都容易偏激。妈还是想让你找个家庭幸福，能知道怎么爱你的。”

夏耳没想到是因为这个，不由得愣了愣，说：“妈，有一件事，我一直没告诉你。”

“怎么？”

“其实当初那个张大哈……他不是想抢我的钱，他是对我动手动脚来着。”

徐凤琴瞬间震惊：“什么？这是什么时候的事？你怎么没有告诉我跟你爸？”

“妈，你别急，都过去了。”夏耳安抚着妈妈的情绪，“当时有一天太晚了，张大哈就……但是我没事，是陈岁保护了我，而且他一直都替我瞒着。

“那段时间陈岁每天都护送我上学放学，他为了护着我的名声，还故意让张大哈承认自己是为了抢钱，其实不是的……”

徐凤琴听着听着，眼泪一下子就落下来了。

夏耳顿时有些慌，忙问道：“妈，你怎么哭了？”

“没事……妈没事。”徐凤琴抱了下夏耳，“这么大的事，你怎么不早说？都是爸爸妈妈不好，没有保护好你，幸好我儿好好的，幸好……”

说完，徐凤琴咬牙切齿地啐了声：“张大哈那个狗杂种！怪不得他前两年让雷劈死了，死得好！下地狱去吧！”

看着妈妈这么心痛，夏耳拉着妈妈的手，小声说：“陈岁把我保护得很好，他不是什么暴力狂，也不是陈叔叔那种人。妈妈，我喜欢陈岁，希望你能相信他，好吗？”

“好……好。”徐凤琴抹了下眼泪，“妈同意，是妈不该有偏见。”

等徐凤琴收整好心情从厨房出来，再对待陈岁，就不像先前那样紧绷了。

“你们两个打算什么时候领证？”

“八月五号，陈岁生日。”夏耳坐到陈岁的身边回答。

徐凤琴打开衣柜，从一个铁盒里拿出红褐色的户口本来，走到陈岁面前，交到陈岁手上。

陈岁刚要接，徐凤琴的手一缩，故意板起脸来，严肃地说：“我可告诉你，陈岁，我就这一个宝贝女儿，也是从小娇养长大的，你这辈子必须好好对她，不然我跟你叔可不管你是不是从小看着长大的，照样收拾你！”

陈岁站起来，微微躬身，认真保证道：“阿姨放心，夏耳不仅是你们的宝贝，也是我的宝贝，我这辈子绝不会让她受任何委屈。”

“好，那我跟你叔就把女儿交给你了。”

登记那天，他们两个去得很早。

因为期待已久，所以一分钟都不想等。

拍完照后，民政局的窗口阿姨在电脑上操作一番，然后拿起公章，看着他们两个，笑呵呵地说：“真好，好久没看到像你们这么般配的小两口了。”

阿姨用力在两个红本上分别盖了戳，然后把证件交到他们手上。

“恭喜你们，祝你们白头偕老，百年好合。”

来自陌生人的善意祝福总是令人幸福。

夏耳耳朵红红的，小声说：“谢谢。”

阿姨又逗夏耳：“小姑娘，你男人这么帅，你可要看好了。”

夏耳“啊”了声，脸更红了。

陈岁接过红本，弯唇笑得温和，说：“谢谢大姐，不过，我女朋友这么漂亮，恐怕我很难看上别人。”

大姐也跟着哈哈大笑。

从民政局出来，陈岁看着手里的结婚证，对夏耳笑：“这样算不算转正了？”

夏耳愣了愣，意识到他说的是她之前故意说的什么男朋友实习期，她在他肩上捶一下。

她说：“其实，从来都没有实习期。

“在我心里，再没有比你更正式的男朋友了。”

陈岁点了下她的鼻尖。

“以后要改口。

“叫老公。”

夏耳跟陈岁回了家，把结婚证给爸妈看了看，爸妈也很高兴。

徐凤琴问：“你们打算什么时候办婚礼？”

陈岁说：“还不急，左右这辈子都是她，什么时候办婚礼又有什么紧要。”

夏耳本想今天领了证就走，她怕陈岁请的假不够。

陈岁却说：“明天吧。”

“为什么？”

“我想去庙里拜一拜。”

夏耳几乎都快忘了，他们镇上还有一个香火旺盛的庙。

她笑：“看不出来，你还信这个。”

第二天一早，陈岁带着夏耳回到了他们当初许愿的织女庙。

夏耳在入口处买了两炷香，递给陈岁一炷。

他们来得早，庙里还很安静，空气凉丝丝的，院子里的小道士用扫帚一下一下地扫着地面。

夏耳看到这熟悉的一草一木,心想,原来这个世上还是有东西不会变的。

起码这个寺庙，仍旧是她十六岁看到的模样。

她想起当初跟伙伴们一起上香的样子，想起程可鱼许的那些愿望，明明是十年前的事情了，却好像就发生在昨天。

夏耳的脸上不自觉地浮现出笑容。

进入正殿，里面刚好有一个小道士在写签文，见他们进来，抬起头来跟他们打招呼。

“两位善人，求姻缘吗？”

“哦，不，不是。”夏耳摆手。

小道士也是有眼力见儿的，他看出他们两个不想被打扰，于是低头继续写签文了。

陈岁虔诚地跪在蒲团上，双手合十，夏耳从没见过他这样，不由得惊奇，也跟着跪下。

她双手合十，本来不想问，可到底忍不住，把头凑到陈岁旁边，问：“你是要许愿吗？”

陈岁没答，闭目叩拜三次，把香敬在香炉里，这才侧过头来看她。

夏耳眨了眨眼，等待陈岁的回答。

“不。”殿外日光暖薄，侧头看向她的陈岁，清俊面容一如当初平静虔诚，“我来还愿。”

“还愿？你什么时候在这里许愿了？”夏耳疑惑不解。

陈岁的嘴角勾了勾，问道：“记得会考那次吗？”

“记得。”

当时他们一群人来许愿，都在保佑自己会考顺利考过。

这么久远的事……夏耳笑着打趣他：“好啊你，我以为你不信这些，没想到你偷偷许了愿。”

陈岁懒懒散散地回：“没办法，愿望成真我高兴疯了，什么都想感谢一下。”

他这么一说，夏耳好奇了：“什么样的愿望啊，这么高兴？”

空气静默三秒。

青烟缭绕间，陈岁直直看过来，薄唇微启：“我许愿，长大后娶夏耳当老婆。”

夏耳一怔，脸颊微热：“你认真点好不好。”就算不信这些，也不能在神像面前冒犯人家吧。

“我很认真。”

望着陈岁正经的脸，夏耳渐渐不笑了。

“我不是说了，后悔没早点发现你喜欢我。”陈岁笑了下，“不过那时也没敢想，竟然真的这么好命。

“我以为老天不会这么眷顾我的。”

“你……”

夏耳先是震惊，随后错愕，紧接着是不可置信。

陈岁口吻坚定，收起他一贯的浪荡轻佻。

“是的，夏耳，我也喜欢你。

“我也喜欢你这句话，我一直都在对你说。”

听见陈岁这句话，夏耳顾不得手里的香，双手掩面，泪水顺着指缝奔涌流出，喜极而泣。

他也喜欢她吗？

她不敢相信，可又好像一切都得到了答案。

他为何会替她出头？为何会待她不一样？为何会在坐校车的时候，让她坐在他身旁？

他对她的那些好，并不是她自作多情，都是有迹可循。

他也是一样，用心地喜欢着她的。

那些努力掩藏小心思的试探，患得患失的喜欢，发觉自己自作多情的难过，在这个瞬间，通通变得甜蜜了起来。

是的，喜极而泣。

在她十六岁的时候，她与暗恋的少年被迫分别，黑色轿车碾过沙石的细碎声音无数次地出现在她的梦里。

她的青春就像一部只有开篇的小说，她以为这么多年，只有她自己还没有放弃。

所幸，在她二十六岁的这一年，终于为她的青春等来了一个圆满结局。

陈岁亲手谱写的，没有遗憾的结局。

但是她知道，也坚信着，他们的幸福故事才刚刚开始。

故事的结局已经写好。

是她与陈岁手牵手，幸福地走过这一生，永远青春，永远相爱，成为彼此生命中不可缺少的唯一。

她准备好了。

Extra

/ 我要和爸爸一起保护妈妈 /

1

陈岁和夏耳的婚期定在四月。

四月是陈岁从安城回到织女镇的月份，也是他们重逢的开始。

把婚期定在这个时间，是希望四月也能成为他们后半生幸福的开端。

他们的婚礼请了很多人前来见证，织女镇的小伙伴、陈岁在安城关系好的兄弟、大学同学、研究所的同事们，以及夏耳的同学、朋友，还有两方的亲属。

陈广结识的人多，他的儿子结婚，客人肯定少不了，当然，大部分就连陈岁也是不认识的。

最后陈岁干脆包下了整间酒店。

接亲的时候还好，到酒店后看到这么多不认识的人，夏耳多多少少有点被吓到了。

陈岁现在在研究所工作很好，是陈广最满意的那一种体面工作，他在婚礼现场迎来送往，宾客无一不夸奖陈广教子有方，陈广哈哈一笑，照单全收，俨然一个慈父模样。

夏耳看到了，生怕陈岁会在婚礼上生陈广的气——他们的父子关系只是稍微缓和，离融洽还差得很远。

忙里偷闲的时候，夏耳看到婚礼现场这么多人，乱哄哄的，悄悄向左侧的男人靠了靠，用只有两个人能听到的声音说:“你不要不高兴。”

陈岁伸手摘掉她头上的玫瑰花瓣，对上她的眼，露出几分温柔的笑意，说道：“小傻子，再没有比今天更高兴的日子了。”

夏耳睫毛轻颤，小声问：“真的啊？”

“如果可以的话。”陈岁嘴角带笑，“我想让全世界都知道，我今天跟夏耳结婚。

“所以，能有这么多人来见证我们的婚礼，我很开心。”

2

陈岁在临近三十岁那年，终于当了爸爸。

护士把宝宝抱出来想给陈岁看，然而陈岁看到产房门开，第一时间冲到床边去拉夏耳的手。

夏耳躺在床上，头发被汗浸湿，因为太过用力，嘴唇已经没了血色。

看到夏耳虚弱的样子，陈岁活了快三十年，除了中学时的那一次，还从没有哪一幕能像现在这样，仿佛从天降下来一记重拳，狠狠砸在他的心上。

他仿佛整个人都被钉在了地上。

“夏……”他想叫她的名字，喉头突然一窒，竟嘶哑得厉害。

夏耳手臂颤动，从床上探出一只手，才伸到半路，就迅速被人握住。

她虚弱地牵动嘴角，人是汗津津的，眼睛却很亮：“你……看到他了吗？”

陈岁有千言万语想说，到最后只艰涩地吐出三个字来：“对不起。”

无力又歉疚。

他在她手背轻轻一吻，嘴唇刚贴上，他的眼圈顿时一热。

她的手一点温度都没有。

怎么会这么凉啊？

陈岁赶紧把她的手放回去，擦掉她头上的汗，说道：“好好休息，宝贝，我有空就去看他。”

“嗯。”夏耳笑了笑，闭上眼睛，任护士把她推走。

事后，徐凤琴悄悄对她说：“看陈岁这么在意你，妈妈这颗心哪，终于能放肚子里了。”

夏耳本来在喝鱼汤，听见妈妈的话，有些诧异：“您怎么看出来的？”

夏耳哭笑不得：他们结婚快四年了，妈妈居然才发现陈岁很爱她吗？

徐凤琴叹了口气：“都说女人从产房出来，婆婆永远先看孙儿，亲妈才会看自己的女儿，其实男人也一样。你看你从产房出来时，把陈岁急得哟，妈那个时候就知道了，嫁给他，绝对错不了。”

夏耳被说得心中一动。

连她自己都忽略了这个细节，被妈妈一说，才想起来他当时的确是第一时间来看自己的。

她摸了下自己的耳朵，嘴角含笑：“我知道的。”

嫁给他这件事，她早就认定啦。

3

夏耳出院后，直接请了两个住家月嫂照顾小宝贝。

陈岁本是害怕夏耳休息不好，育儿的辛苦只有孩子生出来后才有所体会。

然而没想到的是，他们要面对的第一个困难竟会是给宝贝取名。

两人坐在床上，夏耳靠在陈岁怀里，手里抱了本字典，边上还放着《楚辞》。

她有些头痛地说：“平时给小说角色取名时怎么没感觉这么难？”

陈岁从她手里接过字典，说：“可能因为在孩子的身上寄托了太多的希望吧。”

夏耳想了想，说：“也可能是因为男孩子，比较难取，如果是女孩子的话，就容易多了。”

陈岁问：“要不要去找那个大师？”

“哪个？”

“算我们领证日期的那个。”

夏耳没想到他还记得，说：“我还是想自己取。”

“行。”

他们又在取名这件事上努力了好久，最后还是无果。

最后，陈岁到客厅里去接水，看到桌上的花瓶里插着向日葵，他心念一动，再回到卧室，把那些用来取名的辅助工具全都放到了一边。

“我想到了一个名字。”

“什么？”

陈岁没回答，拿起笔来，在纸上一笔一画写下了一个名字。

“陈……煦？”

“嗯。”

“好听啊。”夏耳的眼睛一亮，惊喜地看向陈岁，“为什么叫这个名字？”

“我希望我们的孩子像他的妈妈一样，是个温暖善良的人。”

夏耳的心跳得极快，她握住陈岁的手，一双漂亮的眼睛专注地瞧他。

“我以为你会希望他像你一样，将来能够做出伟大的成就。”

说完，她忽然醒悟，因为陈岁就活在陈广那样苛刻的要求下，自然知道对一个孩子来说，家长的重压是有多么痛苦。

他不想他们的孩子也叛逆地活着。

只是单纯地希望他沐浴在爱里。

思及此，陈岁的话刚好印证了她的想法。

他说：“善良就好了。”

4

陈煦从小就是个难搞的小魔王。

才三岁就成了行走的“十万个为什么”，非常不巧，他继承了爸妈的聪明大脑，对世间万物都有丰沛的好奇心。

比如，去托儿所的路上，陈煦坐在后面奶声奶气地问：“爸爸，为什么车可以在路上跑？”

“因为它有发动机。”

“那为什么我不是发动机？”

陈岁已经三十三岁了，在中科院工作多年，什么难搞的科研在他手中都不在话下，然而面对三岁儿子的问题，他竟然感到了一丝头痛。

他表情裂开，耐心回答：“你也有，心脏就是你的发动机。”

陈煦顺着后视镜看着自己的爸爸，又问：“那为什么我跑得不能像汽车一样快呢？”

“但是人可以驾驶汽车，所以也是一样快。”

车开到十字路口，需要等红绿灯。

陈煦问：“爸爸，为什么红绿灯只有三个颜色？”

“因为交通只有三种状态，等待、通行和即将通行。”

“嗯……”陈煦歪头想了一下，身子向前探，用手扒着座椅，想离陈岁的耳朵更近一点，“红绿灯好方便呀，如果人也有三个灯就好了。”

陈岁心想，这小鬼又要说出什么烦人的话来，但他还是好脾气地问：“你想要什么灯？”

陈煦认真地说：“我想要开心的灯，难过的灯，还有劳累的灯。”

“小鬼。”陈岁好笑地看了眼自己的儿子，“爸爸妈妈对你不好吗？你怎么就劳累了？”

“不是。”陈煦摇头。

他神似夏耳的一双眼睛炯炯有神，跟陈岁那种自带冷感的长相不同，他是个活泼又阳光的小孩。

他一字一句地说道：“如果人也有灯的话，我就知道妈妈什么时候开心，什么时候不开心，什么时候写东西很累了，这样的话，我就可以去亲亲妈妈。”

陈岁一愣：这小子还真有几分我当年的风范。

别说将来，现在在托儿所里，陈煦都被那些小女孩围着，真不知道长大后会啥样。

车开到目的地，陈岁下车，牵着儿子的手，准备把他送进去。

陈煦小小的，就像是个小团子。

他的心里倏地一软，拉住儿子，蹲下身来，与陈煦平视。

“小鬼，在托班里乖乖的，知道吗？”

“嗯！”

“你平平安安长大，妈妈才会开心。”

“嗯！”

“你长大后要保护妈妈，谁让妈妈难过，你就打跑他，知道吗？”

“知道！”

“知道什么？”

陈煦煞有介事地敬了个礼，说道：“我要和爸爸一起保护妈妈！”

“不错。”陈岁在儿子的脑袋上揉了揉，站起来，“去吧，小鬼。”

陈煦转过身，双手握着书包带，嗒嗒嗒跑进了托班里。

望着儿子的身影远去，直到消失，陈岁笑了笑，摇摇头，从口袋里掏出手机，给夏耳打电话。

“老婆，咱们这儿子怎么回事啊，天天把他的妈妈挂嘴边，眼里还有没有我这个爸爸了？”

夏耳刚刚睡醒，语调是带着柔软的笑意：“又怎么啦？”

陈岁把刚才的事儿讲了一遍，说完，他寻思一会儿，说：“算了，儿子眼里没我，你眼里有就行了。”

夏耳被他的情话哄得开心，娇声说：“我爱你呀，陈岁。”

“知道了。”陈岁勾唇，“我也爱你。”

挂断电话，陈岁坐进车里，发动车子，迎着朝阳，驶向幸福的前方。

（全文完）